Nous les DIEUX

LE CYCLE DES DIEUX
Bernard Werber

神间失格

[法]
贝纳尔·韦尔贝————著　范兆延————译

北京联合出版公司
Beijing United Publishing Co.,Ltd.

∅

如果你是神,世界可以任由你打造,
你会怎么做?

正如大逃杀一样,上课就是竞赛,
每一堂课都有天神学生被淘汰!
诸神的竞赛一触即发,成神的资格岌岌可危。
生而为神,也很危险!

诸神世界·佳评如潮

贝纳尔·韦尔贝通过本书带领读者探索性灵与神话世界,展开一趟融合冒险、悬疑与诙谐的历险。
——《中部共和国报》

在这个《我……》盛行文坛的时代,鲜有法国作家碰触奇幻文类,但贝纳尔·韦尔贝能毫无情结地执起笔杆,挥洒出令人信服的科幻作品,同时独树一帜。
——Zurban 休闲情报志

《神间失格》……这一帖灵药巧妙融合了冒险、悬疑、诙谐与知识。
——《晚间》杂志

唯有通过贝纳尔·韦尔贝的巧思才情,我们才得以进入诸神世界,经历一场超自然的惊悚冒险……鲜有小说家能像这位作者那样完美融合对科学及常识的热爱与阅读的乐趣。
——《电影电视》周刊

贝纳尔·韦尔贝的确是席卷书市的旋风，也是少数享誉国际的法国作家之一。
——*Made in Luxe* 杂志

贝纳尔·韦尔贝投入七年完成的巨作……他以一贯的才情刻画出惊奇冒险，并融合对哲学、神学及神秘主义的思考。
——*La Gazette* 周报

《神间失格》将再次占领畅销书的滩头，甚至掠夺龚古尔文学奖作品在书市中的城池。
——《法兰西晚报》

悬疑紧凑，作者天马行空、别出心裁的想象力令人瞠目结舌，字里行间煽动你无法释卷的好奇心。
——《法兰西晚报》

PRÉFACE

前言

假使在人类历史上有迹可循的，其实并不是最精致先进的文明，而都是些凶狠残暴的文明，那会怎么样呢？

留心观察，你会发现那些消失的文化并不见得是最落后的。有时候，只需要一位被敌人的"和平承诺"所愚弄的天真领袖，或一场逆转战事的不测风云，一个民族的命运就可能从此改观。接着，胜利者阵营的史家会任意篡改战败者的历史，来为自己的出兵提出正当性，而且为了消除子孙万代的猜疑，遂以"战败就该死"的说法来杜悠悠众口。达尔文所提出"物竞天择，适者生存"的理论，甚至为这样的杀戮行径提供了科学佐证。

人类历史就是这样写成的，背后净是被遗忘的枯骨与背叛。

谁曾经目睹？

谁又知道真相？

我只有一个答案："神"或"诸神"，当然前提是"他"或者"他们"确实存在。

我尝试去想象这群从不露脸的目击者，想象他们低眉俯视万头攒动的人类，就好比观察蚂蚁生态的昆虫学家。

如果神祇确实存在，他们会拥有何种教育背景？

万物进化不息，诸神是如何从青春迈入年老的？如何去干预人类？又为什么会对人类感兴趣？

我开始在宗教典籍里寻找答案，从埃及的《死者之书》，到萨满教义以及世界各大民族有关宇宙起源的传说。这些文献资料少有彼此驳斥、矛盾的情形出现，仿佛在对未知领域与宇宙诞生的认识当中，存在着某种集体共识。

哲学与科学是两门对立的学问，但我认为两者可以在所谓的"世俗信仰"中并行不悖，因为其中最要紧的是问题而非答案。

至于书中其他部分，我完全是天马行空，任意挥洒。

写作期间，我聆听了许多电影原声带，尤其是《指环王》《沙丘魔堡》与《天地一沙鸥》；古典音乐方面，有贝多芬的九大交响曲，莫扎特、葛利格[1]、德彪西、巴哈、巴伯的作品，霍斯特的《行星组曲》；摇滚类则有麦克·欧菲德、彼得·盖布瑞尔、Yes合唱团与平克·弗洛伊德的作品。

在我笔下的主人公抵达觉悟旅程的终点时，他将与宇宙的造物主面对面。

届时，读者朋友或许也可以问问自己："如果我是神，我会做些什么？"

贝纳尔·韦尔贝

---

[1] 知名挪威作曲家。

目 录

I

ŒUVRE AU BLANC

白之卷

... 1 ...

II

ŒUVRE AU BLUE

蓝之卷

... 49 ...

III

ŒUVRE AU NOIR

黑之卷

... 147 ...

献给杰哈尔·昂查拉
　一个自由的灵魂

I

ŒUVRE AU BLANC

白之卷

我带你到这里来，特为要指示你。
——《以西结书》，第四十章第四节

凡是不了解过去，
凡是不了解人类的过去，
凡是不了解自己的过去的那些人，
都注定要重蹈覆辙。
——埃德蒙·威尔斯，《相对与绝对知识百科全书·V》

一只实验室白老鼠对它的同类说：
"我驯化了那位研究员，每次我按下按钮，他就会送上饲料。"
——佛莱迪·梅耶

1　百科：太初之时

虚无。

太初之时，只有虚无。

没有光线打扰其中的晦暗与寂静。

无处不是虚空。

第一股力量支配着世界。

"N"力：中和之力。

但这片虚空渴望无中生有。

于是，在广邈无垠的宇宙里，出现了一颗洁白的明珠：一颗承载着所有潜能与希望的宇宙之卵。

它的外壳开始出现裂缝……

——埃德蒙·威尔斯，《相对与绝对知识百科全书·V》

2　我是谁

我曾是一位凡人，后来成了天使。

现在，我又要变成什么？

3 百科：太初之时（续）

宇宙之卵炸开。

时值零年、零月、零日、零时、零分、零秒。

第二股力量将太初之卵的外壳击碎成两百八十八块。

"D"力：分化之力。

光和热从爆炸中迸射出来，同时夹带着滚滚尘埃，闪着光芒的粉尘散布在黑暗之中。

一个新的宇宙诞生了。

尘粒不断扩散，随着初兴的光阴交响乐起舞……

——埃德蒙·威尔斯，《相对与绝对知识百科全书·V》

4 抵达

我飞翔。

纯洁的灵魂以念头的速度划破宇宙。

离开天使帝国之后，下一站是哪里？

我缓缓地滑翔，见到前方有微光闪现。

我的灵魂被它吸引，如扑火的飞蛾。

在虚无的宇宙里，原来那是一颗孤立的行星，环绕着两个太阳与三个月亮。

我的灵魂冲破行星的大气层，朝地表接近。

我坠落。

令人意外的是，我不再拥有飞升的能力，地心引力召唤着我。

下方的海洋越来越靠近，飞速来到我眼前。

就在下坠的同时，我渐渐有了固态的形体，肌肤也不再透明。首先是我的脚掌、双腿，接着是手臂和脸庞，过去那具半透明的皮囊现在成了有血有肉的躯体。

我的脚趾感受到一股撞击。

在一阵波涛汹涌中，我打碎原本碧波如镜的海。

我坠落到水底，觉得寒冷、黏滞，令人难受。

我呼吸困难，喘不过气。究竟是怎么一回事？我现在需要……空气。

我挣扎着，非要浮出水面不可。海水刺激着双眼，于是我紧闭眼睑，奋力游着，好不容易才来到海面。我深吸一大口气，知道自己来到水面才放心下来。

我在呼吸！

起初这令我惊慌失措，接着才开始觉得舒坦。

我吐尽肺腑之气，再吸气将其充盈。

吸气、呼气，让我想起初生为人时的第一口呼吸。空气，这令人无法戒断的原始之瘾，我的肺泡如一颗颗小气球般胀满。我睁开双眼，遥望天际，多希望能飞上云端，但现在的我成了重力的俘虏。

我感觉到自己的灵魂外包覆了一个沉重的躯体。我能感受到那刚硬的骨骼、敏感的肌肤。此时我的脑海闪过一个可怕的念头，令人不安。

我已不再是天使，难道我又变回了"人类"？

5 百科：太初之时（续）

不过几秒钟的时间，成千上万颗粒子就已经在第三股力量的驱策下，凝聚在一起。

"A"力：结合之力。

代表中和之力的中子微粒与带正电的质子结合成核心。带负电的电子环绕核心四周，将它维持在完美的稳定状态。

三股力量各安其位，构成一个更加复杂的单位，呈现出结合之力的最初形态：原子。从此，能量转变为物质。

此为进化的第一步。

这一物质渴望迈向更高境界，于是出现了生命。

生命是宇宙前所未有的尝试，而它将组成自身的三股力量（分化之力、中和之力、结合之力）铭刻于内，并以缩写表示：DNA。

——埃德蒙·威尔斯，《相对与绝对知识百科全书·V》

6 血肉之躯

曾经身为纯洁的灵魂，再度成为有血有肉的生命，我实在难以适应。

我老早就忘了这多么沉重。

我感觉到神经、血管在肉身中奔窜，脏器在体内蠕动，还有心跳以及舒缓喉咙的唾液。我咽下口水，打了一个大呵欠，露出满口新牙，接着咳了起来。

我碰触自己，感觉到下巴的轮廓。没错，我现在是个血肉之躯，就像我过去曾是世间的一介凡夫一样。现在的我是用双耳聆听，而不再是通过灵魂。

失去飞翔的能力后，我只能靠着游泳前进。游泳，多么吃力的移动方式！缓慢而令人疲乏。

后来，我总算看见远处有一座岛屿。

7 百科：太初之时（完）

生命并不是这新生宇宙摸索的终点。生命本身也渴望迈向更高境界，于是它开始繁殖、变异，尝试不同的外形、颜色、温度与行为，一直到它在探索的过程中，找到一处最适宜的温床，准备好继续进化。

人类。

垂直架构在两百零六块骨骼上的人类，其中填充着油脂、血管与肌肉，外头再包覆一层厚实且富有弹性的肌肤。另外，在人体的顶端存在一个性能优异的神经中枢，能够捕捉画面、声音、触感、滋味与气味。

通过人类，生命体验到了智慧。人类成长、繁殖，跟其他同类与动物展开接触。

人类支配它们，忽视它们，爱护它们。

然而，生命还渴望迈入更高境界，是展开另一种尝试的时候了：意识的冒险。

太初之时的三股能量仍源源不绝地提供着生命的养分——

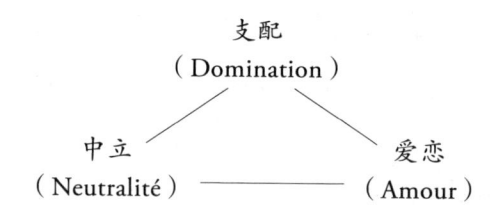

```
            支配
         (Domination)
         /          \
       /              \
     中立 ——————— 爱恋
  (Neutralité)      (Amour)
```

——埃德蒙·威尔斯，《相对与绝对知识百科全书·V》

8　孤岛

我抵达沙滩，全身的骨骼、肌肉、经络都酸痛不已。这一段长泳让我精疲力竭，整个人瘫在地上，浑身发抖，不停咳嗽。我抬头打量四周，发现自己身在一片金黄的沙滩上，空气里弥漫着浓雾，只能依稀看见几棵椰子树的身影。远处有碎浪拍岸的声音，我猜想来自一面临海的绝壁。我虚弱的身子直打哆嗦，完全摸不着头绪。接着，那困扰我一生的疑问又萦绕在心头："我究竟……究竟在这里干什么？"

突然，我嗅到了海风与植物的气味，我几乎就要忘了鼻子是用来闻嗅的。充盈在暖风中的千百种气味将我包围：碘味、花草与苔藓的气味，以及椰子、香草与香蕉的芬芳。另外还有一股甜香，应该是来自甘草。

我睁大眼睛,发现自己在一座岛上——一座位于孤星上的岛屿。眺望远方,我看不见任何陆地。这岛上除了植物之外,难道没有其他的生命形态?

从我的脚趾爬过的一只蚂蚁给了我答案。我用手指将它送到眼前,只见它兀自摆弄着触角,试着了解状况,但我晓得它只能依稀辨认出一个肉色的庞然大物。

"我们到底在什么地方?"

蚂蚁的触角随着我的声音摆动,对它而言,我不过是一座有体温的大山,嘴里的呼吸扰乱了它的嗅觉接收器。

我把蚂蚁放回沙滩,它步伐踉跄地逃开。我的老师埃德蒙·威尔斯对蚂蚁如数家珍,他一定可以教我如何与蚂蚁沟通,但是现在这里只有我一个人。

此时,远处传来一声凄厉的惨叫声,是人类的叫声。

9　　　　　　　　　　　　　　　　　　　百科:面对未知

人类最惧怕的,就是未知。即使它充满敌意,只要可以掌握其来历,人类就能觉得安心。"无从得知"的情绪激发了人类的想象力,成为内心深处的恶魔、性格中"最黑暗的一面"。人类以为自己在与邪恶对抗,但他们面对的其实是自身潜意识所捏造的怪物。然而,在面对无从得知的事物时,人类的心智臻于运作的巅峰,专注而勃发。人类穷尽一切感知的能力尝试去了解，同时激发自己不去猜疑的天赋，借此摆脱恐惧。未知的事物令人着迷、恐惧，却也让人朝思暮想，希望大脑能找出法子去习惯它。未知的事物总具有挑战人类的力量。

——埃德蒙·威尔斯，《相对与绝对知识百科全书·V》

10　　　　　　　　　　　　　　　　　　　　初遇

叫声来自绝壁顶端，我立刻循声赶去，一方面对可能发生的惨剧忧心不已，一方面又因为有其他人存在而感到安心。我加快步伐，登上陡坡，气喘吁吁地来到岩石遍地的岬角。

地上躺着一个男人，面部朝下，身穿一袭白色长袍。我走到他身旁，把他的身子翻过来，只见他胸口的灼伤还冒着烟，他多皱纹的一张脸几乎要被灰白的胡须给淹没了。我顿时觉得这个人很面熟，好像曾在书本、字典或百科全书中见过他。我想起来了，他是儒勒·凡尔纳[1]。

我吞了好几次口水，让唾液湿润声带，接着才开口。

"你是……"

说话让我的喉咙很不舒服。

男人眼神涣散，一把抓住我的臂膀。

---

[1]　法国小说家，创作题材以科幻与冒险为主，著名作品包括《海底两万里》《八十天环游地球》等。

"千万……不要到……那上头去！"

"千万不要去哪里？"

他勉强支起身子，伸出食指，似乎指向浓雾中一座模糊的山头。

"不要到那上头去！"

他浑身颤抖，手指紧掐我的手腕。他的眼神先是注视我，接着飘移到我身后，最后脸部浮现难以名状的惊恐。

我回过头去，却只看见椰子树在薄雾掩映中随风飘动。事态的严重性似乎重新赋予他一股力量，他突然一跃而起，朝着悬崖狂奔而去，想要往下跳。我赶紧跟在后头，就在他准备跃下的同时，我一把抓住他。

他奋力挣扎，甚至咬我要我放手，但我不为所动，改用另一只手拽住他的长袍。他打量着我，对我的固执感到不解，接着向我报以苦笑。顿时，白色长袍绷裂。我想要挽回，但一切都太迟了。海滩上传来一声闷响，我的手里还紧抓着一块仅存的白布。

绝壁下，儒勒·凡尔纳一动也不动，像一具支离的傀儡。

我慢慢站直身子，搜寻这四周究竟有什么令他如此害怕，却不得要领。触目所及净是树木、在风中款摆的棕榈，以及化不开的浓雾，远方或许还有一座山。

难道是这位大作家丰富的想象力让他惨遭不测？

我步履蹒跚地步下断崖，周遭空气变得越来越闷热。来到沙滩后，我惊讶地发现凡尔纳的尸体不见了。现场徒留他遗体的印子，还有刚留下不久的类似马蹄的脚印。

我还来不及弄清楚这一切，另一件怪事又发生了。我的注意力被头顶上传来的振翅声吸引，浓雾中浮现一个像是飞鸟的物体，静止在我眼前。近距离的观察下，我发现对方并不是鸟，而是一位小仙女，它的身上生着拖有长燕尾的巨型帝王蝶翅膀，发出蓝色荧光。

"呃……你好。"我说。

它淘气地打量着我，轻轻点着头，模样看起来十分惊讶。小仙女有一对绿色大眼，脸上长着雀斑，一头红长发用编织过的干草束起。它不断在我耳畔飞舞，仔细地观察我，似乎过去从未见过像我这样的生物。

它对我微笑，我也报以微笑。

"呃……这个……你听得懂我说的话吗？"

蝴蝶仙子张开嘴，吐出尖细的红色长舌头，像是一缕丝带。

它摇头摆动那一头火红的长发。当我想用指尖碰触它的脸时，小仙女就振翅飞走了。

我追赶在它身后，却被碎石绊倒，整个人摔在地上，手腕也被割伤。

伤口疼痛难当。

和刚才双眼接触海水的灼热感以及无法呼吸的窒息感不同，这次我流血了。

我惊恐地看着深红的鲜血流淌在我肉色的躯体上。

我几乎就要忘记原来受伤是如此疼痛。我回想起身为凡人时每一个遭受疼痛折磨的片刻，指甲倒插、牙痛、口疮、神经炎、风湿痛……当初我是怎么忍下来的？肯定是因为我当时不晓得有一种生命是没有任何痛苦的。在经历了灵魂状态的逍遥惬意之后，现在的疼痛感真令人难以忍受。

蝴蝶仙子已经消失在雾里的大树之间。

我到底坠落在何方？

11　　　　　　　　　百科：如果全宇宙只有人类

某天，我突然有个奇怪的念头："如果全宇宙就只有人类……"

就连极端保守人士，也不免会去设想外星生物存在的可能性，所以就算地球上的人类灭绝了，也许在远方还会有其他智能的生命形态生存下来，这样的想法令人放心……但如果人类真是孤零零的呢？如果在这无垠的太空里，没有其他具有智能的生命形态呢？如果所有的行星都像太阳系中已知的其他行星一样，不是太冷，就是太热；地表不是高温的熔岩，就是荒芜的岩砾呢？假使地球的出现只不过是一连串偶然与巧合的产物，而且绝无仅有呢？如果这只是一个独一无二、无法复制的奇迹呢？这就意味着，一旦人类灭绝，一旦我们摧毁了地球（例如发生核爆、污染等情况），那么就什么也没有了。人类消失，"游戏结束"之后，一切都不可能重新来过。或许我们是唯一的机会，一旦犯错就可能造成不堪设想的后果。认为外星生物不存在的推测，远比认为他们可能存在的想法更令人感到不安……这多么令人难以接受，而人类又是何等任重道远！"也许宇宙中就只有我们而已，一旦我们灭绝了，就什么都没了。"这称得上是最具颠覆性也最古老的一则启示。

——埃德蒙·威尔斯，《相对与绝对知识百科全书·V》

12　　　　　　　　　　　　　　　　　　　　　　　邂逅

　　我必须找到蝴蝶仙子，于是我深入越发茂密的椰树与欧石楠丛。突然传来的一阵窸窣声让我停下脚步，我在逐渐散去的雾里见到一个人头马身的生物。

　　它的双手在胸前交叉，看起来不太好惹，颈上的黑色马鬃像在风中翻飞的披巾。半人马慢慢向我靠近，敞开双臂像是要给我一个拥抱，我急忙向后退。它的鼻孔冒出蒸汽，抬起前脚高声嘶鸣，两只手同时捶着胸膛，浑身散发出半兽人的慑人气势。在它像冲刺前的公牛一样跺着马蹄时，我赶紧拔腿就跑。身后的马蹄声越靠越近，我还是被逮到了，两只毛茸茸的手抱住我，把我抬起来紧挨着它的胸膛。我就这样被带走了，虽然我高声叫喊，拳打脚踢，但它始终不为所动，快步向前奔跑。在脚尖距离地面尚有十几厘米的高度下，我可以感觉到蕨叶拍打着我的脚踝。

　　我们穿过椰子林，来到一片宽广的空地，一旁有小径蜿蜒而上。它紧抱着我踏上小径，我们奔驰了好久，沿途经过其他的森林、平原，以及四周长着纠结树木的小湖泊。

　　小径末端是一片辽阔的高地，正中央矗立着一座白色城市，四方有数米高的大理石城墙围绕。左右两侧分别有一座山丘环抱，完全遮盖了城市外围的风景，只能依稀望见后方高山的山脚。

　　白色城墙上凿有一座金色尖顶城门，两侧立有两根巨大石柱，一黑一白。

　　旅程在此告一段落，半人马把我放下，用一只手牵着我，同时叩了几下沉甸甸的门环。不久，城门缓缓打开，门口出现一位头戴葡萄叶冠、满脸胡须、身着长袍、体形富态的男人，身高足足有两米。这次不是什么蝴蝶仙子和半人马，而是一个模样十分"正常"的人，除了他的巨大体态。

他狐疑地打量着我。

"你就是'大家所指望的那位'？"他问。

终于遇上能够开口跟我沟通的生物，我放心不少。

对方促狭地表示："我看得出来你……（他低下眉头）一丝不挂。"

我赶紧用手捂住下体，此时半人马哈哈大笑，蝴蝶仙子也突然现身。这两位就算不会说话，起码也听得懂。

"虽然这里不要求'着时髦服装'，但也不是天体营。"

男子从袋里拿出一件内衣和一件白色长袍，并告诉我如何正确地穿上——先将长袍缠绕身体两次，再将剩下的衣摆抛到肩后。

"这里是什么地方？"

"终极觉知的所在，我们习惯叫它'埃登'。"

"那这座城市呢？"

"这里是首都，一般习惯称为'奥林匹斯'。那你呢？你叫什么名字？我的意思是，当你曾经拥有名字的时候，你叫什么？"

潘森，麦克·潘森，法国人，男性，已婚，育有子女，死因是住宅遭波音客机撞毁。

"麦克·潘森。"

男人在一张名单上勾选注记。

"麦克·潘森？很好，142857号别墅。"

"在进行下一步之前，我想先知道自己在这里做什么。"

"你是一位学生，你来这里是为了学习最困难的一种行业。"

看我一头雾水，他解释道："扮演天使已经相当不容易了，不是吗？但我告诉你，最困难的还在后头呢！天赋、本事、创意、智慧、细心、直觉……（他稀里呼噜的咬字像急促的喘气）缺一不可，都具备了，那就是神。你正在诸神的国度里。"

我的确曾想过在天使之上还有更高的境界，但从不敢想自己有一天会成为一位……神祇。

"当然，一切都要靠学习，你现在只不过是一位天神实习生。"他表示。

所以，在发现自己再度有血有肉的时候，我并不是变回了凡人。埃德蒙·威尔斯曾告诉我，希伯来文的神祇一词"Élohim"其实是复数形式。世上第一个一神信仰的宗教，却用复数字眼来称呼他们唯一的神，的确相当矛盾。

"敢问你是……"

"大家通常叫我狄俄尼索斯，有些人错把我当作主司节庆、祭酒、葡萄藤与狂欢的神，这与事实不符。我其实是自由之神，不过世俗之人总把自由与放荡联想在一起。我是一位古老的神，宣扬将自己最好的一面表现出来的自由，要是大家把我当作浪荡子，也就随他们去吧！"

他叹了一口气，摘下一粒葡萄抛入嘴里。

"今天轮到我迎接新生，因为我在诸神学院里担任教授，也就是所谓的神老师。"

一位头戴葡萄藤冠、身形魁梧的神老师，一个在空中飞舞的蝴蝶仙子，一只踩着马蹄的半人马……我究竟来到了什么地方？

"我在断崖那里目睹了一件凶案。"

狄俄尼索斯和蔼地看着我，显然不太关切这个消息。

"你知道受害者的身份吗?"

"我想应该是儒勒·凡尔纳。"

"儒勒·凡尔纳?"他喃喃地重复,同时拿起名单,"儒勒·凡尔纳……果然,十九世纪法国的科幻作家。他的进度太快,真的太快了……而且好奇心太重,要知道好奇的人免不了会遇上麻烦。"

"麻烦?"

"我劝你也别太好奇了,你们这一届人数很多,要我们同时兼顾所有学生相当困难。现在请你先回到你那一区,就是你别墅的所在地,也就是你的家。"

我有好长一段时间没有"我的家"了。

"埃登岛这里早晚会有些凉意,建议你先回去安顿下来,别墅号码是142857。小仙子会很乐意做你的向导。距离其实不远,但如果你累的话,可以骑乘半人马代步。"

蝴蝶仙子以及半人马,这些半人半兽都是在神话中才有的生物,这让我想起一本描述一位疯狂博士将人类与野兽配种的书——《莫罗博士的岛》。

"我想一个人过去,在哪儿呢?"

"你沿着大道走,穿过中央广场,在第三条街左转,进入橄榄树街,不久就可以看到142857号。请你好好休息,同时做好准备,当你听见钟响三长声的时候,务必立刻前往大广场集合。"

我穿上狄俄尼索斯递给我的凉鞋,搭配上一身洁白的长袍装束,穿越过奥林匹斯巨大的城门。

13

百科：天界圣城

节选自《约翰启示录》的片段："天使就带我到一座高大的山上，将那从神那里而降的圣城耶路撒冷指示给我，有高大的墙，有十二道门，门上有十二位天使；门上又写着以色列十二个支派的名字……

"城是四方的，长宽一样……

"人必将列国的荣耀、尊贵归与那城。凡不洁净的，并那行可憎与虚谎之事的，总不得进那城。"

——埃德蒙·威尔斯，《相对与绝对知识百科全书·V》

14

幸福之城

诸神的居所在我眼前闪耀光芒，让人看得出神。

通衢大道笔直地贯穿市中心，两旁植有柏树围篱。

我信步走在奥林匹斯的中央大道上。

大道两旁的丘陵和山谷遍布雄伟的纪念性建筑，应该是泰坦巨神族的手笔。如网络般密集的小河上横跨有木桥，河水蜿蜒注入被紫色睡莲覆盖的湖泊。在陡峭的南坡上可以看到如梯田般递进的大池塘，分别被茂密的竹林、芦苇与棕榈围绕。高耸的城墙后，还有一连串高低起伏的地势，当初的建筑师肯定是喝醉了，才会规划出这样一座天马行空的城市。

穿梭在大街小巷的行人身着五彩缤纷的各种服饰，年轻男女和我一样都是白色长袍的装束，他们应该也是实习生吧！并没有人对我特别留意。

一位身穿黄色长袍的年轻女子遛着一只三头腊肠狗，它活像是缩小版的刻耳柏洛斯[1]。另外还可以见到半人马、森驼及小仙子。

我发现原来这些半兽人也有"公母"之分：蝴蝶仙子有的是一副男生的模样，而母的半人马则会用自己的长鬃毛掩盖凸出的胸部。

我边走边留意这里的环境：有怪物和人以比手画脚的方式沟通的市集，有白砖红瓦并立有科林斯式列柱的小屋，有精雕细琢的栏杆，有喷出清冽泉水的法螺造型的石雕喷泉。

温暖的空气里飘着花香，还有草地刚修葺过的清新香气。我看到了与菜园毗邻的麦田，几只和地球家畜无异的草食性动物——山羊、绵羊、乳牛——低头吃着青草，对周遭美丽的风光视若无睹。

在松树林后出现了新的别墅群，全都是两层楼的建筑。

大道尽头是一座辽阔的圆形广场，中心有一座水池，水池中央的小岛上生长着一棵百年大树。

走近一瞧，我才明白这棵参天巨木是一棵苹果树，所有的果实都是金黄色的。难道这就是伊甸园中的那棵苹果树，那棵让亚当与夏娃被逐出天堂的是非之树？它的树皮带有高龄的褶皱，盘根露出小岛的地表，在岩石间虬结缠绕。它的枝叶高耸入云，并向四周伸展，范围超过了下方水池，甚至是水池四周的矮墙，整座中央广场几乎都笼罩在树荫之下。

---

[1] 地狱看门犬，拥有三个头颅。

我的脑海中浮现《约翰启示录》的片段："在河的这边与那边有生命树……树上的叶子乃为医治万民。"

从中央广场向外垂直辐射出四条大道，路牌上分别标明：

东方：香榭丽舍大道。

北方：圆形剧场与食堂。

西方：海滩。

不过南方付之阙如。这时一阵凉风从背后吹来，我回过头，发现原来是那个红发小仙子静悄悄地飞到了我身后，模样相当淘气。

"你跟着我干吗？你叫什么名字？"

小仙子打了个喷嚏，我递过长袍一角让它擤鼻涕。

"好，既然你不肯告诉我，又像一只蚊子一样跟着我，那我就叫你小蝇蝇……"

小仙子急切地扇动翅膀，对我的玩笑非常介意，它伸出蝴蝶的细长舌头扮鬼脸，同时翻起白眼。我学它吐出舌头，自顾自地往前走。

我发现这里的通衢大道都是笔直的，街道则以圆弧形排列，环绕着中央广场。住宅门前都有花园，栽种有不知名的树，树上开着像是兰花的花朵，散发出类似檀香与丁香的芬芳。

橄榄树街142857号是一栋红瓦的白色别墅，被柏树围篱的树荫笼罩着。房屋四周没有任何栏杆或矮墙，完全对外开放。碎石小径的尽头是一扇没有钥匙孔的门扉，我对身旁的小仙子表示"我家"到了，不希望外人打扰。尽管小仙子面露扫兴的表情，我仍当着它的面把门关上了。

门后有个木制门闩，让我可以把门锁上。这时我才松了一口气，觉得有个不受外人打扰的地方是一件很幸福的事。"我家",我已经好久没有家了。我留意屋里的陈设,最大的一间是客厅,中间摆着一张红色沙发椅与黑色的木制矮桌,对面的白墙上则挂着一台平面电视。

客厅一侧是书柜,摆在上头的书籍全都是空白的,里面一个字也没有。

没有遥控的电视。

没有内文的书本。

没人调查的凶案。

书柜右边摆了一张椅子和带有几个抽屉的书桌,桌上有一支浸在墨水瓶内的鹅毛笔,难道是要我自己把空白的书页给填满?

无论如何,我相信自己这一路的不凡经历确实值得记载,而且我和大家一样,总希望能留下些什么。但是该从何说起呢?"何不从'我'这个字眼开始?"我心底有个声音说道,"这似乎比较合情合理。"那就用"我"开始吧!于是我在书桌前坐定,振笔疾书。

"我……我真的可以把一切记载下来吗?即使是现在,即使时过境迁,我还是难以相信,我,麦克·潘森,竟能亲身经历这不可思议的旅程和……"

我停下笔来。我并不只是麦克·潘森而已,在天堂那里,我发现自己曾是拥有数百个前世的凡人。在横跨三百万年的时间里,我曾是猎人、农夫、家庭主妇、工匠、乞丐;我曾是男人,也曾是女人;我曾经锦衣玉食,也曾经穷困潦倒;曾健康,也曾生病;曾大权在握,也曾被支配奴役。我大部分的前世都很平庸……但也不乏十来个相当精彩的际遇:醉心于天文学的埃及后宫宫女,在布洛塞里昂德森林里用药草为人治病的德鲁伊巫医,在盎格鲁-撒克逊王国担任风笛手的士兵,剑术高超的日本武士,一八三〇年拥有无数情人的巴黎康康舞女郎，沙皇时期圣彼得堡当地无菌外科的医界先驱……

这些精彩的前世大多都没有好下场——巫医目睹了一场大屠杀，对族人的行径感到憎恶，决定自了残生；舞女因一场苦恋而自杀殒命；俄国大夫则感染肺结核死亡。不过，一次又一次的轮回流转，让我的处境渐渐好了起来。

在最后一世当中，我是麦克·潘森，我现在还保有他的形貌。活着的时候，我与哈兀·拉泽拜成为好友，他带领我经历了一段奇特的冒险。长大成人后，我们两个都涉足科学领域，我将自己在医学方面的专长与他在生物领域的专业相结合，进行了一个融合灵修的科学实验：通过灵魂出窍去探索死者的国度。我们把这个实验称为"thanatonautique"（冥游），是希腊文的"thanatos"（死亡）与"nautis"（探险家）两个词的结合。

我们一群冥游者共同打造了一座冥游场，以此作为探索的据点。我们耐心地学习灵魂出窍以及用灵体在地表飞翔的技巧，同时经历一番苦战才抢先那些修行甚笃的教士，首先抵达天堂。我们还逐一穿越过冥界的七道大门，下定决心要探索每一个未知的领域。冥游者不仅是在进行开疆拓土的探险工作，同时也是在从事一项危及生命的职业，因为我慢慢地将过去掌握在少数人手中的千古秘密给揭开了，而我所透露的远比一般人准备好去相信的还要多。

有一天，"他们"从天上发动攻击，让一架飞机失事坠毁在我家客厅，结束了我身为麦克·潘森这一世的生命，还有我一家人的性命。

到了天界，我以潘森的身份接受评价与审判，论断我穿着这副人形皮囊时的功过。所幸在这次审判中，我获得一位出色的辩护律师相挺：法国作家左拉，也是我的守护天使。多亏了他，我才得以逃过一劫，从此脱离凡人不断轮回的宿命。

后来我化为纯洁的灵魂，成为天使，肩负一项职责——必须帮助三名人类脱离轮回转世的宿命。我还记得这三位"客户"：苏联大兵伊戈·伽可夫、美国名模与演员维纳斯·谢利登、法国作家贾克·南侯德。

但是要帮助人类可不是简单的事。我在天使界的良师埃德蒙·威尔斯常说："人类总是一心想着如何避免不幸，而不是去创造自己的幸福。"他教给我影响人类的五种途径：托梦、第六感、征兆、灵媒与猫。通过这些途径，我终于成功解救了其中一位客户——贾克·南侯德，同时劝他摆脱转世的宿命，如果他愿意的话。至于我，我则获准离开天使帝国，迈入下一个境界。

而目前，我就在这座……"埃登岛"上。在身为凡人和天使之后，我现在又是什么身份？

"天神实习生。"狄俄尼索斯说。

我把鹅毛笔搁回墨水瓶，起身继续参观我的别墅。在客厅右边是一间卧房，里头放着一张带有天盖的大床。衣柜里则挂着二十来件白色内衣与长袍，样式和我身上穿的完全相同。卧室尽头有一间浴室，包括马桶、浴缸、洗脸台在内，全部都是用大理石打造而成，搭配镀金水龙头。另外还有一罐散发着薰衣草芬芳的灰色爽身粉。我开始放热水，泡沫在水流的冲刷下，变得越发柔细。我脱下衣服，心情愉悦地浸在浴缸中。

我闭上眼睛，聆听自己的心跳发出……

15 访客

"叩、叩、叩。"

敲门声把我惊醒，难道小蝇蝇还没离开？又是一阵敲门声，我只好起身亲自打发它，一路上溅得房里都是水。我用一只手在腰间围上浴巾，另一只手则拿起一支洗背刷，然后把门打开。

出现在我眼前的并不是小仙女，而是埃德蒙·威尔斯，我在天使界的老师。他笑容可掬地说："那时候你对我说'再见'。"

我嘟囔道："而您则回我'后会有期'。"

我们给了彼此一个深长的拥抱。

许久我才松手，让他进到屋内。埃德蒙·威尔斯毫不拘束地坐在客厅的红色沙发上，而且一如既往，没有任何开场白就急忙告诉我："这一届学生人数特别多，'他们'之前招生不足，所以这次增额录取，连我也到这里来了。"

他的尖耳朵，他的三角脸，加上那一副神秘兮兮的模样，埃德蒙·威尔斯完全没有改变，依旧令人印象深刻。他在前世是一位专门研究蚂蚁的昆虫学家，但让他乐此不疲的工作是积累各种知识，以及在原本不能交流的物种之间建立沟通管道，好比蚂蚁与人类，此外还有人类与天使。

"我的别墅就在附近，橄榄树街142851号。"他的语气仿佛我们是一起去度假的游伴。这时我赶紧把上衣、长袍和凉鞋给穿上。

他对我是用"你"，我却用"您"来称呼他，因为我实在无法跟他称兄道弟。我低声说："这里有些事情不太对劲。在我抵达海滩的时候，我遇见了儒勒·凡尔纳，他奄奄一息地躺在我怀里，胸前有一个很大的伤口，应该是遭人暗算。但是狄俄尼索斯只告诉我说他惹上了麻烦，因为他来得太早，而且生性太过……好奇。"

"儒勒·凡尔纳一直是个急先锋。"埃德蒙·威尔斯表示，对这件离奇命案的态度和狄俄尼索斯一样冷淡。

"他的遗言是别到奥林匹斯山上去，好像他曾目睹了什么吓人的东西。"

埃德蒙·威尔斯看起来半信半疑，但我们的目光都不约而同地飘向窗外，望着那依旧笼罩在云雾里的山脚。我继续说："这里的一切都很不寻常。"

"倒不如说是'不可思议'。"

"还有这些书呢，全都是无字天书。"

老师咧嘴微笑。

"那就由我们把书页给填满！这么一来，我也可以继续完成我的作品《相对与绝对知识百科全书》，接下来的内容将与人类、动物无关，也不会提到天使，而是完全以神为主。"

他从肩挂的背包里取出一本和书架上类似的书，只不过它似乎已经有了使用过的痕迹。

他轻抚着书背。

"接下来我们要经历的一切都会被记载下来。我已经凭着记忆记下了一些我认为很重要的片段，而且会继续把这里的见闻记录下来。"

"可是您为什么——"

"你可以用'你'称呼我。我已经不是你的老师了，我现在跟你一样是实习生，是你的同学。"

"你为什么——不行，我实在是办不到，我还是习惯用'您'来称呼……为什么您这么执着于知识的追求？"

起初他对我无法改口的反应感到很惊讶，但也并不坚持。

"也许是因为从小我就担心自己会成为一个无知的人，这个烦恼一直纠缠着我。有一天，我背不出老师交代的课文，他对我说：'你的脑袋是空的。'之后我就一直想要充实自己，但不是背诵课文，而是积累知识。十三岁的时候，我开始编写一些厚重的笔记，里头有图片，有科学知识，还有我个人的想法（他微笑着细数往事）。我还把报纸上的女星性感照剪下来，贴在数学课本公式旁的空白处，好让自己有翻课本的欲望。我一直在做这样的事，你也晓得，当时就算我身在天使帝国，我也想通过启发一位凡人，让我的百科全书计划得以继续下去，这件事差点儿让我的任务失败。而在这里，我总算可以继续我对相对与绝对知识的追寻了。"

"您是指《相对与绝对知识百科全书》的第五卷？"

"第五卷正式版。其实我已经写好了非正式版，分开藏在不同地点。"

"《相对与绝对知识百科全书》藏在地球上？"

"那当然！我的这些宝藏还有待有心人士发掘，现在我着手进行的是这一本。"

我端详着他手中的书，埃德蒙·威尔斯用工整的字迹在封面写下了"相对与绝对知识百科全书·Ⅴ"。

他把书递给我。

"我编写《百科》的原因是我在偶然的邂逅中，从许多人身上获得了丰富的知识。当我想要把这些知识传承下去、期许它们源远流长的时候，我才发现多数人对这份礼物都不感兴趣。只有面对准备好去接受的人，奉献才有意义，于是我决定用书写的方式把知识献给所有人，这就好比向大海扔出瓶中信，只愿拾获的人能懂得欣赏，就算我无法亲自见到这些人。"

我打开书本，看到上头记载的第一个词条是"太初之时"，接下来是"面对未知""如果全宇宙只有人类""天界圣城"……最后一个词条是"数字的象征体系"。

"又是数字？您在前四卷《百科》都已经解释过了。"

埃德蒙·威尔斯不甘示弱地表示："数字的象征体系是万物之钥，我必须不断重复、不断补充，因为它是理解宇宙演进方向的快捷方式。麦克，你要谨记在心……"

16 　　　　　　　　　　百科：数字的象征体系

数字是距今三千年前由印度人所发明，意识的冒险就是遵循着数字的象征体系。

曲线表示爱恋。

十字代表考验。

横线则意味着联系。

下面是数字笔画的分析。

"1"，矿物。单纯的直线，没有联系，没有爱恋，也没有考验。矿物没有意识，只是单纯地存在，呈现出物质的最初面貌。

"2"，植物。横在线头有一弯曲线。横线代表植物与土地的联系，同时也象征着固定在原地的根部。植物爱恋着天空，向上伸展花叶，接收日光。

"3"，动物。两条曲线。动物爱恋着天与地，但与两者没有联系，而且完全受到恐惧、欲望等情绪左右。两条曲线象征着两张嘴，一张咬啮，一张亲吻。

"4"，人类。一个十字，是介于"3"与"5"之间的交叉路口。"4"是考验的时刻，通过考验便成为智人，进入"5"，若是失败就回到动物状态的"3"。

"5"，智人。它是倒过来的"2"。最上头的横线代表与天的联系，下方的曲线则是对土地的爱。智人摆脱了动物的兽性，与周遭发生的事物保持距离，没有情感或直觉上的冲动，克服了恐惧与欲望。他热爱地球与其他人类，同时在远处静静地观察这一切。

"6"，天使。洞悉一切的灵魂，摆脱了肉体轮回转世的宿命。灵魂超脱轮回之后，成为一个纯洁的灵体，没有痛苦，也不再有基本需求。代表天使的那一弯曲线发自内心，然后垂降到地面帮助人们，接着曲线再度向上，迈向更高的境界。

"7"，神，至少是指"天神实习生"。不断向上飞升的天使，来到更高的层次。顶端和数字"5"一样都有一道横线，但下方不是代表爱恋的曲线，而是一条直线，直接对下方的人世产生影响。数字"7"中也有一个十字，与倒过来的"4"雷同，因此也象征着面临考验的路口，必须通过考验才能更上一层楼。

——埃德蒙·威尔斯，《相对与绝对知识百科全书·Ⅴ》

（转录自卷四）

17　圆形剧场的迎新晚会

下一个境界是什么,"8"吗?

此时钟声响了三长声,我们赶紧前往中央广场的苹果树下集合。其他身穿白色长袍的实习生从我们身旁经过,各个年龄层都有,肯定是他们在地球最后一世时的模样。所有人都在打量彼此,对众多的人数感到惊讶,也不明白自己究竟有什么了不起的贡献,竟能够来到这里。

一位身着橘黄色长袍的少女用手势指示所有人排成一列。

"时序到了。"埃德蒙·威尔斯低声对我说。

"我不晓得,我没戴表。"

老师笑着说:"你没听懂,我说她是一位'时序'女神,希腊的半女神,大家都这么称呼她们。"

"一共有二十四位吗?"

"一共有三位,"他凑到我耳畔,"秩序女神欧诺弥亚、正义女神狄刻,以及和平女神厄瑞涅,她们是法律女神忒弥斯与众神之王宙斯所生。"

从这位时序女神刚才要我们排好队伍的德行,我想她一定就是秩序女神欧诺弥亚(Eunomia)……在希腊文中,"eu"这个前缀是"好"的意思,例如"euphonie"表示悦耳之声,"euphorie"指舒适感,而这位时序女神名字的字面意义就是"好名字"。

新生一一报到,欧诺弥亚在名单上圈点后,告诉大家该往哪里去。轮到我报上名字的时候,她目不转睛地盯着我看,难道她也在想莫非我就是"大家所指望的那位"?

但她只是告诉了我北方大道的方向,叫我前往圆形剧场。

剧场前一样人满为患,另一位名叫狄刻的时序女神也在确认新生名单。从她身经过时,我瞥见名单上儒勒·凡尔纳的名字被删掉了,取而代之的是……埃德蒙·威尔斯。我的老师就这样出其不意地取代了被杀害的作家?

我报上名字"潘森",领到一个奇怪的盒子。我迫不及待地打开盒子,发现里头有一个手掌大小的十字架,上方带有玻璃制的透明手柄,还有一条可以挂在脖子上的细链,下方则有三个分别刻有不同字母的滚轮。

"这是古埃及十字架'安卡',"埃德蒙·威尔斯表示,"是'诸神的令牌'。"

诸神的令牌……我把它翻过来,发现上头刻有号码"142857",跟我的别墅号码一样。

我紧跟着我的良师兼益友进入圆形露天剧场。环绕的阶梯座位、中央舞台,这里跟其他的古代圆形剧场没有两样。我们附近有几位同学神色不安地交谈着。

"我们就像身处小孩子的梦境当中。"我说。

埃德蒙提出了另一种看法。"或在一本书里,仿佛有人以这样的场景完成了一本著作,只要读者展读书页,书本就能获得生命,而读者也与我们同在。"

我耸耸肩,不置可否。他不疾不徐地说下去:"某位作家参考了希腊神话,将它呈现在创作中,目的是要我们让神话重现。在我看来,'一切的开始与结束,都是一部小说'。"

我有点儿明白埃德蒙的意思了。

"也就是说，作家把你我当作故事中的人物来观察。但是他已经完成整个故事了吗，还是只想好了结局？或者他和我们这些出自他笔下的人物同时铺展情节？"

他看着我，正经中带点儿促狭。

一位身穿黄袍、头戴花果头冠的少女示意我们往一边站，好让后面的新生能够入场。

"第三位时序女神？"

"应该不是，她看起来比较像是其他的半女神：季节女神。"

我闻着她散发的香气，那是一种介于铃兰与百合之间的芬芳。如果她是季节女神的话，肯定是春神了。她那金黄色的大眼、亚麻色的秀发，以及纤细的玉手，令人意乱情迷。就在我冲动地想碰触她时，埃德蒙·威尔斯及时抓住了我。

我打量着散落在阶梯上的同学们，其中不乏知名人物，我一眼就认出了好几位：画家罗特列克、小说家福楼拜、发明热气球的蒙特哥菲尔兄弟之一艾蒂安·德·蒙特哥菲尔、陶瓷家贝纳·帕里希、印象派画家莫奈、飞行员克雷蒙·阿德尔、雕塑家奥古斯特·罗丹。另外也有一些知名女人：悲剧女演员莎拉·伯恩哈特[1]、雕塑家卡米耶·克洛岱尔、物理学家玛丽·居里、女演员西蒙·西涅莱[2]，以及间谍舞娘玛塔·哈莉[3]。

十分善于交际的埃德蒙·威尔斯向玛塔·哈莉走去。

"你好，我叫埃德蒙·威尔斯，这是我的朋友麦克·潘森，你不会就是玛塔·哈莉吧？"

---

1 法国舞台剧女演员，被公认是十九世纪最伟大的悲剧女演员。
2 法国女演员，一九六〇年以《金屋泪》成为首位获得奥斯卡最佳女主角的法国女星。
3 荷兰籍舞娘，第一次世界大战期间因间谍罪名遭法国枪毙。

这位年轻的棕发女子点点头,我们彼此对看一眼,不知该说些什么。

夜幕渐渐低垂,所有人不约而同地聚集在座位旁。天空升起三个明月,排列成三角形,而浓雾依旧笼罩着奥林匹斯山。

我高声提出一个困扰我的问题:"山顶上究竟有什么?"

文森特·梵高首先开口回答道:"带有金褐色与蓝色反光的灰。"

玛塔·哈莉低声道:"一个谜。"

乔治·梅里爱[1]跟着说:"一个戏法。"

古斯塔夫·埃菲尔[2]表示:"打造宇宙的建筑师。"

西蒙·西涅莱接着说:"一位制片人。"

居里夫人说:"终极定律。"

莎拉·伯恩哈特支吾道:"我们现在是在奥林匹斯,难道会是……宙斯?"

此时后方传来一个斩钉截铁的声音。"什么都没有。"

所有人回过头去,看见一位顶着枯槁长发、戴着圆眼镜、蓄着棕色胡须的矮小男人。

"那上头什么都没有,没有宙斯,没有建筑师,也没有戏法……什么都没有,只有积雪和云雾,跟其他的山没有两样。"

就在他自信满满地说出这些话的时候,山顶上突然出现了一道光,光开始闪烁,像是浓雾中的灯塔。

"你看见了吗?"梅里爱问。

"看见了,"胡须男接着说,"我看见了一道光,单纯的一道光。'他们'在山顶上点亮了一盏投射灯,好让你们胡思乱想。你们这样凝

---

1 法国电影导演,以擅长制作电影特效闻名。晚年债台高筑,大部分作品被变卖或销毁。
2 法国工程师与实业家,以建造巴黎的埃菲尔铁塔与纽约的自由女神像闻名。

视它，就跟被灯光吸引的蚊子没两样。这一切都是布景，都是精心安排好的。"

"看你这么斩钉截铁，你是哪位啊？"莎拉·伯恩哈特不悦地质疑。

对方九十度鞠躬。"皮埃尔·约瑟夫·蒲鲁东[1]，随时听候您差遣。"

"蒲鲁东？那位无政府主义理论家？"埃德蒙·威尔斯问道。

"正是在下。"

我曾听人谈起过这位捣乱分子，但从未见过他的长相，坦白说，他与卡尔·马克思十分神似。看来蓄长发、留胡须在当时蔚为风尚。他的前额高阔光滑，长发盘成一个髻。他接着补充道："蒲鲁东，无神论者、无政府主义者、虚无主义者，而且引以为傲。"

"但是你也曾经投胎转世啊……"莎拉·伯恩哈特说。

"这话没错，但我过去从不相信轮回转世。"

"而且你也当过天使……"

"这话没错，但我过去从不相信有天使。"

"而你现在是一位实习生……"

"这话没错，我将会成为'无神论者之神'。"蒲鲁东对自己的说法相当得意，"坦白说，你们真的相信有什么诸神学院？你们真的以为我们要通过造物主资格会考？"

有一位男子加入了我们的讨论，他显然努力想掩饰自己有内斜视的问题。

"那上头，"他以深信不疑的语气表示，"一定有一样充满力与美的东西。我们是实习生，是小神祇，但他，他是伟大的神。"

---

[1] 法国社会主义者和经济社会学家，以无政府主义者自居的第一人，生前与卡尔·马克思往来密切。

"你想到的是……"我问。

"我想到的是无论是在力量、威严还是觉知等各个方面都远在我们之上的东西。"这位名叫路西安·杜沛的新生法喜充满地说。他表示自己生前是一位眼科大夫，虽然有斜视的毛病，但仍不断帮助其他人重见光明，最后他终于明白信仰才是明察一切的方式。

"可不是嘛，你要相信这些鬼话是你的自由，"蒲鲁东说，"但是我，我不怕高呼'没有神，也没有主宰'的口号。"

新生行列中传来一阵无法苟同的骚动，但这位无政府主义者仍继续说："我和圣多马[1]一样，只相信眼见为凭，而我见到的就是在一座岛上聚集了一群人，大家开口闭口都是神，这也神，那也神，这已经犯了许多宗教的大忌，你们摆明了在亵渎神祇，还自称什么信徒！再说，什么是神？现场的各位谁有超能力？我只晓得自己失去了天使的力量，之前我可以飞升穿墙，但我现在只觉得又饿又渴，身上还罩着一件让我浑身发痒的长衫。"

他说得没错，这件粗布衫确实让我很不舒服，而且一提到"饿"这个字眼，我的胃就抽搐，高声抗议。蒲鲁东接着说："我告诉各位，所有这些都像是电影的布景，还有那座云雾缭绕的山，全都是整人的恶作剧。"

这时候传来一声短促低沉的敲击声。

一只半人马出现在眼前，手执两支鼓棒敲击背在身上的大鼓。

接着是第二只半人马加入齐奏，然后第三只出现了……一支总数超过二十只的半人马乐队，奋力敲打身上的大鼓。

它们首先沿着露天剧场绕行，接着环绕在场新生，逐渐把大家给

---

[1] 耶稣的十二门徒之一。

包围了。大伙儿一动也不动,听着越发激越的鼓声,胸腔发出共鸣,心跳也应和着节奏。目前半人马的数量已经增加到一百只,它们持续挥动手中的鼓棒,鼓声的韵律回荡在我体内,撼动了我的太阳穴、我的胸口、我的四肢。此时,我清楚地感受到了体内久违的每一块骨骼和它们建构起来的整个骨架。

半人马似乎用鼓声展开了对话,某些成员的即兴独奏就像是某种召唤,立刻引发其他同伴用相同的节奏予以呼应。

突然,一阵嘶鸣声扰乱了原本的秩序。一位女子进到场中,以亚马逊女战士的姿态骑在一匹慢步前进的马上。她戴着头盔,身穿银色长袍,手中挥舞着长矛,肩头栖着一只猫头鹰。半人马鼓队立刻停止挥动手中高举的鼓棒。

在现场不寻常的肃静气氛中,女子走到剧场中央。她的身高大约有两米,和狄俄尼索斯一样,也许所有的神老师都是如此人高马大。

她字字分明地表示:"你们这一届的人数真的非常非常多,而且有人还没报到。现在场中的新生大概有一百人,今晚还会有其他人陆续抵达。你们这一班的人数总共是一百四十四位,是历来人数最多的一届。"

"十二乘以十二,"埃德蒙·威尔斯在我耳畔呢喃道,"就像亚当和夏娃的一百四十四位后代、世上最初的一百四十四位人类。"

女子用长矛敲击地面,要大家保持肃静。

"我们每一届挑选的学生,都来自相同的文化与国家,这是为了避免打着民族主义旗号的小团体出现。今年,我们选择的对象是往生的法国人。"

女子用锐利的眼神环顾现场,场中所有人一动也不动,就连蒲鲁东也乖乖噤声。

她身手利落地从坐骑上一跃而下，完全没有惊动马匹。

"在这里，"她继续说，"各位将成为'人民的诸神'，就像是'引领牲口的牧羊人'，你们在这里要学习如何做一个称职的牧羊人。"

女子在场中来回踱步，猫头鹰飞离她的肩头，在我们头上盘旋。

"课程一共分为两个学期，分别由十二位神老师负责授课，名单如下：

"一、赫菲斯托斯，锻冶之神；二、波塞冬，海神；三、阿瑞斯，战神；四、赫尔墨斯，行旅之神；五、德墨忒尔，农业女神；六、阿弗洛狄忒，爱之女神。第二学期的教师阵容如下：七、赫拉，家庭女神；八、赫斯提亚，灶神；九、阿波罗，艺术之神；十、阿尔忒弥斯，狩猎女神；十一、狄俄尼索斯，节庆之神——各位应该都见过了。

"最后则是由我本人亲自授课。十二、雅典娜，智慧女神。"

不知道为什么，在这些名字当中有一个令我印象深刻——阿弗洛狄忒，爱之女神……一听见这个名字，我就有一种莫名的熟悉感，仿佛她是我前世或者来世的一个亲人。

走了几步之后，戴着头盔的雅典娜又说："除了刚才的十二位神老师之外，还有从旁协助的神助理。第一学期的神助理有西西弗斯、普罗米修斯与赫拉克勒斯，第二学期的神助理则是俄耳甫斯、俄狄浦斯和伊卡洛斯。另外还有负责预备课程的时间之神克洛诺斯。如果你们认为有必要的话，赫马佛洛狄忒斯会给予各位心理辅导，一直到课程结束为止。"

阶梯座位上又传来一阵骚动，但雅典娜话还没说完，她拿起长矛重击地面。

"我要强调，这里就跟其他的团体生活一样，必须严格遵守生活规范。一、晚间十点钟响十声之后，不准到奥林匹斯城外游荡；二、不准对岛上的居民暴力相向，无论对方是神、怪物还是实习生，我们这里是个祥和的神圣之地；三、不准旷课；四、发给你们的安卡十字架千万不可离身，必须随时随地将它戴在脖子上。它不只是你们的身份识别，上课时也用得着。"

场中又是一阵喧嚷，雅典娜也知道自己的这番话令新生们不解，于是解释道："你们只要出了奥林匹斯城，就不再安全了。要知道这座岛屿危机四伏，远超过你们的想象。"

台下的骚动有增无减。

"而且，"她拉高嗓子补充道，"这里有个狠角色，绝对会让你们失去逛大街的冲动，那就是魔鬼他本人。"

她说出这个名字的时候，还打了个寒战。

此时，场中的骚动更是一发不可收拾，她手中的长矛再也控制不了局面，非得要半人马击鼓，大家才冷静下来。此刻每个人心中都对魔鬼有不同的想象。鼓声停歇后，雅典娜做出结语："明天开始上课，第一堂课由克洛诺斯负责。我再跟各位强调一次，我希望课程在心境祥和、宁静的情况下进行，不容许有任何杂音。"

就在这时，传来一声凄厉的惨叫声。

18　　　　　　　　　　　　　　　　　　　　百科：呐喊

生命的开始和结束通常就是一声呐喊。古希腊士兵在发动攻击的时候，必须高喊"喝啦啦"的攻击口号，来激励彼此的士气。日耳曼士兵则会对着盾牌嘶吼，通过共鸣声来吓退敌军马匹。在凯尔特人的传说当中，名叫荷伯·诺兹的夜喊者会用叫嚷声让旅人误入陷阱。而根据《圣经》记载，约伯的儿子吕便是个天赋异禀的大声公，任何人听见他那强有力的叫声，都会被吓得魂飞魄散。

——埃德蒙·威尔斯，《相对与绝对知识百科全书·V》

19　校方承认的第一件谋杀案

叫声持续了许久，接着戛然而止。

大家不安地面面相觑。叫声似乎来自圆形剧场后方，雅典娜的猫头鹰赶紧飞过去，半人马们也急急奔出场外，所有人都跟着冲了出去。

半人马们已经包围现场，不久外围就挤满了人。我奋力在围观者中攒动，好不容易才瞥见双手交叉、仰卧在地上的死者。他的心脏部位有个大窟窿，可以直接看到地面，而且伤口四周带着焦痕，跟那天儒勒·凡尔纳的一样。

我觉得毛骨悚然。身为天使的时候，我以为已经摆脱对死亡的恐惧，但重拾肉身之后，原始的恐惧又浮上心头。现在的我已非不死之身，我不但可以感受到痛楚，而且还可能死亡。

为什么神祇要放弃属于天使的特权？

天色渐暗，一位学生拿着火炬走近。火光照亮受害者因恐惧而扭曲的五官，也映照着围观人群惊恐的表情。

我问道："死者是谁？"

"德彪西，克劳德·德彪西。"一位爱乐者低声表示。

原来我们之中还有谱写《牧神午后前奏曲》的作曲家，不过我还没来得及认出他，他就离开了。

"这是谁干的？"有人问。

"魔鬼……"路西安·杜沛神秘兮兮地表示。

"搞不好是你口中那位'伟大的神'……"蒲鲁东讥讽地说，"既然他是正义之神，那偶尔惩罚一下自己的信众，又有何不可？既然你们信仰他，那就乖乖受罚。"

雅典娜忧心忡忡地摇头，她的猫头鹰在我们的头顶上盘旋，像在寻找凶手。

"凶手就在你们之中，"雅典娜表示，"一位弑神的实习生。"

弑神，好耸动的字眼。

"最后见到死者的是谁？"雅典娜问。

善后的两只半人马将作曲家的尸体抬上担架，再盖上一条毯子。这时我突然觉得死者似乎动了一下，我揉揉眼睛——说不定只是个反射动作，或我看走了眼。我低声说："这并非第一件凶杀案，之前还有儒勒·凡尔纳。"

"谁说的？"雅典娜喊道，她那敏锐的听觉让我相当佩服。

我赶紧躲在别人身后。猫头鹰张开翅膀紧贴着我们的头顶飞过，打量着所有人，我可以感受到它经过时振翅的气流。

"染血的诸神之国……弑神者肯定是一百四十四位新生中的一个。"她的表情变得十分凝重，"我一定会把他揪出来严惩，放心好了，我绝对不会手软。"

"一百四十四减一，现在剩下一百四十三位。"蒲鲁东表示，显然对这件命案和严惩的威胁无动于衷。

至于我，我只觉得不安，一只手紧抓着胸前的安卡。

20 百科：安卡

安卡又被称为顶环十字架，在古埃及时期是诸神与法老王的象征。它的造型是"T"字形上顶着一个环饰。另外，它也被称为"伊西斯之结"，因为在埃及人眼中，这个环饰是生命之树的表征，与伊西斯的形象相同。顶环十字架的另一个含义是通过解开此结来与诸神沟通，而由这个行为延伸出来的意义是灵魂的"解脱"。我们可以在法老王阿蒙霍特普四世的手中，以及大部分太阳神祭司的手里，见到安卡的踪影。在殡葬仪式中扣住十字架顶环的行为，被认为象征着用钥匙开启永恒的生命，同时也意味着将凡人锁在禁地之外。有时它会被绘在眉宇之间，象征通天之人有遵守秘密的义务。一旦知悉死后的真相，就不能向任何人透露，否则将会失去记忆。

至于科普特基督教徒，他们将顶环十字架视作永恒的钥匙。

在印度文化中，我们也可以见到顶环十字架，它是阴阳结合的象征，也就是将分别代表两性的符号合而为一，成为雌雄同体。

——埃德蒙·威尔斯，《相对与绝对知识百科全书·V》

21 蓝森林

"您不觉得我们正在干天大的蠢事吗？"

埃德蒙·威尔斯和我正计划翻越奥林匹斯东面的城墙，登墙的绳索是临时用床单绑成的。

"知道真相的唯一方法，就是采取行动。"他回答我。

途中我咕哝道："儒勒·凡尔纳告诉我'千万别去那里'。"

我的三心二意惹恼了老师。

"麦克，你究竟想怎么样？成天无所事事，不断对那山头上的东西做无谓的揣测？"

看他怂恿我违规的坚决态度，我面对的已不再是从前在天使帝国叮咛我要遵守规定的埃德蒙·威尔斯了。

来到墙脚之后，我开始奋力往上爬，手掌痛得像着火一样。事后，我们赶紧把纠结的床单藏在金合欢树林里。

从这里向远方眺望，视线里只有两个明月，还有那雄伟的山头。

奥林匹斯……

我们步行在茂密的草丛里，往东方前进。

越往前走，山坡越陡，树木取代了刚才的草原，数量越来越多，成了一座浓密的森林。坡度缓和下来，我们在树林里的步伐也快了起来。

黄昏的天空中已经是一片牡丹花般的红霞。

前方突然有动静，我们赶紧趴进蕨草丛里。有个人影慢慢靠近，身上穿着白色长袍，是一位实习生。我想起身叫住他，但是埃德蒙·威尔斯拽着我的衣袖，示意我不要现身，他的谨慎让我不解。只见一个小仙子飞过那人影上头，然后加速朝城内飞去。几秒钟后，一只疾驰的半人马突然蹿出，把那位违规学生给掳走了。

"小仙子负责巡视，半人马负责捉人。"埃德蒙低声说。

半人马抱着我们的同学朝南方去了，我不安地问："他们会怎么处置他？"

在埃德蒙·威尔斯若有所思的同时，半人马已经消失在远方。埃德蒙环顾四周，确定附近没有小仙子，也没有半人马。

"学习蒲鲁东计算一下现在的人数，我们已经不是一百四十三位，而是一百四十三减一，成了一百四十二位。"

我们重新上路，贴着树木前进，同时留心头顶上的动静。我们竖起耳朵注意四周的声音，但除了枝叶摆动的飒飒声外，什么也没有。来自西方的风慢慢吹起，风势越来越大，灌进长袍里，也摧枯拉朽似的吹袭树林。

我看见远处有一个小仙子试图逆风穿越，但最后还是放弃了，飞离了这股风暴。我猜想这些带着翅膀的小东西一定有个属于它们的村子，说不定是个巨大的鸟巢。我可以想象它们在铺着苔藓、地衣与小枝条的巢穴里，一副懒洋洋的模样。

有马蹄声。一只半人马正在附近巡视，肯定是在寻找别的违规学生。在它嗅着空气的同时，我们小心翼翼地藏进一条沟渠内。半人马的马鬃在风中翻飞，拍打着它的脸。这时它高举前肢，只靠后肢维持平衡，用一只手遮在眉眼上，想要居高临下看个清楚。接着它抓起一根长树枝，抽打着灌木丛，试图把可能藏匿的违规学生给赶出来。不过阵阵狂风还是战胜了半人马的疑心，让它打道回府了。

我们吃力地从沟渠里爬出来。风势渐渐转弱，我却忍不住打起寒战。

"你冷？"埃德蒙·威尔斯问。

"不是。"

"你怕？"

我没回答。

"你在怕那位弑神者？"他追问下去。

"不是。"

"那就是怕魔鬼咯？"

"也不是。"

"那你在怕什么？被半人马给捉去？"

"我在想……阿弗洛狄忒。"

埃德蒙·威尔斯情深意重地拍拍我的肩膀。"别又开始想入非非了。"

"狄俄尼索斯表示这里是个终极觉知之地，所以说最好与最坏并存，能同时感受到绝对的恐惧与绝对的欲望也是理所当然的事。魔鬼与爱之女神……"

"麦克，你还是老样子，总忍不住胡思乱想。你连那女人什么样子都没见过，就已经坠入爱河。文字的魅力，不是吗？'爱之女神'，光是说出这几个字，就让你心旌摇荡……"

林间的路越来越崎岖，天边的红霞转为紫色，然后是灰色，最后只剩一片海蓝色。云雾缭绕的山峰又闪现新的光芒，仿佛在对我们挑衅。

四周越发昏暗，我甚至看不见自己的双脚。正当我考虑是不是该放弃的时候，山脚下传来午夜的十二声钟响。

在一片漆黑当中，我看见蕨草丛里有点点微光闪现，是萤火虫。它们成群结队地飞来，在我们眼前汇聚成一片发亮的云朵。

埃德蒙·威尔斯伸手捉了一只，握在掌中，萤火虫不仅没有尝试逃脱，还变得更亮了。埃德蒙小心翼翼地将萤火虫放在我的手里。这个小生命竟然能发出如此耀眼的光芒，我十分惊讶。虽然我的双眼已经习惯了周遭的黑暗，但有了萤火虫就等于拥有手电筒。

我们在萤火虫的帮助下继续前进，直到暗处又发出一片光芒。埃德蒙和我赶紧又窝身矮树丛里，目睹眼前令人吃惊的一幕：一群实习生正发出闪电来照明。原来安卡十字架能够发出闪电，我终于明白为什么雅典娜一口咬定是实习生杀了德彪西，因为后者的伤口四周有烧焦的痕迹。或许顶环十字架真的是生命的十字架，但同时也是死亡的十字架。

远方的实习生们发现了我们的踪迹，赶紧把手中的安卡给关了，我们也把萤火虫放在地上。我们看不见他们，他们也见不着我们，但彼此都清楚对方就在大约五十米外的地方。我冒险开口问道："你们是谁？"

"那你们呢？"反问的是一名女子。

"你们先说。"

接着传来一名男子的声音："你们先开口。"

双方僵持不下，我冷静地提议："那我们在中间碰头。"

"好！数到三，一、二、三……"

彼此仍旧不动声色。这一幕让我想起了埃德蒙·威尔斯的《百科》中关于囚徒的矛盾心理的内容。话说这名囚犯无法完全信任自己的同伙，因此总是先开口栽赃他们，以免被他们出卖。对面传来的男子声音让我很疑惑，我总觉得在哪里听过。我半信半疑地喊道："哈兀？"

"麦克！"

我们在黑暗中奔向彼此，摸索着找到对方后，欣喜若狂地拥抱。

哈兀，哈兀·拉泽拜，我最要好的朋友，我的拜把兄弟。当年我在巴黎的拉雪兹墓园结识了这个沉默寡言的男孩，是他激发了我对探索未知精神领域的兴趣，我也曾和他一起在死者的国度里开疆拓土。哈兀是冥游之旅的始祖，是勇闯冥府的先锋。他举起手中的安卡，并将它指向地下，一束光打在他瘦长的脸上，也照亮了我的脸。

"麦克，我走到哪里，你就跟到哪里！"

哈兀长长的双臂紧抱着我，身后浮现两个人影。我揉揉眼睛，认出了佛莱迪·梅耶，那位传授我们犹太卡巴拉奥义的犹太盲教士。佛莱迪仍是一张慈眉善目的圆脸，他不但是用银色编织绶带引领信众飞翔的先锋，而且总能用简短的谈笑风生化解最让人不安的险境。

"这宇宙可真小！"他大声说，"就连换了星球，还是不免会遇见老朋友……"

佛莱迪用安卡照着地面，我看清了他的脸。

从前双眼失明的他，现在恢复了视力。玛丽莲·梦露急忙来到佛莱迪身旁，这个历久不衰的性感象征在天使帝国期间成了犹太教士的妻子。"因为幽默风趣是伴侣之间最好的黏合剂。"她曾认真地表示。玛丽莲姣好的身材在一袭紧身长袍的衬托下更显诱人，我也一把将她拥入怀里。

"你这小子，"佛莱迪说，"才刚刚重拾肉身，就不择手段地对我老婆动手动脚……"

"雅典娜说这届学生只有法国人，但据我所知，玛丽莲，你是美国人啊……"

佛莱迪解释道，他的妻子有权在美、法两个国籍之间做选择。为了不和丈夫分离，玛丽莲表明自己是法国籍，而且天庭行政单位也予以认可。我想奥林匹斯当局一定有某种非要招收这位来自阿尔萨斯的犹太教士为实习生的理由，所以才会同意破例。不过话说回来，也许当局的国籍认定标准比较宽松，因为玛塔·哈莉和梵高虽然都是死在法国，但两人的原籍其实都是荷兰……

玛丽莲·梦露的明星风采依旧令人倾倒。那尖翘的朝天鼻、长睫毛下的蓝眼睛，以及乳白的肤色……全身上下都散发出脆弱、温柔与感伤的气质，令人心生怜悯。

埃德蒙·威尔斯也从暗影中现身。在他和哈兀之间，始终存在着某种不信任，不过当下两人似乎忘记了过去的不愉快。

"爱情为矛，幽默为盾！"玛丽莲高声喊出过去集体行动时的口号。

现场所有人都暂时将小仙子、半人马抛诸脑后，整齐划一地喊出："爱情为矛，幽默为盾！"

大家的手彼此交叠，这回我们又聚在一起了，这样的感觉真好，共同的回忆一下子又浮现在脑海里。

当我们是天使的时候，曾一同在宇宙中寻找有智慧生物居住的行星，最后找到了"红星"。

我们也曾携手与堕落天使军团对抗，最后靠着"爱情为矛，幽默为盾"的信念，打赢了这一仗。

"在探索亡者国度的时候，我们叫作冥游者。"佛莱迪·梅耶表示，"当我们在天使帝国的时候，就叫作天使游侠。现在来到了诸神的王国，我们必须另外想一个名称。"

"那就叫'神游者'好了，因为我们现在是神界的探险者。"我说。

"赞成！"大家异口同声表示。

哈兀教我使用安卡十字架，要制造闪光时，只需要将旋钮对准字母D，然后按下按钮就行了。我在射出的光束中，发现他们三个全身上下都沾着泥泞。

"我们在一片隐秘的树林后，挨着城墙挖了一条地道，"佛莱迪解释道，"三个人手脚快些。"

"那我们就一起上路吧！"埃德蒙·威尔斯提议。

我们一行五人穿梭在森林中，傍着山沟，顺着小径，在越过一片荆棘后，抵达一个奇特的地点。

这里是一座河谷，中央蜿蜒着一条数十米宽的蓝色河川。在漆黑的环境下散发着光芒的河流，犹如一座内置照明设备的巨大游泳池。河水其实是混浊的，不过可以看见河底有夜光虫，也就是水生的萤火虫，是它们照亮了流水。

我从未见过如此深浓的蓝色。

II

ŒUVRE AU BLUE

蓝之卷

22

蓝色。

那深郁的流水令我们站在河畔凝视良久。萤火虫在河面上盘旋，为眼前壮丽的一幕平添光芒。

风势平息下来，四周看不到半人马的踪影。假使它们都睡了，会采取什么睡姿呢？像马匹般站立着垂首而眠，还是像人一样采用侧躺的姿势？

下方山谷传来代表凌晨一点的单声钟响，这时远方出现了一道强烈的光芒，让大伙儿吓了一跳。涌现的光辉穿透云霭，远比从山顶上不时传来的光源来得耀眼。凌晨一点竟有曙光乍现，我这才明白原来是第二个太阳准备升起。它上升的高度不及第一个太阳，因此远处仍是红霞一片。

原本一路相随的萤火虫无用武之地了，纷纷飞离我们。宝蓝色的河水转为浅紫色，沿岸衬着白沙与嫩绿色的森林。

我们沿着河岸寻找可以涉水而过的浅滩，但一阵急流挡住了我们的去路，同时也令玛丽莲·梦露想起自己拍摄电影《飞瀑欲潮》时的情景。我们无法涉水渡河，不过下游水势虽然仍旧湍急，但似乎不会把人给冲走，应该冒险泳渡，还是继续寻找浅滩？

一阵急促的脚步声打断大伙儿迟疑的思绪，朝着大伙儿藏身的树丛快步走来。对方是一位落单的实习生，此时哈兀突然一跃而起："爸！"

对这意料之外的父子重逢，方西斯·拉泽拜似乎并不像儿子那么激动。

"哈兀，你在这里做什么？"

"你就是认定我无法成为神祇，对吧？"

一本书从他父亲的长袍里掉出来，哈兀急忙捡起。

方西斯·拉泽拜表示自己在地球上完成《死神，这个陌生人》之后，仍持续在这里创作名为《神话》的新书。他在书中记下脑海里有关希腊哲学与神话的学问，这些也是他前世致力散播的知识。方西斯希望通过岛上的见闻，自己的百页书稿能够更臻完善。

埃德蒙·威尔斯十分感兴趣，表示自己也在进行科普百科的编写工作。他相信方西斯·拉泽拜对神话的着墨肯定比自己更详尽，如果能将其转载在书中，他会非常高兴。

但是方西斯向后退了几步。

"让别人擅自转录我研究的心血？哪有这么便宜的事！大家井水不犯河水。"

"知识是不属于任何人的，"埃德蒙说，"每个人都有权获得知识。再说，如果我没记错的话，目前已知的希腊神话主要来自赫西俄德的作品。我们并未虚构，也没创作，只不过是针对既有的知识以个人方式加以重述而已。"

方西斯沉默不语，对埃德蒙的这番话无动于衷。

"希腊神话并不是你发明的，拉泽拜先生，就像量子力学也不是我发明的一样。这些知识不是个人专属的资产，我们的著作只不过是传播知识的媒介，就好比捆绑花束的一条缎带。"

方西斯·拉泽拜突然涨红了脸。

"在我还是凡人的时候，我从不把牙刷借给别人，不允许别人动我盘里的饭菜，我不认为成神后就需要改变自己的习惯。没有必要的掺杂混合，只会混淆视听，模糊焦点，我想你我就好好留着各自的'花束'吧！"

"可是爸——"哈兀插嘴。

"你给我闭嘴，你懂什么？"方西斯·拉泽拜打断儿子。

"可是——"

"哈兀，你这个可怜虫，只知道唉声叹气、自怨自艾，跟你妈一个可怜相，一辈子都只能活在我的影子底下。当初我一走了之时，我就知道你们母子只有靠我才活得下去。"

"可是爸……你遗弃了我们。"

方西斯挺直身子，打量着面前缩成一团的亲生儿子。

"我离开，是要迫使你们发现自己的天赋。肌肉不去锻炼就会萎缩，而胆识是肌肉，独立是肌肉，抱负更是肌肉。"

哈兀辩解道："爸，你曾告诉我：'听我的话，做个自由自在的人。'但这两者根本自相矛盾。"

"我死后一直在注意你，你成天闲混，不知进取，这些我都看在眼里。"

"爸爸，你怎么可以这么说？！"哈兀反驳道，"是我开启了冥游之旅，而且我还发现了红星。"

"这没什么了不起的！"方西斯说，"你总是无法独当一面。我问你，跟你做伴的都是些什么人？比你更胆小、更拿不定主意的人。如果你当初是一个人，就可以走得更快，爬得更高，飞得更远。没有他们，你早就是个实至名归的英雄了。"

"一个早逝的英雄。"哈兀叹气道。

方西斯耸耸肩。

他们的家务事实在没有让旁人置喙的余地，虽然我在好友眼里察觉到了一丝从前会令我十分忧心的目光。

"你的勇敢无畏、你的牺牲奉献，就是靠……自杀来证明。"哈兀继续说。

"没错！"他的父亲表示，"自我了断是为了能够探索新的疆土，也就是亡者的国度，好为你铺路。我总是在试探、嘲弄神祇，挑战命运，而你只知道权衡利弊得失，犹豫再三之后才敢采取行动。"

方西斯·拉泽拜似乎厌倦了无谓的争辩，话刚说完就脱光了身上的衣物，将长袍与书本扔在草丛里。全身赤裸的他纵身跳入河里，完全无视冰冷湍急的水流，以标准的自由式游离岸边。到达河中央的时候，他回头看着我们："你看吧！哈兀，你只知道犹豫，等待别人先行动才敢跟着做，但生命就是要先干了再说。"

我们的确准备跟在这位胆识过人的先锋之后采取相同的行动，不过玛丽莲阻止了我们。有一群生物浮出了水面，是人鱼。它们的上半身是少女的模样，下身却是带有背鳍与腹鳍的长鱼尾。

那蓝灰色的鱼鳞熠熠生辉，像是无数亮片。

"爸，小心！"哈兀大叫。

这位退休教授充耳不闻，依旧卖力地游着。当他知道苗头不对的时候，已经太迟了。虽然他加速前进，但他还没来得及抵达对岸，人鱼就捉住了他的小腿，一把拖入河底。哈兀要下水营救，佛莱迪·梅耶抱住了他。

"放开我！"哈兀高喊，挣扎着想要脱身。

眼看佛莱迪就要拉不住了，我明白是出手的时候了。我顺手拾起一块石头，往好友的头部砸去。我才刚与哈兀重逢，不能就这样失去他。有一瞬间，他不可置信地看着我，接着就一路滚落到沙滩上。

他的父亲在河中最后一次挥舞着手臂，随即完全失去踪影。

一只半人马肯定是听见了我们的呼喊声，快步朝我们靠近。佛莱迪和我分别抬起哈兀的双脚与肩膀，将他带往我们藏身的矮树丛。半人马从我们面前经过，对着地上的足迹又看又嗅，同时抽打着一根枝叶繁茂的树枝，然后才渐渐远离。

河面上浮出人鱼姣好的面貌，口中还吟唱着动人旋律，引诱我们投入它们的怀抱。

"今晚就到此为止吧，我想是打道回府的时候了。"埃德蒙·威尔斯皱着眉说道。

匆忙之间，我捡起名叫《神话》的那本书。

23　　　　　　　　　　　神话：希腊创世记

太初之时混沌一片。

混沌凭空出现，这一切毫无征兆。它无形、无声，没有光辉，而且无所不在。在经过数千万年的沉睡之后，混沌出其不意地创造出大地之母盖亚。

孕味盎然的盖亚产下一卵，从中诞生了主宰情爱的厄洛斯。没有转世肉体的厄洛斯以难以捉摸的隐形姿态，翱翔在宇宙中，所到之处遍植爱苗。

孕育诸神让混沌乐此不疲，于是它又创造了黑暗之神厄瑞玻斯与夜之女神倪克斯。两人干柴烈火，生下了飞升于宇宙之上的苍穹之神埃忒尔，以及主司照明的光明女神赫墨拉。然而，黑暗之神与夜之女神却因此争吵不休，对孩子与自己大相径庭的模样感到厌恶，急忙远离亲生骨肉。于是,当苍穹与光明出现的时候,黑暗与夜就避之唯恐不及;当后两者回来的时候,前面两人就会离开。

至于盖亚,她仍不停生育,生下天空之神乌拉诺斯,占据盖亚的头顶;山峦之神乌瑞亚,坐落在盖亚胸口;海洋之神蓬托斯,流淌在盖亚体内。另外还有第四个孩子,隐身在盖亚的双腿之间,他就是深渊之神塔耳塔洛斯。有了天空、海洋、山峦与深渊之后,盖亚不仅是大地女神,还是一颗完美的星球。但是盖亚并未就此停止生育,她孕育的诸神还没有齐备。于是她又和长子生下十二位泰坦巨神、三位独眼巨人,以及三位拥有五十颗头颅与百臂的巨人赫卡同克瑞斯。

当乌拉诺斯明白自己只不过是母亲泄欲的玩物之后,他断然拒绝扮演父亲的角色,而且鄙视泰坦巨神与独眼巨人,擅自将他们囚禁在塔耳塔洛斯的地底深渊里。盖亚知情后大怒,锻造了一把锋利的短刀,递给深渊中让她十分操心的孩子们,要他们亲手杀了丧心病狂的父亲,借此脱离苦海。

但是他们都很惧怕自己的父亲,不敢接过短刀,宁可意志消沉地蹲坐苦窑,也不愿触犯天条。泰坦巨神中最小的儿子克洛诺斯却接过短刀,在乌拉诺斯与盖亚行房之际,一把捉住父亲的下体,将其割下丢入海中。乌拉诺斯痛苦嘶吼,惊骇地飞往天空最高处,同时诅咒犯下弑父罪行的逆子:"凡是动手忤逆双亲者,必反遭其子嗣报复。"

在经历生育子女与亲子相残的悲剧之后,天空之父乌拉诺斯与大地之母盖亚终于永远分道扬镳,接下来就是时间之神克洛诺斯主宰的时代。

——埃德蒙·威尔斯,《相对与绝对知识百科全书·V》
(改写自方西斯·拉泽拜的作品,前者取材自赫西俄德
于公元前七百年完成的著作《神谱》)

24　　　　　　　　　　　　　　　　　　　　　凡人：零岁

　　我整个人累坏了，一头栽在别墅的沙发椅上。好不热闹的一晚！还好其他同伴之前在墙脚下挖了地道，回程比前往时轻松多了，但这一路还是得拖着仍旧不省人事的哈兀。

　　借由哈兀身上安卡十字架的号码，我们知道了他住的地方——103683号别墅。大伙儿一起将他抬上床，明天他头上肯定会肿起一个大包，但至少这个朋友还在我们身旁，而不是在蓝河的底部。

　　我闭上眼睛，久违的疲惫感浸透我的躯体，全身上下的肌肉烧灼，心脏狂跳。我全身是汗，上衣也脏了，而且饥肠辘辘，又饿又渴。我精疲力竭，但又焦躁得睡不着觉，即使不用钟声提醒，我大概也知道现在应该是半夜两点钟。

　　钟声传来，敲了两下，是必须合眼的时候了。明天早上八点开始上课，我还依稀记得自己是凡人的时候，每天必须睡足至少六个钟头才行。

　　我在床上辗转反侧，双眼盯着胸前的十字架。好精美的玩意儿。我不经意地按下D钮，安卡射出一道光，但不是线性的光束，而是由多条不规则光线组成的白炽射线，往目标物集中发射，结果那道强烈的光束摧毁了一张椅子。

　　原来安卡除了照明之外，还有这等用途，是一件可怕的武器。在将旋钮转到D的同时，我还发现可以调整射线的强弱；强度越高，射线就越接近激光。那字母A又代表什么？我把旋钮对准A按下，结果什么也没有。那换N试试看——我什么灾难性的后果都预想到了，但就是没料到电视机会被打开。

原来我的安卡也是之前遍寻不到的电视遥控器。奥林匹斯电视台安排了什么节目呢？我盯着电视画面，是一位单眼皮的矮小妇女躺在床上准备生产，身旁围绕着两位护士和一名男子。妇女咬紧牙关，不吭一声，就连她身旁的护士也静默不语，过程在一股平静的气氛中进行，屏幕一角有数字指出频道是第一台。我转动旋钮换到第二台，依旧是生产的画面。这次的产妇是一位金发的肥胖女人，产房的光线昏暗，里面的人数较多。其中有一位矮瘦的男子，眼神酷似布列塔尼猎狗，肯定是她的丈夫。他脸色苍白，紧紧拽着临盆妻子的手，产妇也紧掐着丈夫的手不放。其间，先生勉为其难地弯下腰来看，想知道是怎么一回事，但立刻就被吓得退避三舍。产妇像一只小狗般气喘吁吁，同时高声命令在场所有人，我想她说的应该是希腊语。一大群护士和年轻大夫团团围绕着她，产房一角还可以看到全员到齐的产妇的家人。这位未来的妈妈扯高嗓门儿，对所有人发号施令，不仅帮大伙儿出主意，同时还训斥着整个医疗团队。

我转到第三台。这次临盆的场景不是在医院，而是在非洲丛林的一间小木屋里。在场清一色是女性，接生婆扎着发辫，上头插满了繁复的头饰，身上的服饰很华丽，宛如要去参加庆典。一旁有一群小女孩伴随非洲鼓的节奏，哼唱着优美的曲调，外头的花园里还有一群人跟着唱和。

没有第四台。浏览过三个台的节目后，我的结论是，奥林匹斯的电视节目专门转播临盆画面，要不然就是我今天刚好碰上"全球生产实况特别节目"。

我切回第一台，画面中是个哇哇啼哭的瘦小婴孩。护士把名牌绑在婴孩纤细的手腕上，接着在婴孩的手臂上置入点滴管，另外一位护士则将一根管子插入婴孩的鼻孔，同时用胶带固定。

第二台的画面是一名肥胖的巨婴对着空气蹬足，在现场亲属的掌声中大声啼哭。家族的每位成员争先恐后地凑上前去亲吻婴孩，一旁的护士正在用一把不太锋利的剪刀，努力跟脐带奋战。

第三台的婴孩被接生婆高高举起，展示在花园围观人群的眼前。所有人再次唱起歌谣，连床榻上的母亲也跟着哼唱。

我瞪大双眼，三名新生儿……可不是吗？直觉告诉我，他们就是我在天使帝国负责的那三名客户。我试着认出他们来。非洲婴孩肯定是美国女星维纳斯·谢利登，她一直希望能在下辈子认祖归宗。那名希腊婴儿应该是苏联大兵伊戈，他始终坚持投胎在斯拉夫语系国家，最终选择诞生在希腊的土地上。而且生前曾遭到生母憎恶的他，自然希望有一个爱护自己的母亲。看看那名胖产妇对婴孩激吻的模样，想必伊戈已经从前十几次轮回注定遭到母亲唾弃的诅咒中走了出来。这么说，那名亚洲婴孩就是作家贾克了。他从前一直醉心于东方文化，现在干脆直接诞生在东方。而且我发现，把贾克从投胎转世的轮回中解救出来，并无法说服他成为一位天使……他宁可重返人世，当个肉身菩萨。他们这些觉知的灵魂，如今都选择重返世间，来渡化芸芸众生。

这些婴孩都带着一张小老头儿般多皱的脸蛋。《相对与绝对知识百科全书》说得没错，婴儿呱呱坠地的头几秒钟，还保有前一世老朽的身躯，从前几个浮光掠影的片段也还留存在脑海里，直到守护天使在婴孩的鼻息下方勾勒出一条遗忘之沟，献上天使的遗忘之吻。

那个非洲新生儿的姐姐——一位小女孩，在婴孩耳畔呢喃了一些令人不解的话："不要忘记，千万不要忘记你从前经历过的一切。在你会说话的时候，把它说出来，说给早已全部忘记的我听。"

25　　　　　　　　　　　　　　　　神话：克洛诺斯

　　克洛诺斯阉割自己的父亲乌拉诺斯，取得了父亲的王位。乌拉诺斯离开大地，只在降下雨水的时候偶尔显现。至于克洛诺斯的母亲大地之母盖亚，她仍不断在自己的骨肉里寻找新的情人，后来相中海洋之神蓬托斯，两人一同创造出各式各样的水族。另外，泰坦巨神族也耽溺于手足间的乱伦。长兄俄刻阿诺斯与特提斯生下三千名女孩，她们分别成为世上涌泉及河川之神；倪克斯则分别和亲兄弟们生下睡神修普诺斯、死神塔纳托斯、纷争女神厄里斯，以及复仇女神涅墨西斯。

　　克洛诺斯和胞姐瑞亚结缡，先后生下了赫斯提亚、赫拉、德墨忒尔、哈迪斯和波塞冬。但克洛诺斯想起父亲的诅咒，害怕会被自己的子嗣推翻，便把刚出生的孩子吞下了肚。

　　如此残暴的举动令瑞亚相当不悦，她决定暗地里前往克里特岛产下他们的第六个孩子宙斯。瑞亚采纳母亲盖亚的主意，设下一个圈套，用襁褓包裹一块大石头交给丈夫，谎称里头是刚生下的孩子。克洛诺斯不疑有他，立刻将石头一口吞下。幸免于难的宙斯藏身在山洞中，深受仙女疼爱。仙女们为宙斯哼唱歌曲，平息他的啼哭与吵闹，以免被克洛诺斯听见。

　　长大成人后，宙斯用掺入强效催吐剂的美酒引诱父亲。计谋得逞，克洛诺斯不仅吐出了大石头，就连头五胎儿女也一并吐出。趁着父亲还没来得及反应，宙斯、赫拉、赫斯提亚、德墨忒尔、波塞冬与哈迪斯立刻前往奥林匹斯山躲避。

　　克洛诺斯报仇心切，向手足泰坦巨神求援，新旧两代诸神的战争随即爆发。起初经验丰富的泰坦巨神占了上风,不过其中的普罗米修斯转而投靠宙斯阵营,成为后者的得力军师。普罗米修斯建议宙斯求助于独眼巨人,以及拥有百臂的赫卡同克瑞斯。这些实力强大的盟友赐予宙斯雷霆与闪电,赐予波塞冬三叉戟,赐予哈迪斯隐形战盔。

最后,战事以奥林匹斯诸神的胜利告终。战败的泰坦巨神被囚禁在塔耳塔洛斯的地底深渊里,至于他们的父亲克洛诺斯,则被放逐到幸福岛上。

——埃德蒙·威尔斯,《相对与绝对知识百科全书·V》
(改写自方西斯·拉泽拜的作品,前者取材自赫西俄德于公元前七百年完成的著作《神谱》)

26　星期六:克洛诺斯授课

早上八点,钟声响起。昨晚我就睡在忘记关上的电视机前,身上仍是那一袭沾有污泥的长衫。我起身沐浴更衣。

今天是星期六,萨图恩之日,萨图恩是希腊神祇克洛诺斯的罗马名字。

学校并没有准备早餐。奥林匹斯街道冷清,还有几团未散去的晨雾,沾了晨露的花草散发出浓烈的香气,半人马、森驼和小仙子茫然若失,似乎度过了一个极不安稳的夜。身上一袭薄衫让人觉得有些凉意,一群同学已经聚集在苹果树下,只见他们跺着脚来暖和身子。来到这里的头几天,我大概是太在意法国历史上的那些名人了,所以才没留意天使帝国的朋友。哈兀也是如此，初来乍到的新鲜感竟让他没发现自己的父亲也在班上……今天，我一眼就找到了那群冥游伙伴。大家都到了，唯独没见到哈兀。

"哈兀他人呢？"

玛丽莲和佛莱迪摇摇头，埃德蒙则表示他应该不久就会和其他同学一起出现。果然，四面八方都是迟到的学生急切地往这里跑来。

当下的气氛让我想起小时候每个新学期的开始，一群小学生守候在校门口，猜想着班导师会是什么模样。

哈兀终于出现，头上扎着绷带。他刻意避开我们，甚至对我们的招呼视若无睹，自顾自地和新同学聊天。

"我等得不耐烦了，"玛丽莲表示，"这里冷得让我起鸡皮疙瘩。"

佛莱迪环抱着玛丽莲的双肩为她取暖，后者小鸟依人地靠着他。

玛塔·哈莉向我们走来。

"听说又有人不见了，点名的时候少了两个学生，现在我们只剩下一百四十人。"

"他们准备把我们一个个杀光。"蒲鲁东叫嚷道，"这里才不是什么学校，而是屠宰场。德彪西是第一个，然后轮到其他人，我们谁都逃不了。"

"那两个人发生了什么事？"斜视的路西安·杜沛问。

"也许是在森林里迷了路。"我支吾地表示。

"你是说他们趁着黑夜偷溜出去了？"他惊讶地反问。

"也许他们自愿降级，回到天使帝国去。"我这么回答他。

"雅典娜说过，她绝对会严惩弑神的凶手。"玛丽莲提醒道。

"在我眼中，奥林匹斯诸神都很残暴，今天授课的克洛诺斯还曾生吞自己的亲骨肉。"

女神欧诺弥亚仍是一身橘黄色长袍，仪容依旧无可挑剔。她要所有人跟随她往南方大道去。

一个学生队伍跟在她后头，我借机靠近哈兀。

"我伤害你是为了救你。我知道你想救你的父亲，但是你的牺牲肯定无济于事。"

他狠狠地瞪着我，我晓得现在谈谅解与宽恕，还言之过早。

克洛诺斯的神殿位于大道右手边，像教堂一样有一座钟楼，里头传来激越嘹亮的钟声，提醒上课的时间到了。

神殿大门敞开，欧诺弥亚吩咐大家坐在木头长凳上。前方讲台上摆了一张书桌，桌旁立着一个一米高的托台，托台支架底部有两个置物格和一个抽屉，最后则是黑板。

哈兀刻意挑了个远离我的位子坐下。

我环顾四周，发现墙边的架子上杂乱无章地摆着各式各样的闹钟、手表、挂钟、布谷鸟报时钟、沙漏、漏壶、日晷等计时用具，其中不乏价值连城的收藏品，也有塑料制成的廉价货色。现场嘀嗒声此起彼落。

大家窃窃私语地等待着，直到最前端的门扉打开，一位身高两米有余、脸上布满青筋的老者走进教室。

老人一出现，现场计时的嘀嗒声立刻停止。他捂着嘴干咳两声，现场顿时鸦雀无声。

"奥林匹斯的神都爱猜谜，"他说，"所以我先出个题。

"它侵吞一切，飞禽、走兽、花草、树木；它啃铁噬钢，令顽石成灰；它让王者衰亡、城市倾圮，连雄伟的高山也被它夷为平地。请问它是谁？"

他沉默地看着大家，然后无奈地坐下。

"没有人晓得？"

现场一点儿声音也没有，于是他叹气般地说："时间。"

他起身在黑板上写下"克洛诺斯"。

"我叫克洛诺斯，时间之神。"

他穿着一身褴褛的衣衫，实在看不出属于时间之神的威仪。那一袭夜空蓝长袍上看似星罗棋布的苍穹，其实是遍布的破洞，令人不忍直视地垂挂在他身上。

"我是你们第一堂课的老师，但不是你们的第一位老师，"他强调说，"而是第零位老师。我将教授你们如何创造时间并占有时间。你们要知道，我可比其他神早一步出现，而且是宙斯的父亲。"

我在方西斯·拉泽拜的著作中读到过有关他的内容，一时全浮现脑海。如果我没记错的话，这位神祇是泰坦巨神中的老幺，阉割生父夺取了王位，后来还生吞骨肉，以免被自己的子嗣推翻。

"第一点，认识你们手边的工具。"他同时在黑板上写下"神器"，然后问，"谁能告诉我，你们身为天使的时候拥有的五种力量？"

大家争先恐后地举手，克洛诺斯指着一位带着酒窝的棕发女孩，后者乖巧地念道："托梦、第六感、征兆、灵媒、猫。"

"非常好，这位小姐。各位仍然可以继续使用这些干预途径，除此之外，你们还拥有一样神祇专属的工具——安卡。"

他从长袍中取出一个顶环十字架，尺寸比我们的大。

"现在让我们一起来认识安卡。上头有三个黑色按钮，分别标示有A、D、N三个白色字母。我先说D。D钮能释放闪电，它代表了分裂、切割、毁灭和解离。通过D钮，你们可以向自己主宰的子民发出暴风雨的轰隆声，引发火灾，甚至杀人，请谨慎使用。即使是在奥林匹斯，D钮也能够致死，因此一律禁止将安卡对着别的同学、神老师、神话怪物或其他任何生物。凡是滥用这个武器的人，都会受到惩罚。我知道已经发生了一个实习生遭到同学杀害的事件。"

克洛诺斯冷冷地表示："这位弑神者还真没有闲着。"此刻我突然觉得他在看我，眼神让人不寒而栗。接着他又看向全班同学，继续说下去："记得在上课前为自己的安卡充电。每个人的房里都有一个充电座，把它放上去就行了，其实就跟手机差不多，在座的现代人应该都明白。"

话一说完，老师就扯着他右手边的一根绳索。

在当当的钟声里，教室走进一个老态龙钟的巨人，他气喘吁吁地背着一个直径有三米的巨大球体。他可是费了一番工夫，才成功地将那个盖着布的圆球带进门里。

"还不早点儿敲钟，"巨人上气不接下气地咕哝道，"我就快挺不住了。"

"我向各位介绍阿特拉斯，大家可以鼓掌来为他加油。"

教室里响起掌声。

阿特拉斯气喘如牛，举步维艰地向托台走去。与其说是将圆球给摆上去，倒不如说他是将圆球给扔在上头。接着阿特拉斯取出一条特大号手帕，拭去额前的汗珠。

"我真的不骗你们，这有好几吨重啊！"

"下去歇着吧！"克洛诺斯同情地表示，"待会儿就会好些了。"

"不会，才不会好呢！我已经受够了这样的工作环境，从来就没人体谅我的辛苦。不派给我助手，至少也给我一辆手推车吧！"

"这个晚点儿再说，"克洛诺斯缓颊道，"现在这个时间和场合，并不适合谈这些。"

阿特拉斯朝着台下的学生撇撇嘴，喘息声可比雷鸣，这才拖着沉重的步伐离开。

克洛诺斯用低沉的嗓音继续讲课。

"成为神，就代表着从微观世界迈入宏观世界。在天使帝国的时候，你们每个人都必须亲自照顾三位凡人，从他们出生到死亡为止，这段时间很少会超过一百年。现在你们的神职则关系到人口上千上万的族群，甚至可以高达数百万，而且时间横跨数千年。"

我侧耳倾听，仔细推敲每个字眼。

克洛诺斯揭开保护罩，一颗水晶球呈现在大家眼前。球体内部有一颗行星，以悬浮之姿出现，其表面几乎就要与水晶球内壁相接了。

"大家靠上来。"

在所有人往前聚集的同时，老师将灯光熄灭，好让大家能更仔细地观察这颗行星。此刻它兀自散发着光芒。

"你们安卡的手柄上配备有放大镜，将它贴在水晶球上，接着转动也可以用来切换电视频道的 N 钮，如此就可以就近观察你们感兴趣的地点。"

我举手发问："请问 A 钮的作用是什么？"

克洛诺斯对我的问题置若罔闻，只顾着要大家测试新功能。大家垫起椅子，以便靠近球体上回归线的位置，将一只眼睛凑在安卡放大镜上，仔细观察行星表面。

"请问这颗行星确实存在于这颗水晶球当中吗？"乔治·梅里爱问。

"问得好，不过答案是否定的。水晶球只是屏幕而已，呈现在你们眼前的内部影像，其实只是这颗行星的立体投影，有点儿像是所谓的全息图。"

"那星球是如何发光的呢？"另一位学生发问。

"反射星系中太阳所发出的光芒。虽然各位看到的只是实况转播，不过你们的任何干预行径都会直接造成影响。"

"请问这颗行星究竟在什么地方？"古斯塔夫·埃菲尔问。

"在宇宙的某个角落，你们不需要知道，它的位置跟你们接下来要进行的操作无关。"

我透过放大镜看见星球表面是一片黑色汪洋，上头有细如白线的浪头流动。顺着浪头，我观察到有数块海岸线破碎的大陆，陆地上有沙滩、平原、森林、偶有白雪覆盖的山脉、山谷、荒漠、河川与溪流。我转动安卡的N钮拉近焦距，看见有乡镇、村庄、城市，还有道路及房舍，简直就是一个袖珍的大千世界。

我持续转动N钮，眼前随即出现牲畜与农田，还有道路上壅塞的车阵，以及在都市要道上熙来攘往的小小人群。城市仿佛会呼吸吐纳，排出阵阵烟雾，点着成千上万盏微小的灯火。

但是我听不见任何声音。此时克洛诺斯已经备好耳机，发派下去，告诉大家安卡上的耳机孔位置。我觉得耳机似乎连接有导向式麦克风，因为无论我把放大镜对准何处，耳机里都能传来该处的声音。

我把注意力放在群众里的两个小人身上，他们所说的语言我立刻就听懂了，所以某处应该还设有自动传译装置。两人正在抱怨天气有点儿"不正常"，不远处的教堂里则有一群人在感叹"神抛弃了我们"。

教室里的所有人都忙着移动放大镜，对此感到新奇不已，这让我回想起自己担任天使时守候在水晶球前掌握凡人客户的遭遇。现在的我就像是电影导演，任意转换视角来捕捉每一个画面。有些同学踮起脚来，以便观察北半球，有的则蹲在地上观测南半球。在耳机与安卡的衬托下，大家就像是医师在会诊一颗巨大的肿瘤。

我们根本不把任何隔间和墙壁放在眼里，甚至可以穿透屋顶，将屋内居民的私生活尽收眼底。行星的阴暗部分代表黑夜，之中有人鼾声大作，有人做爱，有的辗转难眠，有的起身到阳台抽烟，顺便为天竺葵浇水。随处可见依旧开着的电视机。

行星的其他部分则是早晨，小小人儿起床、盥洗、穿衣，早餐在匆忙间囫囵下肚，有的准备上学去，有的则匆忙赶往工厂或办公室。

在车水马龙的道路上，人人心浮气躁。汽车在壅塞的车龙里频按喇叭，行人则在地铁出入口推挤磨蹭。时间飞快流逝，黑夜随之降临，万家灯火与路灯同时点亮，电视机也打开了。

刚好是播送晚间新闻的时刻，我很想知道记者在播报什么内容。在某个山区内，有一群人高举着武器，他们嘶吼、奔跑、打斗，然后彼此开火，痛苦哀号，倒地死亡。

战争绝对是诸神眼中的好戏，因为大多数同学都将放大镜瞄准在战场上。不久，大家开始关切这些交战分子的一举一动，完全不问他们究竟是为何而战、为谁而战。有的同学甚至打赌身手矫健的深绿军最终会打败浅绿军，赢得胜利。城市里也有死伤：一群人正聚集在戏院门口准备观赏一出浪漫喜剧，突然，戏院大楼发生爆炸，民众在惊叫声中四散奔逃，救护车警笛大作，迅速来到现场。人行道和马路上散落着血肉模糊的尸体，受到惊吓的男女们紧张地搓着手，不是哭泣就是呻吟。

接着，救护人员将尸体抬走，街道恢复整洁，人们重拾生活步调，回到各自的活动领域，就好像蚁窝被小孩踹了一脚后，蚂蚁们又重新步上正轨一样。

在钟声响起，克洛诺斯开灯的时候，大家都吓了一跳。所有人呆立在原地，搓揉着眼睛，仿佛刚从一个深沉的梦境醒来。有一瞬间，我们似乎真和这些人在一块儿。大家摘下耳机，把放大镜收好。

"别被那些人类活动给吓着了。"时间之神表示，"你们必须从根本上去了解人性，明白他们的渴求、希望，不要被表面的举动给蒙蔽了。"

克洛诺斯从托台下方取出一座笨重复杂的大钟。

"有没有人特别留意这颗星球上的日期？"

刚才回答出天使的五种力量的棕发女孩又举起手来。

"他们生活在二〇三五年。"她说。

"是'他们的'二〇三五年。"克洛诺斯强调，"事实上，这些人所在的年代是宇宙大爆炸后的一百五十亿年、这颗行星诞生后的五十亿年、星球第一位人类出现后的三百万年，以及第一座城邦建立后的六千年。但是，为了避免在示范教学中造成混淆，我们还是沿用他们的年代。"

克洛诺斯拨动齿轮，数字2035出现在大时钟顶端的显示板中。

"这行星有点儿像我们的地球。"有位同学低声说道。

老师点点头。"创造一个生物能够生存繁衍的世界，方法也不过就那几套。"

他后来补充的一句话，让大家松了一口气。他说："但这并不是你们的地球，有人看出来哪里不同吗？"

大家争先恐后地回答。

"穿着，他们穿的衣服都很古怪。"

"食物，有些怪异的料理我认不出来。"

"宗教，地球上没有这些宗教符号，而且他们的教堂也跟我们的不同。"

"这颗星球上的大陆是七块，不是五块，而且分布的位置也不一样。"

"他们的汽车比较宽敞。"

克洛诺斯对台下频频点头，他补充道："这颗行星比地球还大，而且季节更加分明：夏天酷热，冬季严寒。全球人口总数达八十亿。"老师边说，边写在黑板上。"诸神会用专门的称呼来识别每颗行星，这颗行星被称为'十七号地球'。'地球'是因为无论是重力、气候还是化学等方面，它都和各位来自的行星同属一类；'十七'是因为它是第十七届学生的成果。"

"这样的话，你们如何称呼我们来自的地球？"埃德蒙·威尔斯问。

"一号地球。"

我们对自己来自最初的那颗地球，不约而同地感到骄傲。它才是原作，其他都不过是东施效颦的赝品。

"十七号地球的确是你们一号地球的仿制品，我们创造它的用意是让诸神从事各项练习。它可以说是一颗'草稿行星'，顾名思义，也就是专门用来进行各种尝试和实验的星球……"

这个构想令我跃跃欲试。

"我接下来要示范一项其他神老师都无法办到的技艺。"

时间之神面露得意，心满意足地将那座古怪大钟放在一盏吊灯的直射光源下。由于是透明材质，时钟内部或带有锯齿，或光滑平整的齿轮构造显露无遗，其中夹杂了输送有色液体的管线。在这错综复杂的构造中心，有一面带着两根指针的圆形大钟盘，最顶端则是一面标示着2035的数字显示板。

克洛诺斯小心翼翼地掀开保护钟盘的玻璃钟壳，接着用指尖将长针往前拨。我的眼角余光扫过十七号地球，发现地表的汽车瞬间变成高速跑车，人们开始加速狂奔。

大家再次拿起安卡，观察行星上的变化。光明、黑暗、白昼、黑夜，时间的高速变换让人觉得整个星球闪烁不停，显示板上的数字也不断向前推移：2036、2037、2038、2039……

克洛诺斯觉得时间流逝得不够快，于是转而拨弄短针。接下来的时间不再是逐年往前，而是以十年为单位前进。十七号地球停止闪烁，似乎毫无动静，但地表不断有高楼筑起，然后消失，被更高的大楼取而代之。蜿蜒曲折的道路开始拓宽，线道不断增加，而且有各式各样的飞行工具浮现天际。

接着，城市停止扩张，飞行工具也逐渐减少，终至完全消失。高速公路又变回了小径……

2060、2070、2080、2090……我很希望克洛诺斯先暂停一下，好让我弄明白这一切是怎么回事，但他仍持续拨动指针。

2160、2170、2180、2190……最后克洛诺斯将时间停在二二二二年。"大家看仔细了，"他吩咐道，"看清楚在大约两百年之后，这颗行星变成了什么模样。"

他再次熄灭灯光，我们重新戴上耳机。

冒着烟雾、灯火通明的城市已不复见，没有汽车，也没有黑夜里的灯火，只见几个居无定所的部落，带着防御的矛与箭。

27　　　　　　　　　　　百科：三步向前，两步向后

文明诞生、壮大、凋亡的过程就和生命体一样，有属于自己的节奏，三步向前，两步向后。文明呼吸，迈入鼎盛时期，一切似乎都渐入佳境，变得更加安康，更加自由——更少的劳动、更优质的生活，以及更少的威胁。这就是文明的启发期，所谓的三步向前。到达某个

境界之后，原先的冲劲停滞不前，走势震荡，困惑及恐惧先后降临，引发暴力与乱象，这就是所谓的两步向后。

在一般情况下，这一阶段必定跌至谷底，才能再次反弹跃入另一个启发期，但可贵的时间都给浪费掉了。历史上的罗马帝国诞生、壮大、兴盛，在律法、文化、科技等领域的成就，远超过同时期的其他文明。接着，帝国腐化堕落，专制压迫，终致一蹶不振，被异族入侵。一直到中世纪以后，人类才从罗马帝国如日中天的辉煌里重新出发。历史上多少健全、具备远见卓识的文明都不免走上衰亡一途，仿佛在说明文明崩毁乃不可抗拒的道理。

——埃德蒙·威尔斯，《相对与绝对知识百科全书·V》

28　草创期

田野惨遭蹂躏，触目皆是废墟，道路上蔓生荆棘。倾圮的大楼里偶有人迹，准备用杀戮来掠夺仅有的粮食。一大群流浪儿童重拾野性，与成群结队的野狗争夺食物。战后幸存的士兵袭击启程追寻新天地的少数旅者，敲诈勒索一番后再下手将其杀害。

二二二二年，十七号地球上的人类已经遗忘了道德和医学，肆虐的传染病造成幸存者大量死亡。没有电视，没有收音机，也没有世界观，文明已经被无情的暴力与绝对的自私自利取而代之。我紧贴着放大镜，仔细寻访七大洲，期望至少能找出一丝希望。

坚持有了结果，我终于在浓密森林中的一个空地上，发现了一个具有村落规模的部落。几间简陋的高脚屋彼此紧挨着，构成一个半圆形，中央生有熊熊大火，一群人围着取暖。他们油光水滑的头发上抹了动物脂肪，其间还插了几根禽鸟的羽毛。

又回到了史前时代……

实习生们各自用某些方式得知了二〇三五年到二二二二年间发生的事情，大家难以置信地面面相觑。让一个高度发展的文明回到原点，竟是如此轻而易举？

克洛诺斯问大家："你们觉得这个世界为什么会步向衰亡？"

"因为一个宗教暴君的独裁统治。"某人表示。

"这只是征兆而已，我期待各位准神祇提供更多元的看法。"

"民主人士深信自己的体制远比一个狂热宗教来得强健，当他们大梦初醒时，一切都太迟了。他们低估了对手。"

"好一些了。"

"民主人士好日子过惯了，变得懒散成性，丧失了斗志。"

"还可以。"

大家争先恐后地同时发言，克洛诺斯举起手来，要大家一个一个来。埃德蒙·威尔斯抢先举手。

"在知识阶层与一般民众之间，存在着过大的差异。精英分子进步越来越快，老百姓却对日常生活工具的运转原理毫无概念。如果地板正在塌陷，继续挑高天花板有什么用？"

"他们自身的成就反而令他们担忧，因为这已经超出了他们可以理解的范围。失败却能够将他们带回到一个已知的令人心安的世界里去，也就是过去的世界。"莎拉·伯恩哈特表示。

"这一切其实就是劣币驱逐良币的过程，好让平庸之人相安无事。"古斯塔夫·埃菲尔接着说。

"在渐渐失去思想的自由,失去进步的动力,失去所有的知识与两性平权之后,他们将未来交给一群倒行逆施的无耻之徒,只是为了落实宽容的原则!"伏尔泰强调。

"他们太过远离大自然。"卢梭说。

"他们丧失了审美的概念。"梵高表示。

"他们过分倚赖科技,认为科学胜过宗教。"圣-埃克苏佩里[1]指出。

"他们怀疑科学,却信任宗教。"艾蒂安·德·蒙特哥菲尔强调。

"这或许是因为宗教不容置疑,但科学本身必须不断受到质疑。"

"他们全都是白痴……这样的结果再好不过了,因为他们活该。"蒲鲁东表示。

"你怎么可以这么说,"伏尔泰反驳道,"他们差一点儿就成功了。"

"但是……他们终究还是失败了。"蒲鲁东回应道,"宗教是专门诱骗白痴的陷阱,这就是个血淋淋的例子。"

"你不能够以偏概全,那时就这么一个把暴力当作虔诚表现的宗教,自然会搞得人心惶惶。"路西安·杜沛说。

"十七号地球现在已经返回起点,接下来你们可以开始测试自己造物的能耐。"克洛诺斯表示。

时间之神要求所有人在散居各处的人类里随意挑选一个族群,尝试帮助他们进化发展,这就是游戏规则。

大家纷纷展开任务,通过托梦、雷电与灵媒等手段,尝试去影响萨满、巫师、教士或艺术家,好帮助这些末代人类在日常生活里采取较正确的行动。一旦有冲突发生,我们会启动D钮干涉,歼灭侵犯自

---

[1] 全名安托万·德·圣-埃克苏佩里,法国飞行员与作家,知名作品包括《小王子》《夜航》。

己部落的敌人。每逢遇到某些具有创造力的人类，我们都会想办法给予启示，让他们能够在技术、科学或艺术领域创造发明。这并非易事，因为人类经常一觉醒来就忘记做过的梦或曲解神谕，只有灵媒才明白神谕真正的意义。这种难以有效沟通的情况，有时会令我相当光火。

不过，这些无神信仰者似乎渐渐察觉到了我的存在，开始崇拜我，而我会通过神谕来下达一些命令。

神祇显灵首先令他们感到惊奇，接着是恐惧，然后才是着迷。十七号地球上开始出现各式新的宗教信仰，正所谓以毒攻毒。我的那些友伴也拥有自己虔诚的子民。玛丽莲·梦露的崇拜者令她十分感动，在她演艺生涯如日中天的时候，那些粉丝狂热的程度也不及这群人。

埃德蒙·威尔斯不发一语地观察着他的子民，就像从前观察蚂蚁生态一样。

克洛诺斯不时信步穿梭在学生身后，检视每个人的成果。他多皱纹的脸庞始终保持不动声色，难以知道我们干涉的举措究竟合不合他的心意。居里夫人的子民发生了骚乱，令她抓狂；莎拉·伯恩哈特对自己子民的愚蠢行径乐在其中；艾迪特·皮雅芙[1]一边哼唱，一边指引自己的部落；玛塔·哈莉摆出一副令人难以参透的圣母模样。

两个钟头自由练习的时间过去了，时间之神敲响钟声，要大家一同观摩彼此的作品。大部分同学的成果似乎都没有我的优秀，除了路西安·杜沛的子民，他们似乎颇有进展。杜沛通过引导子民食用外来菇蕈来与他们沟通，坐落于海岛上的环境也让他们暂时免于附近掠夺者的袭击。这些人的生活模式与二十世纪七十年代的嬉皮士十分雷同，他们崇尚和平，泰然自若，没有任何道德上的包袱，而且亲身参与所

---

[1] 法国传奇香颂女歌手，脍炙人口的歌曲包括《玫瑰人生》《爱的礼赞》。

有的活动。

克洛诺斯在记事本上写下他的观察，询问大家初次尝试的感觉。

"如果我们恫吓的手段太过火，这些人就会变得盲目崇拜。"一位同学表示。

"如果我们袖手旁观，他们就会净做些蠢事，一举一动跟禽兽无异。"另一位同学遗憾地说。

"一旦他们对惩罚的恐惧感消失，就什么都不放在眼里了。"

"在你们看来，这是为什么呢？"老师问。

大家都想表达自己的看法。

"他们天生就对死亡和毁灭感到着迷，如果没有警察，没有刑罚，他们就无法无天。"一位女性回答。

"为什么呢？"老师追问。

台下的回答声此起彼落。

"因为他们不了解死亡和毁灭。"

"因为他们彼此看不顺眼。"

"因为他们对民族整体发展计划感到失望。"

"因为他们看不到任何计划。"

"因为他们无法构思出任何计划。"

"因为他们无时无刻不生活在恐惧当中。"我说。

克洛诺斯转过身看着我。

"说明白一点儿。"

我思索着。

"恐惧蒙蔽了他们的双眼，阻碍他们设想长治久安的未来。"

埃德蒙·威尔斯摇摇头。

"他们会害怕，是因为正当科技进展一日千里的时候，他们意识的进化却远远落后。这些人曾经拥有了不起的工具，但是灵魂觉知的指数还停留在3，所以他们只好回归到与自己的灵魂状态相符的文明程度。原始的灵魂只适合原始的科技。"

大部分同学都认同这样的看法。

看来克洛诺斯对这个回答相当满意。

"等一下！等一下！"路西安·杜沛插嘴道，"某些人的确是这样，但是并非所有人都是如此。就拿我的子民来说好了，他们已经走出恐惧，迈向关爱，觉知程度已经超越了3，目前是坐4望5的阶段。"

"那是因为他们人数不多，所以才行得通。"隔壁同学表示。

"过去的一百二十亿人口在宗教狂热的肆虐之下减为三十亿人口，而我的子民只有两三百人，的确不算什么，但是这毕竟是一个好的开始。再说，如果说从前是少数宗教狂热分子造成了这样的毁灭，那么其他人也可以凭借信仰进行重建。"

"很好，但是他们的新宗教信仰就是我们。"蒲鲁东讥讽道，"我们用强加其上的宗教来取代这些人自创的宗教，两者又有什么分别？"

"我说的不是宗教，而是信仰。"

"在我看来都一样。"

"但我觉得两者恰好相反。宗教是要所有人去遵守的现成思想，但是信仰可以说是一种'超越自我'的感知境界，"路西安·杜沛回应道，"每个人的信仰都不同。"

"那你口中那位藏身山顶的'伟大天神'又是什么东西？"蒲鲁东挖苦地问道。

大家开始争辩不休，克洛诺斯再次敲响时钟。

"进行下一场练习的时间到了，正所谓解铃还须系铃人，"时间之神抚弄着须髯表示，"是让这颗'草稿行星'感受天怒的时候了。"

现场所有钟表的时刻全都指示在晚上七点钟的位置,外头的夜色开始爬进教室。

"很好,现在所有人把安卡的旋钮转到位置D,火力开到最大。"

"这是在进行种族屠杀啊!"路西安·杜沛大叫。

克洛诺斯耐心地向这位麻烦的学生晓以大义。

"你小有成就的练习成果毕竟只涵盖了少数几百人,还有好几十亿人类生活在挫败当中,是时候让他们解脱而后快了。"

"可是我的子民证明了还是有挽回的余地,就如同您所说的,我的'小成就'是有希望蔓延开来的。"路西安·杜沛回应道。

"你的小成就证明你是一位有天分的神,我相信你一定会在大竞赛中有出色的表现。"

"什么大竞赛?"

"天神实习生竞赛,Y的竞赛。"

"但是我不在乎什么Y的竞赛,我只想帮助我的子民活下去。你看他们多么幸福,拥有自己的村庄,彼此分工合作。那里没有争吵,而且他们歌唱,从事艺术创作……"

"那也不过是一缸浑水里的一小滴甘露而已,现在该把那口缸给换掉了。"克洛诺斯不耐烦地说。

"难道没有办法暂时将他们搁在一旁的某根试管里?"我随口问道。

"我们从不拿旧瓶装新酿。你们之所以舍不得这群人,是因为你们才开始了解他们。百万年来的错误与暴力,早已使得他们积习难改。虽然这些人经历了文明的辉煌和衰败,但他们的觉知程度只相当于你们古代西方的人类,仍是奴隶心态,我们不可能从他们身上获得任何成果。这些人甚至不是'成功'的人类,在觉知程度的分级上,他们顶多只有3.1。大家听好了，是3.1，而在场的各位是7啊！他们跟……禽兽无异。"

"就算是禽兽也有活下去的权利。"埃德蒙·威尔斯回应。

"在褒扬这群人之前，请各位先回想他们犯下的恶行。严刑拷打、冤枉好人、狂热激进、懦弱胆怯，还有野蛮的行径，这些你们不都看在眼里？而且这个天真、暴力的宗教是如何轻而易举地席卷了全世界，完全没有遭遇任何反抗，这一点你们不也很清楚？历史是会一再重演的，我可怜的路西安，很抱歉，但这些人已经完了……"

台下的某些同学低声表示赞同，克洛诺斯乘胜追击。

"你们只是帮助一群行将就木的人类了断而已。虽然他们的日历上指示着二二二二年，但事实上这些人存在了三百万年，这是一段不算短的时间。他们饱受风湿、癌症的煎熬，我相信如果他们能开口，一定会请求我们让他们一死而后快……这并没有什么大不了的，只是给予他们安乐死而已。"

路西安完全不以为然。"如果这是神该有的作为……那我宁可不干。"他转过身看着大家。

"你们所有人都应该住手，他们是在强迫我们参与一个令人发指的罪行，难道你们还看不出来吗？他们拿来一颗星球，把玩之后将它摧毁，这就跟随手捏死小虫一样！"

埃德蒙·威尔斯眉头一蹙，低下眼来。路西安整个人站到桌子上去。

"嘿！各位，醒醒呀，妈的！你们还看不出来这里有什么不对劲吗？"

所有人都无动于衷。坦白说，大家对各自的子民都不是很满意，只有路西安·杜沛成功地帮助了自己的族群发展演进，蒙受损失的就他一个而已。即使是我的那群森林族人，也有我无法解决的慢性病问题，好比说痢疾。就算他们咀嚼具有镇痛效果的树叶，也于事无补，我想是他们的饮水中有太多的阿米巴原虫。

路西安开始点名。

"你，卢梭；你，圣-埃克苏佩里；还有梅里爱、艾迪特·皮雅芙、西蒙·西涅莱……埃德蒙·威尔斯、哈兀；还有你，麦克；你，玛塔·哈莉、古斯塔夫·埃菲尔……你们大家就眼睁睁地看着这个世界被毁灭？"

我们低下头来，完全没有任何反应。

"很好！我懂了。"

路西安不屑地从桌上跃下，径自朝大门走去。

"别走！"玛丽莲·梦露开口喊道。

"我不懂当实习生还有什么用！"路西安头也不回地说。

"你可以帮助人类啊！也许不是这群，但是之后他们会托付给我们其他的人类。"莎拉·伯恩哈特向经过面前的路西安表示。

"然后再把他们给杀掉？这可真了不起啊！我掌握的权力跟……经营屠宰场的猪农没有两样。"

路西安甩开企图拦住他的友谊之手，独自往大门走去，过程中，克洛诺斯没有任何表示挽留的言行。一直到这位前眼科大夫走出门口之后，克洛诺斯才嘀咕道："可怜的孩子，他不知道自己蒙受了多大的损失。每一届总会遇上几位脆弱敏感、承受不了这种打击的学生，不过他们越早离开越好。还有没有其他心脏不够强的同学要退出的？现在就可以出列。"

台下没有任何反应。

克洛诺斯的视线离开大门。

"现在，我最喜欢的时刻到了。"他说。

克洛诺斯用鼻子深深吸气，发出隆隆的呼声，专注的程度就像正准备品尝一道佳肴似的。

"发射！"

蒲鲁东第一个开火，南极一座巨大的冰山顿时四分五裂，不一会儿工夫就已经融化。其他同学纷纷加入。在短暂的迟疑后，我也开始操作安卡，将它高举，瞄准目标。起初大家都对这端开火、彼端受创的现象感到非常惊奇，之后所有人就像着魔似的，对着冰山猛烈攻击。我的内心体验到了某种毁灭的快感，这是建设所不能及的。当下每个人都感受到了一种君临天下的气魄——我们是一群神。

融解的极冰造成海平面上升，惊人的海啸扑向海岸，席卷滨海村镇，淹没陆地，拍碎绝壁，倒灌入山谷，让山峰变成岛屿，然后将它们给吞噬。几分钟不到，星球表面就只剩下一小块陆地没被淹没。

当克洛诺斯下令"大家住手！"的时候，原本的七大块陆地已经完全被黑色的海水给吞噬，从前陆地上的最高峰现在跟海平面等高。

极少数奇迹生还的人畜紧抓着漂流物以求保命。我通过安卡的望远功能，看见了一艘可比挪亚方舟的船只，接着又出现一艘。这些人找到了生存的出路，展现了令人赞叹的韧性。

"缩短他们的痛苦！"克洛诺斯命令道。

诸神拿起安卡仔细瞄准，摧毁在海面上漂流的细小物体。

海面上再也看不到任何人迹，鸟儿因为没有地方栖息，只能不断在空中盘旋直到精疲力竭，然后坠入淹没地表的海洋世界。

我们刚才融化极冰的举动，造成行星表面充满了挥发的蒸汽，遮蔽着整片天空。太阳光线无法到达地表，使得气温骤降，不久之后海水就开始结冰。

鱼儿被困在逐渐凝固的海水里，再过一会儿，十七号地球就会成为一颗冰封的寒星，地表将变成一座广大无边的溜冰场。无论是人类、动物还是植物，任何生命形态都将不复存在。

十七号地球已经走到了尽头，它现在只是一颗泛着珠光的平滑珍珠。

一颗飘浮在宇宙中的白色之卵。

29　　　　　　　　　　　　　　　　百科：宇宙之卵

一切的开始和结束都是以卵的形象呈现。在人类大部分的神话故事中，卵同时象征了黎明与黄昏。

根据最古老的埃及宇宙起源观，一切都诞生于一颗孕育有太阳和生命之源的宇宙之卵。

俄耳甫斯教派的信徒则认为，时间之神克洛诺斯与长有黑色双翼的黑夜之神飞艾东，在黑暗中孵出一颗银蛋，其上半部为天，下半部为地。蛋壳破裂时，从中诞生了启蒙之神法涅斯，其象征为嗡嗡作响的蜜蜂。

对印度教徒而言，宇宙起初并不存在，是后来才渐渐呈现出卵的形象。其外壳筑起了虚无与金胎之间的界限。这颗宇宙之卵在酝酿一年之后破壳而出，内膜化为云朵，血脉化为溪流，流质成为海洋。

根据中国人的说法，太初混沌之时，有一卵初生，破壳后分化为代表大地的阴与象征天空的阳。

波利尼西亚人则相信，宇宙诞生于一颗孕育有地神提土姆与岩神提帕帕的卵。在其碎裂后，出现了三层叠合的平台，这里就是提土姆与提帕帕创造人类、动物与植物的地方。

犹太教神秘哲学卡巴拉认为，宇宙源自一颗碎裂成两百八十八片的卵。

此外，我们还可以在日本、芬兰、斯拉夫及腓尼基文化中，观察到以卵为中心的宇宙起源观。大部分民族都将卵视作孕育万物的象征，但也有一些民族认为它代表的是死亡。后者不仅有吃蛋来悼念亡者的风俗，还会将蛋放置于坟冢上，好让亡者有力量展开黄泉之旅。

——埃德蒙·威尔斯，《相对与绝对知识百科全书·V》

30　蛋的滋味

蛋，所有人享用着放在蛋杯中的生鸡蛋。我们用汤匙轻敲尖端，小心翼翼地将碎壳剥开，以免蛋壳掉入鸡蛋里头。

大家就坐在北区食堂内的长凳上。这栋雄伟的圆形建筑是特别为实习生设置的用餐地点。

餐桌以洋槐木制作而成，覆盖有白色棉质桌巾，所有人等待着一盘盘堆成金字塔的生鸡蛋送上桌来。由于天气炎热，食堂的大门是敞开的。哈兀刻意避开我们，坐到远处去。

在隔了这么长的一段时间之后，我总算可以享用真正的食物了。我舀了一匙蛋黄送到嘴里，太棒了！我的舌头、味蕾充分感受到鸡蛋的滋味，仔细分辨着蛋白和蛋黄的不同风味。咸、甜、呛、香，杂陈的五味惊醒了我成千上万的味蕾。在视觉、触觉、听觉和嗅觉之后，我终于再次体验到味觉。

流质的生鸡蛋像溪水般流淌在齿颊之间,我可以感觉到它在肠胃中奔流,然后慢慢消失。

单是生吞这些流质的蛋液,就是一种美味的享受,让我忍不住一个接着一个……

"在我的家乡荷兰的吕伐登小镇里,"玛塔·哈莉开口道,"我们有在新居落成时将鸡蛋扔过屋顶的习俗,然后在鸡蛋落下的地点,将摔烂的蛋埋入土中,因为民间相信那里就是雷击时会命中的地方。结果自然是将鸡蛋扔得越远越好,才不会有危险。"

埃德蒙·威尔斯掂着手中的蛋。

"我之前没有想到在代表矿物的境界1之前,还有象征卵的0存在。代表爱的曲线,而且是完美闭合的……"

他在白色的桌巾上用指尖画了个零。

"它的确是一切的起点和终点。"古斯塔夫·埃菲尔表示,"蛋与零,完满无缺的曲线。"

鸡蛋也让我想起了冰封的十七号地球,当下我一阵作呕,掩盖了重拾味觉的乐趣。我眼前又浮现幸存的人类在海面上挥舞双臂,在冰冷的海水中挣扎的画面,我再也忍不住了,径自跑到外头的树丛呕吐。埃德蒙赶紧跑来关切,我低声表示:"也许路西安说得对……"

"不对,他错了。退出就等于是放弃这场竞赛,只要我们还在场中,就有扭转局势的希望,但是一旦退出竞赛,那一切都没指望了。"

我们回到餐桌上,其他人仍持续交谈,无视我刚才突发的不适。

"路西安会有什么下场?"玛丽莲担心地问。

席间的确没见到路西安的人影,而且仔细环顾四周,也没发现他坐在别处。

"如果路西安往山里走，很可能会被半人马抓走。"埃德蒙·威尔斯表示。

"或被魔鬼抓走。"另一位同学补充道。

所有人不约而同打了个哆嗦，每次提起这个名字，就会飘来一阵仿佛本尊亲临的寒意。

这时狄俄尼索斯现身食堂，宣布晚餐结束后会有一场纪念十七号地球人类灭绝的典礼，每个人都必须换上新的长袍，到圆形剧场集合。

由我们亲手淹死的那群人的模样仍映在我的脑海里，挥之不去。

31　　　　　　　　　　　　　　　　　　百科：死亡

在马赛塔罗牌的占卜游戏中，死亡与重生是由没有名称的第十三张秘仪表示。牌面上呈现的是一具正在收割黑色田地的肉色骷髅，骷髅的右脚陷入土中，左脚则踩踏着一颗女人的头颅，脚的四周还有三只手、一只脚和两根白骨。纸牌右下角是一张戴着冠冕的笑脸，土地里还冒出黄色与蓝色的苗草。

这张牌影射的是象征体系 V.I.T.R.I.O.L.（Visita Interiorem Terrae Rectificando Invenies Operae Lapidem）——"探访土地的内在，通过淬炼提纯，你就能找到那颗隐藏之石。"

因此，必须动用长柄大镰刀进行修葺，割去过长的草，才能让新的苗草再次从黑色的土地上长出。

这张牌象征的是最剧烈的转变，所以才会令人感到害怕。

它同时也标志着塔罗牌类别的分水岭。一般将在它之前出现的十二张牌归类为小秘仪，然后自第十三张起，所有的纸牌都属于大秘仪。后一类的牌面上描绘着有天使飞翔或天体星宿出没的苍穹。

——埃德蒙·威尔斯，《相对与绝对知识百科全书·V》

32 追悼

我心里很不是滋味，想起了儒勒·凡尔纳。"他来得太早了。"狄俄尼索斯表示。他来得太早，所以抢先目睹了什么？节目开演前的后台秘密？

时序女神和季节女神在圆形剧场内欢迎我们，所有人都集合在场中央。

半人马乐队和上次一样击鼓环绕我们，嘴里哼唱着一段简单的歌曲，后来加入的乐手吹奏着声音低沉的猎号。当阿特拉斯将那颗光滑死寂的十七号地球放在我们面前时，原本的背景旋律转变为一首哀歌。

狄俄尼索斯起身。

"一个宣告死亡的世界，让我们为这群人类默哀。他们已经竭尽所能，但终究无法成功自立。"

狄俄尼索斯比出哀悼的手势。

"一群失败的人类长眠于此。"

他亲吻球体，克洛诺斯不发一语。在场有几位学生显得相当激动。

随着越来越快的鼓声节奏，猎号开始吹奏出较欢快的旋律。庆典揭开序幕，实习生们彼此择其所好，各自散开。

在热爱长空竞逐的团体里，可以看到航空飞行的先驱克雷蒙·阿德尔、发明热气球的德·蒙特哥菲尔兄弟之一、军机诗人圣-埃克苏佩里，以及航空摄影师纳达尔。至于热衷乘船越洋的船长罗伯·薛顾夫男爵则与拉法叶侯爵交谈。

包括画家、雕塑家及演员在内的艺术家团体里，有亨利·马蒂斯、明显已和卡米耶重修旧好的罗丹、贝纳·帕里希、西蒙·西涅莱与莎拉·伯恩哈特。弗朗索瓦·拉伯雷、蒙田、普鲁斯特、拉·封丹等人在一旁组成作家团体。至于我则满足地和那群冥游伙伴在一块儿，有佛莱迪·梅耶、玛丽莲·梦露和埃德蒙·威尔斯；哈兀仍在某处跟我们冷战。另外，还有一些喜欢独自一个人的同学，像是古斯塔夫·埃菲尔、玛塔·哈莉、乔治·梅里爱、约瑟夫·蒲鲁东、艾迪特·皮雅芙等人。

不过，每个小团体热烈讨论的都是相同的话题。每个人都迫切地想知道，我们即将面临的新世界将会受到何种生存法则的支配。这时，玛塔·哈莉突然来到舞台中央，此举结束了众人无谓的揣测。

她手脚利落地脱下有碍伸展肢体的长袍，露出里头的内衣，开始扭腰摆臀，展露煽情挑逗的异国舞姿。她招展双臂，弯曲双腿，一张标致的脸蛋神情肃穆、目光隐晦。这女人生前拥有颠倒众生的能耐，这并不令我意外。

玛塔·哈莉开始绕行投射出十七号地球残骸的玻璃球，像是要将它唤醒。奥林匹斯的三个明月在光亮的玻璃上映照出苍白月晕，更增添当下的魔幻气氛。玛塔·哈莉绕行的节奏越来越快，柔软的身躯像是水蛇般一波又一波地扭动，令在场所有人看得目瞪口呆，异口同声地发出"啊啊啊……"的赞叹，同时伴随着击掌声以及半人马的击鼓声。

玛塔·哈莉合上双眼,舞兴正酣。我高举双手,心跳呼应着鼓声的节奏,开口和大伙儿一同吆喝,让她引领我们进入出神忘我的境界。

突然,她整个人趴倒在地,乐声戛然而止。正当众人感到不安的时候,她微笑着站了起来。

"好一位舞者!好一位舞艺精湛的舞者!"我身旁的乔治·梅里爱连声叫好,掌声不断。

这时,另一件事转移了大家的注意力。有一群人进入剧场,从他们人高马大、身着彩色长袍的模样,就知道是神老师们驾临现场。他们各自穿梭在人群中,然后在另一头会合。最后抵达的美丽倩影,不用介绍我也知道她是谁。

是她。

啊!今天亲眼见到阿弗洛狄忒,我终于明白何谓"曾经沧海"。"美"这个字眼并不足以形容她,因为她本身就是美的化身。

她完美的腿部曲线在鲜红色的长衫中忽隐忽现,可看见凉鞋的金色缠带从小腿一路交缠到膝上。她的金黄色秀发迤逦在红衫上,映衬着麦芽色的肌肤。笔直的颈子上挂着一条镶缀有紫水晶、蛋白石、红宝石、钻石、石榴石、松绿石和黄玉的宝石项链,让她祖母绿般的明眸更添神采。高凸的颧骨让她光滑的脸蛋更显起伏有致,娇嫩的耳垂上点缀着一对眼睛造型的耳环。

鼓和猎号奏出温柔的乐音,克洛诺斯神殿中的时钟齐鸣与之呼应。佛莱迪·梅耶与玛丽莲·梦露两人开舞之后,舞池中渐渐出现成双成对的俪影。我完全无法把视线从阿弗洛狄忒身上移开,只见她穿梭往来,与在场的其他神老师打招呼。

"你还好吧?"埃德蒙·威尔斯问。他不可置信地打量着我,然后摇摇头,径自往阿弗洛狄忒的方向走去。后者弯下姣好的身段,倾听埃德蒙的来意，接着面露促狭的笑容，最后把目光放在我身上。

该死！

她正在看我！

她向我走来，开口对我说话："你的朋友跟我说你太内向害羞，不敢向我邀舞。"不远处传来她略带希腊口音的声音。

我可以感觉到她的体香越来越近。

震颤的长袍反映出我怦怦的心跳，我本来想要开口回应，干燥的唇舌却完全不听使唤。

"也许你想跳支舞？"她接着说，然后挽起我的手来。

碰触到她的肌肤的瞬间简直就像触电一样，我整个人都麻木了，任凭她将我领到舞池当中，然后挽起我的另一只手。阿弗洛狄忒高出我一个头，必须弯下腰，才能让我听见她的呢喃细语："你就是……'大家所指望的那位'？"

我清清喉咙，放松声带，好不容易才挤出一个"呃……"。

"斯芬克斯肯定'大家所指望的那位'知道答案。"

"那道谜语是不是'何者在早晨有四只脚，午间短少为两只，到了晚间则有三只'？如果是这道题的话，我的确知道答案：人类。人在幼儿时四足趴地，成人后双脚站立，到老时拄着拐杖，成了三条腿。"

阿弗洛狄忒的脸上浮现一抹善意的微笑。

"啊！这道题是用来考三千年前的实习生的，俄狄浦斯当年十分受用，但是后来斯芬克斯又创造了许多新的谜语。听仔细了，这是最新的一道题。"

停下舞步后，阿弗洛狄忒字正腔圆地对我说出那道谜语，我可以感受到耳畔传来她温暖、芬芳的气息——

比上帝更美好，

比魔鬼更糟糕；

穷人皆有之，

独富人匮乏；

食之下肚，必死无疑。

请问是什么？

33　　　　　　　　　　　　　神话：奥林匹斯诸神

　　混沌之神与时间之神克洛诺斯的统治时代过去了，奥林匹斯诸神的时代降临。新上任的世界主宰宙斯根据在对抗泰坦巨神一役中的表现，对前来支持的手足们论功行赏，分封领地。波塞冬主掌海洋，哈迪斯主掌冥界，德墨忒尔主掌农业与收获，赫斯提亚主掌火，赫拉主掌家庭……

　　分封完成后，宙斯在奥林匹斯山顶建造神殿，并宣布该处为众神集会的场所，攸关全宇宙命运的决策都将在那里达成。

　　然而，宙斯的祖母盖亚却对孙子独揽大权的新局面感到不悦，生下名为提丰的恶龙。提丰拥有上百颗会喷出烈焰的龙头，而且躯体巨大无比，举手投足都会刮起风暴。当恶龙现身奥林匹斯时，诸神个个大惊失色，纷纷化为动物，走避埃及，藏身在沙漠里，丢下宙斯独自对抗进犯的提丰。恶兽击败诸神之王，将他的筋脉斩断，扔在一处洞穴中。不过年轻、淘气的奥林匹斯诸神之一赫尔墨斯戴上哈迪斯的隐形头盔，成功解救了宙斯，又将后者的筋脉接回原位，然后把诸神之王带回了奥林匹斯。提丰再度来犯，宙斯这次站立在山顶上发出雷霆攻击，恶龙则挖下山脚，朝山顶上掷去。宙斯成功将飞来的巨石用闪电击碎，提丰最后反遭落下的碎石困住。宙斯乘机捆起恶龙，扔进埃特纳火山口里。恶龙偶尔会苏醒，张口喷出火焰。

——埃德蒙·威尔斯，《相对与绝对知识百科全书·V》
（改写自方西斯·拉泽拜的作品，前者取材自赫西俄德于公元前七百年完成的著作《神谱》）

34 蓝森林里

包括佛莱迪·梅耶、玛丽莲、埃德蒙·威尔斯和我在内的冥游者，再次趁着夜色偷溜出去。就连哈兀也跟来了，但他仍旧与我们保持着好一段距离，这当然是因为他余怒未消。

埃德蒙·威尔斯走到我身旁。

"今晚和阿弗洛狄忒面对面，感觉如何？"

"比上帝更美好，比魔鬼更糟糕；穷人皆有之，独富人匮乏；食之下肚，必死无疑。请问是什么？您最擅长猜谜了，肯定能回答女神出给我的谜题。"

埃德蒙放慢脚步。

"答案应该十分单纯，"他表示，"不过我现在还没有头绪，必须再想想。你的这道谜题,我喜欢。"

我们一行人来到蓝河畔,开始着手建造一艘木筏,希望渡河时不会被人鱼给逮住。大家开始割下芦苇,用藤蔓捆扎在一块儿,每个动作都十分利落,尽可能不发出声音。

"你没有新的笑话吗?"埃德蒙一边捆绑芦苇,一边问佛莱迪。

这位犹太教士思忖了一会儿。

"是有一个。话说有个家伙受困流沙,在流沙淹到他腰部的时候,消防队员及时出现前来搭救。'你们别管我!'这位老兄表示,'我有信仰,上帝会来救我的。'在流沙淹到他肩膀的时候,消防队员再次出现,说要扔绳索过去。'不用!不用!'这位老兄说,'我不需要你们,我有信仰,上帝会来救我的。'消防队员觉得莫名其妙,但也不好违背当事人的意思。不久,这位老兄只剩下一颗头在流沙外。消防队员再度出现,但他还是重复说:'不用!不用!我有信仰,上帝会来救我的。'消防队员不再坚持。流沙开始吞没那老兄的头,先是下巴、鼻子,然后是眼睛,最后令他窒息,一命呜呼。他来到天堂的时候,开口就责骂上帝:'为什么你弃我于不顾?我的信仰如此虔诚,而你却袖手旁观。''我袖手旁观,见死不救?'上帝叫嚷道,'你这个忘恩负义的东西!我三度差遣消防队员前去搭救,难道不算数?'"

一伙人齐声大笑,缓和了原本紧张的心情,黑夜也显得不那么阴沉了。哈兀独自一人在矮树丛里搜索,难不成他还相信自己的父亲能够逃离人鱼的魔窟,藏匿在森林当中?从前哈兀撞见父亲在厕所自缢,脚边放着未完成的遗作;现在哈兀的父亲再次向他演出了那幕"我死后,你可别丢我的脸"的戏码,而哈兀也再次表现出自己的无能为力。我能谅解他把账算在我们头上,尤其是我。

大家不再留意哈兀,继续捆扎芦苇,这时候突然出现一只狮鹰,吓了我们一跳。狮鹰是生了一双蝙蝠翅膀、有鹰嘴和狮身的怪物。我们敏捷地掏出身上的安卡，准备开火之后溜之大吉。不过，这怪物似乎并没有攻击的意图，甚至没有发出任何可能是向半人马预警的叫声。它还将头靠在我的颈间以示友好，此时我发现这怪物有斜视的毛病，跟路西安·杜沛一样！难道说这就是他？

我们四周不光有狮鹰，还有一条浮出水面的人鱼向哈兀敞开双臂，把哈兀吓得连忙后退。人鱼似乎想对他说些什么，却只哼得出一首哀伤的歌曲，哈兀困惑得一动也不动。我的脑海里闪过的直觉顿时变成明确的答案。如果说这只狮鹰是路西安·杜沛的化身，那么眷恋着哈兀的那条人鱼很可能是他的父亲方西斯的化身。这么说来，凡是遭到淘汰或惩处的实习生，就会变成神话中的生物。原来是这么一回事……

半人马、小仙子、森驼……所有这些奇特的生物很可能是前几届被淘汰的实习生，他们都成了哑巴，无法说明原委。还有一个问题：他们的化身与他们失败的地点之间是否有直接的关联？跑进森林的路西安·杜沛成了狮鹰，消失在河里的方西斯变成了人鱼。另外，化身也可能与那些名人的身份来头有关联，因为一只生有亮丽长羽毛的琴鸟停栖在我们身旁，开始唱出婉转的颤音。它会是克劳德·德彪西吗？难怪半人马们总是匆忙运走那些遭到不测的学生，好让其他人不会目睹变身的过程，借此守住秘密。

埃德蒙·威尔斯大胆伸手抚摸狮鹰的鬃毛，狮鹰乖乖就范。靠近哈兀的那条人鱼则仍旧低吟着歌曲。

这时，玛丽莲也看明白了。

"哈兀！"她开口喊道，"去拥抱这条人鱼，那是你的父亲。"

人鱼点头附和。哈兀一脸不可置信地停在原地，然后怯生生地走向那条向他张开双臂的美人鱼。他实在不敢相信这位面容姣好、一头濡湿长发落在丰满的胸前的女性会是自己的父亲……人鱼拉着哈兀的手朝我们的方向游来，希望加入我们建造木筏的行列……

"可是，爸……"

人鱼用歌声命令他听话。

"你父亲清楚自己在做什么。"佛莱迪表示，"至于我们，我们永远欢迎你归队。"

"大伙儿一起，"玛丽莲喊起口号，"爱情为矛，幽默为盾。"

在一阵迟疑后，哈兀终于和我们一同呼喊口号，原本那张郁闷的脸也开朗起来。大家彼此拥抱，我真高兴重新找回了这位永远的知己。

在狮鹰、人鱼和琴鸟专注的目光下，木筏加快了建造的速度。

就在凌晨一点第二个太阳升起时，我们的木筏总算大功告成。大伙儿将木筏推入河中，很有秩序地先后登船。

我们以枝条代桨，向前划行。方西斯·拉泽拜用强而有力的臂膀和尾鳍，帮助我们向前推进。

其他的人鱼都沉睡了吗？一阵水流将木筏带往右边，大家努力撑船才不致偏离方向。每个人在划桨的同时，都不忘留意那黑压压的河面。

突然，水面上伸出一只手来，我立刻高喊："小心！"

然后四面八方净是人鱼的手，如同瞬间绽放的朵朵睡莲。它们紧抓着桨，用力拉扯，试图将我们拖下水。同船的多数人都放开了手里的枝条，以免落水。哈兀则掏出安卡，将旋钮转到D，朝水里开火。但瞬间，河面上已不见人鱼的踪影。

有两条人鱼将方西斯·拉泽拜给拖到了河底，以免他再对我们伸出援手。

我们突然感觉到船只下方有动静，原来人鱼们正尝试弄翻木筏。

尽管大家的安卡都没闲着，却无法命中它们。

最后，这艘临时拼凑的木筏终于不敌剧烈的摇晃，翻了过来，所有人掉入河中。

我吞了几口河水，好不容易才探出头来，向四面张望，找出最靠近岸边的方位，也就是刚才我们下水的河岸。

伙伴们有志一同地往岸边游去。

但是人鱼们已经紧追在后。

一条人鱼抓住我的脚跟，使劲往下扯，把我整个人拖进河里。我奋力挣扎，不愿自己变成人鱼。

所幸一道闪电及时击中抓着我的那只手，人鱼将我松开。

安卡只有在水面外，才能发挥攻击火力，而藏身河岸树上的玛塔·哈莉十分精准。

"你们动作快点儿！"她喊道。

闪电准确命中人鱼的手，虽然无法伤害它们，但能够将它们给弹开。这些充满敌意的生物在凄厉的叫声中放弃了追逐。

我们上气不接下气地游到岸边，玛塔·哈莉搀扶大家上岸。

"谢谢！"我说。

"别客气！"她回应道，"你们的点子不错，但是需要比木筏更坚固的船只，才有可能抵达对岸。我的脑袋里已经有造船的构想了，但是光凭我一人绝不可能实现，我可以加入你们的行列吗？"

"今后你就是冥游者的一分子。"埃德蒙·威尔斯同意她的请求。

但我觉得玛塔·哈莉的行踪相当可疑。她究竟跟踪了我们多久？我想从她的脸上看出端倪，那双澄澈的眸子却叫人什么也猜不透。

35　　　　　　　　　　　　　　　　　百科：镜子

在别人的目光中，我们最先寻找的是自我的投射，最初是在父母的眼光里，然后是在朋友的眼光中。

接着，我们会开始追寻一面独一无二的对照镜，也就是去追寻爱情，但实际上这更接近追求自我的身份认同。

一见钟情通常意味着找到了一面"良镜"，我们从中看到了令人满意的自我投射。接着，我们就在彼此的目光中相爱，两面镜子相互投射出令人满意的形象，创造出美妙的片刻。只要将两面镜子面对面摆设，就会创造出无穷无尽的形象与透视，因此找到"良镜"，也表示拥有众多的自我、无限的可能，那是一种可以令人获得力量、领略永恒的感受。

但这两面镜子并非永远固定在原地不动，恋人的爱情是会发展、成熟、变化的。

两面镜子起初的确是彼此相对，之后则是一段双方平行前移的时光。两者并不见得是等速前进，行进的方向也可能不一致，就连寻求的自我投射也会跟一开始有出入。接着就是决裂期的来临，那两面对照的镜子已经不复存在。这不仅代表恋情告吹，同时也是自我投射的幻灭——在对方眼中，我们看不见自己了，也不再明白自己是谁。

——埃德蒙·威尔斯，《相对与绝对知识百科全书·V》

36　　　　　　　　　　　　　　　　对镜期：两岁

　　我抹着肥皂冲洗一番，涤去黏滞的汗水。身上的肌肉依旧滚烫，太阳穴突突跳动，心脏输送着血液。

　　在这里的每一天都相当充实。昨天：一起命案、老友重逢、迎新晚会、第二起命案、夜间探险、另一群好友重新聚首；今天：初尝做实习生的滋味、发现一个袖珍的大千世界、摧毁这个世界、邂逅全宇宙最美的女人、建造木筏、横渡蓝河、与人鱼大战！

　　现在我终于回到家了。

　　在浴缸里泡澡。

　　阿弗洛狄忒……

　　只要见到她，其他的一切仿佛都不存在：恐惧、好奇，还有面见伟大天神的雄心。

　　阿弗洛狄忒……

　　"比上帝更美好，比魔鬼更糟糕……"

　　我还闻得到她的香水味，肌肤上还留有她肤触的回忆，耳畔还残存她芬芳的气息。

　　"比上帝更美好……"有什么会比上帝还要美好？超级上帝、诸神之王，还是上帝的母亲？

　　我应该写下所有的假设，拟一份答案的初稿。我走出浴缸，擦干身体，拿起我的无字天书，写下我记得的一切。

　　没有思索很久，我就去做另一件事了——打开电视机。当我还是一号地球上的凡人时，唯有这样东西能中断我风起云涌的思绪。

关心一下我那三位投胎的新生儿成长到什么阶段了。

第一台：亚洲女婴（前世为法国人贾克·南侯德）已经长成了一个两岁大的可爱幼儿，这表示奥林匹斯的一天是人间的两年。她名叫恩美，在日本生活，但不住在东京，而是住在一个盖着高楼的现代化小镇里。她正和父母一起吃饭，手脚笨拙的她摔碎了一个玻璃杯，惹恼了爸爸，小屁股挨揍，于是哭了起来。接着母亲将她抱起，放在浴缸里惩罚她。她还小，无法自行爬出浴缸。她不断尝试，但总是滑落到浴缸底部。

就在这时，恩美发现浴缸边的瓷砖上摆着一面镜子。她一把抓住镜子，凝视镜中的自己，哭得更大声了。她的父亲再也忍受不了了，来到浴室前将电灯关掉，恩美仍不断抽噎。餐桌上，母亲责备丈夫对小孩过分严厉，后者反驳"就是要给她一个教训"。两人开始争执，父亲负气回房，用力将房门甩上。

第二台：小男孩（前世为英勇的苏联大兵伊戈）的名字叫作戴廷。他也正在吃饭，而且胃口很好。他表示吃腻了米饭和酱汁鱼，但他的母亲仍往他的盘里送，表示吃饭才能长大。我很高兴看见他并未像前几世的轮回一样，遭到生母虐待，现在的母亲细心喂养他，在他吃饭的同时，还会起身给予他满满的吻。他的父亲则对这一幕无动于衷，径自读着报纸。我看见窗外是一片碧海蓝天，宛如奥林匹斯的景色。饭后，他的母亲送上冰激凌和糖果。

吃饱的戴廷离开餐桌，拿起一把玩具手枪，将带有吸盘的塑料短箭射得到处都是（他的脑中还残存着伊戈大兵的记忆吗？）。突然，他瞄准了一面镜子，然后慢慢靠近，将镜中的自己当成目标，作势威胁，然后扣下扳机。

第三台：非洲男童夸西夸西（前世为美艳的美国名模维纳斯）刚

吃完饭，在家具里搜出一面镜子。凝视镜中的自己让他觉得十分有趣，他又是吐舌，又是做鬼脸，还发出扑哧一笑。这时他姐姐抱来了一只模样像是大老鼠的猫鼬，将它放在弟弟怀里，两人开始抚摸它。接着，姐姐将弟弟拉到户外，与其他八名兄弟在附近的灌木丛玩起捉迷藏的游戏。

看到自己从前的客户，我感动莫名。维纳斯肯定是觉得自己上辈子的名模生涯太过肤浅，渴望重回大自然的怀抱，所以选择了非洲和丛林。贾克仍旧醉心于东方世界，改变性别的动机自然是想进一步探索内在属于"阴"的一面。至于伊戈，他选择了与自己的前世完全相反的母亲，从前的受虐儿如今成了宠儿。

每个人都试图以脱胎换骨的新面貌消除前世的业障。我想起有些精神分析师相信，只要溯及学步的幼儿时期，就能够解开心灵中的各种情结。但愿这些专家知道，其实要回溯到更久以前、好几辈子之前……

"不要认为灵魂居住在身体里，其实刚好相反，灵魂是肉体的居所。"埃德蒙·威尔斯曾如此教诲我，"如高山般巨大的灵魂被搁在如悬岩般渺小的躯体里。灵魂长驻不朽，而躯体则如露如电。"

我凝视镜中的自己。前世离开人间时，我几岁？我即将迈入不惑之年，有妻小，是个成家立业的大人。我端详镜中的眉目，发觉相貌有了些改变，不似以往那般紧绷，神情温和许多。从前关于金钱、夫妻、纳税、家庭责任、工作职责的烦恼，还有关于汽车、公寓、假期、财产的问题，全都一笔勾销，因而抚平了我脸上的几道皱纹。在这里，我一无所有，卸下了这些重担，整个人轻松许多。

比起从前在一号地球面临的问题，我和阿弗洛狄忒的邂逅、那道谜题、实习生的功课，以及前往山顶探险的一切，就像是在扮家家酒。

该是上床就寝的时候了，我提醒自己睡前要给安卡充电。在这个不可思议的世界里，他们竟然连一个能够自行充电的安卡都设计不出来。

我钻进被窝，用枕头紧裹着头，接着合上眼帘，就像歇业的商家将铁卷门拉下，但是双眼又不自觉地睁开。

等等，明天授课的老师是……哦！想起来了。

是赫菲斯托斯——锻冶之神。

我脑海中闪过一个念头。

如果说发生的这一切其实不过是一场梦而已……

我梦见自己是冥游者。

梦见自己成了天使。

梦见自己成了天神实习生。

等一觉醒来，我发现我凡人的生活一如往昔：首先是那条熟悉的大毛巾，接着亲吻自己的家人，然后前往医院，继续从事忙碌的医生工作。

我还记得《百科》里那段令人不安的描述："如果说地球（一号地球）是宇宙中唯一有生命居住的行星……"第一次读到这段文字的时候，我才知道原来自己一直（模糊地）相信有外星生物存在。

其实就算是最顽固、最坚持无神论的地球人，生活中仍不免有自己凭恃的信仰。道理很简单，因为拥有信仰的生活比较顺心。也许正是因为这些信仰，才会有天使、诸神与外星人，尽管他们其实根本就不存在。

"现实就是当众人都不再相信的时候，仍旧持续存在的东西。"

明天苏醒时，迎面而来的，也许就是我仍身为凡人的现实。

到时候，我会谅解这些奇遇不过是梦一场。

我会回想起在天使帝国和奥林匹斯的遭遇，然后告诉自己：可惜这不是真的。

我会体悟到这世上没有轮回转世，没有天使，也没有神，这些不过是纾解生活压力的产物。我们其实是凭空诞生的，举头三尺并没有神祇，没有其他东西在乎人类。在我们身处的现实之上和之下，其实什么也没有。我们死后，还是什么也没有，不过是成为虫蛆滋生的腐肉而已。

没错！这个不可思议的世界有可能只是黄粱一梦，一旦入睡，我就可能重返"身为凡人"的现实。我闭上眼睛，迫切想知道明早一觉醒来会是怎么一回事。

37 神话：赫菲斯托斯

为了向宙斯证明自己用不着他，赫拉在没有受孕的情况下，独自产下了赫菲斯托斯，其名意为"在昼间闪耀之人"。他自娘胎出生时，身形瘦小，相貌丑恶，宙斯一气之下将他抱起，从天界扔往利姆诺斯岛，企图置他于死地。赫菲斯托斯大难不死，但摔断了一条腿，成为瘸子。

两位海中仙子特提斯与欧律诺墨救起赫菲斯托斯，将他带往深海的一处洞穴。历经二十九个寒暑，赫菲斯托斯娴熟掌握了铁匠与巫师的各项技艺。（在北欧及西非地区，都有关于瘸子铁匠的神话记载。据传其瘸腿的原因可能是村民故意打断他的腿，好将他留在村里，同时避免铁匠投靠敌人阵营。）

在赫菲斯托斯结束修业之旅后，赫拉将他带回奥林匹斯，并赐予他最好的锻铁铺，其间有二十个日夜运转不休的鼓风箱。出自其手的作品都是富有魔力的精湛杰作，于是赫菲斯托斯顺理成章成为火焰的主宰，是锻冶与火山之神。

但是赫菲斯托斯一直怪罪母亲未及早将他带回身边，于是故意打造了一个带有陷阱机关的黄金宝座，赫拉一坐上去，带有魔法的绳索便将她紧紧捆住。为了脱身，赫拉允诺儿子完全获得奥林匹斯诸神认可的地位。此后，赫菲斯托斯就成为诸神的铁匠，专为女神打造珠宝，为男神锻造武器。宙斯的令牌、阿尔忒弥斯的弓与箭，以及雅典娜的长矛，都是出自他的手笔。

赫菲斯托斯用黏土捏塑出处女潘多拉，还用黄金打造了两个女机械人，来担任自己工作上的帮手。赫菲斯托斯曾为阿喀琉斯制作一面盾牌，让后者征战沙场，攻无不克。克里特国王米诺斯也在赫菲斯托斯的帮助下，拥有一个名唤塔罗斯的金属机械人，它体内仅有一条连接颈部和脚踝的管道（源自雕塑家常用的脱蜡铸造技术）。机械人每日环绕岛屿三周，将抢滩的敌军船舰扔回大海里去。在撒丁岛人来犯，焚烧克里特岛时，塔罗斯投身火焰之中，以着火的身躯紧抱敌军，直到彼此都烧成焦炭为止。

一日，赫菲斯托斯目睹赫拉与宙斯争吵，后者对儿子企图袒护母亲的举动大感不满，于是再次将赫菲斯托斯扔往利姆诺斯岛，摔断了他的另一条腿。此后，赫菲斯托斯只能借助拐杖行走，但也因此锻炼出强而有力的双臂，对他的打铁技艺大有帮助。

——埃德蒙·威尔斯，《相对与绝对知识百科全书·V》

（改写自方西斯·拉泽拜的作品，前者取材自赫西俄德于公元前七百年完成的著作《神谱》）

38　　　　　　　　　　星期天：赫菲斯托斯授课

　　我一觉醒来，位于"一颗宇宙孤星上的奥林匹斯"的现实战胜了"地球上的巴黎"这个现实。

　　实习生的身份令我感到失望，其实身为一介凡夫还比较单纯。而且当我们一无所知的时候，想象力反而能无远弗届，一旦无所不知，那是何等的任重道远。

　　昨晚我梦见了什么？哦！想起来了，我梦见自己和家人去度假。我们开车出发，然后被困在壅塞的车龙里好几个小时才从奥尔良门离开巴黎。历时好几个钟头的车程令孩子们不耐地吵闹不休。抵达蔚蓝海岸时，天气十分炎热，我们发现租来的公寓水龙头漏水，窗户也不能完全关紧。我们躺在沙滩上，四周拥挤的人潮散发出防晒乳的气味，而我纳凉的海水一片混浊。我太太罗丝不明就里地摆起脸色。我们走进一间餐馆，等了不知多久，才终于获得服务生的垂青，为我们送上冷冷的淡菜配薯条，害我们的一个孩子吃坏了肚子。接着，我那位莫名其妙摆臭脸的太太，丢下我一个人在餐馆里。我一边喝着苦涩的咖啡，一边阅读报道恐怖攻击的报纸。

　　我用手肘从床上支起身子。所以说这些都是梦，而我现在看到的一切才是"标准的现实"。我打开窗户，吸了口气，带着薰衣草芬芳的空气充盈我的肺腑。所以说，这一切将继续下去……

　　今天是星期天，拉丁文写作"dies dominicus"，代表"主之日"。奥林匹斯浸淫在晨光中，此时克洛诺斯的钟声响起，告诉大家现在是八点钟，该是前往课堂的时候了。其实今天才算是我们正式的第一堂课，时间之神的那堂课只是预备性质。

我半带睡意地走进浴室，用冷水洗去残存的梦境画面。

我穿上内衣、长袍和凉鞋，同时享受着花园里柏树散发出的香气。

大家前往食堂快速享用生鸡蛋早餐。玛丽莲·梦露与西蒙·西涅莱显然已经忘记过去曾因为彼此同时爱上歌手蒙当而视对方为情敌的那段恩怨，现在两人正自顾自地交谈着。

"然后我就对他说：'我们女人啊，就只有两种武器——睫毛膏和眼泪，但没办法同时使用两者。'"玛丽莲说。

一旁的启蒙时代的两位哲学家伏尔泰与卢梭则似乎并未忘却旧日的论战。

"大自然永远是有理的。"

"不对，人才是有理的。"

"但人是大自然的一部分。"

"不对，人超越自然。"

画家马蒂斯、梵高和罗特列克按照惯例同坐一桌，醉心长空遨游的蒙特哥菲尔、阿德尔、圣-埃克苏佩里与纳达尔也聚在一起。奥斯曼男爵与建筑师埃菲尔正在讨论都市化。奥斯曼坦白自己并不喜欢埃菲尔铁塔，表示它破坏了某些景观的线条。不过埃菲尔对奥斯曼统一门面风格，同时建造林荫大道的构想相当钦佩。

"哦！你也晓得，"奥斯曼说，"这不是我主动提出的构想。巴黎公社成立后，我接到上面的指示，说要建造够宽敞的大道，方便在人民暴动时出动大炮。"

埃菲尔尴尬地吞下一颗鸡蛋。

我打量着这些人，了解自己不再将他们视为伙伴，而是竞争对手。起初的一百四十四人，到最后会剩下多少呢？

八点三十分。

长长的队伍正朝着东门移动，准备前往香榭丽舍大道。门前有两位双臂交叉、眉目坚毅的守护神。他们在秋之女神的吩咐下，动手开启那道令人叹为观止的门锁，叮当作响的金属碰撞声与吱呀声不绝于耳。

门外深长的香榭大道旁，遍植开满小白花的樱桃树。树木旁有一群小仙子正忙着修葺如茵的绿草地与五彩缤纷的花圃。它们手里拿着袖珍水壶，一边浇花，一边用剪刀修剪枯萎的花朵。在香榭丽舍大道两旁的最外侧建有高墙，将大道与岛屿其他地区隔绝开来。高墙上有狮鹰负责看守，以防不法者侵入或潜逃。

大家在一栋高二十米的水晶石英建筑前停下脚步，它就是赫菲斯托斯的神殿。神殿发出青绿色反光，从敞开的半透明玻璃门外，可以看见里头凿有一方居住的空间。

走进去后，我们发现架上摆满了各式各样珍贵的矿物标本，每一种都被放在小托台上，一旁还仔细标注了科学名称：玛瑙、铝土矿、锌、黄铁矿、黄晶、琥珀、硅石……大厅后方是十来个鼓风箱，让一座如同火山的锻铁炉持续熊熊燃烧。大厅中间摆放有讲台、书桌和用来安置"地球"的巨大托台。

大家入内之后，看见有位老人俯身靠着工作桌，眼睛上夹着一只钟表匠放大眼镜，身上罩了一件青绿色皮质工作围裙，保护里头的同色系长袍。老人抬起头，费力地直起身子。

"好，好，大家请就座。"他指着长凳向我们说。

这时出现两个黄金打造的女机械人，协助老人坐上轮椅，然后将他推向我们。老人注视着大家，他多皱纹的脸庞上长满丘疹，鼻孔和耳朵外露有簇生的毛发，壮硕的臂膀与大腿同粗。当他举起手摘下眼镜时，现场立刻鸦雀无声。

他身后的两个女机械人拥有可以媲美希腊雕塑的标致脸孔，举手投足都没有发出齿轮和金属的细微摩擦声，简直就像是活生生的女人。不过有件事扰乱了我的思绪——她们的面貌是阿弗洛狄忒的模样。

赫菲斯托斯登上讲台。哈兀为了向我表明误会冰释、重拾旧日情谊的时候到了，决定坐在我旁边。

肩扛直径三米的球体的阿特拉斯步履蹒跚地出现在门口。他一边将球放在托台上，一边咕哝说："真是受够了！我再也忍受不了了！我这就辞职！"

"你在嘀咕什么，阿特拉斯？"赫菲斯托斯语气冷漠地问。

两个老人彼此僵持不下，最后是阿特拉斯先低头。

"没事，没事。"他低声表示。锐气受挫的巨人只好驼着背离开。

赫菲斯托斯勉为其难地从轮椅上起身，抓起拐杖，以左手拄着拐杖，用右手在黑板上写下"第一课：创世记"。两个女机械人推上轮椅，好让赫菲斯托斯坐下。

"既然你们已经上过预备课程，而且克洛诺斯也教了你们怎么把安卡使用在'坏'的一面……"

说出这个字眼时，他的嘴角浮现一抹笑意。接着他走向托台，揭开幕布，呈现在玻璃球体内的十七号地球像是一颗凭空飘浮的白色珍珠。

"今天我要教大家如何将安卡使用在'好'的一面。一个世界灭绝后，就是另一个新世界的诞生。"

玻璃球体中那颗死寂的星球宛如一颗紧盯着我的眼珠子。我无法忘记曾有人类生存其上，他们或许曾经干下蠢事，但是只因为如此，就得完全被毁灭吗？

"大家靠过来，同时将安卡的火力调到最大。"

赫菲斯托斯念念有词，像是在对灭亡的行星说话："你从火里消失，便从火里新生。大家同心协力将冰层给融化。同学们，准备好了的话，就……发射！"

来自四面八方的雷电击中星球，只见它扭曲、颤抖，仿佛一个痛苦挣扎的生命体，不断抖动、抽搐，急切地想从疼痛中醒来。

融冰释放出白色蒸汽，星球从白色转变为灰色。接着，我们看见云层下的地表变成黄色、橘色，然后是红色。

"大家继续！"锻冶之神命令道。

地表开始出现裂隙，像是一块烤过头的蛋糕。突然出现的火山群宛如正在张嘴呼救，接着吐出橘红色的熔岩。大家持续开火，火山口四周的焦土从棕色转变为黑色，几乎成为焦黑。赫菲斯托斯命令大家住手，然后在黑板上画了个圆。

"星球被一层表皮包覆，也就是地壳，而由灼热的地心吐出的岩浆就是它流动的血液。我们必须达到内部及外层的平衡状态。"

老师在黑板上写下"动态平衡"。

"敏感、脆弱的地壳是实现内外平衡的管道，所以它必须有点儿厚，又不能太厚，否则行星受到压迫，内部压力上升，会导致火山爆发的次数频仍。请大家谨记'牢固但富有弹性的表层'这个原则。"

赫菲斯托斯示意我们继续下去。

十七号地球在同学们的集中火力之下，持续被烤炙着。球体肿胀、冒烟、板块漂移、滑动，其间可以看见如同伤口带血的红色熔岩。

"现在你们可以在沸腾的火山岩浆中创造出物质的最初面貌：矿物。"

神老师吩咐大家使用安卡的放大功能，直到能够观察到原子的程度为止。

安卡放大镜现在成了显微镜。在翻搅的高温地表上，可以看到原子核以及散落四处的电子，就像是月球远离行星，而行星远离太阳的状态。

赫菲斯托斯继续说："在行星如锅炉蒸腾的初期，所有的元素都是分离的。现在我要各位将负价电子、中性中子与正价质子这三种基本元素和谐调配在一起。请注意，并不是将它们拼凑在一块儿就好了，重点是要摆对位置。每个电子都必须被放在正确的轨道上，否则它就会游离开来。如果我们手边有强大的超级显微镜，就会发现周遭无所不在的物质其实主要是由虚无所组成，是这些粒子的震颤形成了物质。现在就请各位进行第一道练习：制造出氢。氢的构造很简单，只需要一个原子核搭配一个电子。"

氢元素是我们无中生有的第一件作品，所有人都轻而易举地完成了。

"接下来是氦，两个电子加上一个质子。"

大家都成功完成了练习，于是赫菲斯托斯要我们自由发挥创意。

"先创造出原子，接着将它和其他相似的原子结合，像是砌砖头一样，你们就能制造出分子，然后是物质。过程中必须兼顾三个层次：原子、分子、物质。现在就请你们发挥各自的本事，创造出可以媲美巍峨的教堂的原子结构，最后我会选出前三名。"

我从炽热的星球上撷取电子、原子核及原子，尝试了各种不同的排列组合之后，才抓到了要领，创造出一块半透明的石头。我开始试着这里拿掉一个原子、那里添上一个原子核，然后在某些轨道上再增添几个原子，接着又在别处拿掉一些。经过几个小时的精雕细琢，一块靛青色的水晶诞生了，我对自己的这块"潘森石"相当满意。

时间一到，赫菲斯托斯就要所有人停止操作，同时吩咐大家观摩其他同学的成品。哈兀的"哈兀石"是一块类似祖母绿的半透明绿色石头，埃德蒙的"埃德蒙石"是带有粉红色珍珠光泽的白色石头，玛丽莲所创造的"梦露石"是与黄铁矿相似的金黄石头，佛莱迪的"梅耶石"则是带有蓝色光泽的银色岩石。

在两个女机械人的协助下，锻冶之神从我们的身后经过，分别检视每个人的作品。他一边点头，一边询问我们的姓名，同时在名单上圈点，然后回到书桌前。赫菲斯托斯宣布这次最精美的成品是莎拉·伯恩哈特的"莎拉石"，他手中高举那块覆盖有金色亮片、散发着黄紫色光泽的星形宝石，作品的外观活像一只海胆。我在想她如何排列原子才能形成这样的外形，光是能塑造出棱镜或水晶的外观，就已经非常不可思议了，更何况是一颗星星……

"大家掌声恭喜她！"老师说，"今天她是班上的第一名。"

我对宝石方面的知识一窍不通，但我看得出来，莎拉·伯恩哈特成功赋予了她的星形宝石灿如星斗的绚丽光芒。

"我一向对珠宝爱不释手。"她说。

一名女机械人立刻为第一名戴上黄金桂冠。此时赫菲斯托斯打断现场热闹的气氛，表示按照规定，必须淘汰表现最差劲的学生。

"克里斯汀·普里奈，你不及格。"

倒霉的他好不容易才建构出类似铀的原子，又在原子核的外围轨道上添加了一百多个电子，结果创造出一个极不稳定的分子。它过多的电子数目，加上失衡的状态，简直可以作为原子弹的燃料。

"你的表现说明了你是一个拙劣的实习生，你被淘汰了。"

克里斯汀·普里奈抗议道："如果再给我一些时间，我就能够安定原子的架构，而且……我真的不懂，我就快要……（他转过头来看着大家）你们其他人……不要丢下我不管，难道你们还不明白吗？我的遭遇有一天也会发生在你们身上。"

一只半人马已经来到教室里将他抱住，现场没人出面制止。

克里斯汀·普里奈被送出教室，他抗争的呐喊声渐渐远去。奇怪的是，他的消失并未让我觉得不安。

哈兀低声说："最新人数：140-1=139。"

赫菲斯托斯来到十七号地球前，用他的安卡放大镜仔细检视表面。接着他戴上单眼放大镜，发出雷电进行细部整修，然后表示："现在这颗星球上有足够的矿物种类让它维持在稳定的状态。"

接下来，他从托台下方的抽屉里掏出克洛诺斯的时钟，上头显示着"2222"。赫菲斯托斯按下归零钮，数字显示为"0000"。

"现在呈现在你们眼前的是一个崭新的世界。"锻冶之神宣布，然后在黑板上写下"十八号地球"。

他再次用安卡为行星表面加温，好让地表更加稳固，同时在不同地点添加盐层。

当初目睹十七号地球在海水泛滥与严寒气候中逐渐死亡，我于心不忍，如今十八号地球的诞生则让我重新见到希望的曙光。眼前的星球就像一块刚出炉的巧克力蛋糕，一块造型浑圆、外皮酥脆的棕色蛋糕。

39　　　　　　　　　　　　　　　百科：巧克力蛋糕做法

六人份食材：两百五十克黑巧克力、一百五十克奶油、七十五克糖、六个鸡蛋、六汤匙面粉、三汤匙水。

材料备置：十五分钟；烘焙时间：二十五分钟。

将巧克力放入锅中加水，用文火融化，直到巧克力糊变得浓稠并散发香气。接着先加入奶油、糖，再加入面粉，持续不断搅拌，一直到质地均匀为止。逐一加入蛋黄，另外将蛋白打成质地绵密的发泡状态，然后加到巧克力糊中轻轻搅拌。将巧克力糊倒入事先用奶油涂抹的蛋糕模型中，放入烤箱，以两百摄氏度（恒温指数七）烘烤约二十五分钟。烘焙的关键在于成品必须皮脆心软，因此需要在烘烤二十分钟到二十五分钟之间时，不时取出蛋糕查看。当蛋糕中心不再呈现液态，而且用刀子划过后不会沾染巧克力时，就表示大功告成了。

请趁热食用。

——埃德蒙·威尔斯，《相对与绝对知识百科全书·V》

40　新世界的诞生

盐，可食用的矿物，多么浓烈的滋味，我又尝了一口。大家持续重复着味觉的学习，这次是用生鸡蛋佐食盐。我不断增加盐的比例来刺激味觉，直到咸味导致味蕾疲乏为止。我们在这里享用的每一餐，可说是顾名思义，将当日的课程"囫囵下肚"。

所有人被召集到圆形剧场，庆祝十八号地球的诞生。

除了震耳欲聋的击鼓声与欢欣鼓舞的乐声之外，这次还添加了与赫菲斯托斯有关的乐器：铜铸的管钟。排列有序的管子齐声发出打铁般的音色。

现场舞影双双，大家踩着即兴的舞步。

众人手牵手，将舞台中央的十八号地球环绕起来。带着簇新的棕色陆地的行星，似乎也跟随着音乐的节奏在颤动。

我留意着阿弗洛狄忒的身影，后来发现神老师们一概没有参加今晚的庆典，他们似乎决定让我们和我们创造的新世界独自狂欢。哈兀建议大家趁这大好机会即刻开溜，才能有充裕的时间建造新的渡船。

"我可以跟你们一起去吗？"艾迪特·皮雅芙用低沉的嗓音问。

"问题是我们已经额——"

"欢迎之至！"我正准备婉拒这位女歌手，佛莱迪·梅耶却打断了我。

我们这一行冥游者就在艾迪特·皮雅芙与玛塔·哈莉的追随下，悄悄开溜，钻入东边城墙下的隧道里。几分钟后，我们就来到了蓝森林，朝着河流的方向前进。

我们现在知道了木筏并不足以抵挡人鱼的攻击，于是埃德蒙·威尔斯和佛莱迪·梅耶两人着手绘制了一艘理想渡船的草图。我们先在船体内装入石块，以求航行平稳，接着轻手轻脚地开始编制芦苇，再由艾迪特·皮雅芙系牢固定。玛丽莲和我负责削制用来驱赶人鱼的长棍，一旁的佛莱迪则就着一个大布袋，自顾自地制造着某件玩意儿。

黄昏慢慢被夜幕覆盖。萤火虫前来照路，琴鸟和斜视的狮鹰也加入我们的行列，希望可以帮得上忙。此外，还有一位不速之客：一只稚龄的森驼。它悄悄出现，一把抱住玛丽莲的大腿，玛丽莲推开它，但它仍拽着她的长袍。玛丽莲好不容易摆脱森驼之后，它又跳向艾迪特·皮雅芙，后者立刻将它甩开。森驼每个人都不放过，轮番拉着我们,似乎要带我们去看某件非常重要的东西。

"它究竟想干吗?"哈兀问。

森驼立刻中止纠缠,字正腔圆地说:"它究竟想干吗?它究竟想干吗?它究竟想干吗?"

所有人不可置信地回头看着它。"你会说话?"

"你会说话?你会说话?"森驼学舌道。

"它不过是重复所听见的话。"玛丽莲表示。

"它不过是重复所听见的话,它不过是重复所听见的话。"森驼重复说。

"它不是森驼,是应声虫。"我说。

"是应声虫,是应声虫,是应声虫。"

森驼掏出排笛,吹奏出三个音符后,其他森驼立刻涌现,有公有母,全都长着羊蹄。

"情况不妙。"佛莱迪·梅耶叹气道。

"情况不妙,情况不妙。"森驼们异口同声地重复,好像这是一首伐木工之歌。

它们拽着所有人的长袍,想带大家到某处,但是我们坚持不从。

我还记得自己是凡人的时候,我的一个小孩想跟我玩这种学舌的小把戏,而我后来竟恼羞成怒。"我复诵你所说的话",这游戏是一种镜子效应的表现。我在医学院念书期间,得知有一位罹患言语模仿症的病人,他会情不自禁地重复自己所听见的最后一句话,无论开口的人是谁。

此时一只森驼拿起藤蔓,开始捆扎芦苇。原来它们不只重复我们的话,还会模仿我们的举动,而且手法越来越熟练。

"我想它们会帮得上忙。"玛丽莲大受感动。

现在有二十来只森驼重复我们的动作。

"它们会帮得上忙，它们会帮得上忙。"

于是我们打消了驱赶森驼的念头，同意它们待在身边。

虽然最后的成品与真正的船只仍相去甚远，但乍看之下可比之前的木筏坚固多了。

在登船之前，佛莱迪·梅耶从布袋里掏出一条绳索，在一棵树上系紧。这位犹太教士的举措一向有其道理，我们也就没有过问。

大家逐一登船，就位后调整手边的船桨。森驼们将我们的船推入河中，但并未和我们同行。

"谢谢你们的一臂之力。"我说。

"谢谢你们的一臂之力，谢谢你们的一臂之力。"森驼们齐声叫嚷着。

渡河初期还算平顺，有萤火虫在我们的头顶来回飞舞，照亮船首。黑不见底的水面几乎平静无波，只偶尔兴起了几阵涟漪。佛莱迪持续在船尾放着手中的绳索。黑压压的天空里，挂着三个明月。

人鱼的缺席让我十分讶异，它们究竟是在这时候睡去了，还是刻意要松懈我们的戒心？在蓝河上划行的我们很快就有了答案。空气里传来一段哀伤的旋律，人鱼们纷纷开口传唱。这些半女人半鱼的生物浮出水面，栖息在河面的岩石上，长发垂落胸前，柔情款款地盯着我们。所有人鱼齐声唱出一段令人恍神的歌曲，也许就是在奥德修斯返乡途中，蛊惑船上水手的那段旋律。其间并没有见到方西斯·拉泽拜的身影，也许人鱼们把他扣留在水底了，免得他来帮忙。

曲调越升越高，变得尖锐刺耳，震颤着我们的鼓膜。佛莱迪提醒艾迪特·皮雅芙，表示是她登场的时候了。皮雅芙扯开喉咙唱出《我的阿兵哥》，爆发力十足的嗓音与她柔弱的身躯完全不成比例。人鱼们立刻住口，对我们竟能用另一首歌曲来回应它们的歌声感到相当吃惊。艾迪特·皮雅芙放声高唱："他高大、潇洒，有热沙的芬芳气息，我的阿兵哥……"轻而易举就盖过了人鱼的歌声。

"但愿这样大声喧哗不会惊动半人马。"玛塔·哈莉担忧地表示。

人鱼开始放弃阻挠我们，纷纷潜入河中。大伙儿赶紧对这位传奇女歌手表达感激之情，后者为顾及面子，坚持将全曲唱完，直到最后一段副歌结束为止。

不过平静并没有持续很久，就在我们加紧动作渡河的同时，船桨下传来不寻常的拉扯力道。人鱼们再次发动攻击，试图要我们失去平衡，所幸这艘其貌不扬的船还算平稳。当玛丽莲喊出"爱情为矛，幽默为盾"的瞬间，所有人掏出安卡，瞄准所有浮出水面的东西。哈兀则用力挥舞手中的长棍，希望击昏这些夺走了他的父亲的生物。

萤火虫在电光石火中飞蹿奔逃。抓狂的人鱼从原本的十来条增加到一百多条，对渡船发动猛攻。有些人鱼甚至跃出水面，甩动鱼尾来攻击我们。尽管我方炮火猛烈，但我仍可感觉到有湿滑的手和鱼鳞碰触我的双脚，人鱼柔软的肢体缠住我的脚踝，尖利的指甲抓伤我的手臂和小腿，还用如同海鳝的利牙咬住我的手腕。

玛塔·哈莉和人鱼们展开了女人与女人之间的近身肉搏。一条人鱼趁哈兀不注意，从后方跃起，用一股蛮劲将他往后扯，哈兀失足掉入河里。我扔下手中的长棍，掏出安卡——还好我没忘了充电——先是一记雷电，准确命中在后甲板上攻击玛塔·哈莉的人鱼；再一记雷电，让逮住哈兀的人鱼松手，接着我急忙把哈兀给拉上船。

所有人都忙着与人鱼交战，渡船完全停滞不前。我们准备的长棍全都丢了，唯一的防身武器只剩下安卡。不过佛莱迪·梅耶可不这么想，他从布袋里取出一把上有箭的弓，箭的末端绑着刚才的绳索的另一端。佛莱迪瞄准距离最近的一棵树，然后放箭。现在我们的面前是一条横贯两岸的绳索，只要顺势拉着绳索，就能够继续前进。大伙儿立刻展开分工：哈兀、玛塔·哈莉和我使用安卡射击；埃德蒙、佛莱迪、玛丽莲与艾迪特·皮雅芙负责拉绳挺进，渡过蓝河。

人鱼明白我们的策略后，攻势更加猛烈，从水底、水面及空中发动全面攻击。我们的安卡向四面八方射击，突然，我按下D钮毫无反应，电力耗尽了。

我毫不犹豫奔向船首，加入拉绳渡河的行列。就在这时，整艘船翻了过来。大伙儿一只手紧抓绳索，一只手划水前进。这期间我和所有人一样，使劲踹着脚来驱赶水中的敌人。最后大伙儿气喘吁吁地抵达彼岸，第二个太阳已经出现在地平线上。

我们全身湿透，精疲力竭，所幸大伙儿都安然无恙。

"现在船没了，要怎么回去？"埃德蒙忧心地问道。

佛莱迪·梅耶举起手中的绳索："回程不需要乘船，因为我们有这个。"

他爬到树上，将一个木手柄扣在绳索上。

"这种横越两岸的装置叫作提洛尔溜索，登山者都用它来跨越悬崖绝壁，我们则可以利用它越过河面上方，借此避开人鱼的攻击。"

不过这些水中生物已经明白了绳索的用途，纷纷从河中跃起，试图抓住绳索。其中一条人鱼如海豚出水般高高跃起，成功抓住绳索，另一条人鱼跟着跃出河面，抓住同伴。接着，人鱼们前仆后继地跳了上去，成串挂在绳子上，不仅让绳索垂了下来，还使得固定绳索的树枝应声断裂。

现在要回去可难了。

"算了！"哈兀表示，"当初征服南美洲的西班牙人焚烧船舰，下定决心绝不打道回府。我们别无选择，只能凭勇气硬干下去。"

就在这时，远方传来一声嘶哑的低鸣，令所有人吓得跳脚。

"那……我们何不游回去呢？"艾迪特·皮雅芙怯生生地建议。

41　　　　　　　　　　　　　　百科：超光速人

在所有了解人类意识运作的前卫理论当中，普瓦捷医学院的物理教授杜德耶的说法最值得我们注意。这位学者所提出的理论是以方伯格的研究成果为出发点的。根据方伯格的说法，这世上存在三个世界，分别根据其组成分子的活动速度来加以界定。

第一个世界是"次光速"世界，也就是我们身处的物质世界，遵循牛顿万有引力定律所建构的古典物理法则。这个世界是由慢速粒子构成的，也就是粒子震颤的速度比光速慢。

第二个世界是"光速"世界。这个世界由光速粒子建构而成，遵循爱因斯坦提出的相对论法则。

最后一个世界则是"超光速"时空，由超越光速的粒子——快子所构成。

在杜德耶眼中，这三个世界恰与人类意识的三个层次相符。感官层次，能够感知物质；局部意识层次，代表光速思维，也就是说思想以光的速度前进；超意识层次，超越光速的思维。杜德耶认为，人类可以通过做梦、冥想，或使用某些药物，来达到超意识的境界。另外，他也提到了一个更加广泛的概念：认知。在清楚体认宇宙运行的法则后，人类意识的速度就会加快，而臻于快子的境界。

杜德耶还表示："来到超光速世界的生命体，能在瞬间完整感受其生命所经历的一切。"在当下，过去、现在和未来完全融合在一起，时间的概念全然消失。他也支持戴维·波姆的研究成果，认为人类死后，"超光速"意识会进入一个具有更高能量形态的层次：快子时空。杜德耶晚年在女儿布丽姬的协助下，发表了一个更加耸人听闻的理论。该理论指出，在超光速的境界里，不仅过去、现在与未来会同时出现在当下，而且我们所有的前世与来生都会与今生同步展演。

——埃德蒙·威尔斯，《相对与绝对知识百科全书·V》

42　河岸

蓝河两岸的风景大相径庭。渡河之后，土地是黑的，花朵也是黑的，有黑色的鸢尾花与色调阴沉的枝叶。

"我可以唱上几支小曲，给大伙儿提振士气。"艾迪特·皮雅芙表示。

"不用了，谢谢！"

突然传来一声肺活量惊人的粗哑嗥叫，令所有人吓了一大跳，不祥的预感油然而生。

"现在该怎么办？"玛丽莲问。

"打道回府吧！"艾迪特·皮雅芙提议。

这时我感觉头顶上嗡嗡作响，原来是我的小蝇蝇。

"小心，有奸细！"玛塔·哈莉大喊，以敏捷的身手将它紧抓在手心里。

"一定要把它给捏死，否则它会暴露我们的行踪。"艾迪特·皮雅芙说。

我提醒道："杀不死它的，它是神话中的生物，是不死之身。"

"我们可以将它囚禁在某个地方，让它无法脱身。"哈兀说。他掐着小仙子的双翅，将它抓起。只见它一头乱发，挥舞着拳头，像是在威胁我们，还张嘴吐出蝴蝶细长的口器，同时发出超尖锐的吱吱声。

"也许它像某些动物一样，正在发出超音波来通知半人马。"玛塔·哈莉说。

玛塔·哈莉随手从长袍上撕下一块布条，堵住小仙子的嘴。这个举动令小蝇蝇更加恼火，全身奋力扭动想要挣脱。我出面表示："放开它，我认识它。"

哈兀不仅没把我的话当回事，还用长袍上的线头捆住它的一条腿。

小仙子勉为其难地拍动双翅，表情痛苦地想要挣脱被绊住的腿。

"它一定知道前方有什么，才会现身想警告我们。"我说。

"要不就是它害怕我们知道前方隐藏着什么。"哈兀疑心道。

我耸耸肩，伸出一根手指当作枝桠，小蝇蝇立刻坐在上头。我取下令它呼吸困难的布条。

"我们不能永远活在恐惧当中，有时候也应该懂得承担信任的风险。"

可爱的小仙子嘟着嘴，撇撇下巴，要我解开那条绊住它的线绳。我取下线头之后，它竟然没有飞走，此举令其他伙伴感到非常惊讶。

"我知道就算你不能说话,也能听懂我们。我的小蝇蝇,你愿意帮助我们吗?我们很需要你,如果你接受的话,就请点头。"

小仙子点头同意。

"很好,你是不是想警告我们不要继续前进?"

它点头表示正确。

"你知道我们现在回不去了。"

小仙子对我们比手画脚,指着绳索,又指着河流。

"它好像是说它可以帮我们把绳索重新系在对岸……"

"不会吧?!你真以为它会帮我们?"艾迪特·皮雅芙惊讶地表示。

她的话刚说完,小仙子就拍着翅膀、空着双手飞走了。

"反正那条绳索对一只蝴蝶来说太重了。"玛丽莲体谅地表示。

"很好,那大家就在这里等着半人马出现吧。"哈兀说,"我们玩完了。"

"为什么不继续往前呢?"埃德蒙·威尔斯问,"既然没戏唱了,不如趁机弄清楚前方有什么东西。"

粗哑的嗥叫声再次传来,这回还伴随着震动地表的脚步声。

"我可以高歌一曲来化险为夷,"全身颤抖的艾迪特·皮雅芙表示,"这一招刚才还挺管用的。"

"不用了,谢谢,真的。"

在一阵振翅声中,小仙子伴随着狮鹰翩翩飞来,当下的我们看到了希望的曙光。小仙子向狮鹰指着绳索跟棍子,狮鹰立刻将它们抓在手里,飞回对岸,将绳子系在我刚才要小仙子固定的地方。虽然斜视的毛病令狮鹰手脚的精准度有点儿偏差,不过在对岸的森驼的协助下,棍子很快就被妥当地插入地下。佛莱迪将绳索固定的位置升高了一些,让人鱼够不着。接着他将木手柄扣在绳子上,还把手柄上的细绳绑在树上，方便我们将手柄拉回。

"好啦！提洛尔溜索再次准备妥当。"

佛莱迪首先亲自上场，试验溜索是否运转良好。只见他顺畅地滑行在蓝河上，下方奋力跳跃的人鱼们完全拦不住他。

"没问题！"他在彼岸对我们大喊，顺便确保了彼端绳索的安全。

玛丽莲·梦露收着细绳，将手柄拉回，然后顺利滑到对岸，安全着地。接着是玛塔·哈莉，然后埃德蒙·威尔斯、艾迪特·皮雅芙、哈兀先后抵达对岸，最后是我。

在这个过程中，人鱼们重新发起攻势。它们坐卧在彼此的肩膀上，成功在河中央叠起罗汉，与我滑行的高度相当。突然，我的一条腿被它们抓住了。

就在人鱼要把我拖入河中时，小仙子赶紧飞到人鱼眼前，转移人鱼的注意力。

哈兀掏出还有电的安卡，一记精准的雷电让敌人松手了。

最后我也平安抵达对岸。

"哈兀，谢啦！"

小仙子嗡嗡作响，提醒我它也有救命的功劳。

"谢谢你，小蝇蝇，刚才真的好险。"

森驼又开始齐声复诵："刚才真的好险，刚才真的好险。"

佛莱迪仔细检查溜索。

"下一次必须把绳索再系高一点儿，到时候只要屈着腿，就能够避开人鱼的攻击了。"佛莱迪表示。

"在此之前，可不能把绳索留在如此明显的地方。"埃德蒙建议道，"没有必要引起半人马的注意，大家一起把绳索给取下来。"

浑身湿透的我凝视着对岸漆黑的丛林，在这里还可以听见其中传来一阵不怀好意的嚎叫声。彼岸有只野兽似乎对这次和我们的失之交臂感到失望。嚎叫声渐渐隐没在人鱼的歌声里，那哀伤的旋律像在送我们离开，也像是在惋惜它们的失败。

43　　　　　　　　　　　　　　　　神话：人鱼

人鱼在西方被称为塞壬，这个名字的意义是"用绳索捆绑的女人"，因为据说人鱼优美的歌声能够束缚人类。她们是河神阿基勒斯与仙女卡利俄珀所生下的女儿，拥有一张脸、两只手臂和女人的乳房，下半身则是细长的鱼尾。这样的形象是阿弗洛狄忒的杰作，为了惩罚她们不肯将童贞献给神。

人鱼拥有美妙的歌声，能够蛊惑行船的水手，让他们失去方向感而翻船遇难，最后人鱼再将水手给吞噬。传说中最著名的人鱼是巴芬诺帕伊斯，她曾搁浅在与卡普里岛相望的第勒尼安海沿岸，而建立了拿玻里城。

在炼金术士眼中，人鱼象征的是硫黄与水银的结合，两者皆是冶炼点金石不可或缺的原料。

安徒生在童话《小美人鱼》中，以普及的手法描述了一位爱上王子的人鱼为了能够参加舞会，而愿意失去鱼尾来换取一双女人的腿。这故事背后的意义是，人类愿意付出千刀万剐的代价，只为了摆脱身为动物的处境,用双脚行走。

——埃德蒙·威尔斯,《相对与绝对知识百科全书·V》
(改写自方西斯·拉泽拜的作品,前者取材自赫西俄德
于公元前七百年完成的著作《神谱》)

44 凡人:四岁,水的考验

我饥肠辘辘地回到142857号别墅。经过这番剧烈的体力消耗,鸡蛋与盐巴已经无法满足我,我现在渴望的是营养丰盛的佳肴。明天由海神波塞冬讲课,也许当天安排的菜单会是鱼,就算是送上一条炸人鱼尾,我也欣然接受。

我整个人累倒在浴缸里。每日每夜的考验,困难度越来越高。每天晨醒时,我总有一种既疲惫又情绪高昂的感觉,到了晚上又完全无法入睡,就算我努力要自己合眼。

窗外似乎有声音,我睁开眼睛,起身在腰际围上浴巾。原来是小蝇蝇在敲打玻璃,我请它入内,然后继续泡我的澡。在这个带有一张少女脸孔的小生物面前赤身裸体,起初我有些迟疑,但它毕竟只是个小仙子,在神话动物面前是不需要感到害臊的。再说,谁知道它变身之前是男是女?小蝇蝇倒是完全没有这番顾虑,安然自得地停栖在浴缸边缘。

"我肚子饿,你不饿吗?你在这里都吃些什么?"

为了回答我的问题，小仙子张口吐出蝴蝶舌头，逮住一只不幸刚好从旁飞过的苍蝇。只见它咀嚼两下，苍蝇就给吞下肚了。

"我终于明白为什么我叫你小蝇蝇的时候，你会板起脸来，这就有点儿像是你把我叫成汉堡。"

小仙子点头表示赞同。

"不过我不管，我还是要叫你小蝇蝇，因为我觉得这个绰号非常适合你。"

蝴蝶仙子往我的眼里泼肥皂水以示抗议，脸上还带着微笑。

"说正经的，我敢肯定你对这岛上的秘密了如指掌。"

它立刻摆出一副认真的表情。我接着说："你用是或不是来回答我的问题。你知道奥林匹斯山上藏有什么东西，是不是？"

小仙子并没有正面回答，只是露出一脸高深莫测的表情。

"在诸神之上还存在一位伟大的神？"

它思忖半晌，然后点头表示正确。

"你见过他吗？"

小仙子摇头的动作十分明确，而且重复多次，似乎在说明这里从没有人见过他，而且也不可能看见他。

"那魔鬼呢？"

一听见这个名字，它就浑身颤抖，和雅典娜一样。

"说不定你知道这道谜语的答案：'什么东西比上帝更美好，又比魔鬼更糟糕？'"

小仙子抬起双眼思考，它不知道答案。我继续问下去："你知道弑神的凶手是谁吗？"

它看看我的安卡，然后飞到上头的充电孔上。这是什么意思？我过了一会儿才明白小仙子是在提醒我别忘了充电，以便在遭到凶手袭击时防身。

"你觉得他会把我们一个接一个地杀光?"

它的双手忙不迭地比画着,表情十分肯定。

"在前几届,是否也曾发生这样的命案?"

它揣摩着"没有"的嘴形。

我起身离开浴缸,穿上浴袍,将安卡放上充电座。一旁的小仙子连连点头。

我继续问:"一号地球上有你认识的凡人吗?"

它摇摇头。

"那我现在就为你介绍几位。"

电视屏幕上出现四岁的夸西夸西,他正和一大群兴高采烈的孩子在泥塘里玩耍。他们彼此泼水,轮流潜到混浊的水里,玩得不亦乐乎。不远处有一群闲话家常的妇女,她们拍打着手中的衣物,并不时留意着玩耍的孩子们。当泥塘里出现一条朝孩子们前进的鳄鱼时,现场似乎没有人感到担心。只见孩子们用小拳头敲打鳄鱼的头,甚至爬到它的背上,拍击它的腹部,无所不用其极地逗弄它,把它当作玩伴。鳄鱼张开大口发出嘶吼声,但一旁的母亲和小孩们一点儿也不害怕。

"好玩吧?我的星球上的人就是这副德行。"我说,"我曾经像他们一样……或许你也曾经如此。"

小仙子摇摇头,这时我才突然意识到也许它那一届学生来自一个我不认识的行星,就像我担任天使时所发现的"红星"。

我切换到另一台。戴廷的母亲正在海滩旁将气垫固定在儿子的臂膀上,并在他的颈间套上鸭头造型的泳圈。戴廷开心地玩耍,完全不怕水。他的父亲离开家人,一个人在远处游泳。原本搀扶着戴廷的母亲这时放开了手,戴廷拍打着肥肥的双腿,然后突然栽进水中,喝了几口水，开始哇哇大哭。我发现伊戈有了一位宠爱他的母亲之后，手脚变得有些笨拙。

我继续换台。接下来出现的画面是游泳池中的恩美正在母亲的怀抱里啜泣。小女孩面色铁青，自顾自地啼哭着，完全无视四周拥挤的戏水人潮。池水中人潮汹涌，彼此之间仅有不到方寸的戏水空间。恩美的哭声很快就引起了其他民众的不悦与谴责。恩美的母亲将女儿拖出泳池，揍了小屁股之后，将她一个人丢在游泳池中，心想她总得自己想办法。又是一阵号啕大哭，恩美一个人在水里挣扎，吞了几口水，然后浮出水面呕吐、咳嗽。现在民众谴责的对象包括了母亲：母亲完全放弃了教导女儿游泳，丢下她一个人。最后恩美裹着毛巾，在游泳池的角落里打着哆嗦。

小蝇蝇睁着一双不可置信的大眼。

我关上电视，对它解释："他们都是我从前的客户，我负责在他们的前世照顾他们……说不定你之前也是天使，对不对？然后才成为实习生。"

可爱的小仙子面无表情地凝视着我，然后从浴室敞开的窗户飞了出去。

我目视着它化为夜里的一只飞蛾。

我重新整理脑中的思绪，明天为我们上课的老师是谁来着？

45　　　　　　　　　　　　　　　　　　　神话：波塞冬

波塞冬为克洛诺斯与瑞亚之子，其名意为"施水之人"。他出生时和兄长一样，同为生父所吞噬，后来被宙斯解救。波塞冬贵为宙斯的兄长，获得海底王国的统治权，成为奥林匹斯的海洋之神。波塞冬能随心所欲支配海浪，召唤暴风雨及涌泉。他曾与宙斯并肩作战对抗泰坦巨神，其间以海潮之力扯下绝壁巨岩，扔向敌军。

当宙斯取得克洛诺斯的王位之后，他赐予波塞冬一座海底神殿，位于爱琴海海湾附近的彼俄提亚地区。但波塞冬并未就此满足，遂向雅典卫城扔出三叉戟，那就是今日城内那口盐水井的由来。雅典娜在当地建城的举动激怒了波塞冬，后者掀起滔天巨浪，意图毁城。雅典人为了平息这场灾难，不得不放弃原有的母系体制，而采用崇拜波塞冬的父系体制。雅典的妇女失去投票权，孩子也不再从母姓。雅典娜对此非常不满，最后还是靠宙斯出面调停，才避免了一场战争。

尽管安菲特里忒是波塞冬的原配，但波塞冬曾与多位女神和仙女传出风流韵事。波塞冬出面为与阿瑞斯通奸的阿弗洛狄忒说情后，爱之女神为他生下两个儿子——罗多斯与艾罗菲洛斯。波塞冬也和盖亚生有一子安泰俄斯，安泰俄斯是称霸利比亚沙漠的巨人，专吃狮子维生。德墨忒尔为逃避波塞冬的追求，化身为一匹母马，没想到海神竟也化身为种马。两人生下拥有一条人腿并通晓语言的神马伊利昂。

波塞冬也曾在雅典娜的神庙里占有美杜莎。雅典娜为了惩罚美杜莎，挥舞手中的长矛，夺走了她的美貌，并以一窝蛇取而代之。美杜莎后来为海神产下带有双翼的飞马珀伽索斯。波塞冬后来还生下了不少模样狰狞的后代，例如半人半鱼的特里同、独眼巨人波吕斐摩斯，以及巨人欧里翁。

波塞冬处心积虑想要拓展王国的版图，便与阿波罗密谋，意图推翻宙斯。阴谋失败后，宙斯命令两人为特洛伊国王拉俄墨东建造城墙作为惩罚。但事后拉俄墨东不支付之前承诺的酬劳，于是波塞冬召唤海怪毁城。

——埃德蒙·威尔斯，《相对与绝对知识百科全书·V》（改写自方西斯·拉泽拜的作品，前者取材自赫西俄德于公元前七百年完成的著作《神谱》）

46　植物期

星期一，月之日，由波塞冬讲课。位于香榭丽舍大道上的波塞冬神殿，外观像极了一座堆砌在海滩上的沙堡，等待下一波潮汐前来吞噬。一进到里头，就仿佛来到了渔港仓库，到处堆放着小船、渔网、贝壳及双耳尖底瓮。沿墙摆设的水族箱中，展示有色彩鲜艳的水草、海葵与珊瑚。

老师是个身材魁梧的巨人，蓄着修剪成方形的白胡须。他身后拖着形影不离的三叉戟，发出铿锵的金属声。他的外貌一点儿也不和蔼可亲，摆出一副被惹恼的神气打量着我们，然后开口叱喝："阿特拉斯！"

阿特拉斯丝毫不敢怠慢，将十八号地球摆在教室中央的托台上，完全没有一句习惯性的牢骚，就静静离去了。

波塞冬走上前去，眼珠贴着安卡上的放大镜，模样活像是在犯罪现场搜证的探员，然后厉声喊道："这也算是个世界？"

现场一片鸦雀无声，每个人都畏缩在座位上。

"我说，有些人还真该对自己打造的那些见不得人的行星感到羞愧！"他继续说，同时用三叉戟敲打书桌，"自我担任奥林匹斯的神老师以来，我还没见过，真的从没见过如此不像样的世界。捧了一个形状都不是圆形的灾难来上课，你们以为可以撑多久？"

波塞冬起身在讲台前来回踱步，一会儿不怀好意地用三叉戟指着我们，一会儿怒不可遏地拉扯胡须。

"到处坑坑巴巴的，叫我怎么教下去？你！你去把克洛诺斯给我找来。"

被点名的同学大气也不敢喘，立刻飞奔前往时间之神的宫殿，不一会儿工夫就把衣衫褴褛的克洛诺斯带过来了。

"是你要我过来的？"

"没错，父亲，你看看这届学生，竟想用这样不入流的世界来作为起点。"

克洛诺斯戴上钟表匠眼镜，仔细检视我们的成品，表情越来越尴尬，以近乎道歉的口吻说："当初我把宇宙之卵交给他们的时候，印象中是没问题的啊……"

"这么说是赫菲斯托斯给搞砸的，去把他给我带来！"海神怒吼道。

刚才那位同学再度飞奔离开，将锻冶之神带到教室里。赫菲斯托斯的两旁有女机械人搀扶着，以免他不慎失去平衡。赫菲斯托斯当下明白了，是十八号地球出了问题，于是掏出安卡放大镜，仔细观察着我们的星球。

"呃，还好啊……实在没有必要这么吹毛求疵。"赫菲斯托斯嘀咕说。

脾气暴躁的波塞冬当场发飙："哼，是吗？很好。可是我拒绝在这颗十八号地球上花工夫。你现在给我想办法，要不给我整修妥当，要不给我一颗像样的'十九号地球'。"

我们全都噤声不语。老师们彼此的意见不合，哪有我们这群新生干涉的余地。

"再怎么说，它也是一颗新的行星啊！"赫菲斯托斯抗议。

时间之神在一旁帮腔："重新开始，课程进度就会落后，这肯定是办不到的，你就将就将就吧。"

父子俩用眼神隔空挑衅，最后是波塞冬先低下头来，无奈地说："但是赫菲斯托斯你也帮帮忙，把那些坑坑巴巴给我弄平。"

锻冶之神心不甘情不愿地拿起安卡照办，一旁的时间之神也拨快时钟，好让前者修整过的火山能够加速冷却。

"我们的忙只能帮到这里，现在就看你的了。"赫菲斯托斯指示女机械人搀扶他到门口的轮椅旁，不愿久留的克洛诺斯也赶紧前去帮忙。

"一个残缺的矿物世界是绝不可能在后续的进化过程中臻于完美的。"两位老师离开后，波塞冬嘀咕说，"行星也是个有生命的物体，需要呼吸，难道各位从不曾思考为什么面包表皮上会划刀口吗？看看你们自己的杰作。"

海神手中的三叉戟火力全开，释放闪电到处敲敲打打，继续修饰十八号地球的瑕疵，然后精疲力竭地直起腰来。

最后喷发的火山熄灭了，就像生日蛋糕上被吹熄的蜡烛。残存的白色蒸汽飘上天际，聚集成不散的云朵。云朵像一件棉絮织就的衬衣，缓缓包覆整个行星，形成大气层。

"上一堂课成绩最好的是谁？"海神问，顺手关掉教室内的灯光。

莎拉·伯恩哈特举手。

"那么打响第一炮的殊荣就归你了。请你对着云层发射，一道小闪电就够了。"

莎拉·伯恩哈特对老师的要求感到有些惊讶，不过还是听话地拿起安卡，对准云层开火。光束接触到十八号地球的瞬间，洁白的云朵立刻彼此汇聚、堆积，色调转变为深灰，接着变成浓黑。数道闪电在云端闪现，不过并不是安卡造成的。台下的我们因为距离太远，只能看见像是聚光灯闪烁的白色亮点。云层下方出现一道道丝状物，将大气层与地表连接在一起。这时候，一阵滂沱大雨从黑色云朵中降下。

波塞冬示意大家往球体靠近，将这一幕看个仔细。行星表面的裂隙开始充满黄浊的水，分隔陆地的深渊断层则过了好一段时间才装满雨水。山谷渐渐被雨水淹没，成为湖泊，偶尔泛滥成灾就成为河川，然后继续向外开枝散叶成为溪流。

接着，云朵似乎吐尽了原本满溢的雨水。此刻雨过天晴，黑色的云朵开始由灰转白，又转变为半透明，最后消散不见了。

天空与地表之间充盈着空气，行星地面的水流呈现湛蓝色调。

波塞冬打开灯。

"各位，现在来到了课程中最有趣的部分，此刻我们在这里所要做的就是创造生命。"

老师在黑板上写下"创造生命"，然后在下方注记着：

0：起点，宇宙之卵。

1：物质，矿物。

2：生命，植物。

埃德蒙·威尔斯在《相对与绝对知识百科全书》中描述的内容浮现在我的脑海里：2，植物，横在线头有一弯曲线，固定在土地上，具有向光性……

波塞冬向我们解释了应该如何着手，原来只需要通过最细微的电击脉冲来影响DNA螺旋就行了。细微的脉冲波十分精密，大小可比原子。借由这种方式，就能够将自己创造的生命程序铭刻完成，有点儿像古早时期用打孔磁带来记录计算机程序。波塞冬还强调，最要紧的是要将这些内容用细胞核妥善保护。

我们在DNA螺旋上随心所欲地编写颜色、尺寸、形状、味道，以及皮肤厚度、坚韧度与硬度等，将自己的想法付诸现实。

光是通过氢、氧、碳、氮，就能创造出数目令人叹为观止的生命形态，因为所有的生命体都是由这四种原子排列组合而成的。接下来就是根据DNA的程序编写，来决定其他的部分。

"在座的各位，"波塞冬强调道，"都必须为自己的作品找出摄取养分的方式和繁殖的方式。反复试验，另辟蹊径，寻找对策，发挥你们天马行空的想象力。深不见底的海渊、山洞、坑洼，以及海洋的表面，都是值得你们去开发占领的地盘，请完全按照自己的意思去进行。各位有几个钟头的时间，之后还会给你们时间来修正、调校自己的成品，让它们适应周遭的环境。"

大家就像修车厂的维修员，钻入了细胞核心。我开始动手雕琢DNA螺旋，像是在维修引擎一样。接着我把染色体放入细胞核中，就像把线绳装进布袋里。起初，我排列的架构完全支撑不住，可能是细胞膜不够坚固，也可能是DNA的排列不切实际。

渐渐地，我才掌握了排列组合中可能产生的交互作用，然后创造出了最基本的生命形态——一个单细胞球体细菌，其中的细胞核蕴藏着它的DNA。

现在得回答波塞冬提出的第一个问题："它如何摄取养分？"我的细菌接受日光进行光合作用，同时吸收来自其他同学失败作品的有机分子碎屑。至于第二个问题"它是如何繁殖的"，其实很简单，就是靠无性生殖。我的细菌可以自行分裂，成为两个完全相同的新个体。

我瞟了一眼隔壁的佛莱迪·梅耶的作品。他已经成功创造出了多细胞生物，属于某种藻类。哈兀的成品是一个构造简单但十分强健的病毒，完全自给自足，而且能够在其他有机体内繁殖。埃德蒙·威尔斯创造出了一个不仅能摄取光线，也能依赖沼气维生的海绵。其内部的过滤系统让海绵能够生存在有氧的环境之中，因为在目前的进化阶段，氧气是威胁所有生命形态的有毒气体。能够摄取氧气之后，海绵还发展出细长的触手，因而能够漂浮到水面上。至于玛塔·哈莉，她毫不扭捏地创造了最初的性交形态。出自她手中的生物并不是通过分裂繁殖的，而是与其他个体结合，将彼此的DNA密码融合在一起。

"不赖嘛！"

"我可是费了一番工夫。"玛塔·哈莉表示，"首先必须经过同类相残的阶段，通过彼此吞噬来达到融合DNA的目的。后来我才知道分成两个阶段进行会更恰当一些：先把两个细胞融合成具有两组DNA的单一生命体，再通过两者的结合繁殖出第三者。"

"一加一等于三。"埃德蒙·威尔斯开玩笑说。

这个论调现在听在耳里，竟有一种不可思议的力量。从生命出现的那一瞬间开始，"一加一等于三"就说明了进化的秘密。波塞冬从我们身后走过，查看每个人的进度，并特别对玛塔·哈莉鼓励有加。结果其他同学竞相仿效，抄袭这个划时代的繁殖方式。于是生命告别了单性生殖，步入异体繁殖的阶段。

在不断建构、拆解的过程中，我们试图让自己的生命原型更臻完善，创造出更加复杂的生命体。浮游生物、水蚤、蠕虫都已经出现，有些同学想要创造鱼类，但遭到老师制止。他表示所有人的创作都不能有眼睛和嘴巴，因为这有违植物期的原则，也就是我们目前所在的数字2阶段。

大家谨遵老师的指示。我最终的成品"潘森花"是一朵粉红色的水生花朵，看似柔弱，其实非常强韧。它具有容易繁殖的特性，这是埃德蒙·威尔斯的过滤系统给我的灵感，还要归功于我独家发明的繁殖行为，也就是将配子释放到水中。简而言之，这朵花汇聚了所有前所未见的特色。

哈兀的"拉泽拜葵"是一种生有长触手的海葵。埃德蒙口中的"威尔斯藻"则是外形像极了生菜的紫色海藻，拥有能够充气的囊袋系统，让它可以上浮至海面，获得更多氧气与日光。埃德蒙的创作令我相当钦佩，因为它不像我的那朵生存在海底的"潘森花"，只能摄取水中的氧气与被上层海水阻绝的微弱光线。

玛塔·哈莉创造的"哈莉花"是一朵模样简单的红色花朵。它固定在海底，但会恣意摆动，中央花芯还会规律地在水中散播配子。配子一旦彼此结合，就会有新的植物诞生。它们在这片原始海洋中大量繁殖，而且我留意到这些植物采取的是有性生殖，因此彼此之间的外观完全不同，并以各自的方式来适应身处的环境。

古斯塔夫·埃菲尔完成了一件令人赞叹的绝美作品，他的珊瑚以半植物、半矿物的形态成长，粉橘色调在湛蓝的海水中显得醒目抢眼。佛莱迪·梅耶则低调地构思出了一种天蓝色的细小苔藓，能够附着在岩石上，将岩石染成青绿色。莎拉·伯恩哈特创造的灌木生有黄色及黑色的柔软枝条，外形非常美观，但有繁衍上的问题。

植物迅速向四周繁殖扩散，目前一共有一百五十几种，其中有一些并不是实习生的作品，很可能是自发性出现的。另外，波塞冬提醒我们不可低估植物，虽然它们无法移动，却蕴藏强大的力量。

"大家回想一下，"老师说，"在你们身为凡人的时候，植物是如何制约你们的生活作息的：咖啡提神，蔗糖和甜菜糖提供活力，有些人甚至嗜吃巧克力成瘾，另外还有茶叶、烟草。啊！烟草，最简单不过的叶子，却会影响整个人体，干预脂肪生成，影响睡眠和情绪……当然还有被作为毒品使用的植物，例如古柯叶、大麻、罂粟……植物竟能够支配人类，很有趣，不是吗？而且许多文明都是因为这些植物而变得萎靡不振！千万不要看轻进化过程中的某个环节，就算你们乍看之下觉得低等，它也足以让人误入圈套。"

波塞冬抚弄白色胡须，低头专心打着分数，宣布获得黄金桂冠的第一名是贝纳·帕里希。他的作品是一种外形小巧的植物，只依赖日光和土壤内的某些化学元素，就能够迅速成长。

最后一名是文森特·梵高。他创造出了带有金黄花瓣的水生花朵"梵高葵"，与他笔下的画作《向日葵》十分神似，而且拥有他独自设想到的色彩变换构造。梵高起初的用意是伪装花朵，后来却将它修改成能够任意变换色彩，完全不为别的任何理由，只是为了美观。

"在自然界，美观只是多余的奢侈。"波塞冬语调平和地表示，"在目前这个进化阶段，首先必须考虑的是效能。"

台下有几位画家低声表示了对这位印象派名家的同情。梵高并不服输，高声抗议道："我不能苟同！进化的目的不是追求效能，而是为了实实在在的美。我的'梵高葵'绝对不是新生犯错的产物，我的作品是追求完美的体现。我对你不能体认这一点感到非常遗憾。"

"很抱歉，梵高先生，"海神斩钉截铁地响应道，"奥林匹斯的规矩还轮不到你来决定。想要过关，就请听从教授们的要求，而不是自定义标准。"

梵高高举安卡，不过半人马队伍已经来到现场，手里还有镇暴警察专用的盾牌做支持。梵高对它们开火，但半人马的防御滴水不漏。走投无路的他把安卡插进耳中，按下按钮，应声倒地。半人马抬走梵高的遗体，整个过程历时不到几秒钟。

最新人数：139-1=138。

台下没有一个人挺身而出，今后我们就是任凭摆布的一群人。所有人就这样接受了"他们"的游戏规则，乖乖就范的速度快得让人吃惊。表现优异金桂冠，表现差劲就滚蛋，现在的我们不过是一班庸庸碌碌的学生，成天只想着考试要过关，不要被淘汰。

47　　　　　　　　　　　　百科：俄罗斯套娃

如果电子有意识，它会明白自己是更大的原子中的一部分吗？原子又是否能知道自己是更大的分子中的一部分？而分子是否了解自己受限在一个更大的整体中，比如说一颗牙齿？牙齿又能否体认自己是人类口腔中的一部分？更不用去问一个电子是否能意识到自己不过是人体中微不足道的一小部分了。如果有人对我说他相信上帝，这就仿佛他肯定地表示："我这个微不足道的电子认为自己隐约可感觉到分子的存在。"如果有另一个人对我说他是无神论者，这就好像他在表示："我这个微不足道的电子敢肯定在我的认知之外，并没有任何更高的境界存在。"

但是如果这些人——无论是否有宗教信仰——知道所有的一切其实更加浩瀚、更加复杂，远远超过他们所能想象的，那他们又会做何感受？如果电子知道自己不仅身处原子、分子、牙齿、人体之中，而且人体之外还有行星、太阳系、宇宙，以及某个至今仍无以名状的广邈空间，那会对它带来什么样的冲击？人类的处境就像在一组俄罗斯套娃当中，被层层包裹着。

因此，我可以理直气壮地说，人类之所以创造出了神的概念，或许只是当面对自身之外那永无止境的错综复杂时，想借此安抚油然而生的晕眩感。

——埃德蒙·威尔斯，《相对与绝对知识百科全书·V》

48　海鲜大餐：生蚝与海胆

秋季女神先后送上海带、生蚝、海胆与海葵。在尝过鸡蛋和盐巴之后，这些菜肴确实让人惊喜。面对海味与蔬食的搭配，我们个个笑逐颜开。我觉得仿佛一张口就能把整片海洋给吞下肚。

我们并未亲自品尝过自己创造的植物，我很想知道那朵"潘森花"是什么滋味，它究竟可不可以食用？

哈兀在我身旁坐下。

"我们一直没有好好谈谈。"他开口道，"你怎么看这一切？"

我从壳中挑起蚝肉，一口吞下。一旁的哈兀抚摸着下巴，一副若有所思的模样。

"我觉得自己不再属于现实，只是游戏中的一个棋子，但我不是主帅，而是卒子，被某个设下棋局的人操弄着。我们就像在参与一部电影或一个电视实境节目的演出……所到之处都有人在窥伺我们的一举一动。还有这些高头大马的众神、这些长袍、这些神话生物，什么半人马、蝴蝶仙子、人鱼、狮鹰、森驼，这样的布景只有萨尔瓦多·达利才想象得出来……身为冥游者的时候，我以揭发一桩桩的秘密为乐。我们一路反体制，反陈腐医学，反教条信仰，反对各种卫道说教的人士。可是在这里……谁才是我们真正的敌人？"

哈兀从时序女神刚送上的海鲜拼盘中取用一只海胆。他拿起刀子，小心翼翼地避开尖刺，将海胆剖开。

"还有这些把我们当成小学生评分排名的课程，好学生给桂冠，难搞的学生就滚蛋……这让我很反感。我讨厌被困住的感觉，我们被重力给困在地上，被城墙阻挡，被埃登岛四面环海的地形隔绝，还在一颗不知名的遥远行星上。"

"不过我们几乎每晚都可以自由出入城内外。"我说。

哈兀一脸怀疑。

"就连我们偷溜出去的举动，都显得太过轻而易举。这一切就像有人刻意对我们设下了毫不碍事的屏障，好让我们相信自己违反了规定，但事实上……"

"怎么样？"

"我在想，搞不好这就是他们希望的。你难道没看见我们如何轻轻松松就过了河？而且每次都那么凑巧地能够全身而退，上次还有神话中的生物来帮忙……你不觉得很可疑吗？好像这一切背后都经过某个人的安排。"

"没错，但会是谁呢？"

哈兀用手中的生蚝刀指着远方的山峰。"傀儡师，伟大的天神。"他咧嘴而笑，"要不然就是魔鬼本尊。"

春季女神见我食指大动，立刻又送上一大盘食物。

"还有这些美女……"哈兀继续说，"肯定是通过模特儿经纪公司来进行试镜的。"

"难道你希望是老太婆？"

哈兀叹了口气。"被人当玩具耍实在很不是滋味，这让我想起了英国影集《囚犯》，你听过吗？一群人被困在一座度假村里，主角嘴里一直重复说：'我不是个号码。'"

"来到这里让我想起的书是《莫罗博士的岛》。你晓得，就是那位进行人兽杂交实验的疯狂博士。"

闲聊电影让我们轻松了不少。

"这地方让我回想起《最危险的游戏》这部电影。"玛丽莲·梦露表示，"你们应该都看过这部影片吧？一群人把初来岛上的新移民当作狩猎的对象。"

"或影集《时空英豪》，'最后只会剩下一个……'。"佛莱迪一边说，一边吞下一只显然不符合犹太教规的生蚝。

诚如埃德蒙·威尔斯一开始所说的，这一切都令人觉得虚假。其实无论是面对德彪西的死，还是梵高和其他同学的消失，我们都未曾真正感到惶恐不安，仿佛这只是电影或小说的情节，某些人物不知去向，如此而已。而且我们也并未真的感受到危险，顶多觉得悬疑。

"你们读过儒勒·凡尔纳的《神秘岛》吗？"我问。

基于某些不明原因，我显然提出了一个冷场的问题。

"这本书和我们的遭遇根本不同。"玛丽莲·梦露表示,"印象中故事描述的是一群人过着鲁滨孙般的生活。"

"而且书中也没有提到城市。"

"尼摩船长就藏身在岛上,监视着这群人……"我说。

"我觉得比较贴切的应该是《苍蝇王》这本书。"蒲鲁东说,"你们记得荒岛上的那群孩子吗?没有大人在身旁,放任自己为所欲为。"

我当然记得威廉·高汀的这本经典名著,读完之后我深受震撼。书末,这群孩子分裂为两派:一派支持生火向船只求救,另一派则被一个自立为首领的孩子所支配。后者下令狩猎,发动战争,并制定阶级体系以及入会与罚则制度。渐渐地,第二派消灭了第一派。

大伙儿陆续提出其他类似故事,一股怀念一号地球的思乡情绪弥漫席间。我突然想,其他星球上是否也有这样经典的影集或电影?也许吧。

"那你们觉得黑森林里有什么东西?"

有人说是"刻耳柏洛斯""巴斯克维尔的猎犬",有的则提到"异形"。奇怪的是,引用来自好莱坞的电影名称进行猜测,那只怪物似乎就不那么可怕了。

"我想起在蒙提·派森的电影《圣杯传奇》中,有一只杀手小白兔,小小一只,但会出其不意地跳起来,咬破所有人的喉咙。"

"当然也有可能是昼伏夜出的沼泽怪物。"玛丽莲表示。

"或吸血鬼德古拉。"

这时突然传来一声惨叫,把我们拉回现实,所有人都噤声不语。接着又传来更凄厉的第二声惨叫,这可不是在拍电影。

所有人一跃而起,离开食堂,前往声音的源头查看。

一栋门扉半掩的别墅内有呻吟声传出,我们一群人进到里头。别墅的陈设和我的相同，地板上躺着一把叉子，显然是用来撬开门闩的工具。

有人闯进别墅。

客厅里没有动静，只见电视屏幕上有个男孩正在玩跳房子的游戏。他掷出骰子，是数字"7"。接着他单脚跳到格子7，上头用粉笔写着"天空"。

我继续前进，在浴室里发现了垂死的贝纳·帕里希。一道雷电烧毁了他的半张脸，他睁大仅有的一只眼睛，眼皮不断颤抖着。一息尚存的他口中念念有词："弑神者是……"

他挣扎着想要说出名字，但来不及说出来就断气了。

"是谁干的？是谁如此胆大包天？"雅典娜高喊着拨开人群，往尸体的方向走去。

她用长矛揭开死者的衣物，寻找其他伤口，却没有任何发现，其间她的猫头鹰在四周逡巡盘旋。半人马为贝纳·帕里希的遗体盖上毯子，把我们赶出别墅。

最新人数：138-1=137。

雅典娜将屋外的我们召集起来。

"在场显然有人不把我们这些神老师放在眼里，而且意图挑衅。这位弑神者想要把肆虐许多星球的混乱带到奥林匹斯，意图复辟以死亡与毁灭为手段的恐怖统治。但是我，正义女神，可以告诉各位，凶手逍遥法外的日子不久了，任何犯行都必须接受制裁，而且绝对要严刑伺候。"

我和冥游伙伴们一起离开惨不忍睹的现场，此刻这座城市让我们觉得危机四伏。

"他就要说出来了，对我说出凶手的名字，但我最后只听到了'弑神者是……'。"

"这等于没说。"

玛塔·哈莉环视我们四周,像在寻找线索。

"现场的地板上有把叉子,凶手是用它从外头撬起门闩闯入的。"埃德蒙·威尔斯表示。

"如果弑神者决定直接进入屋内下手,那就没有人可以高枕无忧了,因为大门只能靠木头门闩锁上。"

"必须在门后放张椅子才行。如果我们不小心在浴缸里睡着了,至少椅子翻倒的声响会把我们惊醒。"考虑周详的玛塔·哈莉说。

玛丽莲·梦露的情绪似乎非常激动。"恶魔就在岛上,"她说,"我们休想高枕无忧。"

哈兀皱起眉头,若有所思:"如果按照雅典娜的说法,弑神者既不是魔鬼,也不是恶魔,那么一定在我们这群学生当中。如此一来,我们就有办法自保,和他周旋,然后将他制服,因为至少他不像那些出没岛上的怪物一样,有着高深莫测的力量。"

蒲鲁东加入我们的谈话,开口说:"到头来,大家全都搞错故事剧本了。我们是在阿加莎·克里斯蒂的《无人生还》之中,我们会一个接一个地被杀掉,等到最后剩下两个人的时候,才会知道谁是凶手、谁是无辜的。"

我感到相当诧异:"可是阿加莎·克里斯蒂成为推理天后时,你已经过世好一段时间了……"

"没错,当我成为天使后,有个客户是她的编辑,我甚至在小说还没出版的时候,就已经先睹为快。"

蒲鲁东刚才的看法确实值得推敲,我进一步延伸他的推论。"那就仿效侦探小说来推理一番。目前我们的人数是一百三十七人,人不是我杀的，哈兀、玛丽莲、佛莱迪和埃德蒙也不是凶手，因为案发时他们全都在我身边。所以说剩下的一百三十二人都有嫌疑。"

"是一百三十一人，"蒲鲁东修正道，"因为人也不是我杀的。"

"你有不在场证明吗？有人可以做证吗？"哈兀多疑地反诘。

"嘿！"蒲鲁东叫嚷道，"你以为大家在这里彼此猜忌，情况就会好转，是不是？就让那些神老师去调查吧，他们掌握了我们没有的资源。"

古斯塔夫·埃菲尔插嘴说："我们可不是任人宰割的献祭羔羊，我们有能力保护自己。"

他举起安卡，瞄准脑袋中的假想敌。"如果弑神者靠近，我第一个开火。"

"如果弑神者靠近，我就尖叫。"玛丽莲说。

"那些受害者全都尖叫了，亲爱的，"佛莱迪温柔地提醒，"但是他们并未因此获救。"

"就算调查是由神老师负责，我们也可以试着提出一些问题。"哈兀提议，"首先，凶手为什么选择贝纳·帕里希作为下手的目标？"

我们坐在一大张马蹄铁造型的白色大理石长凳上，大家争相提出看法。

"因为杀害一个独自在浴室泡澡的人，远比对一群正在食堂里用餐的人下手来得容易。"玛丽莲表示。

"因为贝纳·帕里希是上一堂课表现最出色的学生。"莎拉·伯恩哈特提醒道。

这个假设令人觉得不安，难道说表现优异的学生都会被杀害？

"那你自己呢？你也曾经获得金桂冠，却没有惨遭毒手。"乔治·梅里爱说。

"坦白说，有件事我一直没告诉各位，就是当我在电视机前观看一号地球上那些我认识的凡人的时候,曾听到房间里传来声响。"莎拉·伯恩哈特故作神秘地迟疑着,"于是我拿起安卡到房里查看。"

"结果呢?"

所有人屏气凝神等待她的回答。

"窗户是开着的,而且地上留有污泥脚印。"

接下来是半晌的沉默。

夜幕低垂,山头上微弱的光线闪现了三次,像是某种召唤。

---

49 百科:奥义

在许多秘教教义中都隐藏着只有少数教徒才能得以窥见的秘传内容,我们称之为"奥义"。发源于公元前七世纪的埃莱夫西斯奥义,是目前的西方世界中最古老、最为人熟知的秘教奥义,其中包括以水净身、守斋、乞灵,以及重现亡者游历地狱、重见光明,然后复活的过程。

在崇拜狄俄尼索斯的俄耳甫斯教奥义当中,秘教仪式由七个阶段所组成:一、忏悔;二、下定决心;三、领用仪式餐点;四、阴阳交合;五、试炼;六、化身为狄俄尼索斯;七、通过舞蹈解脱。

盛行于埃及的伊西斯奥义则拥有与四大元素相呼应的四项考验。在地之考验中,教徒必须提着一盏油灯,独自走进黑暗的迷宫,借助长梯进入迷宫尽头的一处深坑。在火之考验里,信徒必须单脚跨越排列成菱形的炽红铁块。水之考验则是全程持灯夜渡尼罗河。在风之考验中,信徒必须冒险行走在随时可能陷落的吊桥上,吊桥支撑在深渊的上方。接下来,入会教徒会被蒙上双眼,回答各种问题。拿下眼罩后,教徒必须站立在两根方柱上,这里就是他学习物理、医学、解剖以及符号体系等课程的地方。

——埃德蒙·威尔斯,《相对与绝对知识百科全书·V》

50 黑的冒险

狮鹰将溜索系牢后,我们依序先后滑行渡河。这次我特别留心抬高双脚,以免被人鱼抓住。

今晚艾迪特·皮雅芙并未要求与我们同行,不知是因为害怕怪物,还是在怪我们上一回没让她唱个痛快。

渡过蓝河之后,就是一片黑森林。我们重新组织队伍,以一个跟紧一个的方式走进这片未知的土地,此时克洛诺斯神殿的钟声响起,是晚间十一点。当钟声停歇时,寂静的空气里只听得见人鱼的吟唱,仿佛要我们别忘了美丽的蓝河与蓝森林。

"你们怕不怕?"玛丽莲·梦露低声问。

埃德蒙·威尔斯从他取之不竭的背袋里拿出一把自愿帮我们照路的萤火虫,每位成员被分派到三只。大伙儿继续前进,走在最前头的是本队伍中胆子最大的哈兀与玛塔·哈莉。

黑森林内的花朵全都是漆黑阴沉的色调,看见灰黑花瓣的金盏花,我并不意外。树木蔓生的长枝条在风的吹拂下就像印度教的神祇,招展着无数不怀好意的手臂。东方矗立着那座终日云雾缭绕的高山,顶峰若隐若现。

我脑海中浮现儒勒·凡尔纳的影子。

"别到那上头去，千万别到那上头去……"

上一回从远处传来的嗥叫声把大家给吓坏了，但是今晚，连风都突然静止，停止把枝叶吹拂得沙沙作响。万籁俱寂，这样的宁静更教人无法忍受。没有虫鸣声，没有鸟儿的振翅声，也没有野兔、鼬鼠从我们的脚边窜逃的声音，只有令人窒息的沉静与漆黑的夜色。

我们一步步前进，在这个越来越寒冷、越来越安静、越来越漆黑的世界里。

III

·

ŒUVRE
AU NOIR

黑之卷

51　黑暗之中

黑。

三个月亮已经没入地平线，星辰越来越远，终至无法察觉。林木渐趋高大、浓密，几乎就要把我们头顶的天空完全遮蔽。

我听见前面玛丽莲的牙齿格格作响。

此时远处传来粗哑的喘息声。

大家立刻停下脚步。

所有人手里都紧抓着安卡，我把电力调整到最大。不过，喘息声突然中断了，仿佛被我们吵醒的怪物刻意噤声，准备出其不意地发动攻击。

"我们回去好不好？"玛丽莲央求。

哈兀举手示意她安静，然后把三只萤火虫放在地上，扮演起侦察兵的角色，以小碎步往漆黑的前方走去，玛塔·哈莉紧跟在后。

佛莱迪、玛丽莲、埃德蒙和我背靠着背，竖起耳朵，仔细留意四方的动静。

我感觉怪物就近在咫尺。

突然，沉重的脚步声急速朝我们奔来，四人立刻作鸟兽散，放开手中的萤火虫，回头向黑暗中奔跑。

直到看见蓝河，大家才稍微安心。溜索仍妥当地固定在大树上，玛丽莲第一个抓住手柄，十分顺利地抵达对岸。我们争先恐后地扯着细绳，要将另一端的手柄给拉回来，其间那非人的脚步声持续震颤着地面和树木。佛莱迪接着攀上溜索。

埃德蒙和我已经没有时间等待折返的手柄了，干脆直接攀登到系着绳索的树枝上,将安卡对准地面,告诉自己绝不可不战而降。但是怪物迟迟未现身,只听见左侧传来一道惊声尖叫。

"快逃!"哈兀呐喊,他绝望的语调就和我在岛上初次遇见的儒勒·凡尔纳一样。

"赶快离开!"花容失色的玛塔·哈莉同声附和。

"快上来,我们躲在树上。"尽可能保持镇定的埃德蒙响应。

爬上树的两人仍是又惊又喘,我问:"你们看见了吗?究竟是什么?"

哈兀不发一语,玛塔·哈莉也无力开口,我把终于折返的手柄递给她,接下来自然是轮到惊魂未甫的哈兀。我非常讨厌殿后的感觉,但基于尊师重道,我还是请埃德蒙·威尔斯先渡河。这一头只剩下我一个,脚步声仍在持续靠近。

52 百科:焦虑

以脑叶切开术研究荣获一九四九年诺贝尔医学奖的艾加斯·莫尼兹发现,只要切除人脑的前额叶,就能够消除焦虑的情绪。这一片脑叶具有一项十分特殊的功能,驱策我们不断去设想将来可能发生的事情。此发现让我们了解到,人类之所以会焦虑不安,是因为会对自身的未来进行种种规划。这项天赋让我们能够实时察觉危险,同时进一步意识到自己有一天终将死去。因此,艾加斯·莫尼兹提出这样的结论:只要不去设想未来,就能够舒缓焦虑。

——埃德蒙·威尔斯,《相对与绝对知识百科全书·V》

53　　　　　　　　　　　　　　　　　　　中继营地

　　怪物就要出现了，从震动的程度来看，它肯定是个庞然大物。

　　我当下明白没有时间等待折返的手柄，而且怪物肯定能轻而易举地逮住树上的我。于是我选择背对脚步声，从树上跃下。怪物亦步亦趋，我节节后退，往远离它的方向奔跑，但是它仍旧十分靠近，而且速度在我之上，我只能持续向前方狂奔。这场追逐并无碍怪物持续发出低沉的嗥叫。陷入绝望的我决定冲入灌木丛中，就算沿途的障碍物擦伤了皮肉，我也绝不回头。黎明的第一道光线穿过叶隙，却帮不了我的忙。不时传来的咆哮声告诉我怪物的脚步越靠越近了。

　　我可以听见伙伴们在远处呼唤我。不知跑了多久，一条沟渠将我绊倒，我整个人滚下一片看起来没有尽头的斜坡。我不断翻滚，没抓牢身边的枝叶，反而被擦伤了，直到掉落在一座深谷里，我才停了下来。这里的林木又是另一番面貌。

　　怪物显然没有追上来。我站起来，抖抖身子，舔舔身上的皮肉伤，然后环顾四周。第二个太阳已从东方的山后升起，所以我必须朝反方向走。不过下坡容易上坡难，我决定从南面绕山而行。

　　我一路加紧脚步，发现自己踩进了一摊流沙里，而且越陷越深。我想起佛莱迪的笑话中那位受困流沙的男子，他不愿消防队员伸出援手，只因相信上帝会前来搭救。啊！但愿会有消防队员出现，要是我，我一定会毫不犹豫接受帮助。

　　我慢慢陷入泥沙中，双脚已经不能动弹。我高喊着"救命啊！"，但就连怪物也没个影。

泥沙已经淹到我的胳肢窝了，仍旧什么动静也没有，这真是蠢到极点的死法！

泥沙开始灌进口鼻，我就要窒息了，其他的课都还没上，也等不到阿弗洛狄忒对我揭晓谜题的答案了。

我最后一眼见到的是小仙子在我的头上盘旋，它惊慌失措地扯着我的耳朵，还以为自己能把我拉出泥淖。

我合上眼睛，现在我整个人都被泥沙淹没，而且仍旧在持续下沉。呃！是错觉吗？我冰冷的双脚竟可以在一个空间中摆动，下方空荡荡的，什么也没有。接着我麻木的双膝也可以活动了，最后我的整个身躯从泥沙中脱离，来到一个地底洞穴里。我滚落到地下河流中，任凭水流将我带走。突然，一阵激流将我像一根麦秆似的卷入地下沟渠。我试着别让自己继续翻滚，但速度实在是太快了，就像是在没有尽头的游泳池滑水道上滑行，周遭的风景急速从我的眼前掠过。过了好一会儿，无止境的狭长坑道才将我抛到一个深广的洞穴里，我又掉进冰冷的水中。

我努力向上游的同时，一群发着白光、模样如同深海怪物的鱼类不可置信地盯着我看。我好不容易游到水面上，胸腔灼热难耐，深吸一口气后，咳出卡在咽喉里的水。我继续踩水，好让身体停留在水面上。接着我掏出安卡，按下按钮。射出的光束告诉我这里是一个大洞穴，而我身处一片地底湖中。我往湖畔的岩岸游去，脱下沾染了污泥的湿衣衫，同时清洗凉鞋。安卡发出的第二道闪光照亮了我身旁的一个通道。

我在一个似乎没有出口的迷宫中前进，穿梭在一个又一个地下通道中。地道有时通往天然岩洞，有时则通往长满钟乳石与石笋的穹拱。我走了好一段时间，地道时而往下、时而往上，有时我必须弯下身子，有时又必须涉过及膝的泥水。

我来到一间摆设有木制桌椅和物品的地下室，用安卡点亮现场的一根蜡烛。我敢肯定曾经有人藏身在这里，难不成是前几届学生搭建的中继营地？在一堆地图中摆着好几本无字书，跟别墅中的一模一样。我随手捡了一本，书页全都填满了，不过是用一种我不认识的文字。其中有描绘船只航行河面以及与人鱼作战的图画，还有奥林匹斯山的写生图，山峰上带有晕染的笔触，仿佛绘制者想借此传达"千万别上去"的信息。

现场遗留有多双布鞋、登山鞋、绳索、登山铁栓……全都积着厚厚的灰尘。之前的实习生一定生着小脚，因为这些鞋子我全都穿不下。总之，可以肯定这里已经很久没有人来过了。

我端着蜡烛，将书本、地图、登山用具带走，从连接地下室的两个通道之一离开。

接下来还是错综复杂的地下通道，我又走了好久。

我又冷又饿，而且精疲力竭，再也受不了如此漫无目的的游走，扔下了准备带回别墅的书本和物品。

走过好一段路之后，我终于认出了一个之前经过的地点，那是我摔落到底的第一个洞穴……

我灰心地叹了一口气，几乎就要放弃求生的念头。算了！反正我也不是第一个变成神话怪物的实习生。也许我将变身成一只半人半蚁的生物，出没在这座地下迷宫里，也不枉埃德蒙·威尔斯曾经当过我的老师——希腊神话的确曾记载这种传说生物，叫作密尔米顿。我发出绝望的一笑，这一定是发疯初期的症状。

突然，有只白兔出现在前方，我揉揉眼睛，觉得自己在妄想，说不定是因为之前提到了蒙提·派森电影中的那只杀手兔……不过搞不好它是《爱丽丝梦游仙境》中的那只滑稽的兔子。小白兔用它那双红眼睛盯着我,转身跑进一条我走过的地道。反正不会有什么损失,我决定跟上前去。我来到一个刚才经过的岔路口,小白兔并未像我之前一样右转,而是选择左转。仍旧是错综复杂的地道,它领我进到石笋后方一条狭窄的通道中,然后来到另一条地道。不,不是地道,我发现岩壁凹陷处有一道天然形成的阶梯,我赶紧走了过去。尽管这阶梯似乎走也走不完,但我并不觉得累。

我想起《百科》中的一段内容:"探访土地的内在,通过淬炼提纯,你就能找到那颗隐藏之石。"下探地底,死而复生……

刚才往下的阶梯这回往上,接着我看见前方有微光。爬出地表后,晨曦的光芒弄痛了我已经惯黑暗的双眼。

小白兔竖起耳朵,撇撇嘴巴,加快前行的脚步,我跟在后头。蓝河就在眼前,不过我是在黑森林这一边,还好没见到怪物的踪影。小白兔仍自顾自往前,来到一道看似无法穿越的瀑布前。我立刻停下脚步,仔细环顾四周,寻找渡河的通道。我的犹豫令小白兔感到不耐,它开始在我的脚边打转,非要我跟着不可。小白兔等不及了,径自往瀑布走去,消失在水幕之后,然后它蹦跳的身影出现在蓝森林那一头。

隐藏在瀑布后的秘密通道!我依样画葫芦。这比用溜索渡河还来得轻松写意。

我获救了。

回到对岸的小白兔摇摇耳朵,向我道别,随即消失不见。

54　　　　　　　　　　　　　　　　　神话：阿瑞斯

　　战神阿瑞斯是宙斯和赫拉之子，其名代表的意义是"男子汉"。他是好战精神的化身，手持佩剑，身旁伴随着兀鹰和猎犬。阿瑞斯对杀戮一笑置之，对战争乐在其中，个性以火暴鲁莽闻名，因此动不动就与其他神祇发生冲突。在特洛伊围城之际，被阿瑞斯惹毛的雅典娜就曾用石头伤及他的咽喉。

　　但阿瑞斯并非总是战无不胜。对抗波塞冬的巨人子嗣，来保护阿尔忒弥斯与赫拉的时候，他不慎被巨人们囚禁在青铜罐内长达十三个月，最后是赫尔墨斯出面解救了他。

　　虽然阿瑞斯身为战神，但英雄难过美人关，他一向风流韵事不断，且通常都没有好下场。阿弗洛狄忒曾经背着丈夫赫菲斯托斯勾引战神，不过锻冶之神早已在床帷布下金属丝网，将这对偷情男女逮个正着，招来众神对网中两人冷嘲热讽。阿瑞斯承诺愿意弥补过错，才得以脱身，返回色雷斯。后来，阿弗洛狄忒为阿瑞斯生下女儿哈耳摩尼亚，也就是未来的底比斯国王卡德摩斯的妻子。阿弗洛狄忒也是个醋坛子，她撞见阿瑞斯在美丽的欧罗拉的床上交欢，便怒下诅咒，要这位少女从此夜以继日地做爱。

　　阿瑞斯与昔兰尼生下的狄俄墨得斯后来成为色雷斯国王，以用陌生旅人的肉体喂食自己的马匹闻名。另外，战神还与仙女阿格劳洛斯生下阿尔卡珀。阿尔卡珀被波塞冬的儿子掳走，阿瑞斯一气之下便杀了对方。

　　这是奥林匹斯的第一起谋杀官司。波塞冬控告阿瑞斯蓄意谋杀，但阿瑞斯辩才无碍，竟成功说服众神将他无罪开释。

希腊人偏爱生性和平的神祇，所以并不欣赏阿瑞斯，他们尤其害怕战神的两个儿子——恐惧之神得摩斯与恐怖之神福波斯，他们是阿瑞斯征战时的护法。

罗马人则将崇拜的战神命名为玛尔斯。另外，在埃及文明当中，名唤安赫的神祇与阿瑞斯拥有相似的特征。

——埃德蒙·威尔斯，《相对与绝对知识百科全书·V》
（改写自方西斯·拉泽拜的作品，前者取材自赫西俄德于公元前七百年完成的著作《神谱》）

55　星期二：阿瑞斯授课

经过一晚短暂的休息，我出现在食堂用早餐。大伙儿见到我，全都不可置信地站了起来。

"麦克，我们以为你……"

"死了？"

所有人开始向我解释他们并没有放弃寻找我。当时他们见我没跟上，哈兀和玛塔·哈莉又折回蓝河对岸，顺着我的足迹搜寻，但是足迹随即被地上纷乱的沟渠痕迹给取代了，接着就消失在黑森林当中，两人只好攀上溜索离开。

"究竟发生了什么事？"他们问。

我并不想一五一十地告诉他们，我也还没准备好向大家透露地下遗址，小白兔领路的故事就更不用说了。在快速享用生蚝与海带早餐的同时，我只告诉他们在瀑布后面有一个秘密通道。

克洛诺斯的时钟敲响八点三十分，结束了大家的谈话。

今天是星期二，玛尔斯之日，玛尔斯是战神阿瑞斯的罗马名字。大家迅速往战神神殿移动，准备聆听第三位教授的课程。

我们走在香榭丽舍大道上，沿途经过赫菲斯托斯与波塞冬的神殿。

阿瑞斯神殿是一座建造有塔楼、瞭望台与突堞的城堡。城堡四周是绿水环绕的城壕，必须通过跨越其上的吊桥才能进入。里头的军械室陈列着人类史上各种用来杀戮、屠城的武器。在聚光灯的照射下，可以看到狼牙棒、长枪、斧头、矛、戟、双节棍、刀剑、火枪、步枪、炸弹、手榴弹和飞弹，每件展品上都仔细标注着来源与制造日期。

身着黑色长袍的战神阿瑞斯出现在我们眼前。他人高马大，身高足足有两米多，蓄着浓密的胡须，毛发漆黑，生着一对浓眉，身上肌肉虬结，额前系着一条黑色头带。现场陪伴他的还有一只拉布拉多犬和一只兀鹰，前者蹲在他身旁，后者则停栖在黑板上。

阿瑞斯先在讲台上打量我们，然后才走下来。

此时，阿特拉斯摆出一贯痛苦的表情，姿态低调地将我们的星球放在托台上，然后不发一语地离开了。阿瑞斯走到托台前。

他就着安卡放大镜仔细检视我们的成果。

"我就知道，你们所有人都只想到外表，完全忽视了存活的重要性，连一种带刺、带有毒性的植物都没有！"

这番话引起台下一阵骚动。

"你们给我安静！你们以为创造世界是在刺绣，是不是？"

他将手中的武器放在书桌上，转身在黑板上写下：

0：宇宙之卵

1：矿物期

2：植物期

3：动物期

块头高大的战神睥睨着我们，然后放声大笑。

"数字3的两张嘴代表什么，你们知不知道？上面一张咬啮，下面一张亲吻，杀戮与做爱，这就是圆满人生的秘诀。聆听敌人腹部中刀后的痛苦呻吟，或聆听怀中女人爽快的娇喘，还有什么比这些更令人称心快意的？"

在场的男同学心有戚戚焉地点头，女同学则不满地嘀咕着。

"我知道，"阿瑞斯语带嘲讽地表示，"你们从小就被教育要有教养，假如我的言论让在座某些人感到不舒服的话，那么我告诉那些人，我才懒得鸟你们！我就是喜欢干架，就算挨揍的是我也一样。当半神赫拉克勒斯一拳打在我脸上的时候，我告诉自己：'总算棋逢敌手了！'他是值得各位学习的榜样。你们什么都不要怕，不要畏惧任何人，就算是你们的老师也一样。"

他在挑衅我们。

"如果有人想要攻击我，就请他站出来。侵略者永远占上风，先下手为强，事后再商量。"

说到做到的阿瑞斯当场相中台下一位身材壮硕的男同学，一把拽住他的长袍。

"老兄，想干架吗？"

对方还没开口，阿瑞斯就立刻在他的腹部顶上一拳。

弯下腰的男同学赶紧表示不愿意。

"大家看清楚了，这就是侵略者的优势，而且屡试不爽。先下手，再思考，如果遇到比你强的对手……那你就赔不是。"

阿瑞斯回头面对那位同学，把脸凑上去，彼此的距离只有几厘米而已，然后语带嘲讽、口沫四溅地说："对不起！老兄，我不是故意的，拳头就这么不小心地挥了出去。"

接着，阿瑞斯又向对方挥出更带劲的一拳，转身走到所有人面前，扬扬得意地表示："打架不仅能够发泄情绪，还能够赢得别人的敬重。可惜啊……每个人都希望自己'和蔼客气'，但这跟和蔼无关，而是胆小懦弱。那些制作桌布、烘焙蛋糕、擅长珐琅工艺的文明，最后全都被那些发明枪炮弹药的文明给消灭了。这才是历史的真相，不愿承认的人注定要付出惨痛的代价。我们面对的可不是娘娘腔的世界，如果各位喜欢十字绣，那我劝你们最好立刻放弃。"

战神穿梭在我们之中。

"打从混沌初开，就是不断的战斗，但这并不是某些天真人士所认为的善与恶的战争，而是矛与盾的战争。"

信步走在行列中的阿瑞斯用佩剑敲响每个步伐，接着大声说："每当一种毁灭性武器诞生，都会出现与之抗衡的防御性武器。箭对盔甲，骑兵突击对长枪，大炮对城墙，步枪对防弹背心，飞弹对反弹道飞弹，这就是人类文明的演进方式。促进科技日新月异的是战争，而不是好奇心，也不是对美观舒适的追求。一号地球上首次出现的火箭，其实源自'Ｖ１'原型飞弹的研究。当初设计这种飞弹的用意是大规模残杀无辜百姓，各位应该记忆犹新，也因为它才开启了太空时代。"

阿瑞斯闭上嘴，用手梳理浓密深黑的头发，居高临下地打量我们。

"还有一件事，听说你们当中出了一位弑神者，专门杀害班上的同学。"

台下一片缄默，没有人吭气。

"我嘛，我没有什么好责备他的，我认为要赢得这场神的游戏，就必须不择手段。他的行径相当大胆，但是有脑筋的人才能想得到，我喜欢。我知道其他神老师对此感到非常愤慨，可是我跟他们说：'归根究底，这不正是进化的真谛吗？'弱肉强食，侵略者毁灭苟活者，我要对那位主动出击消灭对手的同学表示钦佩。另外，别指望这岛上的行政系统会给你们提供任何保护，否则你们可能会小命不保……"

接着他冷冷地表示："希望弑神者明白这岛上有一位支持他的盟友，如果大家想要互相残杀的话，军械室里的武器任凭各位使用。"

阿瑞斯仰天大笑。

"很好，现在回到各位创造的十八号地球上。你们造就了一个非常和乐的水族世界，有美丽的海葵、海星，真是赏心悦目的布景，不过现在该是主角登场的时候了。

"请你们创造出鱼鳍、嘴巴和牙齿，给我一个多姿多彩的海洋世界。方法跟创造植物一样，将DNA铭刻、编码，但是你们现在拥有更宽广的创作弹性，请尽情发挥想象力。"

阿瑞斯回到座位上，大家纷纷投入动物的创造。我发现整个过程就像是在创作一件艺术品，首先雕塑外形，接着为外观上色，进行各种工程学的试验，来研发出独一无二的移动方式。老师鼓励大家尽情尝试，结果看到了各式各样外形古怪、五颜六色，甚至是半透明的怪物。

大家一开始的作品都跟鱼类相似。古斯塔夫·埃菲尔第一个想到为作品添加脊椎骨，赋予动物直挺的中轴。乔治·梅里爱的创作拥有可以活动的凸圆大眼，能够同时瞻前顾后，观察动静。哈兀·拉泽拜费心创造了能够快速划水的鱼鳍，加快移动速度。玛塔·哈莉则构思出了能够根据环境进行伪装的皮肤。

我们比较彼此的作品，加以评论，此举引起阿瑞斯的不满。

"你们以为这里是夏令营啊？你们以为来这里是为了消遣啊？不对！你们在这里是为了勇往直前，去侵略，去消灭彼此！丛林的法则就是宇宙的法则，强凌弱、大欺小，就连星系也彼此吞噬，毫不例外。"

桌上那把佩剑在他的手中铿锵作响。

"我看各位也玩够了，现在你们的创作必须符合新的条件'吞噬但不被吞噬'，也可以理解成'杀戮但不被杀戮'，随你们高兴。"

阿瑞斯将第二句写在黑板上。

他转动眼珠子。

"生存下去是目的，至于方法，那就要看各位的本事了。淘汰的规则很简单，你们现在的人数是一百三十七位，我们只会留下脱颖而出的学生，也就是说，各位彼此厮杀，败阵的同学就被淘汰。这个规则将迫使你们去思考策略，或许也有助于你们发展出神的判断力。"

阿瑞斯走到球体前。

"原则很简单，不是你死就是我亡！"

他走到台下巡视我们的创作。

"再过几分钟就要说拜拜的和平世界真是美不胜收！"

大家继续埋头苦干，手边的作品不断进化、成熟，体质渐趋坚固，形态也更加复杂。

玛丽莲·梦露创造出了一只生有长触须的水母，每根触须都能连续发射出带有毒性的微型鱼叉。乔治·梅里爱的作品是一条视力极佳的海鳝，专门藏身岩石缝隙，观察往来的其他生物，如果对方是难缠的家伙，海鳝就会缩进洞穴；如果对方是猎物，它就会出其不意地发动攻击。哈兀则精心设计出了一块伸缩自如的下颌骨，四周还有多块增强力道的肌肉。

所有人都尝试以一号地球上的动物为蓝本。某些同学为自己的创作添加鱼鳍以提升速度，甚至有人加上螯与獠牙，我们简直是以设计战斗机的心思来创造这群水族的。起初大家不免会彼此抄袭，但是渐渐地，每个人都摸索出了自己的方向。

哈兀的下颌骨现在演变成一条菱形的魟鱼，它柔软的两翼向后延伸成为一条富有弹性的细长尾巴，上头带有螯针，能像鞭子一样发动攻击。

埃德蒙·威尔斯的作品是由无数条小鱼集合而成的浓密鱼群，如同沙丁鱼。它们的特色在于拥有侦察兵编制，前方负责搜寻猎物，后方则负责提防掠食者靠近。就算掠食者成功接近了，在它吞食其中几条小鱼期间，其他鱼儿也能乘机逃跑，整个鱼群作为一个单一、强大的整体运作着。我的老师为"团结就是力量"写下了一个有力的新批注。

玛塔·哈莉构思的保护色构造渐趋完善。除了能根据海底环境改变颜色之外，她创造的生物还能像乌贼一样吐出墨汁，达到欺敌的目的。

我们的作品刚完成不久，这些动物就开始彼此挑衅、追逐，互相打斗、吞食。而在上一堂课完成的植物仍持续在四周成长、繁殖，给我们的第一代草食性鱼类提供所需的碳氢化合物。另外，草食性鱼类是肉食性鱼类的动物性蛋白质来源，为后者发动闪电攻击或战败逃亡提供所需热量。在第二代掠食动物之后出现的是第三代超级掠食动物。

另一方面，动物们已经能够彼此沟通。例如，乌贼发明出了一种通过光解作用来表达的语言，也就是说，它们能够快速变换肤色，来达到警告彼此或求救的目的。

凶猛残暴的第四代掠食者也在很短的时间内登场。

一场大规模的海底大战已然展开。

十八号地球的海面上飞溅的巨大水花就是战火的见证。放眼所及,水面上净是上浮的鱼尸,但很快就会有食尸性动物来收拾残局。坐在我隔壁的女同学碧翠斯·沙法努将阿瑞斯的提醒铭记在心,构思出了防御甲胄。她创造的硬壳鱼跟乌龟类似,上下层是厚实的骨质硬板,像三明治一样保护着内层柔软的躯体。

约瑟夫·蒲鲁东的创造方向是敏捷有力的猎食性鱼类,以鲨鱼为创作蓝本,再不断加以改进。除了无坚不摧的下颌骨之外,他的作品还拥有如剃刀般锐利的三排三角形利牙,以及能够侦测周遭动静的鼻子,而且动作灵活迅速,令其他生物退避三舍,很快就成为海底世界的霸主。

我决定借鉴蒲鲁东的构想,但不愿创造如此具有侵略性的动物。我设计的鱼类同样修长壮硕,但鱼鳍采用短小浑圆的造型,而且外皮非常光滑,避免掠食者的牙齿有机可乘。另外,我还赋予它尖锐的突吻,达到能够准确攻击蒲鲁东的鲨鱼的脏器的目的。到最后,我的成品其实与海豚十分类似,我们终究无可厚非地往已知的物种原型靠拢了。

蒲鲁东的创作也启发了我右手边的同学布鲁诺·巴拉尔,他创造出了模样凶神恶煞的梭子鱼。后方有一位同学的作品是一条肥大的鳗鱼,能够发出电流自卫。

佛莱迪·梅耶的小丑鱼和毒海葵维持共生关系,毒海葵是小丑鱼躲避掠食者的避风港。佛莱迪是班上第一位构思出共生形态的学生,而且其形态不仅涵盖两个物种,也涵盖两种不同的生命形态。还有一位同学根据相同的概念,让自己创造的引水鱼出没在蒲鲁东的鲨鱼四周,以引导鲨鱼寻找猎物的方式,来换取鲨鱼的保护。趋炎附势始终是最有效的生存之道。

在这片原始海洋中，动物的形体渐趋明确成熟。软骨的出现为骨架中的破绽提供了额外的保护，表皮也变得更加坚韧，但仍保有原来的弹性。

阿瑞斯再次提醒大家注意，他在黑板上写下"策略决定一切"。

"有些同学已经知道如何创造出顽强的生物了，但是生理的优势与残暴的禀性都是有其限度的。要战胜敌人还有其他方式，现在这就是各位创造新一代动物的目标。"

撇开以力量为诉求，所有人开始寻找新的创作方向。

繁殖策略有时能够弥补不擅防御的先天缺失，例如有些物种不太懂得自卫，但能够通过大量产卵来延续香火。另外，也有一些雌鱼在面对危险的时候，会将后代吞入口中，等危险远离后，再将小鱼给吐出来。生产的后代也可以是一项攻击策略，例如有些大型鱼类看似难以对付，实则无力招架抢夺它们的食物或寄生在它们的身体里的幼鱼群。

我也参考了埃德蒙·威尔斯的构想，赋予鱼群彼此沟通的能力。现在它们不但有家庭组织，还能够以超声波来沟通。环顾其他同学的创作，我发现以量取胜的策略已经逐渐被保护色、拟态、诱饵、下颌骨、剧毒、利牙以及快速交尾等策略取而代之。接下来，同学们开始根据个人作品的防御及攻击本事，来确立它们的领地范围。大家纷纷派出先锋部队，来试探对手的防御能耐。

我们之前创作的鱼种早已被弃如敝屣，不过它们仍持续繁殖，成为海底世界的配角。而且由于某些未获改进的先天缺陷，现在的它们扮演起猎物的角色。

较量彼此的作品让所有人兴奋莫名。我身旁有些同学因为策略运用失当，眼睁睁地看着自己创造的生命被啃得四分五裂。这些人为了扭转情势，纷纷开始抄袭获胜同学的作品。

海面上的鱼尸不断增加，数量实在太多，完全消化不及。尸体腐化的碎片沉到海底深处，于是有一位同学创造出了专门食用此类腐肉的食尸性螃蟹。该名同学的螃蟹不断成功进化，最后竟能对碧翠斯·沙法努的龟甲鱼发动攻击，令她不得不增加龟甲的厚度，并为软骨组织添上某种漆料物质，现在就算是最尖利的螯，也无从施力。

阿瑞斯不断在我们身旁鼓噪、煽动，激发大家的高昂斗志。在众人没有察觉的情况下，现场播送着清唱剧《布兰诗歌》的乐声，驱使大家更加忘情地投入。

战火延烧各地。我觉得没经过多长时间，海中物种的生态就已经大致稳定，没有人能够继续拓展新的势力范围，而且所有人都成功地保卫住了自己的疆土。

阿瑞斯决定到此为止，准备公布成绩。

他表示首先会宣布今天成绩最优秀的前二十名，再宣布被淘汰的学生名单，台下所有人屏息聆听。

第一名：蒲鲁东的掠食鲨鱼，蒲鲁东获得金桂冠；第二名：乔治·梅里爱的那条视力极佳的海鳝；第三名：碧翠斯·沙法努的龟甲鱼，掠食者完全没辙，对盾牌防御概念的坚持让她创造出了优秀的作品。接着是布鲁诺·巴拉尔的梭子鱼和佛莱迪的小丑鱼，然后是玛塔·哈莉的乌贼与玛丽莲·梦露的水母，哈兀的鬼蝠𫚉紧接在后，接下来才是我的海豚。阿瑞斯批评我的作品欠缺斗志，只能算是形式上成功、内涵上失败的作品。他说这些鱼贪玩成性，完全不热衷战斗，在这个进化阶段，游戏只是不合时宜的奢侈。尽管我提出了游戏也是作战训练的观点，但阿瑞斯仍旧坚持必须把生存和猎食摆在第一位。

接下来，阿瑞斯一一列举出攻防俱差的物种，包括动作迟缓的鲨鱼、毒性不痛不痒的水母、软嫩过头的乌贼、触手打结的章鱼、沟通不良的沙丁鱼，以及慢半拍的鳗鱼等，结果一下子就有十二名学生被淘汰。

最新人数：137-12……现在班上剩下一百二十五位学生。

在被淘汰的十二名同学中，蒙田是唯一的名人。他转身面对大家，很有风度地祝我们好运。

半人马已经出现在教室门口，开始执行它们的任务。不及格的学生全数被带走之后，剩下的我们准备起身离开，这时阿瑞斯拦住大家。

"等一下！告诉你们，这堂课才刚开始，说下课还早呢！鱼类之后，你们接下来就要创造陆地动物。先给各位短暂的午餐休息时间，顺便活动一下筋骨，待会儿继续上课。"

---

56 百科：暴力

在西方人来到新大陆之前，北美洲的印第安人生活在凡事讲求分寸的社会里。暴力行为虽然存在，但只不过是一种仪式化的手段。当时因为没有出生率过高的问题，自然也没有战争来平衡过剩的人口。在部落当中，暴力是一种面对悲痛或遭到抛弃的境遇时表现出勇气的方式。

印第安部落之间的战争通常起因于狩猎领土的纠纷，而且战事很少会演变成大规模的屠杀事件。印第安人在乎的是让对方明白，如果他们愿意，他们大可采用更激烈的手段。但一般而言，他们都会认为没有必要诉诸更激烈的暴力手段。

印第安人曾经长期对抗来自西方的拓荒先民，不过他们总是用长矛在敌人的肩头上轻敲一下，借此来传达只要他们愿意，他们就可以将长矛捅进去的信息。西方人的响应方式却是当着他们的面，用火枪来对付他们。要实践非暴力的行为，至少要双方配合才办得到。

——埃德蒙·威尔斯，《相对与绝对知识百科全书·V》

57　动物期

为了节省时间，我们全都待在教室用餐，夏季女神为我们送来餐盒。我们持续进行味觉的体验，之前是海鲜，现在是生鱼。菜单中有鲔鱼、鲭鱼、鳕鱼，都是以生鱼片的方式处理的。我们都饿坏了，准备好好饱餐一顿。

大家不发一语，静静补充营养，而且加快用餐的速度，因为我们都知道阿瑞斯等不及要同学们继续进行这场"竞赛"了。就在所有人享用午餐的同时，身着黑袍的战神挥舞着手中的安卡，让天空降下雨水，让原本荒漠一片的陆地出现植物的踪迹。离开海洋的植物获得了更充足的日光、空气以及微量元素，新陈代谢更加顺畅。

我们嘴都还没擦干净，阿瑞斯就吩咐道："时间浪费够了，赶紧上工，把海底那锅马赛鱼汤给我端上陆地！"

现场的竞赛方向就是想办法在接下来的几个小时内，迎合神老师的心意。出自我们手中的多数鱼类都已经爬上陆地，原先的鱼鳍演变成行动笨拙的肢体，呼吸器官也很快就适应了吐纳空气。它们开始在各大陆地、群岛繁衍，逐步进化成青蛙、蝾螈、小蜥蜴、大蜥蜴，然后是……恐龙。

厮杀的场面不久之后又在十八号地球的陆地上上演。每个人仍旧十分忠于自己独特的创作风格。佛莱迪将小丑鱼拉长，纤细的长颈子与古代的梁龙十分神似，他的动物全长十二米，但是非常脆弱。哈兀成功保留魟鱼的双翼，创造出了类似翼手龙的飞行蜥蜴，它嘴巴尖凸，生有细牙。哈兀是班上第一位将作品送上天空的实习生，从这一点就可以体会出哈兀这位冥游尖兵的作风，他总是一心想爬往高处，将一切尽收眼底。蒲鲁东承袭之前的鲨鱼作风，创造出了体积庞大的陆生动物，它拥有细窄的小眼和一个生有尖齿的巨大下颌，与霸王龙十分相似。布鲁诺·巴拉尔跟着模仿，创作出了一条牙尖嘴利的大鳄鱼。

至于我的创作，是身长一百五十厘米的小型恐龙，能够以双脚站立。我依旧遵循埃德蒙·威尔斯的绝妙点子，在它的基因中植入群居的习性，让它们能够一同防御和攻击。我最后的成品有点儿像细爪龙，同样是以二十个为一组外出猎食。另外，我还精心添加了一个小细节：跟猫爪一样可伸缩的利爪。

放眼看去，四周净是爬行动物。这让我回想起从前摆在书桌架上的塑料恐龙模型收藏，它们全都是《侏罗纪公园》热潮下的产物。我还记得某些恐龙的名字：禽龙、雷龙、角鼻龙、三角龙。

阿瑞斯从托台下方拿出时钟，拨快时间。

我们必须加快作品的进化速度。

哈兀的翼手龙外形变得更加纤细，与始祖鸟十分相似。佛莱迪则成功创造出了温血动物。正当其他人的动物受到环境温度支配，在低温下行动迟缓的时候，佛莱迪的作品却能够保持体内恒温，即使是在恶劣的天候下仍然能行动自如。不过他的动物完全没有犄角，没有獠牙，也没有鳞甲,因此每逢危险,就只能逃跑或躲藏。我不明白佛莱迪为什么选择了这样的进化方向,不过坦白说,他的那些鼩鼱模样的动物还挺可爱的。佛莱迪也意识到了周遭猎食者环伺,他迟早会被淘汰出局。于是他放弃卵生的繁殖方式,发明了胎生,让后代直接以完整的形态离开母体,再由母亲分泌乳汁喂食。十八号地球上的第一批哺乳动物就此诞生,我跟着放弃卵生的细爪龙,选择了胎生的繁殖方式。

埃德蒙·威尔斯仍在追寻理想中的团体社会,以数目众多和体积小巧为诉求创造出了蚂蚁。此时,地面上已经存在不少昆虫了,包括蜻蜓、甲虫在内。反观埃德蒙的蚂蚁,不仅体形细小,而且没有颜色,没有翅膀,没有毒液,也没有螫针,唯一的特点只是团体生活,而且数量惊人。他之前的沙丁鱼群是由数百条鱼所聚集而成,现在蚂蚁的数量则是成千上万,甚至以百万计。不过,也许是时代还跟不上埃德蒙的想法,这群蚂蚁和佛莱迪的哺乳动物一样,在遭逢体形较大且生性凶猛的掠食者时,只能靠躲藏来自我保护。此外,这些蚂蚁也引起了其他同学的觊觎,有越来越多的动物拥有细长的舌头,能够穿透蚁窝,将里头的蚂蚁吞下肚。

玛丽莲·梦露也将重心放在昆虫上,她的水母如今已经进化成胡蜂了。班上另一位年轻女同学娜塔莉·卡鲁索则创造出了蜜蜂。

大家持续激荡脑力,出自我们手中的动物也不断在捉对厮杀。

突然,阿瑞斯出其不意地降下为数众多的巨大陨石。

地震,火山爆发,断层陷落,简直就是十七号地球的末日重现。所有人感到莫名其妙,难道竞赛到此为止?

"快点儿,随机应变!"战神叫嚷道。

撞击在十八号地球地壳上的陨石掀起了一场生态浩劫。浓密的火山灰遮蔽着整片天空,就连日光也透不进来,整个地球处于永夜状态。

唯一的光源是如溪水般流淌的岩浆，而被困在岩缝中的恐龙只能眼睁睁地看着自己被熔岩淹没。大家赶紧铆足全力，加快自己作品进化的速度。碧翠斯·沙法努持续补强她的龟甲，一旦创造出无往不利的求生方式，就很难轻易割舍。许多同学开始竞相模仿佛莱迪的鼩鼱，因为面对非常时期的恶劣天候，毛皮与胎生繁殖的确是很好的应变之道。埃德蒙·威尔斯的蚂蚁也颇受欢迎，袖珍的尺寸与坚硬的表皮是适应剧烈气候变化的另一项利器。

有些同学的进化方向则发生了一百八十度的大转变。古斯塔夫·埃菲尔潜心创造了白蚁，它们挖掘地底巢穴的深度甚至超越了蚂蚁。放弃鳄鱼的布鲁诺·巴拉尔决定往天空发展，以哈兀的始祖鸟为蓝本，创造出了身形较小的飞禽，展翅飞跃灾难现场。至于我，我完全放弃了那群两足恐龙，做出了一项开倒车的决定：回到海里去。毕竟在水中，我之前创造的海豚完全不会被地震与火山爆发所波及。已经进化成哺乳动物的这群恐龙重返海洋之后就成为水生的哺乳类动物，除了吸取海面上的空气，它们也能够憋气，在水中待上相当长的时间，而且只要在水面上遭遇了麻烦，它们就可以潜到海底。我觉得这样的折中方式值得一试。我很庆幸可以远离陆地上的冲突与浩劫，回到能够自在悠游的海底世界。再说，其他同学的重心全放在陆地上，如此一来，我也可以安心发展它们游戏与沟通的天赋。

现在地表上的大陆块漂移、碰撞、融合，呈现出一片沸沸扬扬的景象。植物也在进化，巨大的蕨类植物被花朵与灌木取而代之。

佛莱迪·梅耶为了保住自己的哺乳动物，不断另辟蹊径，却都徒劳无功。最后他决定跟随我的脚步，将作品往海里送，成为类似鲸鱼的动物。

当行星的地貌变化趋于稳定后，恐龙完全消失无踪，唯有从少数鳄鱼、乌龟、蜥蜴和巨蜥身上，还能看见恐龙时代残存的影子。相反，天际的禽鸟数目与日俱增，海中的鱼种更加丰富，昆虫和类似鼩鼱的小型哺乳类动物的数目也不断增加。十八号地球的生态特色已不再是庞大笨重的冷血动物，而是体态轻盈、灵活机警、动作迅速的温血动物。为了在阿瑞斯的陨石浩劫中存活下来，大家都费尽心力，现在所有人都疲惫不堪，但是战神仍在一旁鼓噪，要我们继续为生存而战。

"还没完呢！我可没说到此为止，给我继续奋战下去，随机应变！"阿瑞斯仍在大声叫嚷。

奔跑、追逐、躲藏、厮杀的画面持续上演着。乔治·梅里爱发明出面感视觉，让自己的鼩鼱能够像狐猴一样，通过集中双眼，来精确估算眼前物体的距离，接着立体视觉应运而生。另外，也有许多进化方向着重在手的概念上。莎拉·伯恩哈特创造出了拥有五根手指头的狐猴，并用保护指尖的指甲来取代利爪。

大家创造的动物持续进化，狮子、猎豹、鹰、蛇、松鼠等动物相继出现，显然所有人都深受一号地球动物园的影响。不过，我们的作品也并非都是照葫芦画瓢，其中有些动物真的是前所未见的新物种，例如拥有荧光毛皮的老虎、具有多个象鼻的大象、水生甲虫以及斑点花纹的斑马，它们彼此遭遇、挑衅、厮杀。结盟行为出现在不同的物种之间，而且有的动物已经灭绝，有的动物则为了逃避天敌或吸引猎物上钩而持续进化。

最具侵略性的动物不见得是求生存的能手。就像战神之前所说的，任何攻击方式都会遭遇更高明的反制方法，有利爪和尖牙，就会有厚实的甲壳与敏捷的手脚。机灵的弱势更胜笨重的强敌。面对伪装的保护色与臭气陷阱，再强悍的掠食者也要退避三舍。

十八号地球上的动物数量越来越稠密，种类也渐趋多样。除了我们创造的原型动物，之前搁置一旁的雏形物种也在持续繁衍，甚至彼此交配，自行生育出交配种。

五彩缤纷的拥有羽毛、毛皮、鳞甲、鸟喙、獠牙或利爪的各种动物，不断向四面八方扩散，处处一片生机盎然。所到之处都可听见嗥叫声、虎啸声、猛禽叫声、叹息声、呻吟声和垂死的哀嚎声。动物们诞生、奔跑、交配，然后彼此追逐、打斗、厮杀、吞噬、躲藏。阿瑞斯抚须、皱眉，仔细观察我们的作品，有时还会欠身向前，拿着安卡放大镜仔细检视每个环节，然后在笔记本上评分。

他看了一眼十八号地球上的时钟，随即敲下一记响锣。

"到此为止，该交卷了！"

大家观摩彼此的作品，屏息静待成绩揭晓。

阿瑞斯宣布哈兀·拉泽拜荣获金桂冠，他创造的鹰赢得了所有人的掌声，是名副其实的空中霸主，毫无天敌。它如利钩般的鸟喙善于剖腹开膛，双爪如刀剑般锋利。落脚高山上的巢穴远离地面的危险，能够确保后代安全。阿瑞斯对哈兀一贯的创作风格表示了肯定。

第二名是埃德蒙的蚂蚁。埃德蒙深谙团结就是力量的道理，而且充分落实，最后他的蚂蚁甚至建造出了好几个沙质蚁窝。

第三名是碧翠斯·沙法努的乌龟，是一种拥有坚固的外壳保护的顽强生物。

接着是蒲鲁东的大老鼠，它适应能力强，牙尖嘴利，具侵略性，而且行动敏捷，善于躲藏。然后是玛丽莲的胡蜂，带有毒针，而且有蜂巢的保护。接下来依序是佛莱迪的鲸鱼，拥有能够滤进浮游生物的嘴巴；克雷蒙·阿德尔的飞行甲虫，带有坚固的鞘翅；理察·席尔贝创造的羚羊，奔跑速度无动物可出其右；布鲁诺·巴拉尔的猎鹰。然后是我的海豚，接着被提及的是罗特列克和他的山羊。分别将名人和他们的作品列举如下——拉·封丹：海鸥；艾迪特·皮雅芙：公鸡；卢梭：火鸡；伏尔泰：旱獭；罗丹：公牛；纳达尔：蝙蝠；莎拉·伯恩哈特：马；艾瑞克·萨提：黄莺；玛塔·哈莉：狼；居里夫人：鼹蜥；西蒙·西涅莱：鹭；雨果：熊；卡米耶·克洛岱尔：海胆；福楼拜：野牛。其他不具知名度的学生还创造出了鲱鱼、青蛙、鼹鼠、旅鼠、长颈鹿等。

从作品中多少可以看出创造者的性格，就像是每个人专有的图腾一样。

阿瑞斯接着宣布被淘汰的同学名单。玛丽翁·穆勒，她的那只臃肿的马达加斯加渡渡鸟完全飞不起来，而且鸟嘴太弯无法猎食。阿瑞斯解释道，创造飞禽时，必须确实依据重量和翅膀的比例。企鹅的例子也不算成功，但是考虑到它会游泳，创造企鹅的同学才没被淘汰。

一只半人马进到教室把玛丽翁抱起，玛丽翁不断挣扎，高喊评分不公，但半人马的手臂紧扣着她的腰际不放。

"放我下来！我还想玩，我还想继续！"她尖声叫喊。

阿瑞斯继续宣布不及格的名单。拥有多个象鼻的大象、长毛象、荧光毛皮老虎、水生甲虫，以及因为牙齿太长而闭不拢嘴的猫科动物，创造出以上生物的同学都被淘汰了。

到最后，成功留下来的物种其实都跟一号地球上的动物十分相像，于是我在想，创造生命也许只有这一套法则。

最新人数：125-6=119。

身形魁梧的阿瑞斯坐回椅子上。

"在你们进行Y的竞赛之前，我先给各位一点儿建议——除了胆识之外还是胆识。希腊文叫它hubris，意第绪语称之为houtspah，中文叫作气魄。别把任何限制放在眼里。从下一堂课开始，你们要学习领导人群，如果选择被动防守，就请借鉴碧翠斯同学的龟甲鱼；如果倾向于主动攻击，那就参考哈兀同学独霸天空的鹰。总之，请发挥你们的胆识和创意，否则只有死路一条。"

我端详着手里的安卡，142857……这串数字似乎并不单纯，我记得曾经在《百科》一书中见过……

58　　　　　　　　　　　　　　百科：142857

我要举出一串神秘的数字，其中可是大有文章。首先是用其他数字与之相乘后所得出的乘积：

142857×1=142857

142857×2=285714

142857×3=428571

142857×4=571428

142857×5=714285

142857×6=857142

结果仍旧是那几个数字，只不过顺位不同，就像往前移动的跑马灯。那么142857×7呢？

999999！

另外，将142和857相加会得到999。

14+28+57=99。

142857的平方是20408122449，后者由20408和122449组成，而将两者相加后，会得出……142857。

——埃德蒙·威尔斯，《相对与绝对知识百科全书·V》

59　血的滋味

晚上八点，晚餐时间。

我们在课堂上的学习经历持续反映在菜色的变化上，午餐的切得纤薄的生鱼片已经被动物的生肉取而代之。从前我在地球上没有尝试过这样的吃法，因为我天生就不喜欢血的味道。但是我现在正在生啖各式里脊肉，有山羊、长颈鹿、河马及老鹰。我的舌头品味着最地道的蛋白质，没有烹调，也没有调味，完全未经任何厨艺加工。鹭鸶的肉质苦涩，孔雀的肉质油腻，水牛的肉质纤维会塞牙缝，斑马肉很可口，刺猬肉苦，海鸥肉有恶臭。至于蛞蝓、蛇、蜘蛛和蝙蝠的肉，我则是敬谢不敏。

起初，没有什么人在交谈，大家都在专心用餐。我连盛了好几盘长颈鹿肉，坦白说，味道不错，而且入口还有回甘的甘草味。在鸡蛋、盐巴、海带、生鱼之后，我的味觉又有了耳目一新的体验。

填饱肚子后，话匣子就跟着打开了。我们先是指责彼此为求过关而作践朋友创造的动物，接着大伙儿又担心起来。阿瑞斯和诸神口中的"Y的竞赛"，究竟是怎么一回事？

"在创造动物的竞赛之后，接下来肯定是领导人群。"埃德蒙·威尔斯引述阿瑞斯的说法，同时提醒大家，理论上人类就是进化的下一个阶段——数字4。

"我们要教他们打猎吗？"玛丽莲问。

"说不定还必须钻进人类的声带教他们说话。"佛莱迪臆测。

大家迫不及待想与新玩物展开第一类接触，亲自面对这群现代智人。

"我要教人类建造宏伟的建筑。"古斯塔夫·埃菲尔说。

"我要教人类上台表演。"乔治·梅里爱说。

"我要教人类跳芭蕾舞。"玛塔·哈莉说。

"教他们唱歌。"艾迪特·皮雅芙说。

我们等不及想去照顾这些同类了，以神的姿态来影响这群有大脑去思考、有嘴巴去说话、有双手去劳作的人。

"我要教导他们学习自立自强，不倚赖任何神或主宰。"蒲鲁东表示。

"我要教导他们爱情，"玛丽莲娇滴滴地说，"真正的爱情没有出轨，没有谎言。我的人类不会浪费时间去追逐露水姻缘，他们会一眼就认出自己的心灵归宿。"

玛塔·哈莉完全无法苟同。"这又是何苦？一辈子就那么一个伴侣，还真少得可怜！我记得你跟我在地球上的时候，可是绯闻不断，虽然多少难免为情所伤，但每回都是一次成长。"

玛丽莲坚持道："如果我不是在天堂才邂逅了佛莱迪，而是在少女时期就和他相遇了，那我可以肯定自己绝不会再有二心。"

埃德蒙·威尔斯若有所思。"至于我，我要创造出一群能够彼此了解的人类，发明一种避免产生误会、避免鸡同鸭讲的语言，我会着重于人际的沟通与交流。"

"至于我嘛,"佛莱迪表示,"我要我的人类成天生活在幽默感当中。从早上开始,就会有人负责说笑话,让其他人开心一整天。通过开怀一笑让我的人类臻于性灵的境界。"

"那你呢,麦克?"

一声锣响让我不必立刻回答,但我明白最要紧的是能够在观察人群的同时来了解我自己,看看他们在面临那些曾出现在我生命中的难解谜题时会做何反应,这或许会让我有所体悟。

敲锣打鼓的半人马来到现场,将大家团团围住,我们完全听不见对方说话。乐队中又出现新的乐器,有兽骨长笛和用犰狳鳞甲制成音箱的吉他,年轻的半女神拨弄着用猫肠制作的竖琴琴弦。

我对自己即将成为人类的神祇感到相当惶恐。我真有那个本事吗?在凡人的生命里,未婚妻曾经离我而去,临走时,她送了我一盆盆栽,附上一张分手卡片,写着临别的刻薄话:"你从不懂得呵护我,那你懂得照顾这盆植物吗?"我接受了她的挑战,每天细心灌溉、施肥,用专门的产品照顾它,只要叶子稍有下垂就立刻喷水。尽管我费尽心思,这盆植物仍在我的眼前凋萎了,我连一盆植物都救不活。

我和动物之间的关系也好不到哪里去。小时候,水族箱中的孔雀鱼总是莫名其妙就肚皮朝天,被其他同类吞食,吞食鱼尸的那些鱼不久也跟着归西。我还记得自己养过蝌蚪,是从祖父母的乡间别墅旁的水沟里找到的。我把它们装在果酱罐中,看着蝌蚪一天天长大,准备变成青蛙。然后我和堂兄弟们一起出去玩了几天,罐中的水蒸发得一干二净,我的蝌蚪全部死光,成了干尸。

我还养过仓鼠,一开始是一对两个月大的,一公一母。不到几天,母的就生下了一打小仓鼠,其中有半数被生母祭了五脏庙。接着,仓鼠们彼此交配，兄弟和姐妹，儿子和母亲，女儿和父亲。几个星期后，笼子里已经有三十几只了，它们彼此嬉戏，彼此吞噬。到后来，我甚至不忍心去关切笼里的动静了，因为我对自己创造了这样一个世界感到惭愧。

十二岁的时候，母亲送了我一只猫，我从不懂得逗它开心。还是小猫的时候，它成天歇斯底里地跑来跑去，喜欢在我的耳边方便，就算后来我多次用高温热水清洗枕头套，仍无法消除上头的臊味。它不喜欢我摸它，它最享受的事就是在我学习的时候，趴在我的计算机键盘上呼呼大睡。后来猫咪变得安静、懒散，唯一的消遣是看电视，身材开始逐渐发福。有一天，爆表的胆固醇指数终于夺走了它的性命。兽医指责我只知道喂食，却不陪它玩耍。

多年之后，我有了孩子。在他们的眼中，我是不是一位好爸爸？在我那些凡人客户的眼中，我是不是一位称职的天使？

当人类存活下去的重责大任落在你的肩上时，是多么任重道远！到头来，我不敢肯定自己会对神的身份感到欣喜。

百科：彼得定律

"在企业阶级体系中，每位员工都会不断地向上爬，直到来到一个自己无法胜任的位置为止。"这是由劳伦斯·彼得在一九六九年首次发表的理论。他当时的出发点是要创造"阶级学"的新学问，专门探讨工作不适任的现象。于是彼得深入企业，对无法胜任职务的现象进行观察、分析，同时记录该现象的演变。彼得最后得出以下结论：在任何组织当中，某个人如果工作表现良好，之后就会被赋予更复杂的工作项目。如果他的表现依旧杰出，就会升迁到更高的职位。这种现象会持续下去，直到有一天他被拔擢到无法胜任的职位为止，而且会无限期地停留在那里。"彼得定律"提出了两个重要的观察：首先，在一个组织当中，所有的工作都是由尚未触及能力极限的人完成的；再者，一位有能力、有效率的员工，很少会接受长期停留在与其能力相符的职位上，他一定会想尽办法向上爬，直到获得一个无法有效胜任的职位为止。

——埃德蒙·威尔斯，《相对与绝对知识百科全书·V》

61　　　　　　　　　　　　　　凡人：八岁，恐惧

　　从瀑布后的通道越过蓝河之后，玛塔·哈莉在黑森林中发现了清晰的巨大足印，肯定是一个庞然大物造成的。在逐渐将我们覆盖的夜幕中，大家都注意到远方有粗哑的呼吸声。

　　大伙儿完全不敢轻举妄动，哈兀试着稳定军心。"'它'应该是睡着了。"他一只手捡起一根防身用的树枝，另一只手紧握着安卡，同时将手指贴在D钮上。

　　我觉得如此急促的呼吸声绝对不是来自一只沉睡的动物，但为了让同伴们安心，我并没有开口表示意见。这时，玛丽莲紧紧抓着我的手，使劲的程度简直就要把我的手给捏碎了。

枝叶沙沙作响，沉重的脚步声震动着我们脚下的土地。

"爱情为矛，幽默为盾！"佛莱迪·梅耶喊道。

在所有人当中，属佛莱迪的方向感最好。由于长期目盲，他发展出了敏锐的听觉和嗅觉，能够轻而易举地在黑暗中辨别方位。

一阵沉寂之后，脚步声再度出现，不过来源从刚才的前方转移到了我们的左侧。

我突然觉得非常非常疲惫，已经到了精疲力竭的地步，随即脱口而出："对不起，各位，我实在累得无法继续下去了，也许是昨晚操劳过度的关系。我现在想回去睡觉，你们继续吧，我不奉陪了。"

就算不用双眼，我也可以看到他们脸上错愕的神情。

"可是……拜托你，麦克……"被我松开手的玛丽莲试着挽留。

我转身跑离现场，把大伙儿丢在原地。穿过瀑布后的通道，我又回到了静谧的蓝森林。让他们自己去想办法对付怪物吧，就像昨晚的我一样，一切自求多福，隔天再告诉我今晚的收场。

如果我们真是在一部电影或小说的情节里，那我想自己正在创造一个新的人物典型——在剧情高潮处丢下一切不管的故事主角。

在返回别墅途中，我其实有点儿良心不安，对内心感受到的解脱自在有些过意不去。不过话说回来，我没有必要去冒这些风险，我也有权利在想要休息的时候获得休息。再说，我也很想知道自己从前的客户进展到了什么阶段，最近有好一阵子没有看电视了。

当我回到城里的时候，奥林匹斯街道上渺无人烟。小蝇蝇已经等在别墅中，见到我的时候，它不断拍动翅膀，然后飞到沙发椅上，等我打开电视。

"你也很关心一号地球上的凡人的近况，是吧？那我们就来看看今晚的内容。"

在戴廷就读的伊拉克利翁小学的操场上，一群学生正在激烈地打闹。每个人都有自己扮演的角色，可以看到阿喀琉斯、阿伽门农、赫克托耳、帕里斯、普力安等人物，重新演绎着特洛伊战争。盘踞树头避难的"特洛伊人"正被"希腊大军"包围，只要双方有任何轻举妄动，就会大打出手。结果攻势猛烈、态度坚决的"希腊大军"占了上风，成功占领了敌军藏匿的"特洛伊堡垒"。可怜的戴廷因为身材过胖，手脚不够灵活，被其他小朋友逮到了。在"处死赫克托耳！处死赫克托耳！"的口号中，大家七手八脚地撕开戴廷的衬衫，将他痛殴了一顿。戴廷最后勉强脱身，往学监的方向跑去。但是学监连头都没从报纸中抬一下，就语带不悦地对他说："你这个可怜虫，生命就是一座丛林，每个人都要自己想办法。你越早明白'人人为己'的道理，就会活得越开心。"

小蝇蝇嗡嗡作响，表达心中的不满。再度被包围的戴廷只能用双手护着头，幸好及时敲响的上课铃声结束了他的苦难。

回到家里后，戴廷的一身破烂衣衫吓坏了他的母亲，但是他对无力自保而被痛打的遭遇感到丢脸，拒绝透露事件原委，最后一个人关在房里，放声大哭。

面对公理正义的荡然无存，小蝇蝇发出高分贝的声响。我告诉它，这是前世的伊戈的业障使然。从前的伊戈的母亲作风强势，让他终日活在母亲的阴影之下，无论他现在的生母是慈祥还是恶毒，终究无法改变什么。

下一台的画面是一片如假包换的非洲丛林，夸西夸西跟随父亲外出猎狮。父亲教导他如何使用标枪对付狮子，同时避开它们的獠牙和利爪。夸西夸西并不害怕，或者应该说他将恐惧的情绪控制得宜。他的胸前佩戴着许多趋吉避凶的项链及吊饰，为了获得更周全的保护，夸西夸西的脸部还描绘有仪式彩妆图样，据说可以发挥退散邪灵的威风力量。

但今天狮子显然决定在家休息。父子俩踏遍莽原，寻找猛兽的踪影，终究无功而返。归途中，父亲告诉夸西夸西要是今天真遇上狮子，那战况会有多吓人，并仔细教导他狩猎的技巧。夸西夸西模仿着每个动作，发出叱喝声。后来他问父亲为什么不见狮子的踪影。

"如果狮群中也有说书人，"父亲回答，"那么它就可以告诉我们狮群消失的原因，但是只有人类才有说书人。有一天，其中的一位说书人会告诉下一代我们这一代人类消失的原因。"

返抵家门后，他们打开电视，合家观赏他们最喜欢的美国影集《泰山》。

至于恩美，她正在电视机前忘情地玩着电动玩具。游戏内容是在一个3D的世界中，借助各种武器和工具来消灭怪物或穿越障碍，有时要爬到动物背上，有时必须在轨道上滑行……恩美玩得不亦乐乎，一会儿忙着闪躲弓箭，一会儿忙着在射出火球的走道中狂奔，然后消灭看门的警卫。恩美的父母又在隔壁房间里吵架，恩美把耳机的音量开到最大，不想听到任何争执声。

她完全沉浸在虚拟的世界里，专心砍杀着眼前的可怕怪物，根本听不见隔壁摔碎盘碟的声响。恩美打开藏宝箱，里头有一只小精灵邀请她继续下一关的游戏，不过在新的关卡中，恩美一下子就被一只生有巨大獠牙的怪物给吞噬了。此时屏幕闪现一片红光，上头出现预料中的字眼"Game over"。

恩美取下耳机，隔壁房里的争吵声依旧，她立刻把耳机戴回去继续挑战。"你的生命值已经耗尽，是否愿意以全满的生命值从头开始？"屏幕上出现问句，此时恩美的母亲满脸通红地出现在她的眼前，嘴中咆哮了几句，不过恩美什么都听不见。这一幕令她的母亲火冒三丈，当场就给了她一个巴掌，并扯下了游戏机的插头。

恩美站起来，正在啜饮啤酒的父亲对她投以嘲讽的目光，但她视若无睹，快步冲进厕所躲起来（我知道她的前世贾克也有这个毛病，把厕所当作避风港，让外面的世界不得其门而入）。做母亲的十分了解女儿的怪癖，走到厕所门前，使劲转动门把手，命令恩美立刻出来。但恩美完全不为所动，对专属的庇护所十分安心。无论她的母亲如何责骂，她始终充耳不闻，拿起一本描述公主和神奇王国的故事书开始阅读。

小蝇蝇一头雾水地看着我。

"你在想，为什么凡人会对子女暴力相向？我也不知道，也许他们是把自己曾经受到的虐待发泄在子女身上，一代迁怒一代……要不就是人类天生具有暴力倾向，我还记得英国曾经发生两个八岁小孩将一个他们不认识的三岁男童凌虐至死的社会新闻。人类兽性中的暴力倾向曾让他们得以战胜其他掠食者，一旦没了掠食者，他们就拿同类发泄。"

我表示要上床睡觉了，小蝇蝇点了点自己可爱的头，毫不眷恋地从敞开的窗户飞离。

疲惫不堪的我平躺在床上。看来我必须忘记人类那副真实的嘴脸，才会有拯救他们的欲望！诸神刻意在我们的别墅里准备电视，肯定是为了在宏观的立场之外，提醒我们每个人最真实的样貌，而基本上，他们跟动物并没有什么不同……

62　　　　　　　　　　　　　　　神话：赫尔墨斯

巨人阿特拉斯的女儿迈亚被宙斯强暴后，生下一子赫尔墨斯，其名字的意义是"支柱"，罗马人则将他称为墨丘利。

在出生当天，母亲将他放在提篮中，才一个转身的工夫，赫尔墨斯就动手用身旁的龟甲和小母牛肠衣制作出了一把七弦琴，演奏音乐让母亲入睡。

长大后，赫尔墨斯外出闯荡。他扒窃的技巧了得，成功偷得了波塞冬的三叉戟、阿瑞斯的佩剑与阿弗洛狄忒的腰带，同时还窃走了阿波罗的五十头金角白色公牛。

赫尔墨斯弹琴的乐声吸引了阿波罗的注意，太阳神同意用牛群来换取他手中的七弦琴。另外，赫尔墨斯也用自制的笛子换得了牧神潘的那根缠有三条白色饰带的手杖。

当阿波罗带领赫尔墨斯面见生父宙斯时，宙斯被赫尔墨斯无二的辩才所吸引，随即任命他为奥林匹斯的使神，但他必须遵守不得撒谎的承诺。狡黠的赫尔墨斯表示："我绝对不会一派胡言，但有时候我很可能会忘记将事实和盘托出。"

赫尔墨斯头戴着象征白云出岫的圆帽，足蹬着让他来去如风的带翼金色凉鞋，手里则拿着牧羊人手杖。赫尔墨斯也是主掌道路、路口、市集、船只、旅人行驿（因此，他也是亡灵下达冥府的引路神）、契约、机关与维护个人财产的神祇，不过，矛盾的是，人们也将他奉为窃贼之神。另外，命运三女神曾教导赫尔墨斯预知未来的本领。

传说赫尔墨斯采纳命运三女神所创造的五个元音，与帕拉墨得斯的十二个子音，组成了完善的字母系统，更根据鹤群飞翔的三角队形发明了楔形文字。后来，阿波罗的祭司增添了其他子音与元音，例如长音的"o"与短音的"e"，让赫尔墨斯七弦琴的每一根弦都代表一个元音。

担任诸神信使的赫尔墨斯在感情生活上也是多姿多彩。他和阿弗洛狄忒生下了同时拥有男女性征的赫马佛洛狄忒斯，其名取自父母名字的首尾。此外，喀俄涅为赫尔墨斯生下了奥托吕科斯，也就是《奥德赛》的主角奥德修斯的祖父。

古希腊人十分崇拜赫尔墨斯，在每个十字路口的路牌杆上都竖立有他的雕像。他们用来献祭赫尔墨斯的牲口是犊牛，会在祭祀过程中将牛舌割下，表彰赫尔墨斯优异的口才。

赫尔墨斯支配一切异动、变迁事物的特性，使得他后来也成为受到魔术师、演员及舞弊者崇拜的神祇。

埃及文明中也有与赫尔墨斯相似的神祇：智慧之神托特。

——埃德蒙·威尔斯，《相对与绝对知识百科全书·V》
（改写自方西斯·拉泽拜的作品，前者取材自赫西俄德于公元前七百年完成的著作《神谱》）

63　星期三：赫尔墨斯授课

星期三，墨丘利之日。希腊神老师们持续按照他们拉丁名字的先后来授课，今天星期三，于是所有实习生都聚集在赫尔墨斯神殿门前，等待进入新的教室上课。

我穿梭在三三两两的寒暄人群中,偶尔见到熟人也打一声招呼,但我很快就察觉到冥游同伴们完全不见踪影,心头顿时一阵不安。昨晚在黑森林的他们究竟出了什么事?焦急的我在进入银色金字塔神殿时,完全没有心思仔细留意行旅之神住所的内部装潢。

只见教室里到处摆满了旅游明信片,还有从其他行星带回的纪念品,加上玻璃橱窗中展示的各式医疗器材,点出了赫尔墨斯的神祇属性。

"大家好!请先就座。"天花板方向传来悦耳的嗓音。

我们仰起头,看见今天的神老师飘浮在大家的头上,他凉鞋上的小翅膀正在鼓动着。接着他缓缓飘下,坐定在书桌前,但并未脱下头上的圆帽,手中也还握着牧羊人手杖。赫尔墨斯的脸庞十分光滑,相貌出奇地年轻俊秀。

"各位今天来到我的课堂上,也就来到了进化过程中最有意思的阶段。"他表示,"你们已经经历过了'1:矿物;2:植物;3:动物',现在我们就一起来关心4……'人类'。"他在黑板上写着,挥舞手杖比画出数字。

"4象征路口、十字、交叉路口的人类,所以自然是由我这个道路之神来跟各位谈论人类。为什么人类是十字路口?因为他们可以凭借一己的自由意志向前迈进,或者……向后倒退。人类不像数字3的动物,完全受到自身情绪、恐惧或欲望的支配,只要有心,人类是可以靠智慧来克服它们、引导它们、抒发它们、支配它们的。"

赫尔墨斯在说话的同时,一下行走一下飞升,一会儿近距离注视我们,一会儿在高处打量所有人。接着他双手击掌,扛着玻璃球的阿特拉斯现身教室。

"时间还早嘛！"阿特拉斯不满地嘟囔道，"我已经跟你的那些同事提过了，这样的工作环境简直不是神干的，而且——"

"谢谢你，阿特拉斯。"赫尔墨斯打断他，连正眼都没瞧一下阿特拉斯将玻璃球放在托台上的步履蹒跚的凄凉身影。"我待会儿再叫你。"

面对不为所动的阿特拉斯，赫尔墨斯的脸上挂起一弯笑容，比出要他退下去的小动作，但阿特拉斯仍徘徊着。

"要是你忘了，那我提醒你，我可是你的外祖父……"

"我没忘，但是我们现在在上课，而且是一堂很重要的课，这群学生是第一次把人类当玩具。"

"我才不鸟什么玩具！"

赫尔墨斯面露不耐之色。

"那好，你究竟要什么？要加薪？"赫尔墨斯挤出笑容瞪着阿特拉斯。

阿特拉斯认输似的垂下双眼，叹了口气，心灰意冷地离开了。

"我刚才说到哪里了？哦！对了，现在我们就要进行大竞赛，也就是所谓的 Y 的竞赛、诸神的竞赛。我会指派每位同学负责一个部落，部落中有一百四十四位由灵长类进化而成的人类，分别是三十名优势男性、五十名有生殖力的女性，剩下的人包括非优势男性、不孕女性、老人和小孩。竞赛一开始大家分配到的'棋子'都是一样的。"

赫尔墨斯又飞到天花板上。

"各位分派到的人类的形貌也都大同小异，有两只手、两只脚，有视力，有灵活的双手、指甲、声带、性器官。每个部落中都安排有智者和傻瓜、好人和坏人、灵巧之人与笨拙之人，但是一概禁止修改他们的DNA，所有的改变都必须通过教育、你们托梦下达的神谕以及你们挑选灵媒的本事等手段来实现。别忘了引导自己的人民去寻找可饮用的水源，因为没有水，人类就无法存活，同时还要保护他们躲避掠食者。掠食者不光是动物而已，在十八号地球上还有所谓的'随机'民族。"

赫尔墨斯往下绕着我们的星球飞行。

"他们是一群没有神引领的人类，不过他们一样可以拥有信仰，因为这些人能够任意虚构神的存在。"

教室后方突然传来一阵骚动，打断了赫尔墨斯。我转过头去，是冥游伙伴们进了教室。我总算松了一口气。哈兀的双颊有抓痕，佛莱迪与玛丽莲的长袍面目全非，埃德蒙跛着脚，玛塔·哈莉原本黝黑的肤色被苍白甚至可说是铁青的脸色给取代了。

"我刚才没有点名，不过的确感觉有几位同学没来上课，原来就是你们这几个迟到大王！我希望各位昨晚没有擅自溜到城外去。"明察秋毫的行旅之神暗讽道。赫尔墨斯没再理这几位晚到的学生，他们不发一语地坐下。当哈兀经过我身旁时，他注视我的眼光里充满了不谅解。

赫尔墨斯在黑板上写下"图腾"，然后解释道："请依个人意愿选择动物图腾旗帜，作为自己的人民的象征，而该人民群体的特征、行为模式以及与大自然的互动都必须与图腾动物相符。"

老师吩咐大家往十八号地球靠拢，叮咛说："倾听你的人民，了解他们，帮助他们。请谨慎使用雷电，避免行使神迹。神迹与救世主的出现都是拙劣的神祇才会使用的手段，因为他们完全不知道如何干涉于无形。"

他说话时脸上那副不屑的神情就像一名风帆好手在谈论马达动力船一样。

"开始吧！好好创造一个不会在几个世纪后就自我毁灭的人类世界。"

话一说完，赫尔墨斯的嘴角便扬起一抹好莱坞式的微笑，飞到天花板上留意所有人的进展。

64 　　　　　　　　百科：耶和华教徒的划时代革命

  距今六千年前，在今日的西奈沙漠里，有一个鲜为人知的基尼人发现了冶炼金属的技术，更确切地说是冶铜工艺。这是一个划时代的进步，因为精炼金属需要高温炉火，而基尼人成功采用鼓风箱扇动炭火，发明了温度可以高达一千多摄氏度的冶炼炉，满足熔合金属的高温条件。掌握高温炉火后，基尼人后来还发明了玻璃与搪瓷工艺。

  基尼人崇敬西奈山，并信奉耶和华（Yahvé，"气息"之意）。

  这群耶和华教徒因为发现了金属，从石器时代迈入铜器时代，实现了铜石器并用的革命。熔合金属是人类史上首次加工材质的尝试。

  基尼人的版图逐渐从西奈拓展到地中海沿岸，并在沿海建立港口提尔，作为出发前往塞浦路斯[当时称为"Kypris"，即法文"cuivre"（铜）一词的由来]寻找稀少矿石的根据地。他们建立的沿海城市西顿（今日黎巴嫩的塞达市），就是后来腓尼基文明的发源地。

  耶和华教徒炼铜的用意不是制造武器，而是打造宗教法器。这些仪式法器拥有类似抛接球玩具的造型，体现出了无出其右的优质冶金工艺。长期研究基尼人的杰哈尔·昂查拉教授认为，他们信奉的神祇并不是一个具有神力或支配力的神祇，而是一位"触媒"之神，能通过"吹气"的方式激发生命或事物潜在的力量，而"耶和华"一词就是打铁鼓风箱发出的声音。经过很长一段时间，《圣经》中才记载了通过气息造物的概念，表示人类是从泥土（亚当）及上帝的气息中诞生的。

  ——埃德蒙·威尔斯，《相对与绝对知识百科全书·V》

65

群落期

龟族人民

旷野中刮着风。

黑云层层堆积，突然，一道闪电划破天际。

天空底下有一百四十四名人类紧紧挨在一起，牙齿不断打战。

他们不知道自己从哪里来。

他们不知道自己是谁。

他们不知道该往哪里去。

他们生活在恐惧、饥饿与寒冷之中，刚才那道刺眼的闪电显然丝毫不能令他们感到安心。

第二道闪电落下，就打在他们身旁。所有人往反方向逃开，朝右边的斜坡滚下，但另一道闪电又将他们往北面驱赶。接着夜色降临，为了不被出没的肉食猛兽给吃掉，他们决定藏身在树上。

在这一百四十四名人类当中有一个小女孩，她生着一对黑色大眼，双唇丰厚，还有一头乌黑的头发。小女孩栖身在两根坚牢的树枝当中，和其他人一样，不安地紧抓着树干。

小女孩闭上眼打瞌睡，眼看就要掉落树下，她赶紧稳定姿势，以免在沉睡中摔落。这时候，她听见了利爪撕裂树皮的声音，但仍紧闭双眼，因为她明白这个声响的意义。黑暗中，一只猎豹伺机猎食族人。面对这种无法避免的险境，最好的应对之策就是保持低调，屏住呼吸，尽量不要吐露气息，必须让猎豹把你误认成一颗果实或一堆枯叶。

问题是猎豹能在黑暗中洞察一切，而人类办不到。今晚谁会成为它的嘴上肉？所有人装出一副事不关己的样子静待着。"拜托不要是我，不要是我。"小女孩心想，努力克制不要打冷战，以免暴露所在的位置。她听见猎豹爬上树头，和她擦身而过。"随便你要吃谁都可以，但不要是我，不要是我……"

最后，猎豹攻击小女孩的叔叔，将利牙刺进了他的颈动脉，接着就往树下跳，猎物完全来不及喊叫就被带离现场。

结束了，一切又恢复正常，四周仍是漆黑的夜色，只不过族人栖身树上的重力平衡发生了变化，小女孩也改变了自己的位置。

灰色、黑色，小女孩的感官意识逐渐模糊，走进安稳的梦乡，准备遗忘一切。猎豹疾速狂奔、满嘴鲜血的画面与她渐行渐远，今晚绝不做噩梦，等到明早醒来，她就会忘却发生的一切。月亮隐身在云朵之后，明天的太阳还会升起吗？每晚小女孩都会问，明天的太阳还会升起吗？

黎明仍嫌苍白的曙光唤醒了他们。一百四十三名人类从树上下来，仿佛昨晚什么事都没有发生，没人提起那位失踪的叔叔。就算是白天，黑眸小女孩依旧无法摆脱对黑夜的恐惧。每当夜色降临，她都会担心自己在睡梦中被猛兽撕碎；每一晚，她都会害怕自己见不到明天的日出。

晨醒的一行人在云朵下方前进，小女孩企盼他们可以找到一处安稳的栖身之所。但是也许这个地方根本就不存在，也许有一天族人会抵达世界的尽头，然后才发现根本就没有安稳的避风港。

他们继续前进，途中遇上一群兀鹰，大家对它们出现的原因了然于心。这群食尸性猛禽正在享用猎豹丢弃的人类的残骸。有时这群人会等待兀鹰离开，然后分食剩下的尸骨，不过今天众人视而不见，继续赶路。

这些人类不懂得数数，自然也无法推算出他们现在的人数是144-1。

族人翻山越岭，穿越森林与溪涧。负责侦察前方动静的成员回报说，不远处正有另一群人类迎面而来。头目感到惊慌，吩咐所有人藏身草丛。小女孩蜷曲在蔓草里，闭上眼睛，天真地以为只要自己看不见其他人，其他人也就看不见自己。他们等待许久，直到头目起身告知危险远离之后，所有人才继续上路。他们都明白必须远离陌生人的道理。

他们加紧脚步背离那群陌生人，直到精疲力竭，头目才下令大家停歇。男性离开去猎食，小孩子在原地休息或玩耍。

黑眸小女孩选择一个人在附近闲晃，没走几步，她就被一块石头绊倒了。正当她准备把石头捡起来扔到远处去的时候，这块石头竟然不肯就范，慢慢地往草丛中移动。小女孩跟在石头后方，一个箭步向前，挡住它的去路。石头霎时停住，然后改变了方向。小女孩乐不可支地盯着石头看，久违的笑容照亮了她的脸。这是一个令她惊喜的新发现，完全不令她感到恐惧。小女孩大感振奋，一把抓起石头，发现下方有脚在腾空挥舞，前方还有一颗小小的头，真是奇妙的动物！

被放回地面上的乌龟动也不动，四肢和头部都缩进龟壳里。小女孩从各种角度观察，舔着它，咬着它，嗅着它，摇着它，同时轻轻拍打它，但乌龟就是不为所动。接着，小女孩将它往地上扔，而且扔得老远，然后跑上前去，发现乌龟毫发无伤，它柔软的躯体完全受到了妥善的保护。

"它在怕我。"小女孩心想，对能够把萦绕不去的恐惧情绪加诸其他动物身上，感到沾沾自喜。

乌龟每次被放回地上就开始行走，每回被女孩拿在手中就变成坚硬的石头。"它很害怕，但是它可以保护自己。"小女孩把这只引人深思的动物带回营地给母亲看，用该族的语言向母亲表示，这只不起眼的动物其实非常顽强，因为它拥有可以藏身的坚硬甲壳。

母亲接过乌龟仔细端详，觉得没必要多带个石头徒增负担，在女孩的哥哥们的嘲笑声中，将乌龟扔到远处。外出猎食的男性带着斑马的遗骸返回营地，三手的骸骨之前先后被狮子、鬣狗和兀鹰享用过，散发出腐尸的恶臭。不过族人还是贪婪地围上前去，因为他们实在是饿坏了。

稍晚，部落族人决定在这没有树木遮掩的平原上就地打盹，不料一群母狮在他们沉睡时发动攻击。在漆黑的夜里，小女孩不用目睹也能看见那血腥的场面。十来只猛兽对族人展开杀戮，小女孩听见了惨叫声，嗅到了兽类特有的体臭、人体与动物混杂的汗味，当然还有鲜血的味道，那是属于族人的鲜血。现在尝试逃跑只会无端引起狮群的注意，小女孩想把年幼的弟弟抱在怀中保护，但一只母狮突然蹿出把男童叼走了……小女孩安然无恙，但她的怀里是空的。

族人的搏斗与狮群的飨宴持续了许久，直到宁静像布幔一样盖上伤亡惨重的部族。小女孩明白必须等到天亮，才能确切知道这一夜浩劫的严重性。她做了个怪梦，她觉得必须把梦的内容记清楚，但睡醒后又忘得一干二净，只隐约记得跟乌龟有关，但这究竟是什么意思？

昨晚的母狮群大开杀戒，九名优势男性与三名小孩遇害。

小女孩想起过去每个担惊受怕的日子，尝试揣想未来，但她办不到，因为她相信自己活不长久。她之所以能苟活至今，完全是凭借着运气和其他族人的牺牲。

如何才能摆脱恐惧？

"学习乌龟，用硬壳来保护自己。"一个微弱的声音回荡在她的脑海中。

硬壳……

族人在一位新的优势男性的领导下，重新启程。在直觉的驱使下，他决定顺着太阳的轨迹往西方前进，毕竟他们每天早上都会见到太阳升起，然后往西方落下，何不就跟着它呢？

猎食的族人带回了一只老死的老鼠和一些浆果，根本就无法满足所有人的饥肠。

天色再次转为阴沉，传来雷鸣声，这是暴风雨的前兆。一道闪电阻挡了他们往西的去路，迫使他们往东北方前进。所有人在滂沱大雨中转向，心想这一夜又将是一个新的考验。此时闪电击中了一棵灌木，熊熊火光照亮了岩石后的凹穴，是一个山洞。

小女孩记起了梦的内容，一个防御的甲壳，一个如同龟甲一样提供保护的洞穴。

她紧抓着新上任的头目，企图说服他进洞穴去，原本不理睬小女孩的头目因为听见了猛兽的咆哮声而被说服了。在惊慌失措中，大家争先恐后地跑进山洞，远离外头的狮群与暴雨。山洞令他们觉得安心，但是在洞穴深处有个巨大的黑影，原来他们跑进了熊的巢穴，这就是狮子没跟进来的原因。

小女孩的一个擅跑的哥哥决定冒险戏弄巨熊，再加速逃跑来转移它的注意力。但是熊的手脚比他所想的敏捷许多，不幸落入熊掌的少年被巨熊击昏后吃下了肚。不过他的牺牲没有白费，就在巨熊追赶出去的时候，族人有了足够的时间用石块和枝条堵住洞穴出入口，就像龟甲将掠食者隔绝在外。尽管熊曾多次来到老家门前怒吼，但鸠占鹊巢的族人以石块攻击回敬，明白表示今后这里就是他们的地盘。认栽的巨熊只好另觅住所，用自己的优势来驱赶藏身其他山洞的弱小动物。

族人成功退敌，小女孩喜不自胜……原来他们可以不必总是逆来顺受。

温暖的洞穴给予族人安全感，他们决定安居在此，结束在外漂泊的生活。

在这里，他们不受风吹雨打。在这里，他们可以安心储藏食物，不必担心有小型哺乳类动物和鸟儿来偷吃。

他们的行为发生了变化，创造出了定居模式而不自知。定居对他们的生活产生了重大影响，男人安心外出狩猎，不用担心妻儿会遭到攻击。他们并不急着赶回家，因此可以带回更多的食物，还有时间构想新的狩猎技巧。

待在洞穴中的女人彼此交谈，语言也变得更加复杂。除了过去实用信息的交流外，她们开始懂得描述事物、交流情感、传达差异，同时表达个人意见。她们评论男性猎食的成绩，交换保存与加工食物的心得。在温暖的洞穴里，她们开始教育自己的孩子。有位女性还想到了用兽皮保护身体，从而发明了衣物。衣物不仅能够保暖，还能避免不慎遭到蛇咬或被植物刮伤。女人将男人带回的猎物的毛皮仔细割下，用肠衣系牢后，为自己和家人穿上。穿衣的举动造就了羞耻心，也创造出情色，因为被遮掩的部分总是引人遐思。

有一天，黑眸小女孩惊讶地发现，自己终于能够眺望远方而不感到害怕了。以乌龟为榜样之后，她了解到了如何心安理得地过日子，去探索其他的事物，而不是终日为生存所苦。

他们展开穴居生活几周后，一道闪电击中了洞穴旁的一棵大树。树干上的火焰并不像往常一般昙花一现，而是缓缓烧灼，将大树烧成红通通的一片。受到惊吓的女人和小孩慢慢靠上前，一名儿童伸手触摸那灿如太阳的火光，但立刻痛得大叫——"它"会咬人。

所有人又向后退。但直觉驱使小女孩捡起一根着火的树枝，毫不畏惧地挥舞它。一名大人跟着模仿，然后所有人纷纷仿效。他们发现火焰会慢慢吞噬树枝，但不会主动攻击他们，只要握住没有烧红的部分，就能够安全无虞地享受火焰释放的光和热。

另一位族人还发现火会蔓延，如果用一根干燥的树枝碰触着火的树枝，前者会跟着燃烧，最后化成黑色的灰烬。

既恐惧又惊喜的部落族人纷纷用火焰进行各种尝试。将树枝向下，树枝很快就会被烧光；一阵风吹就可以让火焰熄灭；干燥的树叶很容易着火；燃烧绿叶会有黑烟冒出；沙子也能熄灭火焰。

小女孩将一块肉插在枝条上，放入火焰中，发现附着在上头的蛆纷纷掉落，而且肉的颜色由棕转黑。等到肉冷却后，小女孩尝了一口，感觉味道不错。从此以后，族人得以享用温热的熟食。

拜火焰所赐，人类得以驱赶野兽，安心地生下更多子女。

随着人口增加，洞穴也变得拥挤起来。于是他们离开旧有洞穴，出发前往北方寻找更宽阔的山洞。找到理想的地点后，他们将随身带着的树枝火炬放在洞口，用烟雾逼出居住在里头的熊。

他们在洞穴中生火，照亮了新的居所。洞穴深处有水源，让他们不必离开山洞就能获得饮水。不过，持续在洞中生火也使得他们为烟熏所苦，不断咳嗽而且双眼肿痛。他们这才明白必须在洞口生火，否则他们就无法呼吸。

小女孩将族人克服恐惧的历程铭记在心。她拾起一块木炭，在洞穴的岩壁上画下了第一幅图画。大家纷纷靠上前观看她的作品，认出了图画中的动物，一致决定今后乌龟就是他们的象征，他们就是龟族子民。

鼠族人民

山里刮着风。

黑云层层堆积，突然落下一道闪电。

天空底下聚集有一百四十四名人类，闪电照亮了他们惊恐的表情。

头目停止咀嚼口中的树叶，小孩的啼哭声令他心烦意乱。他摆出一副恫吓的姿态，似乎要和暴风雨大打出手。头目开口咆哮，双手捶胸，露出手臂上虬结的肌肉。任何动物听见他的怒吼，肯定都要退避三舍。他正是凭着威武的叫声，赢得了部落青年男子的敬重。头目露出牙齿，捶胸顿足，挑衅着老天爷。

一道闪电击中不安分的头目。

一眨眼的工夫，他就化作一团冒烟的焦炭，体内的脊椎骨清晰可辨。

所有人都吓坏了，纷纷往四处逃窜，过了一会儿才又慢慢聚在一起，安慰彼此。不如离开这个鬼地方吧！大家启程，在风雨中佝偻着身子前进。

途中他们看见了一个山洞，居住在里头的不是动物而是人类。他们选择避开陌生人，到更远的地方落脚，挨着彼此休息。

在这一百四十三名躲避暴风雨的人类当中，蒲鲁东看中了一位少年，尽管他并非部落中最孔武有力的男子，但他拥有旺盛的好奇心。他留着一头淡亚麻色头发，颧骨高凸的脸上有一对机灵的深灰色眼珠。少年正独自一人寻找食物，一道闪电劈落在山丘上，一棵大树立刻起火燃烧。他最初的反应是赶紧逃跑，与其他人会合，但他的好奇心战胜了恐惧，他决定爬上山丘看个究竟。

少年来到山丘顶端，在树根处目睹了一幕前所未见的景象：上百只黑鼠和上百只棕鼠对峙，它们露出嘴里的尖牙，发出愤怒的叫声。

鼠辈之间的对决。

灰眼少年一动也不动。

双方的鼠老大竖起鼠毛、抬起前肢恫吓和挑衅，情势一触即发。两只老鼠甩动尾巴，同时鼓着毛皮虚张声势。突然，黑鼠往棕鼠冲过去，彼此扭打在一块儿，张嘴咬向对方，直到见血为止。战斗持续了好一段时间，最后棕鼠成功将利牙刺入对方的颈部，鲜血顿时飞溅而出。

黑鼠群中有两只当场逃之夭夭，其他黑鼠则留在原地，低垂着头，垮着双肩，表示投降。棕鼠立刻一拥而上，咬破黑鼠的喉咙，只留有生育能力的母鼠活口，以胜利者之姿占有它们。

棕鼠王在阵亡的黑鼠群上撒尿，吞下黑鼠王的鼠脑，完成了羞辱敌人的最后的仪式。

如此暴虐的兽性令灰眼少年十分吃惊。他想起曾多次在远处看见其他陌生的人群，但是直到目前为止，不同部族都会刻意彼此回避。

他走进鼠群打斗的现场，将黑鼠王的残骸捡起，当作头冠戴上，来纪念这场大战。在归途中，他的脑袋里兴起了各种念头。

山丘下的族人正在吸吮食尸性动物丢弃的骸骨，此时暴风雨再度降临。

一道闪电落在他们身旁，部落中的一名女子放声大叫。少年一把将她抓住，用力咬了她一口，感到莫名其妙的女子立刻闭嘴了。接着，少年将她推倒在地，饱以老拳。他不寻常的行径立刻让族人安静下来，每个人都被眼前的暴力给震慑了，不再理会暴风雨。

歇斯底里的少年最后决定杀掉这名女子。部落中的男性在直觉的驱使下，不约而同地对少年表示效忠，他们低下头，用屁股对着少年。头戴黑鼠皮的少年看中了其中一名特别顺从的男性，上前咬了他一口，来确立个人威望。男子痛得大叫，此时所有人垂首躬身表示尊敬。

少年刚刚发明了"以无端诉诸暴力来转移注意力"的手段，族人再也不怕暴风雨了，而是害怕这名少年。那顶鼠皮冠帽在众人眼中曾是如此荒谬可笑，如今却成为权力的象征。

但灰眼少年并不想就此罢休，他决定根据自己目睹的一切，帮助族人走出恐惧。

隔天，当他望见远处有另一个族群的行踪时，他不但没有回避，反而下令攻击。

所有人在愤怒的咆哮声中发动攻势，被包围的异族从未见过如此野蛮的人类，惊吓过度，完全忘了自我防卫。双方在彼此眼中都很"新鲜"。

少年从此认定攻击比防守容易。他本人并不出手，而是由部落其他男性代劳。他们的手段越粗暴，陌生人就越容易就范。

直到有一天，遭到他们攻击的异族中，有一名男子拿出系有尖锐石块的长棍，成功杀死了多名进犯的敌人。灰眼少年对这件武器十分好奇，于是从男子后方偷袭，夺下了他手中的武器，然后吩咐手下留他活口。

战事结束，幸存下来的异族人决定归顺头戴鼠皮的少年，少年发出胜利的欢呼。

族人齐声附和，女人们高兴地尖叫。几位异族女子立刻簇拥到少年身旁，表明愿意献身的决心，但此时少年正忙着敲开敌人头目的头盖骨，准备吞下他的大脑。

现场的族人兴奋得手舞足蹈。

少年以山丘上的棕鼠为榜样，下令处死所有异族男性和年迈女性，只留下有生育能力的女子和发明了尖石长棍的男子。

在少年的逼迫下，那名男子告诉了他制作武器的秘诀。首先用一块较坚硬的石头打磨另一块石头，磨制出如同鼠牙般锐利的三角造型；接着将石块固定在棍子上，制成一把长矛。随后，灰眼少年下令部落的所有男人都要自制一把相同的武器。这时他明白了，攻击其他部落不但有助于巩固权威、促进族人团结、占有美丽的女子，还能将他们的工艺技术据为己有。

既然今后要与其他异族人宣战，那么现在就要做好准备。女人必须不断生产，让部落拥有人数上的优势，以面对往后的战事。在少年的鼓励下，族里的男人毫不犹豫地占有了异族女囚。

随着部落人丁不断增加，对粮食的需求也相对增加。有了长矛这个利器，族人得以捕获较大型的猎物，从过去的食尸民族成为狩猎民族。其间，少年持续观察老鼠的行为，了解到彼此决斗是一项去芜存菁的手段，只有最优秀的男子才能拥有最具生育力的女子。不久，决斗技巧便成为年轻男子必须学习的项目之一。少年根据老鼠的行为模式将决斗过程程式化，借此分出族人的优劣，同时淘汰弱者。

灰眼少年并不参与他所规定的决斗游戏，他是见证历史的领袖，无须证明自己的力量。听命少年的男人们持续精进打磨石块的技巧，将石块磨利之后，固定在长棍上。他们凭着这个武器，加快了侵略其他族群的脚步，轻而易举就完成了使命。

少年还发现，在面对陌生的食物时，鼠群会派出一名成员负责品尝，然后将它隔离，观察该食物是否可以食用。于是少年命令族人根据相同的模式来检验采集而来的菇蕈、浆果，猎获的陌生肉品以及洼地中的积水。如果有人尝了没死，就代表这些食物是可以食用的。在大自然中，有毒性才是常态，能够被食用则是例外，这项技巧让他们得以避免食物中毒。

男女族人积极听从生殖繁衍的命令，下一代的数目与日俱增，少年认为建立淘汰弱者制度的时机成熟了。之前采纳的决斗方式只是淘选的第一步，必须更进一步持续下去。在老鼠的世界里，所有成员无时无刻不在向彼此挑战，如果谁拒绝接受挑战，就会被认为患有疾病，遭到驱逐或吞食。

全体族人遵循着老鼠的规则。凡是不孕或产下过多女儿的女性，都会被处决。年迈或体弱多病者一旦无法行走，就必须处死，因为他们会在攻击行动中拖累自己人的脚步，甚至落入敌人手中，造成不堪设想的后果。这项命令一下达，上了年纪的族人就纷纷勤练身体，将体能维持在最佳状态。

这群生着灰眼珠的人类在闪电的引导之下，逐步往北方前进，将途中遇到的其他族群赶尽杀绝，累积了丰富的猎物，同时将女性矮化为奴隶。有一天，灰眼少年吞下手下败将的大脑时，取下头上的鼠皮帽，在族人面前挥舞。

所有人都明白，这是他们的领导者的象征。

他们是鼠族人民。

海豚族人民

海滩上刮着风。

黑云层层堆积，突然落下一道闪电。

天空底下聚集有一百四十四名人类。

闪电照亮了他们。

孩子们十分害怕，母亲们为了安抚孩子，纷纷为他们挑出毛发里的跳蚤。虽然跳蚤永远挑不完，但指尖温柔的抚触能给孩子们带来安慰。

当风雨停歇时，孩子们都睡着了。

晨间，一名老妇前往沙滩散步，看见有只海豚跃出了水面。其实她眼前的这一幕十分寻常，唯一令她感到诧异的是，海豚竟然出没在距离海岸这么近的地方，和她仅有几步之遥。

老妇的族人都知道大海里充满了各式各样的危险，所以很少靠近，甚至从未有人涉水的深度超过大腿。然而这只海豚似乎在召唤着老妇。

此刻，一股莫名的直觉在驱使她，还有一个发自内心深处的陌生声音在呼唤她，于是老妇决定冒险往海水里走去。不舒服的冰凉感和潮湿感令她直打哆嗦。

海豚游到老妇身旁，发出嗒嗒声与尖锐的叫声，老妇也发出呼噜声和口哨声回应。彼此沟通了好一会儿后，海豚向老妇靠近，老妇抚摸着海豚的嘴。然后海豚掉头过去，向她伸出背鳍，原来它是要老妇触摸背鳍。老妇犹豫着，害怕这只身形比她庞大的动物会伤害自己。

海豚发出邀请的低吟。

出于对海洋根深蒂固的恐惧，也出于对一切新奇、陌生的事物的惶恐，老妇不由自主地向后退。

"走入海里，去触摸它的背鳍！"这声音在她的脑海中回荡着，声声的召唤令她头痛欲裂。"现在就去，快点儿！"

老妇遵照了声音的指示。海豚的背鳍很光滑，而且握在手中是温热的。

海豚鼓励她往海洋深处走去。

老妇紧跟在海豚后头，海水淹到她的腰际，然后是腹部、颈部，接着她发现只要拍打双脚，身体就能漂浮在海浪中。

一整个早上，老妇就在这片新天地里悠游。

族人在海岸边远远地看着，认为老妇人疯了，最后一定会被大鱼吃掉。他们只看见了老妇人的头浮出海面，没听见她用属于人类的叫声在与海豚对话，不过所有人都可以感觉到她和海豚正在交谈。

海豚突然潜入海中，再度浮出水面时，它的嘴里多了一条沙丁鱼。海豚将沙丁鱼送给老妇，作为她克服了对海洋的恐惧的奖励。

当老妇手里拿着沙丁鱼回到海滩上时，族人都不再将她当成疯子。

在接下来的几天当中，海滩旁的一百四十四名人类全数开始学习游泳与捕鱼。尽管族人目前只能抓到速度较慢的鱼类，但海豚一直待在他们身旁，耐心地教导他们正确的捕猎方式，表现得相当称职。

人类开始用海豚的语言彼此交谈，还会跟海豚一样发出嗒嗒声与哨音。孩子们在水中玩得不亦乐乎，同时在海豚的带领下越游越远。

有一天，他们发现远处有异族人的踪迹。

所有人齐聚在海滩上，准备迎敌。

双方不动声色地展开对峙，在前方打头阵的都是男性，以达到恫吓的效果。

就在双方彼此打量的时候，老妇越过男性阵线，往对方阵营走去，然后在其中最高大、强健的男性面前伸出摊开掌心的手。

对方一开始并不明白这个手势的意义，他们第一次面对这样的行为。异族头目思忖半响，接着也伸出手来。

两人轻触彼此的手掌，相视而笑，接着两只手紧紧扣在一起。老妇明白是海豚启发她这么做的——海豚给予他们的启发是寻求结盟，而非战争。

从今以后，老妇和她的族人就是海豚族的子民。

他们开始和异族人一同进食，接着彼此用手势、拟声词来沟通，后来就能够以简单的字眼交流了。

海豚族这才明白对方是蚂蚁族的子民。

在两个族群彼此沟通的过程中，海豚族教导蚂蚁族游泳、捕鱼、语言、游戏、歌唱等所有他们从海豚身上学习到的东西。

蚂蚁族人民则教导对方像蚂蚁一般挖掘地道，作为抵御动物侵略的藏身之所。蚂蚁族人还表示，在观察蚂蚁的过程中，他们明白了不能放弃弱者的道理，而是应该交付他们女性和猎人不愿从事的工作。如此一来，伤残者就能创造出专门由他们负责的各种工作，在团体中扮演不可或缺的角色，例如照顾儿童或用植物编制器皿。

另外，蚂蚁族人民有一项行为令海豚族感到非常惊讶，就是他们会以嘴对嘴亲吻的方式，来表达对彼此的关怀。这样的举止其实来自蚂蚁通过摩擦彼此的触角、舔彼此的嘴巴来表现社会团结的行为。

蚂蚁族人建议海豚族人接受他们的亲吻。海豚族人起初觉得恶心，但长久下来，他们发现嘴唇相贴的感觉其实很好。后来他们甚至发展到舌吻的程度，完全无视上头沾有唾液。

总人数达两百八十八人的两个族群，彼此扶持帮助，携手在面海的高处打造了地下洞穴，不会被涨潮的海水给淹没。

他们将蚂蚁族和海豚族语言融合在一起，发展出共同的语言。两族男女也很快就展开了传宗接代的任务，于是除了蚂蚁族、海豚族之外，属于混血族的第三个族群跟着诞生了。

令人感到惊讶的是，混血族人远比过去施行内婚制的族人来得强健。所有人和睦融洽地生活在一起，坚持"团结就是力量"的原则。

66　　　　　　　　　　　　　　　　　　　　　　　　百科：蚂蚁

蚂蚁出现在地球上的历史长达一亿年，而人类最多仅有三百万年的历史。在这一亿年的历史当中，蚂蚁持续建造着规模越来越大的蚁窝，有的甚至拥有巨大的圆顶，其中的蚂蚁数目多达好几千万。

如果我们仔细观察蚂蚁的进化方向，就会发现它与人类非常不同。首先，蚁群中的大部分蚂蚁都过着无性生活，而专事传宗接代的公主蚁和王子蚁，仅是其中微不足道的极少数。而且王子蚁首次进行交配就会死于性高潮，使得蚁窝中没有任何公蚁负责繁殖。接下来，蚁穴中只会剩下一只专门产卵的蚁后。根据蚁群定期回报的需求状况，蚁后产下的蚁卵的数目恰好能够满足蚂蚁社会对数量和质量的需要。每只蚂蚁在诞生之前就已经拥有明确的职责归属，因此在蚁窝中没有失业，没有贫苦，没有私人财产，更不需要警察，而且在蚂蚁社会中也没有任何阶级和政权。蚂蚁窝可以说是一个崇尚想法的共和国，无论年纪和职责为何，每只蚂蚁都可以向蚁窝内所有的居民提出一己的建议，然后根据其提出的想法与信息的可行性来具体实践。

蚂蚁也从事农业活动。它们在蚁窝中栽种菇菌，而且懂得饲养，会定期在玫瑰花丛中放牧蚜虫群。蚂蚁还会制造工具，例如梭子，利用它将树叶缝缀在一起。蚂蚁对化学也略知一二，它们会使用带有抗生素的唾液来治疗生病的幼虫，也能分泌蚁酸来攻击敌人。

在建筑格局方面，蚂蚁窝中一般设置有日光浴场、谷仓、皇室厢房以及菇菌栽植场。

不过，一般人认为的每只蚂蚁都勤奋劳作的观念其实并不正确。

事实上，一窝蚁穴中有三分之一的蚂蚁好吃懒做，成天不是睡觉就是游手好闲。另外的三分之一专门从事一些毫无用处甚至适得其反的工作，好比说挖掘一条地道，结果让另一条地道因此而崩塌。剩下的三分之一的蚂蚁则负责弥补之前的蚂蚁犯下的错误，是真正在建设、维护蚂蚁窝的蚂蚁。

蚂蚁会发动战争，并非所有蚂蚁都必须上前线作战，不过每只蚂蚁都很在乎蚁窝中的群体生活是否顺遂，而且将这一点看得比个人荣辱还要重要。当蚁窝四周的粮食资源消耗殆尽时，蚂蚁就会将整座蚁窝搬迁到别处去，在其他地方展开新生活。因此，蚁窝与大自然维系着一种和谐的平衡关系，它们不仅不会破坏生态，反而能够让土地休养生息，有利于植物传花授粉。

蚂蚁是群居动物中的典范，从沙漠到北极，几乎都可以见到它们的踪迹。它们还曾在广岛、长崎的原子弹爆炸中幸存下来。蚂蚁成功地过着团体生活，完全不会妨碍到彼此，更与地球保持着良好的共生关系。

——埃德蒙·威尔斯，《相对与绝对知识百科全书·V》

67　赫尔墨斯的成绩报告

教室的灯光亮起，我们疲倦地揉着眼睛，就像打电动不知节制的恩美一样。

人类演进的过程显然比动物和植物来得扣人心弦。

赫尔墨斯飘浮在十八号地球旁边，关切着每一个族群。他吩咐大家观摩彼此的成果。在我身旁的几位同学当中，我立刻就认出龟族人民是由碧翠斯带领的，鼠族人民属于蒲鲁东，蚂蚁族人民属于埃德蒙·威尔斯。另外，我还发现十八号地球上的族群数目比教室里的实习生人数多。诚如行旅之神之前所说的，一些没有神祇引导的人类族群也占有一席之地，他们的发展并不比我们的人民差劲。我发现，这些人通过"自身第六感"发现的事物远比我们向那些灵媒托梦所创造的东西来得有用得多，这让我们学会了谦卑。

我趁其他人盯着球体的时候，低声向埃德蒙问道："昨晚在黑森林里究竟发生了什么事？"

他用手势告诉我，现在不是谈论这个话题的时候，于是我又转过身，继续观察进化初期的人类族群。

玛丽莲表示："穴居生活改变了一切。当一个族群拥有一处遮风避雨的居所时，男人就可以安心外出打猎，女人则随时守候在篝火旁边，这让生活彻底发生了变化。我现在知道为什么我那过世的前夫狄马乔完全无法找到放在冰箱中的奶油了。他是棒球冠军，成天忙着训练，拥有的视野非常有限，所以只能把注意力集中在远处的物体上。"

埃德蒙附和道："相反地，被局限在洞穴中的女性不仅要留意火堆，防范动物闯进山洞，同时还要留心小孩不会到处捣乱，这让女人发展出了能兼顾远近的视野。"

"而且女人的语汇也比男人丰富，因为她们可以彼此交谈。反观男人，他们只能闭嘴，以免惊动猎物。"玛塔·哈莉说。

"同样地，"圣-埃克苏佩里补充道，"我们可以知道，是这些生活习性赋予了男人更优异的方向感，因为这是打猎不可或缺的条件。"

"由于女性只能待在局促的空间里，自然善于倾听并发展出更微妙的情感语言。"

其他同学加入讨论，发表自己的见解。

"打猎时彼此较量技巧的纯熟度，也让男人成为家事修缮的能手。"有位同学表示。

"女性在家照顾小孩，因此比较尊重生命；打猎则让男人偏好杀戮。"西蒙·西涅莱说。

刚巡视完成果的赫尔墨斯要大家安静，他现在要宣布优胜名单。

"Y竞赛第一回合的冠军是碧翠斯和她的龟族人民，他们可以说是'N'之力的体现。她的子民发现洞穴之后，创造了定居生活，发展出了一种有别于浪迹天涯的生活方式。"

赫尔墨斯为碧翠斯戴上金桂冠。

"亚军：蒲鲁东和他的鼠族人民。鼠族通过战争手段让族人不再受苦，而且将命运操之在己。无论是选拔战士，还是鼓励积极生育，都可以说是相当成功的策略。鼠族人民代表的是D之力。"

"可是……"无法苟同的西蒙·西涅莱抗议道，"蒲鲁东杀害异族男人和老人，不知羞耻地强掳民女，不仅强暴她们，还强迫她们不停生育，来壮大鼠族的军容，而且——"

神老师态度强硬地打断她："这场竞赛不是要各位去做道德判断或道德批判，战争不过是扩张势力的方式之一，鼠族人歼灭异族，强占对方有生育力的女性，都是为了将来的生存着想。而且每次侵略成功后，他们还能将战败方的技术与发现据为己有，可以说是不必费心追寻，就能在科学领域有所进展。另外，建立壮盛的军容是为了保障自身安全，只要目的正当，就可以不择手段。"

台下的骚动有增无减，女性同学显然无法认同这样的世界观。

赫尔墨斯根本懒得响应，直接呼唤蒲鲁东，为他戴上银桂冠，接着宣布:"最后一位优胜者,代表'Ａ'之力的季军:麦克·潘森。"

我跳了起来。

我的确很高兴,但是也对自己与前两名价值理念不同却能够夺下第三名感到相当意外。

行旅之神表示,他相当欣赏我的人民接受海洋的态度,还与海豚维持着友好的关系,而且成功地与蚂蚁族结盟了。但是我仍感到不解:"如果是这样的话,那为什么不是我和埃德蒙·威尔斯并列第三名呢?"

"因为首先提出结盟想法的是你,或者说是你的人民,麦克,埃德蒙不过是接受而已。是你发明了合作的概念,获得奖励是理所当然的事。"

排名第四的埃德蒙·威尔斯心服口服。接下来的名次依序是画家亨利·马蒂斯的孔雀族、佛莱迪·梅耶的鲸族、克里孟梭的鹿族、拉·封丹的海鸥族、卡米耶·克洛岱尔的海胆族、弗朗索瓦·拉伯雷的猪族、蒙特哥菲尔的狮族、哈兀的鹰族、玛丽莲的胡蜂族。

金桂冠得主是碧翠斯,银桂冠是蒲鲁东,铜桂冠是我。

赫尔墨斯飘到黑板前,写下"支配、中立、爱恋",解释道:"我们的三位优胜者分别体现出了宇宙最初的三股力量。在座的各位应该已经发现了,只有这三种行为模式能够发挥功效。"

接着他用白粉笔标注:

接纳你;

反对你;

没有你。

大家绞尽脑汁想找出第四种行为模式,但都徒劳无功。赫尔墨斯笑着表示："这三股力量在粒子的范畴里，能够组成或改变原子；在分子的范畴里，能够组成或改变生命；在银河的范畴里，能够组成或改变太阳系。另外，它们也存在于人际关系当中，包括微观的伴侣关系以及宏观的文明交流。"

赫尔墨斯又飘到空中。

"每个竞赛回合结束后，我们都可以在前三名优胜者的成果中，观察到分别代表支配、中立、爱恋的三股力量。这就是为什么这个竞赛叫作Y的竞赛，因为这三股力量组成了字母'Y'的三道笔画。"

接着，赫尔墨斯宣布被淘汰的同学：狐猴族人民，完全无法作战；熊猫族人民，懒散成性，不事狩猎，而且只吃竹子导致缺乏蛋白质；盲目效忠头目的旅鼠族人民，当头目判断错误时，仍一味盲从，而且有要不得的集体自杀倾向。除了以上三者，还有七个被蒲鲁东歼灭的族群。

最新人数：119-10=109。

"人家始终不明白为什么蒲鲁东那群令人发指的鼠族人会获得比麦克那群崇尚和平的人民更好的成绩。"玛丽莲·梦露抗议道。

这位面貌姣好、身材凹凸有致的女星显然具有连神祇也无法抵挡的魅力，因为赫尔墨斯这就翩翩飞到玛丽莲身边，细心为她说明并提供指导。

"亲爱的玛丽莲，请你一定要谨记，在神的世界里，没有好人与坏人的区别，效用才是唯一要紧的事。既然你这么耿耿于怀，那我现在就仔细跟你说明Y竞赛采用的评分标准，也就是我的给分标准。请用你那对精致的耳朵听好了，要做笔记也行。

"标准一：占有及支配的领地面积。直接用数字说明：鼠族人支配的领地是九十平方千米，而与蚂蚁族结盟的海豚族只有三十平方千米。

"标准二：人口数量。在鼓励生育的政策趋势下，鼠族人数增加到五百三十四人，豚蚁联盟则只有四百一十一人——我还必须将这个数字除以二，因为豚蚁联盟是两个族群。在我们众神眼中，母亲遭到强暴生的孩子也算是一个孩子，我们在乎的是出生人数，而不是出生的方式。我再强调一次，在这里我们不做任何批判，只做单纯的观察。

"标准三：掌握的粮食来源。这个阶段的主要粮食来源是狩猎和采摘果实。鼠族人民借由消灭其他族群，拓展了狩猎和采摘的范围。根据评分结果来看，鼠族人拥有五十六个单位的粮食收获区，豚蚁联盟是三十五个。

"标准四：科学发现。在这一方面，豚蚁联盟获得十五个单位，鼠族则是八个单位。但是别忘了，十五个单位来自两个族群。"

"我正好想知道，为什么成功结盟不能获得更多的积分？"埃德蒙·威尔斯问。

飘在空中的赫尔墨斯打量着我的良师，然后很坦白地告诉他："族群之间的关系正是我接下来要说明的标准五。我要明白地告诉你们，面对异族人，其实你们比鼠族更恐惧。"

"此话怎讲？"

"武力才是王道。在这个不确定的时期，拥有强大的军队才能够随心所欲地选择盟友。标准六：人民的士气与安心程度。我知道，优先考虑领地面积，最后才顾及人民是否安心自在，有些同学会对这一点感到无法苟同。但是就算把次序颠倒过来，鼠族人民也表现得很出色。拥有壮盛的军队在某种程度上能让人民觉得安心自在。竞赛结束时，鼠族是所有族群中压力最小的。仔细想想，鼠族人民甚至有充分的理由取代龟族人民成为第一名，不过我个人还是坚持奖励碧翠斯的穴居模式，因为这对接下来的竞赛有决定性的影响。"

正当我以为谈话结束了时，赫尔墨斯转身飞到一座柜子前，在抽屉里搜出一样东西，然后回到我们身旁。我简直不敢相信自己的眼睛，赫尔墨斯手里那本蓝色大部头书的封面上用烫金字体写着"相对与绝对知识百科全书"。

"我的《百科》！"埃德蒙喊道，他跟我一样惊讶。

"如假包换！"神老师戏谑地回应道，"我们这里什么都有。谈到老鼠的行为和它们与人类的相似之处，观察得最透彻的就是你了。你认为人类的行为模式介于老鼠和蚂蚁之间：老鼠拥有出于自私及暴力的本能冲动，蚂蚁有着团结分工的开化行为。"

我可以感觉到，当初著述的目的是教化凡人的埃德蒙·威尔斯对奥林匹斯诸神读过他的作品感动莫名。

"虽然有些人可能已经读过了，但我还是想将书中的一段念给大家听，因为这段内容提供给了各位最根本的概念，来帮助你们了解自己的子民。"

68　　　　　　　　　　百科：鼠群的阶级体系

南锡大学生物行为实验室的研究员迪迪耶·德佐将六只老鼠放在一个笼子里，目的是想了解老鼠游泳的本事。笼子仅有一处与游泳池连接的出入口，必须穿越这座泳池才有办法取得饲料槽中的食物。但是研究员很快就发现，鼠群并不会立刻出发寻找食物，而是会先通过斗殴进行某种角色分配。结果在这六只老鼠当中，出现了两只游泳的被剥削者、两只不游泳的剥削者、一只游泳的自足者以及一只不游泳的受虐者。

两只被剥削者会泳渡池水取得食物，当它们回到笼中时，另外两只剥削者就会发动攻击，直到回笼的老鼠交出食物。只有在剥削者吃饱后，被剥削者才有资格去吃剩余的食物。剥削者从不游泳，它们仅满足于痛打觅食回来的老鼠，抢夺后者的食物。

自给自足者是一只强健的老鼠，在每次游泳觅食回来之后，能够不受剥削者欺侮，独自享用食物。剩下的受虐者既不会游泳，也不能对被剥削者构成威胁，只好在其他老鼠打斗的过程中捡食残渣。

重复进行了二十笼老鼠的实验后，依旧是相同的角色分配：两只被剥削者、两只剥削者、一只自给自足者以及一只受虐者。

为了进一步了解老鼠阶级体系的运作方式，迪迪耶·德佐将六只剥削者放在同一个笼子中。结果鼠群整晚彼此斗殴，等到隔天早上，则又是和之前相同的角色分配：两只被剥削者、两只剥削者、一只自给自足者以及一只受虐者。接下来，迪迪耶·德佐分别针对六只被剥削者、六只自给自足者以及六只受虐者进行实验，结果依然完全相同。

无论每只老鼠原本的身份为何，鼠群中的角色分配永远一致。后来的实验内容是将两百只老鼠放在同一个笼子当中，鼠群整晚斗殴，隔天早上笼内有三只死老鼠，身上的毛皮被其他老鼠给剥下了。实验结论：数目越多，对受虐者暴力相向的行径越残酷。

此外，大笼中的剥削者底下还多出一个喽啰阶级，好让剥削者不必亲自出马恫吓被剥削者，就可以行使它们的淫威。

接下来，南锡大学的研究员们针对老鼠的脑部进行分析，发现在鼠群当中蒙受最大压力的不是受虐者，也不是被剥削者，而是剥削者。原因自然是它们害怕有一天会失去优势地位，被迫外出觅食。

——埃德蒙·威尔斯，《相对与绝对知识百科全书·V》

（转录自卷三）

69　领土与侵略性

也就是说，无论我们引导人类的进化方向是什么，到头来终究只是白忙一场，因为本性难移，人类当中永远会出现相同的角色分配：剥削者、被剥削者、自给自足者与受虐者。埃德蒙·威尔斯记载的这项实验的结果令大家不知所措。

赫尔墨斯飘浮在我们面前，凉鞋上的小翅膀不停拍打。他表示："人类和老鼠一样是地域性和阶级性动物。'领土'和'阶级'这两个根本动机是了解整个人类社会的关键。

"标记狩猎领地，在繁殖区域内到处撒尿，让自己比上不足比下有余，这些都是让人自在安心的行为。

"后来出现了一些理直气壮的言论，表示人类崇尚自由，不愿被主宰。但是只要回顾历史，就会发现情况恰恰相反。人类喜欢被人支配、崇拜领袖，而且领袖越是让人畏惧，人民越觉得受到了保护。"

行旅与窃贼之神比出一个遗憾的手势。

"但还是有自给自足的人！"乔治·梅里爱辩驳。

"啊！的确，是有那么几个固执的可怜虫……的确，还真的有。但是这样的自由让他们付出了代价。他们必须更努力地工作来养活自己，还必须跟外人周旋，以免粮食遭窃。这些人与扮演支配者或被支配者角色的人群格格不入，所以注定孤独，甚至会变得绝望消沉……啊！必须准备好承受何等的孤独，才能够感受到自由自在啊！"

赫尔墨斯的脸上浮现一抹苦笑。

"看看你自己，乔治·梅里爱，你也曾有过独来独往的切身之痛。

你倾家荡产发明了电影特效,最后却被迫卖了自己的戏院,一气之下还放火烧了你那些珍贵的电影胶卷。"

想起不堪回首的往事,梅里爱紧咬双唇,忍不住悲从中来。卡米耶·克洛岱尔将一只手搭在他的肩上,表示安慰之意。她也曾因为他人的不谅解而毁掉自己的作品。

"那受虐者呢?"玛塔·哈莉问,"他们有什么作用?"

"他们是社会和谐的关键,扮演着代罪羔羊的角色,是官方渎职、犯罪的挡箭牌。每当领袖犯下谋杀、强暴或冤枉他人的罪行之后,为了自保,他会找来替死鬼,将之交付公众制裁……哈莉女士,你应该明白这个道理,你也曾是两大间谍阵营策动阴谋下的代罪羔羊。受虐者就是让人出气用的,蒲鲁东深谙其中的道理,利用牺牲无辜者的手段,演出了一场凝聚公众向心力的好戏。蒲鲁东先生,你在前世也是一心想要教化人群的,不是吗?对于一个将'没有上帝,也没有主宰'当成座右铭的人来说,这还真有些矛盾。"

这位无政府主义者完全无法苟同,起身叫嚷道:"教化人群是让他们学习自由的必要手段!"

"那通过暴力呢,甚至动用大规模处决的手段?"赫尔墨斯反诘,他对每个人的底细了如指掌。

蒲鲁东仍不肯放弃自己的坚持。"如果真需要强迫才能让人群学习自由,我感到很遗憾,但我还是会去强迫他们;如果人群需要领袖才能学会摆脱领袖,那我就给他们领袖。"

"那么,如果说他们需要神祇才能够学会不去依赖神祇呢?"赫尔墨斯轻声问道,"蒲鲁东,我相当欣赏你的立场,因为诉诸权威的无政府主义者,你是头一个。"

以虚无主义理论家自居的蒲鲁东困窘地坐回位子上。

想要跟如此经验老到的老师唱反调还真不容易，毕竟他走过的桥比我们走过的路还多。

我的心中始终有个疑惑："这么说来，人类是不是将永远被制约在老鼠社会的角色扮演当中？"

"并不尽然，"赫尔墨斯表示，"不过，依循和老鼠相同的行为模式是人类的天性。暴力让人着迷，阶级令人安心，一旦有责任落在肩头，人类就会开始担心；一旦有一位领袖出面为他们承担责任，他们就会觉得放心。你们所有尝试改变这些倾向的努力，到头来可能都是白忙一场，毕竟这与根深蒂固的天性背道而驰。"

行旅之神往沉甸甸的十八号地球走去，将球体的布幔盖上，让我们无从观察自己的人民的后续发展。

"截至目前，星球上还没有出现国家、王国与疆界，只有狩猎的领地，而且会随着粮食资源的消耗而往别处迁移。工艺技术传播的管道是侵略与结盟。另外，别忘了，占有的领地越是狭小，人民的侵略性就越高。

"在下一回合的Y竞赛中，请你们考虑建立一个首都，以它为据点向外扩张。"

阿特拉斯走进教室，将球体扛在背上，从他意味深长的叹息声中可以听出他对于外孙未善尽孝道的无奈。

半人马随后出现，把被淘汰的同学带走，这次每个人都乖乖就范。

"文明的幼年期，"今天授课的神老师做出总结，"就跟人类的幼年期一样，一切都是在起跑阶段定型。族群与人类面对后续新事物的反应将与幼年期一致，到时候想要改变可就难了。"

70 神话：人种

诸神几代递嬗，其间先后出现五代人种。第一代人种由大地之母盖亚创造，在克洛诺斯的统治下，生活在幸福和平的黄金时代。土地供给人类生活所需，所有人都不懂劳动、病痛、衰老为何物，就连死亡都是在安稳的睡眠中降临的。这个时代的象征人物是一位头戴花冠的处女，手中高举代表丰收的羊角。她的身旁有蜂群穿梭在象征和平的橄榄树之间。以上就是黄金时代的人种，黄金体现的是太阳、火焰、日光与阳性法则。

继之而起的是白银时代人种，由奥林匹斯诸神在克洛诺斯退位、落脚意大利传授农业之后所创造。这个时期的人类凶狠、自私，完全不顶礼诸神。这个时代的象征人物是一名手操田犁、举起一把麦穗的女性。白银代表的是月亮、寒冷、生殖力以及阴性法则。

后来宙斯消灭白银人类，创造出了新的人种。

青铜时代的人种生性放荡、是非不分、暴力相向。好战的个性让他们自相残杀，直到灭绝为止。这个时期的象征人物是一位衣饰华丽的女性，她头戴盔帽，身子倚着盾牌。另外，铜是用来制作献祭铃铛的原料。

接下来，普罗米修斯创造了黑铁时代人种。这群人类的行径比之前更加乖张，成天只知道彼此构陷、彼此斗殴、彼此杀戮。他们生性贪财、吝啬，完全不事耕作，导致土地荒瘠。黑铁时代的代表人物是一名不怀好意、头戴狼首冠帽的女性，她一手持剑，一手持盾。

此时，宙斯下定决心消灭全人类，唯有一对"正义"男女除外：

普罗米修斯的儿子丢卡利翁,以及埃庇米修斯与潘多拉的女儿皮拉。宙斯降下洪水淹没地球,时间长达九天九夜。丢卡利翁与皮拉凭着一艘方舟逃过浩劫。洪水退尽后,他们往身后丢掷石块,诞生了第五代人种。希腊人的祖先希伦、多利安人的祖先多洛斯,以及阿哈伊亚人的祖先阿尔凯奥斯,都是第五人种的后代。

——埃德蒙·威尔斯,《相对与绝对知识百科全书·V》
(改写自方西斯·拉泽拜的作品,前者取材自赫西俄德
于公元前七百年完成的著作《神谱》)

71 她在这里

晚餐期间,我可以感受到空气中有某种热烈的气氛。四周三三两两地聚集的小团体一如既往——飞行员、作家、从影人员。但是Y竞赛前三名的周遭出现了以往没有的人群,蒲鲁东、碧翠斯和我纷纷被慕名而来的同学包围。蒲鲁东的仰慕者大多是男同学,碧翠斯的是女同学,至于我则还是那群冥游伙伴。哈兀酸溜溜地对我说:"你昨晚溜得还真是时候。"

玛丽莲不愿看见朋友之间发生口角,赶紧对我比赛的优异表现连声赞美,企图转移话题,但是佛莱迪并没有理会她。"还好玛塔·哈莉救了我们。"佛莱迪说。

"应该的,"前舞娘谦虚地表示,"我这个人就是爱打架。"

"究竟发生了什么事？"

大家面面相觑，显得很不自在。

"我们看见它了，它直接向我们冲过来……"

"你应该很清楚才对，上次你不是被它追着跑吗？"哈兀嘀咕道。

我不敢坦白告诉他们，上回我实在是吓坏了，根本没种转过头去看个究竟。

一向很在乎团队向心力的玛丽莲终于松口了，向我解释道："它是一只三头怪物，有一个会喷火的龙头、一个生着獠牙的狮头和一个顶着尖角的羊头。"

"在神话中，我们把这只怪物称为'大魑魅'，与其他的'小魑魅'不同。"埃德蒙·威尔斯补充道。

哈兀紧握着拳头。"昨晚真的是千钧一发，那怪物的皮厚到连安卡的攻击都无可奈何。"

"而且这只庞然大物全身上下弥漫着一股硫黄的味道。"玛丽莲表情作呕地表示。

此时，所有人不发一语，神情怪异地看着我，顿时让我觉得自己是个局外人。这次轮到佛莱迪出面化解尴尬的气氛。

"说也奇怪，这竞赛还真如同赫尔墨斯之前所说的，班上出现了D、N、A三组。"

"根本不是这么回事，"哈兀插嘴说，"这里只有二分法，一边是赢家，另一边是输家。"

"不过这竞赛还真是有趣……我真的很喜欢他们，那群海豚族人……"

"这下可好了，"哈兀出言讥讽，"你开始关心那些人了。别忘记路西安的下场，他之前就是放了太多感情。"

"这些人类还是有相当程度的自由意志。"玛塔·哈莉表示，"无论我下达神谕、托梦，还是发射闪电，我的那些狼族人就是不明白。通灵者对我的召唤充耳不闻，一味我行我素，根本就是自闭症患者。"

季节女神送上晚餐，打断了我们的谈话。继鸡蛋、盐巴、蔬果、生肉之后，今晚我们准备品尝的新菜色是烹调过的肉品。

烤山鹑温热、细致的肉质在我的口中化开，真是美味！即使是切成薄片的生鹭肉也没得比，我当下明白了火对一个文明的重要程度。热腾腾的食物温暖了我的食道，给人一种放心的感觉。我连盛了好几盘，让鲜美温热的肉汁流淌在我的喉间。

烤山鹑之后是炖河马肉，两者味道全然不同。河马的肉质较韧，滋味也比较浓郁。食堂里没有人说话，每个人都在大快朵颐。

在下一回合的竞赛里，我要把闪电打在海豚族人的渔获上，让他们明白熟食的美味。

季节女神接下来端上桌的是进化初期人类的食粮，有块根，也有蚱蜢、白蚁幼虫、蚁后、带有鞘翅的虫子、蜘蛛等各式各样的昆虫。

我问秋季女神："我们的祖先就是吃这些东西？"

她点点头。

"在非洲，人们常吃蚱蜢，"玛塔·哈莉表示，"这可都是蛋白质。"

餐盘里又送上一块烹煮过的肉，但我一时辨别不出是什么肉。味道不错，纤维有点儿粗……可能是猪肉吧？

玛丽莲花容失色地跳了起来，嘴里支支吾吾："这……这是……人肉！"

在座所有人喉头一阵恶心，立刻把嘴里的肉给吐了出来。很快地，其他桌也获悉了肉的来历，纷纷吐成一片。

看见我们狼狈的模样，季节女神反而乐不可支。出乎我意料的是，现场仍有几位大胆的同学决定不糟蹋盘里的食物，其中包括哈兀。玛塔·哈莉犹豫不决，最后还是放弃了。

"这肉品没经过犹太教士加持。"佛莱迪淡淡地说。

我赶紧把桌上佐餐的蔬菜往嘴里塞，洋葱、大蒜、白菜、酸黄瓜，好盖过残留舌尖的"人排"的滋味。

狄俄尼索斯通知所有人，晚餐结束后，将有一场庆祝人类在Y竞赛中初试啼声的晚会。

今晚的圆形剧场中，除了非洲鼓、木琴、竖琴和吉他之外，后来还多了人鱼合唱团。它们被装在一座移动式水池中，由半人马负责搬运到现场。

哈兀在人鱼群中寻找他父亲的踪迹，我也顺着他的目光搜寻，不过和他一样，我并没有发现方西斯·拉泽拜的身影。此时埃德蒙·威尔斯在我的耳畔低语："我跟你说，我创造沙丁鱼群的时候，观察到了一个让人匪夷所思的现象，就是当带头的那只鱼掌握到新的动静时，整个鱼群也能立刻察觉。"

"您的意思是带头鱼能将信息传递给同伴？"

"我一开始也这么认为，但结果不是，实际情况比这更复杂。事实上，殿后的那只鱼与带头鱼之间完全同步反应，就仿佛信息是同一时间在两者之间传递完成的。"

"就像是单一的生命体？"

"没错！它们彼此'接通'。我认为蚂蚁也是这样。如果我们成功创造出一个以这种方式沟通的人群，你能想象吗？"

"当一个人接收到信息时，其他人也能同时掌握到？"

我思忖着这种可能性。

"别做白日梦了……我们还差得远呢。"

乐队奏出带有东方风味的异国曲调，玛塔·哈莉再度现身舞池，开始扭腰摆臀。我觉得这里的每一天都是一成不变的，只是会稍微加一点儿料：不同的神老师、不同的测验、新的食物、另一种乐器。

经过今天这一回合的竞赛，大家都累坏了，有的同学决定回家睡觉，有的仍在使劲吃水果，企图消除嘴里的人肉味。

"你找到了吗？"声音从我的身后传来。

是她的香水味，我回过头去，她在这里。

"找到……找到什么？"

"谜语的答案呀。"

"还没有，我还没找到。"

"这样啊，那你可能不是'大家所指望的那位'。"

突然，灵光闪现，我信口回答："答案可能是小孩。当他们降临世上的时候，的确比上帝还美好，但是长大之后就比魔鬼还要糟糕；通常穷人生小孩生得比较多，富人则想生却生不出来；食之下肚必死无疑，是因为吃人肉会引起细胞退化。"

她慈眉善目地看着我。

"不对，你答错了。"

我凝望着她，她光滑的脸庞上带着一对迷人的酒窝。我嗅着她的肌肤清爽中带点儿焦糖味的芬芳……她凝视我的眼底洋溢着笑意。

"你想跳舞吗？"她问。

"非常乐意。"我说，此时人鱼们开口哼出一支节奏缓慢的曲调。

她挽起我的手。

长袍下的胴体与我的身体轻触。

在昏黄的光线中，我们四周已是舞影双双：佛莱迪搂着玛丽莲，哈兀挽着玛塔·哈莉。

"我看了你在Y竞赛中的表现，"她在我的耳际呢喃，"我很欣赏你的作风。"

我咽了一下口水。

"结盟是最违反自然的一种行为，"她接着说，"摆脱恐惧接纳盟友的那个重要时刻总是最难拿捏。"

我感觉她似乎更靠近了。

"引导那名老妪到海里游泳，还真需要点儿想象力，一般实习生通常会选择年轻人来担任灵媒。坦白说，你这一回合的表现真的很出色。"

"谢谢！"

"别谢我，我曾目睹多少民族诞生、灭绝，看过多少大有可为的文明颓圮倾覆，只是因为他们没有在适当的时机向异族伸出接纳的手，或在异族坐大时，他们不知及时铲除后患。"

当下的我意乱情迷，几乎没把她的话听进去。我支吾地表示："我……我不明白。"

"睁大你的眼睛，十八号地球上的人类只比狒狒好一点儿而已。"

"他……他们已经不是灵长类了。"

"我没说灵长类，我是说狒狒。狒狒是群居动物，团结的时候足以吓跑狮子，独处时就跟人类一样可爱。一旦成群结队，狒狒就会变得残暴、傲慢，而且数量越多，侵略性越强。所以刚刚我才会跟你说，接纳其他民族本身是值得肯定的，但是每一次都是一种冒险，可能会让你一败涂地。你现在要把鼠族人民的行为模式谨记在心。"

"选择结盟而不作战，究竟有什么样的危险？"

"各式各样的背叛我见多了，民族之间的、领袖之间的、众神之间的……一开始先求强盛，之后再追求慷慨大度。"

她说她的，我根本就没在听，只是微微颤抖着。我感觉到她玲珑的乳房贴在我的胸膛，还有她的心跳，爱之女神的心跳。

"你现在已经不是天使了，没有捍卫道德的义务。学习百分之百的自由，对你自己以及对其他人。"

我合上眼睛，仔细聆听她的嗓音，感受她的芳香。除了当下在阿弗洛狄忒身旁以外，我从未觉得如此自在、如此安详。多希望时间就此停驻，多希望我能离开躯体，从旁观看我们俩亲密贴身的舞姿。我会告诉自己，这个麦克·潘森还真走运，怀里竟搂着这么正的女人。

"全然的自由也不是没有危险，你应该非常清楚放任人类为所欲为的后果，你们怎么能指望神祇比人类更规矩呢？"

"我……我有朋友，他们会是我的盟友。"

"别傻了，麦克，在这里，你没有朋友，只有对手。人人为己，到最后只会有一个胜利者。"

我们的舞步随着音乐慢慢加快。

"我可怜的麦克，你的问题就是你太……老实了，你怎么能够指望女人爱上一位老实的男人？女人什么都可以原谅男人，除了这一点。"

真希望我们俩的舞步不要停歇，让这纯然的幸福片刻无限延长……阿弗洛狄忒往后退了一些，我注视着她青绿色的双眸，当下我似乎看见埃登岛的地图在她的眼底浮现。我还没来得及仔细瞧个究竟，她深邃的瞳仁就将我攫住，转移了我的注意力。

"听好了，我决定帮助你。"

"找出谜语的答案？"

"不是，是帮助你掌控比赛，同时在奥林匹斯平安地生活。把这三个忠告谨记在心：一、千万不要相信别人告诉你的任何事情，无论面对什么情况，只信任自己的直觉与感受。二、试图明辨竞赛背后的真正用意。三、不要相信任何人，尤其要提防你的那些朋友和……我。"

她将嘴唇贴在我的耳朵上，呢喃出最后一个忠告："今晚别跟你的伙伴们到山里去……加入另外一个团体。有些同学，尤其是摄影师纳达尔，已经找到了一些会让你十分感兴趣的登顶路线。"

这么说，神老师们知道我们摸黑偷溜出去的事？他们为什么不出面阻止？

突然，一声惨叫传来。

人鱼停止歌唱，乐手们也放下了手中的乐器。对于究竟发生了什么事，大家心照不宣，我们已经习以为常了。

现在的问题是，这次遭殃的是谁？

72 百科：三大幻灭

人类历史上曾经历三大幻灭。

第一幻灭：哥白尼提出否定地球为宇宙中心的日心说，而且表示太阳也很可能绕着一个更大的星系旋转着。

第二幻灭：达尔文表示人类并不比其他生物高等，只是一种动物。

第三幻灭：弗洛伊德声称，人类以为自己创造艺术、占领土地、发明科学、建构哲学或政治体系是出于一种天生的崇高使命感，但事实上，人类这么做只是希望吸引更多的性伴侣。

——埃德蒙·威尔斯，《相对与绝对知识百科全书·V》

73 碧翠斯遇害

有人在一个树丛旁招手,所有人跑上前去。只见一个女同学蜷曲着身子,倒在地上,肩头有遭到安卡攻击的焦黑伤口。她表情痛苦地呻吟着,一只手紧抓着伤口,然后两脚一伸,双眼翻白。

"她是谁?"拉伯雷关切道。此时半人马急忙抬来担架和毯子。

"碧翠斯·沙法努。"蒲鲁东悲伤地表示,"剩下人数:109-1=108。"

怒不可遏的雅典娜从天而降,伸出她手中的长矛,一旁的猫头鹰则竖直鸟羽。

"这令人发指的罪行肯定是你们其中的一个犯下的!你们这一届可真是目无法纪,杀人、偷窃……属于神老师的东西也敢偷,厨具、打铁用具、头盔、绳索全都莫名其妙地短少。"

我们低下头来。

"我已经警告过你们了,弑神者绝对会遭到严惩。我现在决定罚他取代阿特拉斯,负责扛起全世界。"

扛起全世界?我们那么瘦小,根本比不上强壮的阿特拉斯。

雅典娜环视现场所有人,将目光停留在我的身上。

"你有不在场证明吗,潘森?"

"我……我和阿弗洛狄忒在跳舞。"

我东张西望,发现阿弗洛狄忒已经离开了,只好请其他同学出面做证,觉得一定有人曾看见我们在一起跳舞。其他人却以闪躲的目光回报我,他们该不会真的以为是我杀了碧翠斯吧?

"嗯……不就是你在引导海豚族人民吗?成绩排在碧翠斯·沙法努

226

的龟族人民之后，这可以是犯罪的动机。"

"不是我杀的。"我用最坚定的语气表示。

"那我们等着瞧，海豚族之神。如果你以为杀人就可以赢得比赛的话，我坦白告诉你，那还早得很呢！"雅典娜目露凶光地瞪着我，"我看过你在竞赛中的表现，我也料得到你接下来会怎么做，我想你很快就会被淘汰出局。从一位学生托梦给人民的方式，从他是爱玩小把戏还是爱搞大动作的干预方式当中，很容易就可以看穿他的底细。而你啊，你就是太……"

她思忖着该用什么形容词，不会又要说我太……太老实了吧？

"太像在拍电影了。你想要让自己的人民博得观众的好感，但是我们才不在乎观众的感受……重要的是演员，要让他们发自内心地演好电影。"

没等我整理思绪、提出辩驳，雅典娜就跃上带翅的天马珀伽索斯，在猫头鹰的陪伴下往天空飞去。

半人马要大家回到各自的别墅里。

"如果要我背负整个世界，那我肯定撑不过一百米。"古斯塔夫·埃菲尔边走边说，"而且我从来没尝试过举重，和阿特拉斯这个巨人相比，我们不过是一群侏儒。"

埃德蒙·威尔斯显然比较关心案情而不是刑罚。"刚获得Y竞赛的冠军，碧翠斯·沙法努就遭到杀害，这的确令人不安。"

"如果弑神者的目标是竞赛的优胜者，那我就是下一个。"蒲鲁东冷笑道。

"接下来就是我。"我说。

"众神在对我们施压，而弑神者的角色存在的意义就是维持这种紧张气氛。"佛莱迪表示。

"所以你认为根本没有弑神者,是'他们'虚构出来的,好让我们保持紧张?"

"可是我们都亲眼看到了受害者的尸体。"埃菲尔表示。

"应该说是看到了半人马把盖着毯子的受害者给抬走吧!"玛丽莲反驳。

蒲鲁东走到我的身旁表示:"麦克,留心你的人民,他们正准备和我的鼠族遭遇,结盟的机会非常渺茫。"

"你别担心,"哈兀边说边搭着我的肩,"我的鹰族会保护你。我们这就要出发去猎杀大魑魅了,一起来吧!"

我停下脚步。

"不行。"

"搞什么啊,不行?"

阿弗洛狄忒告诉我提防同伴,转而加入其他团体,尤其是纳达尔那一组,这些话我可不能跟哈兀说,于是我表示:"我今天晚上还是觉得很累,我的状况并不适合跟你们去探险,真的不行。"

"你难道不想知道山顶上有什么吗?"

"至少今晚不想。"

"如果我们今晚成功登顶,你一定会后悔莫及的。"

"那就祝你们好运。"

我抬头往山顶望去,在那终日缭绕的云雾背后,我看不见任何光线。

74 　　　　　　　　　　　　　　百科：圣山

睥睨人世的高山象征天与地的交界。在苏美人的文献中，以三角形呈现的朔闻山被视为宇宙之卵的孵化地点，世上的前一万名人类就是从这里诞生的。希伯来人则记载，摩西是在西奈山上获得上帝授予的诫碑的。

在日本人眼中，攀登富士山具有朝圣的意义，必须在启程之前净身。墨西哥人认为伊斯塔西瓦特尔山脉中的特拉洛克山峰上居住着雨神。印度人将须弥山视为宇宙中心。中国人心目中的宇宙中心则是昆仑山，以九级宝塔表示，每一级都象征着一个遁世飞升的境界。希腊人崇敬的奥林匹斯山是诸神的居所。波斯人的神山是阿尔波兹山，伊斯兰人的是卡夫山，凯尔特人的是白山。中国道教信徒相信昆仑山是日月环绕的中心，其上住有仙人；山顶是西王母花园，其中栽有仙桃，食之可长生不死。

——埃德蒙·威尔斯，《相对与绝对知识百科全书·V》

75 　　　　　　　　　　　　　　　空中探险

纳达尔的别墅在哪里？现在我只有一个人，总不可能挨家挨户地敲门询问。这时候，蝴蝶仙子出现了。

"你知道哪里可以找到纳达尔吗？"

小蝇蝇领我出城，往蓝森林的北方走，抵达一个我从未经过的树丛，对我指了指一个以柴堆掩人耳目的洞穴，接着就飞回奥林匹斯城了。

洞穴里，克雷蒙·阿德尔、纳达尔、圣-埃克苏佩里与艾蒂安·德·蒙特哥菲尔正在一堆五花八门的物品间埋头苦干，显然是准备制造一架飞行器。雅典娜口中那些不翼而飞的东西八成就是他们偷走的。

我们之前造船渡河的企图心显然无法和建造热气球相提并论。

他们在烛光下缝制着用来承载热气的防水帆布，至于座舱则是将一张四脚圆桌倒置，四周再用藤蔓编织，的确很有一套。我的脚步声让他们警觉到有外人闯入。

"你在监视我们？"克雷蒙·阿德尔问话的同时，蒙特哥菲尔与纳达尔已经将手里的安卡瞄准我。

"我想加入你们。"

他们并没有放下武器。

"我们为什么要答应？"

"因为我知道蓝河对岸有什么。"

"我们待会儿也会知道。"

"拒绝我之后，你们打算怎么办？你们应该不会甘心冒着被我检举的风险，想必会杀了我吧。你们要冒着被当作弑神者的风险吗？被惩罚去搬动沉重的十八号地球？听着，人多才好办事。"

我感到他们有些动摇，于是继续说："我可以帮助你们建造热气球，我从前是医生，一双手还算灵活。"一帮人低声交换意见，我听见圣-埃克苏佩里嘀咕说："我们会有什么损失？"

纳达尔转身看着我："我们同意让你随行，但是如果你敢出卖我们，我们绝对会毫不犹豫地除掉你。在大家发现你的尸体之前，弑神者肯定已经落网了。"

"我为什么要出卖你们？大家都在同一艘船上，而且我们都想知道山顶上有什么。"

克雷蒙·阿德尔点点头，递给我一根针。

"你真会挑时间，热气球刚好快要完工了，今晚就可以进行首航。有你的帮忙，我们的进度会更快，现在必须先把帆布缝好。"

缝线，我的大脑重忆起这项久违的才能。在我前世生活的现代社会里，一切都以按钮启动：遥控器的按钮、电灯的开关、电梯的按钮、计算机的键盘。已经习惯了压按的指尖让我的动作有点儿生疏，不过缝线的感觉慢慢也就回来了。我的DNA深处还潜藏有穴居人类的影子，帮助我找回了最古老的结绳本事。我缝线、打结、编织。几个小时之后，夜幕低垂，热气球的外罩部分也已经完工，大家把它固定在用桌子权充的座舱上。

蒙特哥菲尔将火盆放入座舱中央，旁边摆上备用的柴薪。我们把热气球拖到林中的一处空地上，放入石头当作压舱的重物。固定在高处树枝上的滑轮是用来吊起帆布的。接着纳达尔点火，移动火盆将烟雾灌入帆布中，避开被烟熏红眼睛的我们。

帆布慢慢鼓起，我们知道必须加快动作，因为就算森林能提供掩护，我们还是随时有可能被发现。一直到解开缆绳、热气球开始上升，都没见到半人马的踪影，我们才松了一口气。

为了加快升空的速度，艾蒂安·德·蒙特哥菲尔指示大家扔掉一些压舱的重石。

夜空中挂着三个明月，地表离我们越来越远。热气球内部燠热难当，大家打着赤膊奋力添柴。谁会相信我之前竟可以用念力飞行……

升空的过程真是难熬，我们精疲力竭，汗如雨下。不过，随着高度的上升，景色也有了令人惊喜的变化，整座岛屿尽在我们眼底。

埃登岛……

"真是美极了！"圣-埃克苏佩里呼喊。

夜雾轻抚着我的肌肤，怪异的飞禽绕着热气球打转。我欠身俯瞰，发现岛屿呈现三角形，环抱奥林匹斯城的两座山丘让岛屿看起来像是一张脸，中央的城市就是鼻梁。在月光的照耀下，海浪泛出金褐色的光芒，一路迤逦到沙滩上，化成白色的水沫。陆地飘来椰子的香味，直钻入我们的鼻息中，驱散了弥漫座舱的柴火味。

上升到足够的高度后，蒙特哥菲尔要我们停止添柴，不过热气球仍在上升。

"真美！"纳达尔说。

身为凡人的时候，纳达尔可是首位进行高空摄影的摄影师，而且也是他启发儒勒·凡尔纳创作出了小说《气球上的五星期》。

我看见了隐藏在云雾后的山峰，以及远处地面上的蓝河与河中发出荧光的水族。在浓密的森林里，蓝河就像是一道发亮的疤痕。我的那群冥游伙伴现在应该已经渡过蓝河了，说不定正忙着和大魑魅缠斗。

克洛诺斯的钟楼里敲响午夜的钟声。在高空中，我看见海岸上有微弱的火光，是居里夫人、薛顾夫男爵和拉法叶侯爵三人，他们正在忙着建造一艘可以航海的船只。

"他们大概是想绕行岛屿，寻找最隐蔽的山坡。"克雷蒙·阿德尔说。

热气球还在上升。纳达尔在线上系了一条用来测风向的缎带，圣-埃克苏佩里扯着缆绳来改变烟雾灌入气球的角度，这时我才明白他们在担心什么，原来热气球行进的方向不对。

我问："我们不能往山头靠近吗？"

"这是热气球,不是飞艇。"克雷蒙·阿德尔回答,"我们可以上升或下降,就是不能任意改变方向。"

"而且现在刮起陆风,正把我们吹向海面。"蒙特哥菲尔忧心地表示。

山头离我们越来越远,海平面则是步步逼近。

海面上喷出一道白色水汽,肯定有鲸鱼在岛屿四周出没。

蒙特哥菲尔吩咐大家重新添柴火,准备继续上升。他希望可以上升到有侧风的高度,让高空气流把热气球带回岛屿上空。

我们把剩余的压舱石块扔到海里,但是完全听不见石块落海的声音,因为高度实在太高了。

风持续把我们吹离岛屿,蒙特哥菲尔若有所思地望着防水帆布。

"我们现在除了急速下降之外别无选择,要不然就会彻底被吹到外海去。"

我们熄灭火焰,蒙特哥菲尔拉动缆绳把帆布上的活门掀开,让热空气散出去。热气球开始急速下坠。

下降的速度要比上升快得多,热气球一下子就猛烈地栽在海面上。毫无防水设计的座舱立刻进水,我们手边没有舀水的桶子,也没有船桨。当你想着飞行的时候,谁还去在乎什么海上航行呢?

克雷蒙·阿德尔要我们赶紧把负载的重物丢出去,四脚圆桌顿时成了木筏,几个人紧紧挨在上头。

这时,我们身旁喷出一道刚才我在空中见到的白色水雾,同时伴随着尖锐的叫声。

"左边有鲸鱼!"纳达尔高喊。

"不对,那不是鲸鱼。"蒙特哥菲尔纠正道。

这只庞然大鱼的确有可以媲美鲸鱼的吨位,但是模样极为丑恶,唯一与鲸鱼相似的地方只有那双大眼。它嘴里长满的不是鲸须,而是锐利的尖牙,而且每一根都足足有一个人这么大。

"现在,我们该怎么办?"

76　　　　　　　　　　百科:海怪利维坦

在迦南与腓尼基传说中,利维坦是一只全身长满发光鳞甲的大鲸鱼,或一条长度超过三十米的深海巨鳄。它的外皮坚韧,任何鱼叉都无法刺穿。它的嘴能喷出火焰,鼻孔冒着硝烟,两只眼睛聚着光芒。每当它浮出海面,周身的海水就会沸腾冒泡。它是迦南主神伊勒的宿敌海蛇洛唐的后代。传说日食现象起因于利维坦暂时吞噬了太阳。在旧约和新约《圣经》及《所罗门诗篇》中,都记载有利维坦的传说。

"你能用鱼钩钓上利维坦吗?……"
"……它以铁为干草,以铜为烂木……它使深渊开滚如锅,使洋海如锅中的膏油……在地上没有像它造的那样无所惧怕。"

(《约伯记》,第四卷,第四十一章)

利维坦象征的是海洋无坚不摧的原始力量。另外,在埃及、印度和巴比伦文明中,也有类似的海怪记载。据说这个传说是由腓尼基人杜撰的,目的是保有在航海上的优势地位。对利维坦的恐惧,肯定为腓尼基人排除了不少海路商贸的竞争对手。利维坦同时也是审判之日宴会上被端上桌的三大怪物之一。

——埃德蒙·威尔斯,《相对与绝对知识百科全书·V》

77 在海怪的胃里

我跳出座舱，没命地在海里游。海怪利维坦近在咫尺，行进间掀起滔天巨浪。以前《大白鲨》这部电影已经把我吓得半死了，然而就算是片中的鲨鱼看到眼前的庞然大物，也要退避三舍吧。我不禁想起自己当初加入纳达尔这一组，是为了不和黑森林的大魑魅正面交锋……

"我不会游泳！我不会游泳！"艾蒂安·德·蒙特哥菲尔在我身边呼救。

这就是飞行人士术业有专攻的后果。

我用一只手穿过他的腋下，将他稳稳抱住。

利维坦张开大嘴，海面上的圆桌、防水帆布，以及来不及离开的圣-埃克苏佩里都被它咬住。不过一眨眼的工夫，圣-埃克苏佩里就消失在如钉耙般紧扣着的利齿之后。

"快点儿往海岸游！"纳达尔吼道。

我一边划水，一边留意将蒙特哥菲尔的头保持在水面上，但我快撑不下去了。就在要溺水时，我赶紧把蒙特哥菲尔托付给克雷蒙·阿德尔。此时，第二个太阳已经在海平线上露出了脸。

"小心，它追上来了！"

利维坦向我们冲过来，显然是饿坏了。大伙儿立刻散开，但我已经没有力气以曾经破纪录的速度游向海滩了，只能放任自己在水中漂浮。

海怪轻而易举地把我吞了进去。我闪过它的尖牙，在舌头上弹跳，然后撞到上颌，接着碰到声门，声门又把我给扔回了舌头上。过程非常紧凑，就像是在打霹雳弹一样。

接下来，一切回归平静。我的四周一片漆黑、潮湿、无声，一股死鱼的恶臭钻入我的鼻腔。突然，海怪的舌头又开始蠕动，赏了我一记耳光。我掏出安卡发射，但这威力对怪物而言只是搔痒而已。不过，短暂停留的光线让我得以看清上颌的构造，其模样颇似拥有灰色拱廊的教堂，黏膜上分泌有发出荧光的黏液。我往下颌走去，发现有一把安卡卡在齿缝里，可能是圣-埃克苏佩里丢下的。我跳上一根臼齿，发射了两记雷电，但海怪依旧没有任何反应。

这时，舌头再度发动攻击，黏糊糊的唾液沾得我全身都是，阻碍了我的行动。我在口水中奋力挣扎，海怪的舌尖突然将我推往陡峭的咽喉。我越过声门，在如同滑水道的食道中滑行，沿路没有任何可以抓住的东西。于是我对着食道壁开火，希望海怪可以把我给咳出去，但下滑的过程依旧没有中止。

历史上关于鲸鱼和海怪的故事不计其数。《圣经》描述约拿曾为鲸鱼所吞；在卡洛·科洛迪的《木偶奇遇记》中，匹诺曹曾被鲸鱼吞下肚；波利尼西亚的传说英雄恩嘉诺瓦则是直捣鲸胃拯救双亲……

海怪的食道规律地收缩蠕动，加快了我下滑的速度。我现在可以体会之前被自己吞下肚的肉食的遭遇了，不过它们并没有眼睛，也没有照明工具把过程看个仔细。

这一趟旅程的终点是一间宽敞的椭圆形大厅，里头盛着半满的冒烟液体。胃壁的凸缘浮出表面，像是一座座小岛。我身边的鱼群一滑进胃酸，立刻就被溶解，我担心自己如果不慎失足，恐怕也是相同的下场。不过我运气不错，找到了一艘小船的残骸，船壳还没有被胃酸溶解。

于是我乘船漂浮在海怪的胃里。

在这片死亡之湖中央有个漩涡，我和小船突然被吸了进去，卷入肠道，我整个人昏厥过去。苏醒之后，我发现自己还在船上，头顶上则是一片软趴趴的穹窿。这通道不仅狭窄，死鱼的恶臭更是变本加厉。我同时按下手里两把安卡的攻击钮，肠道壁只稍微收缩了一下。

我持续在海怪的消化系统中前进，心想自己还真是丢脸，好不容易成为天使，又当上神，最后的下场竟然是……化成鲸鱼的一坨粪便。

在肠道里航行的过程中，我的小船不断碰撞到各种物品的残骸和人类的遗骨（可能是某些运气不好的神同学），看来从后庭倾泻而出的希望要比从口腔逃生来得大。就在四周腐败的气味越来越难以忍受的时候，我在肠道的烂泥中看到有一个侥幸逃过强酸侵蚀的人影。

"有人在吗？"

"这里。"是圣-埃克苏佩里的声音。

我捡起一块烂木头当船桨，往他的方向划去。

"你是怎么逃过一劫的？"

"跟你一样找到了一只勉强凑合的竹筏。我们现在就只能等着被消化了，是不是？"

"人体中的消化过程历时三个钟头，"我想起从前在医学院学的知识，"利维坦的消化过程可能需要好几个星期。"

"我们必须让它快一点儿。"这位充满斗志的飞行员表示。

我撩起衣角放入肠液中，布料仍旧完好。我说："这里已经没有强酸了，我们可以下船，步行前进。"

步行中，圣-埃克苏佩里发现我的脖子上挂着他的安卡，便将它取回。

"每当我觉得自己已经遭遇最坏的情况时，总会有更糟的情况发生。"我说。

他应酬式地笑笑。

"不过我们也是自找的，"圣-埃克苏佩里表示，"毕竟我们大可以舒舒服服地待在别墅里收看电视，了解一下从前那些客户的生活。我觉得在这里观察他们很有意思。你的那些客户怎么样？"

圣-埃克苏佩里真是一同漫步海怪消化系统的最佳对象。我一边启动手里的安卡照明，一边回答道："我有一个非洲王子、一个由日本父亲和韩国母亲养育的日籍韩国女孩，还有一个备受母亲溺爱的希腊男孩。你呢？"

"我有一个八岁的巴基斯坦女孩，她无时无刻不穿着套头罩衫，而且已经被父母许配给一个有钱的老男人。另外还有一个患有疑心病、热衷于狩猎海豹的拉普兰人，以及一名一天到晚只顾搞笑、不事生产的波利尼西亚人。"

"这样多元化的组合感觉不错。"

圣-埃克苏佩里显得有些怀疑。"我觉得他们当中没有一个可以提升到觉知的境界。"

"我倒是对那个韩国小女孩很有信心。虽然她干了很多蠢事，但不知为何，我就是觉得她拥有早熟的灵魂，而且我也很喜欢韩国这个国家。"

"真没想到。可以说说你认识的韩国吗？"

"韩国身处日本、中国及俄罗斯三大文明国的交会口，却能所受影响有限，创造出一种精彩、精致的文化。知道这个的人并不多。他们的音乐、绘画风格和文字符号都是独一无二的。"

在这种场合下谈论韩国还真特别。

"你去过韩国吗？"

"我造访过韩国的首都首尔，还有滨海大城釜山。我大学的时候曾经跟一个韩国女孩同居，她把我带到釜山和她的家人见面。"

圣-埃克苏佩里用安卡向地上射出光线，只见四周的鱼骨骸越来越大。

"你最偏爱的小女孩也是韩国人，这还真巧，也许两者之间有什么关联……但是我，我从来没去过波利尼西亚、巴基斯坦或拉普兰。再跟我说说韩国，你了解它的历史吗？"

"韩国是个独立自主的文明国家，不过曾经被日本人占领长达数十年。其间日本人摧毁他们的寺庙，禁绝他们的语言，几乎就要灭绝韩国人的文化。二战结束后，韩国恢复独立，人民费了一番工夫才找回民族的根源。他们凭着老年人的记忆，重建了庙宇。"

"我知道这一定很不容易。"

在绕过一副鲸鱼大小的骨骸之后，我们又回到当下两人面对的艰难处境。

"真是的……我还从未想过自己有一天会被这样的怪物给吞下肚。"我说。

"你觉得它是公的还是母的？"

"那得挖开肠壁，看我们是掉入了阴道还是前列腺。"圣-埃克苏佩里开玩笑说。

"狄俄尼索斯之前对我说，我会在这里体悟到终极觉知，我现在却等着成为利维坦的一坨屎……"

"这就是觉悟的定理，所谓知耻而后勇，受轻贱才识荣耀，置之死地而后生。"

四周的空气越来越稀薄,我们都觉得呼吸困难。在渐趋狭窄的肠道里,我们蹑足而行,小心地避开那些跟抱枕一样粗的棕色蠕虫。面对恶臭难当的空气,我们两个都用衣服掩着口鼻。

"我想我们已经来到肠道末端。"

我们确实来到了一个密闭的体腔中。

"要怎么做才能让利维坦的肛门绽开呢?"

"你不是医生吗?"

我思忖着:"照理说,肛门的运作原理和光电管一样。当粪便来到这个区域的时候,就会压迫到触感神经。"

我们的确看到四周有清晰可辨的血管和神经,于是两个人使劲拳打脚踢。过了一会儿,我们注意到周遭开始出现收缩运动,肠壁慢慢松开,尽头出现了光芒,接着我们就伴随着一堆残骸被泄到海里去了。我们赶紧往有日光照射的海面游去。我的胸腔灼热难耐,但是一定得撑下去。

往上游的过程让我想起当初我的灵魂离开肉体,被黄泉之光吸引的冥游体验。不过两者之间还是有着天壤之别:当凡人之躯死去后,我毫无感觉,作为天神实习生却让我的知觉敏感度倍增。

在我挣扎着要浮出海面呼吸的同时,我心里臭骂着所有的神话和传说,还有每一个活蹦乱跳的神话怪物。我痛恨海怪、人鱼,我痛恨大小魑魅精怪,以及神老师跟实习生。

突然,一只手把我抓住,是圣-埃克苏佩里将我拉到他身边。当下我们都松了一口气,在平静的海面上游泳前进。这是一次成功的逃亡行动,我和他都安然脱险。

我们喘息的时间并没有持续太久,附近海面喷出的水柱说明利维坦半途掉头，再次迎面而来。

我和圣-埃克苏佩里面面相觑，一脸不可置信。拜托不要再来一次，不要……

突然，一只白色的红眼海豚奇迹似的从海面跃出，仿佛听见了我内心的祈求，它的位置就在利维坦和我们之间。然后它的同伴也赶来帮忙，筑起一道保护我们的防御工事。空气里的海豚音此起彼落。

利维坦想要强渡，但海豚立刻将它团团围住，并用马刺般尖长的嘴猛击它的腹部。海怪张口企图吞噬海豚，但后者灵活矫健，仍持续发动猛烈攻势。双方缠斗的情景让我想起一幅画作，画的是十六世纪西班牙无敌舰队与英国轻艇帆船作战的画面，前者笨重迟缓的吨位完全不敌后者的快速奇袭，一艘接着一艘被击沉。

被惹恼的利维坦掀起滔天巨浪，此时海豚们发动海空双线攻击，有的潜入海中，有的跃出海面，同时发出讥笑般的鸣叫，继续缠着海怪不放。最后，利维坦终于知难而退。随后，海豚大军游向我们，用尖锐的叫声示意我们抓住它们的背鳍。

这里离岛屿还有一段很远的距离，再加上这次的逃亡让我们元气大伤，于是我便遵照那只白海豚的意思，像骑马一样跨坐在它的背上。我的双脚分别放在海豚两侧的腹鳍上，让它领我前进。我现在的模样就像在骑水上摩托车。

同样坐在海豚身上的圣-埃克苏佩里脸上浮现欣喜的表情。经过幽暗的惊险之旅，重获自由的感觉异常痛快。空气、日光、速度，这一切是何等迷人！

胯下坐骑以敏捷的身手带领我们穿梭在细浪之间。

抵达海滩后，我们起身上岸，回头向海豚招手表示感谢，它们则挺起身子，嘴里发出鼓励我们的响亮叫声。那只白色海豚高高跃出水面，而且连翻了好几个圈。

　　岸上的艾蒂安·德·蒙特哥菲尔、纳达尔和克雷蒙·阿德尔用一副难以置信的表情打量着我们两个。

　　"你们是怎么回到岸上的？"我问。

　　"当然是游回来的。"嗓音沙哑的克雷蒙·阿德尔表示。一路抱着蒙特哥菲尔显然把他累坏了。

　　"我们的运气实在很背，"蒙特哥菲尔说，"背到家了！"

78　　　　　　　　　　　　　　　　　　百科：墨菲定律

　　一九四九年，美国上尉工程师爱德华·墨菲投入美国空军的火箭研究计划，研究火箭坠毁的减速运动对人体造成的影响。实验中必须将十六个传感器固定在驾驶员身上，当时这项任务由一位技术人员负责。在固定传感器时，有正确与错误两种装法，结果该名技术人员把十六个传感器全都给装错了。后来，墨菲先生表示："If anything can go wrong, it will."（凡是会出错的，准会出错。）一般也将墨菲定律称为"最带屎定律"或"奶油吐司定律"（因为当吐司不慎掉落时，总是抹奶油的那一面朝下），这个定律广受欢迎。世界各地都有人根据墨菲定律的原则，创作出类似的格言警句：

　　"如果一切似乎进行得很顺利，那你肯定忽略了某个东西。"

　　"每个解决办法都会衍生出新的问题。"

　　"凡是会上升的，终究会下坠。"

242

"凡是让人感到快乐的，不是非法、不道德，就是会令人发胖。"

"排队的时候，隔壁的队伍总是比较快。"

"真正的好男人和好女人都已经有对象了，如果没有对象，那一定有不可告人的原因。"

"如果有件事美好得像在梦里，那它就是在梦里。"

"一个男人吸引女人的优点，通常是几年后女人无法忍受的缺点。"

"理论就是在行不通的情况下，我们知道为什么；实践就是行得通，但我们不知道为什么；理论加上实践就是行不通，而且我们还不知道为什么。"

——埃德蒙·威尔斯，《相对与绝对知识百科全书·V》

79　　　　　　　　　　　　　凡人：十岁

我坐在电视机前，内心仍非常激动，并不适合立刻就寝。经历了今晚的波折后，我的身体需要平静，但是思绪仍在沸腾。

第一台的恩美已经十岁了，她一个人在学校的操场上做白日梦，其他同学则在玩跳绳游戏。突然有个女孩跑到恩美面前，开口就说："臭韩国人。"

莫名其妙的举动令恩美感到惊讶、不知所措，她真想给那女孩一巴掌，但对方早已鄙笑着跑远了。全班都在嘲笑她的迟钝，其中有些人齐声高喊："臭韩国人！"上课的钟声传来，结束了下课时间，也打断了这一幕。

恩美哭着回到教室里，女老师问她发生了什么事，恩美邻座的女生说大家骂她是臭韩国人。老师点点头，表示知道了。她看着恩美，欲言又止。恩美的啜泣声越来越大，老师要她冷静下来，不然她就必须离开教室。恩美想压抑哭声，但做不到，于是老师命令她离开教室，以免影响上课，等到她不哭了再进教室。恩美走出教室，直接回到家中，倒在床上大哭。母亲问她为什么不开心。

"没有，没事，"恩美说，"我只想一个人待着，别管我。"

恩美拒绝午餐，什么都不肯吃。一直到黄昏时分，母亲为她送上一杯水，她才同意告诉母亲事情的原委。

"有一个女生，一个我根本就不认识的女生，说我是臭韩国人。"

"妈妈知道了，那你后来是怎么做的？"

"我想要给她一巴掌，可是她跑得比我快。后来老师叫我出去，因为我妨碍到了其他同学。"

母亲将恩美抱在怀里。

"妈妈早就应该告诉你……我们这些生活在日本的韩国女人，随时都有可能遭受这样的侮辱。"

"为什么？"

"我们尝尽了日本人的苦头。他们侵略我们的国家，杀害了我们的许多同胞，他们践踏、破坏我们神圣的庙宇，而且强迫我们忘记自己的语言和文化，他们……妈妈将来再仔细说给你听。"

"那我们为什么还要住在日本？为什么不回韩国？"

"这故事说来话长。很久以前，日本人把你的外婆以及其他韩国女人强行带到日本，现在她们……你年纪还小，不会懂的。等你再大一点儿，就会明白一切。"

恩美盯着水杯，两眼发呆。

"那我明天要怎么到学校去？大家都看到我丢脸了。"

母亲温柔地亲吻她。

"你一定要去上学，小亲亲，如果你不去就是他们赢了。你要学会忍耐，就像妈妈也曾经忍耐一样。千万不要放弃，外婆吃过更多苦，她都没有放弃。凡是打不倒你的，必将使你成长。在学校获得好成绩，就是你雪耻的最好方式，让其他人明白你真正的价值。"

恩美在母亲深邃的眼眸里看见了她曾经历和克服的苦痛。

"妈妈，为什么日本人这么讨厌我们？"

母亲犹豫了一会儿才开口："因为刽子手永远憎恶他们刀下的牺牲品，尤其是当受害者宽恕了自己时。"

"妈妈，告诉我，外婆发生了什么事？"

恩美的母亲踌躇再三，才终于决定坦白："妈妈刚才说过，一九一〇年到一九四五年间，韩国被日本人占领。在这三十五年当中，日本人用尽各种手段，想要韩国人忘记自己的身份。他们强押走最漂亮的女孩子来讨日本大兵的欢心。在日本壮盛的军容背后，有成千上万名韩国女囚专门为他们提供'娱乐'。"

刚才一直想知道故事真相的恩美现在反而捂着耳朵，不愿听见母亲那激动、颤抖的声音。

"你的外婆就是这些女孩中的一个。日本人杀光了村子里的男人，掳走了所有的女人。战败后，日本人还将这些女人带回日本，让她们在当地被视为……奴隶。"

"她们为什么不反抗？既然战争已经结束了，而且日本战败了。"

母亲哀叹一声，搓着双手。

"几年前，这些滞留日本的韩国女人决定出面，走上街头，要求日本社会诚实面对历史，并赔偿她们。当时的局面一发不可收拾。日本人对她们吐口水,种族对立的紧张情势到达顶点。"

"那爸爸呢?"

"你爸爸是日本人,他为了证明自己跟其他同胞不一样,决定不顾让家人蒙羞的风险,把妈妈娶进门。爸爸当时非常勇敢,他非常爱妈妈,而且妈妈也很爱他。"

当下,往事历历在目,恩美的母亲突然沉默了。

接着她握住恩美的手,继续说:"听我说,小亲亲,对我们这群寄人篱下的韩国女人来说,遇到的阻碍自然比其他人多。咬紧牙关,不要让他们取笑你受苦的模样。明天到学校去的时候,你要装出什么事都没发生的样子。如果大家辱骂你,千万别哭,不要便宜了这些人,他们之后就会觉得自讨没趣。沉着忍耐,在班上争取取得好成绩,这就是回应他们最好的方式。"

接下来的一整个晚上,恩美沉溺在一个非常暴力的电玩游戏里。隔天到了学校,她对所有的嘲笑满不在乎,对"臭韩国人"充耳不闻,只要有人吐口水,她就别过头去,而且后来她在班上的成绩也越来越出色。

对于我这个韩国迷来说,刚才的这一番话确实让人感到晴天霹雳。

尽管在历史教材中并没有记载这些事情,但我多少听说过。从一位旅居日本的韩国女子口中亲耳听到这番话,我立刻被拉回到过去的凡人生活,想起那趟韩国之旅。

我关上电视,决定暂时不去关心戴廷和夸西夸西的现况。

我闷闷不乐地上床合眼。这名十岁小女孩遭遇的烦恼完全将我身为实习生的欣喜之情一笔勾销。她母亲的一句话仍盘旋在我的脑海里:"我们这群受害者注定要对自己在刽子手内心引发的不快感到歉疚。"

80　　　　　　　　　　　　　　　　神话：德墨忒尔

德墨忒尔之意为"大麦之母"。她是克洛诺斯与瑞亚所生的女儿、宙斯的姐姐，被尊为大地女神、麦子女神，拥有一头如熟麦般金黄的秀发。德墨忒尔的美貌令众男神倾倒，但始终无人能获得她的青睐，于是诸神各显神通，发动攻势。因不堪海神波塞冬的百般挑逗，德墨忒尔化身母马掩人耳目，不料海神竟也变身种马。两马交配后，生下拥有人腿并通晓人语的神马伊利昂。宙斯也色诱德墨忒尔未果，于是化身公牛与德墨忒尔生下珀耳塞福涅。有一天，少女珀耳塞福涅在恒春草地上驻足欣赏一朵奇异的水仙花，此时大地崩裂，她的叔叔冥界之王哈迪斯驾着一辆双马拉的黑色马车出现。原来哈迪斯早就觊觎珀耳塞福涅的青春美色了，于是擅自将她掳走，带往地底深处。

母亲德墨忒尔历时九天九夜，在世界各地寻找女儿的下落。到了第十天，赫利俄斯告诉了德墨忒尔掳走珀耳塞福涅的元凶。大地女神知情后大怒，表示只要哈迪斯不放她的女儿，她就拒绝重返奥林匹斯，随即化身凡人躲避在埃莱夫西斯国王的住所。

农业女神消失后，旱灾肆虐大地，花草枯槁，树木也结不出果实。宙斯吩咐赫尔墨斯前往冥府带回珀耳塞福涅，但是哈迪斯拒绝放人。他表示珀耳塞福涅无法重返阳世，因为她已经尝过地府的食物。

最后，诸神达成一项折中的决定。一年当中，珀耳塞福涅将先后与母亲和哈迪斯同住。在春季和夏季的半年中，珀耳塞福涅与德墨忒尔同住；秋冬的六个月则与冥王同住。这样的划分方式代表了作物成长期与种子休眠期之间的分野。

为了感谢埃莱夫西斯国王的收留，农业女神表示愿意赐予国王的儿子德摩丰永恒的生命。德墨忒尔抱起德摩丰，将他高举在篝火上方，进行"烧祛人性"的仪式。不料埃莱夫西斯王后突然闯入仪式现场，受到惊吓的德墨忒尔不慎放手，让德摩丰摔入了火堆中。为了安慰王后，德墨忒尔将一根麦穗赐予他们的另一个儿子，让他走遍希腊，传授人们农耕与制作面包的方法。

——埃德蒙·威尔斯，《相对与绝对知识百科全书·V》
（改写自方西斯·拉泽拜的作品，前者取材自赫西俄德于公元前七百年完成的著作《神谱》）

81　　　　　　　　　　星期四：德墨忒尔授课

星期四，朱庇特之日。朱庇特是宙斯的罗马名字，不过今天是宙斯的姐姐德墨忒尔负责讲课。

沿着香榭丽舍大道，我们经过敲着晨钟的克洛诺斯钟楼、赫菲斯托斯的青绿色水晶神殿、阿瑞斯的黑色堡垒以及赫尔墨斯的银色神殿，最后来到一座诺曼底风格的农庄。房舍的屋顶上铺着橘色茅草，白墙上露出木筋结构。到处都有装满大麦、玉米或油菜的陶罐。一旁圈养着哼哼作响的山羊、绵羊、乳牛和猪。

奥林匹斯竟有这般田园风光，我们相当惊讶。我看见有鸡鸭鹅在养鸡场内吱吱呱呱、一摇一摆，当下还真有一种回到了一号地球上的错觉。

我不太清楚昨晚的大魑魅让我的那群冥游伙伴吃了什么苦头，不过我可以看见哈兀的额头上肿起了一大块瘀青。

时序女神打开木造大门，我们进入完全以胭脂红粉刷的屋内，就连头顶上的横梁也是同样的色调。现场陈设有各式各样与农业相关的物品：长柄镰刀、柴刀、连枷、收割机……右手边的玻璃管内存放着各种不同的谷物种子，一旁还放着带有格子裂纹的面包，跟我儿时记忆中的手工面包一模一样。不远处有些瓶瓶罐罐，里头装着风干的西红柿、茄子和节瓜。

德墨忒尔从后门出现，身材相当高大，一头金发上系着麦穗。她身穿一袭黄色长袍，外头罩着黑色格子式样的村妇围裙。她张开雪白的膀子欢迎大家，身上飘来新鲜牛奶的芬芳，也难怪数代希腊农民会如此虔诚信仰这位女神。

德墨忒尔笑容可掬地站在讲台上，要所有人在上课前先尝尝她的五谷杂粮。接着，她捧起一只双耳尖底瓮，穿梭在座位中，将浓郁的鲜奶倒入每个人的杯中。我在地球上也曾尝过这样的早餐。

"各位第一次在这里尝到的这些食物，可以带来活力与精神。"她坐在榉木书桌前，把两只胳膊放在桌面上，"我叫德墨忒尔，农业女神，各位的第五位老师。"

她双手击掌之后，阿特拉斯便扛着我们创造的"世界"现身，然后一把将它搁在托台上。

"但愿你晓得这玩意儿有多重，亲爱的德墨忒尔……"

"可是，阿特拉斯，这并不是工作，而是惩罚。"德墨忒尔一脸善解人意地强调。

擎天巨人在球体前跺了一脚，然后才乖乖退下。

德墨忒尔在黑板上写下"农业"，然后开口表示："我是神老师德墨忒尔，我今天要让各位认识到农业在人类文明史上的重要性。"

德墨忒尔信步游走在座位当中，一头金发随着句子的抑扬顿挫颤动。她解释道："在我们播种的当下就期待着收获，也就是与未来有约。"

她手里握着安卡，贴着十八号地球仔细检视我们带领的人民。

我们跟随德墨忒尔的目光，发现岁月已经留下斧凿的痕迹，一切都发生了变化。我们的人类自发性地"成熟"，群落社会也转变为部落社会。

班上有两位同学发现自己的人民莫名其妙地消失了。

德墨忒尔向两位不满的学生表示，天有不测风云也是竞赛的一部分。在竞赛过程中，同学可以激发人民的欲望与冲劲，但是在下一回合竞赛之前的空窗期，人类仅能凭一己之力摸索。如果引导的方向错误，他们是有可能在竞赛之间的空当消失的，这就是那两位同学的遭遇。神老师强调，像地震、天灾这类不可抗拒的因素，随时随地都有可能发生。

"就算各位在竞赛中表现良好，还是有运气的成分在里面。传染病，与武力强大的民族狭路相逢，延烧成内战的族人纠纷，演变成强欺弱的变调结盟……什么情况都可能发生。当你们不在人民身边时，预测情势的走向也是神祇的使命之一。"

"那要怎么防患于未然呢？"玛丽莲问。

和蔼可亲的农业女神语带宽慰地表示："的确有一些方法可以有效降低这类风险，例如分散迁居。建立多个城邦、城市或群落，如果其中之一不幸遭到传染病、侵略者或洪水的袭击，至少在别处的族人不会受到影响。但各位现在的情况是什么？每个人都偏好将族人聚集在一起，这等于是将所有的鸡蛋放在同一个篮子里，哪天变成了炒蛋，那可怨不得别人。"

在大家眼中，要掌握一个族群已经相当不容易了，因此根本就没人考虑去建立子群。

"蚂蚁和蜜蜂采取的就是这种方式。"埃德蒙·威尔斯表示，"巢穴内的公主们会飞往别处建立子群，我们早应该想到。"

"有很多同学是等到竞赛的尾声，为了力挽颓势，才会动这个念头。不过，当你必须力挽颓势的时候，"德墨忒尔说，"其实就跟输了没有两样。"

所以说，即使我们不在人民身边，时间依然继续流逝；所以说，竞赛在我们最后一项干预行动结束后，仍会持续演变发展。我现在明白了，原来Y竞赛就跟曾经风行一时的电子鸡游戏一样，即便你关上电源，虚拟的小鸡还是会受到内建生理时钟的支配。

我联想到一个非常适合佛教环保人士的口号："如果您希望人类投胎时保持如新面貌，就请让他们干干净净地死去。"

同时，我也了解到时间可以让一切以几何级数的方式迅速变化。一开始，人类的新发现不多，生育的数目也有限。但是接下来，所有的事物都会开始加速变化，无论是人口数目的增长，还是知识领域的拓展。随着时间的流逝，所有现象的演变规模都跟着被放大了。

两位不满的同学持续以高分贝表达愤怒，德墨忒尔请出半人马，才结束了这场风波。

同学人数持续减少：108-2=106。德墨忒尔继续讲课。

"刚才讲到农业……在发现了农业之后，在座某些同学的人民可能必须迁徙到土壤较肥沃的地区，这对高山民族不利，但有利于平原上的群落。

"另外，傍河而居的人民也会十分受用。水源的灌溉与调节，还有对干旱与水患的掌握，将是各个民族即将面临的全新挑战。"

老师写下"灌溉"。

"不必再为明天是否会饿死而烦恼之后，各位的人民接下来将能够随心所欲地去擘画未来。"

"未来"，她接着写道。

"未来这个概念来自农业的兴起。跟掌握自然比起来，掌握时间的重要性可说是有过之而无不及。人类是唯一能设想未来的动物，能够为孩子的出生与往后的年老预作准备。各位等一下就会在竞赛中发现，农业帮助人类充分掌握了时间的概念，以至于他们开始想象'来世'，想象一个死后的世界，于是伴随农业而生的就是宗教。"

德墨忒尔写下"宗教"。

"从学会播种开始，人类就把自己看作一棵植物，逐渐成长、开花、结果，然后回归大地，在身后留下等待再次发芽的种子，也就是自己的后代……另一方面，树木掉尽树叶、状似死亡之后，竟能在来春重新披上新绿、结出果实，这个现象也启发了人类梦想转世投胎。如果死亡代表冬天的话，那为什么不可以有来世呢？接着，人类就会提出下面这个问题：在生灭循环的自然现象背后，是不是存在着一位园丁？没错，农业彻底改变了人类的思维方式。"

德墨忒尔吩咐大家仔细观察自己的世界。所有人凑上前去，好奇地想知道自己的人民进化到了何种阶段。

在第一回合结束后，人类持续繁衍。许多民族正如同农业女神所预料的，迁徙到了有水源灌溉的地区。一方方由田埂隔开的各色田畦，以居住的群落为中心向外展开。

我的人民正定居在一个长脚屋村落中，是首先懂得操作木筏的族群，靠着船桨自在梭巡于水面上。大多数同学在平原上发展农业，我的人民则是深耕海洋。

"各位的之前浪迹天涯的人民，大多已经建立了自己的村落。篝火与篱笆能够防止掠食动物侵入。"

德墨忒尔在黑板上写下"村落＝安全"。

她走到教室中排座位附近，驱赶跑进课堂的家禽。

"人类现在自行决定耕作地点，渐渐走出看天行事的阶段，不过农耕的生活也比以往的狩猎和采集来得繁重。有些民族会专门耕种特定作物，由此衍生出下达决策的阶级体系。猎人与采集者必须看老天爷脸色的时期已经宣告结束。从事农耕之后，人类会顺应自然，因时制宜，开垦荒地与森林来建立农田和牧场。"

德墨忒尔撩起她蓬松的金色长发，并把袖子往上卷，露出一大截雪白的膀子。

"各位要知道，农耕永远先于畜牧出现，为什么呢？因为我们现在所谓的家禽家畜，当初其实是出没村落觅食的寄生动物。"

真有意思，原来家畜的出现不是因为人类主动驯养，而是动物觊觎人类的余粮残屑不请自来的结果。

"一种动物以他种动物食粮残屑维生的现象，我们称为'腐生现象'。传授给各位一个简明的记忆方式：'附身'现象。乳牛、绵羊、山羊都是人类的腐生动物。"

"那狗呢？"有位同学问。

"狗原先是被人类食粮吸引的狼群，后来向较不具侵略性且善于合作的方向进化，而逐渐被人类所接受。跟随人类不仅对它们有利，同时也让它们不必再经历奔波猎食的艰辛。"

"那猫呢？"

"遵循相同模式的山猫。"

"那猪呢？"

"嗜食人类馊水的野猪。"

"那老鼠呢？"蒲鲁东问道。

"老鼠是唯一并不全然依附人类的腐生动物。它们之所以藏身地窖、墙角，是因为唯有如此它们才能够与人类共存。"

德墨忒尔回到书桌前。

"在腐生动物中，也会有新的不速之客出现，各位很快就会见识到蝗虫大军。其实，在农业诞生之前，根本就不曾出现过蝗灾。蝗灾起因于大规模种植单一作物，导致蝗虫迅速繁殖。落单的蝗虫是不具攻击性的，但是，一旦农田中的蝗虫数量过多，就会成为一大祸害。"

老师再次拿起粉笔，边强调边写下"耕作、伐木、专业化"，再把重点放在"未来"上。

"在座某些人的民族已经察觉到了季节的递嬗与更迭。农业奠定了人类后来制定历法的基础，而历法则是人类懂得掌握时序的产物。有了历法的帮助，人类能够更加清楚自己身处的世界，明白它是个春夏秋冬循环不息的世界，从此就能够无畏地面对冰冷风霜，因为美好的春天总是会来临的。"

我揣想着人类第一次经历冬天，以为这世界就要永远冰封，以为冻僵的身体再也感受不到温暖的时候，突然感受到春回大地时的那种释然。

"有了历法，人类还能够计算自己的年龄，同时发明生日的概念。"

在我还是凡人的时候，有位社工告诉我，光是向游民分送食物是不够的，为他们庆生也相当重要，生日是他们掌握年岁的方式。这名社工记下了自己负责的每一位游民的生日，而且从不忘在当天送上一块蛋糕。尽管他只是举手之劳，却能让彷徨无助的灵魂感受到一丝人性的关怀。这名男性社工是当时的我眼中真正懂得去关爱他人的善心人士,而不是因为良心不安才偶尔略施小惠的那种人。游民在他的帮助下,重新认识到了时间的意义。

"在历法的帮助下,"坐在书桌前的德墨忒尔继续说,"人类不仅能够掌握收获的时节,还与自己的诞生日,与炎夏、寒冬及雨季有约,同时也与亡者有约,在许多文明当中都有纪念死者的节日。诡异的是,随着对未来的预测越来越准确,人类也希望能够记录自己的过去,于是诞生了'历史'的概念。"

农业女神往十八号地球走去。

"在发展农耕时,记得建造供骡子步行的通道,以便运送偏远农地的收获。记得去灌溉这些田畦,挖掘与河流相连的沟渠或犁沟。如果各位还有余力的话,别忘了给沼泽排水,因为我想有些民族正饱受蚊患之苦。"

附近有好几位同学连连点头,对有些突然遭到热病肆虐却束手无策的族群记忆犹新。

"学会农耕和畜牧之后,各位要准备好面对村里人口的急速增长。饮食健康的母亲会生下抵抗力较佳的婴孩,从而降低夭折率。同样,获得营养饮食的儿童会健康长大,寿命自然比较长。因此,你们的村落必须向外扩张或迁居他方。无论是何种情况,都意味着可能会与周遭其他民族发生领土纠纷,这时各位就必须面对战争。如果说几十个人的冲突厮杀就已经令各位感到害怕的话,那么想想看敌人有上百人甚至是上千人的时候会是什么情形。农业的兴起也意味着后续的战事将会更加残酷,因为那时人民战斗不仅是为了个人的生存,更是为了让后代子孙能够守住肥沃的土地。"

老师转身面向黑板,用白色粉笔写下一个大大的数字"5"。

"我是各位的第五位老师，觉知程度代表'5'的教授。大家都知道数字'4'代表人类，而'5'是智人，与天联系，同时热爱土地。农业发达使得人口增加，城邦的出现促进了人类彼此间的邂逅与思想交流。人类摆脱对饥荒和猛兽的恐惧之后，诞生了一个新的现象：懂得思考的智人首次出现……要去保护他们，提供他们沟通的管道，让智慧散播开来。在各位的人民渐渐走出恐惧后，引导他们认识未来的观念将是一件非常有益的事，让他们为后代子孙规划将来，怀抱着希望与梦想。"

德墨忒尔指着我们竞赛的星球："有了农业、宗教和历法之后，进化将迈入全然不同的阶段，因此这个回合的竞赛十分关键。各位的人民目前的成熟度相当于一个五岁小孩，根据精神治疗师的说法，五岁是决定一生的关键时刻，所以请务必胆大心细。

"放手去改变你们人民的行为模式，帮助他们适应环境，甚至可以采取与之前全然相反的进化方向。"

艾迪特·皮雅芙举手发问："可是，老师，如果我们突然改变他们的思维方式，他们肯定会无所适从吧？"

德墨忒尔叹了一口气，回到座位上，用手抹平身上的围裙。

"有时候我会想，人类的不幸难道不是因为引导他们的神祇缺乏想象力吗？"

82　　百科：历法

最早出现的历法，无论是巴比伦、埃及、希伯来历法，还是希腊历法，都是采用的阴历，原因很简单，因为月相的周期比太阳容易观测。在这些历法中理出规则，却是相当复杂的一件事。

最早出现的埃及历法并不是以朔望月为基本单位，而是将每月长度定为三十天，一年十二个月就相当于三百六十天。但这样的长度其实不足一年，所以埃及人会在第十二个月份结束时补上五天。

希伯来历法一开始是阴历，后来才改为阳历。所罗门国王任命十二位将军，分别主掌一个月份，并明定大麦成熟的月份为元月。三年后，历法与实际的季节会产生一个月的误差，此时国王会下令增加闰月来补足天数。

现代伊斯兰历法并不采用补足天数的方式，而是采用纯粹的阴历，将一年区分为十二个二十九天与一个三十天。

玛雅历法由十八个二十天的月份组成，并添加第十九个月补足五天，这五天被认为是凶日。玛雅人在其日历中央记载有世界被大地震摧毁的末日日期，该日期是根据过去地震发生的时间推算得出的。

中国传统历法以十九年为一个周期，其中包括十二个太阴年——一年由十二个三十天的朔望月组成——与七个拥有十三个朔望月的闰年。面面俱到的划分方式让中国历法两千多年来没有出现任何误差。

——埃德蒙·威尔斯，《相对与绝对知识百科全书·V》

83　　　　　　　　　　　　　　　　　　　　部落期

胡蜂部落

他们选择胡蜂作为图腾。

在几年的时间里，原本一百四十四人的群落已经扩张成七百六十二人的部落。这群人从胡蜂身上学到了很多东西，例如以胡蜂用来自卫的有毒螯针为构想，几经摸索后，将毒花汁液涂抹在矛尖上，来抵御入侵的异族。后来，他们尝试远距离发射有毒的尖针，从而发明了吹箭。

胡蜂族人经常四处迁徙，沿路暗中窥伺异族人的一举一动。当见到其他族群避居洞穴时，他们就跟着模仿；见到有人生火，也起而仿效。不过，他们总是想尽办法避免与其他族群接触。

随着人口日益增加，胡蜂族人离开穴居的山洞，前往一座拥有数个丘陵作为屏障的山谷，搭建茅屋定居，形成胡蜂族部落。

一代接着一代，胡蜂族妇女生下的孩子多为女性，族人决定推举族内最聪明果断的女性出任首领。另外，他们发现在胡蜂的巢穴中只有母蜂，公蜂在完成短暂的交配后，就会被赶出巢穴，成为拟雄蜂。胡蜂族人决定依样画葫芦，将男孩养育到生育年龄，令其完成传宗接代的使命后，就将他逐出部落。

经年累月，这种行为模式渐成风俗习惯。性成熟的男子让族中女子受孕之后，就被迫离乡背井，禁止返回部落，游荡在外的结果经常是暴尸荒野。

除了母系社会与毒针之外，胡蜂族女子还模仿胡蜂用嘴将树皮嚼碎，用嚼烂的泥状物筑墙，建造出比洞穴更坚牢的住所。但是长久下来，这种方式不仅令她们两颊酸痛，而且墙壁也容易着火，于是她们在建材中添加沙土，再与黏土和泥炭混合，建造出造型浑圆的房舍，坚固的程度足以遮风避雨，甚至抵挡敌人的长矛攻击。她们还学习胡蜂食用营养价值丰富的蜂蜜，亦开始养蜂。自行生产的蜂蜜除了是食品之外，还被用来当作黏着剂、涂料、漆料、抗生素，以及为伤口消毒的药剂。拜蜂蜜所赐，胡蜂族人制作出防水物品，而且火炬也燃烧得比较久。

为了杜绝被驱逐的男性不断尝试偷跑回部落的问题，胡蜂族女人一改初衷，决定将出生的男婴杀死，提早结束他们在外风餐露宿的痛苦。等到一年一度所谓的"生殖庆典"时，她们会派出女战士突击队，在夜里对异族部落发动奇袭，掳走男人，若有不从就痛下杀手。被带回部落的男性统一囚禁在一座圈栏里，族人会按照每个人的地位和声望来分配男人，表现优异的女战士有权优先挑选对象。胡蜂族女人会喂养、疼爱这些男人，然后在群交庆典上"汲取"他们的精液。完事之后，异族男人会遭到驱逐，回到自己原来的部落。不过，异族人经常会爱上自己的性伴侣，恳求她们在事后收留。

起初，胡蜂族女人会像母蜂螫死拟雄蜂一样，杀掉这些男人。但后来她们了解到这些异族人还有其他利用价值，便决定允许最聪明的男人留在部落里，条件是他们必须对改善胡蜂族生活做出贡献。白蚁族俘虏教导她们农耕，马族男人教导她们畜牧，蜘蛛族男人教导她们织布。

在交出一项技艺之后，这些男人仅有几个星期的喘息时间来接着提出其他发明，否则就必须离开或被处死。男囚犯们纷纷绞尽脑汁，希望能够获得胡蜂族的倚重。后来，有十几个男人因在农耕与工具制造方面贡献卓著而获得"常任智者"的头衔，其中有些还与胡蜂族女人结成伴侣，因自身创造发明的才华而被接纳。

其实胡蜂族女人也明白，有必要在部落里留下几个供传宗接代的男人，以防外出掳人却无功而返的情况。

令人感到匪夷所思的是，这些男人在掌握游戏规则后，非但没有起身造反，反而更加努力地付出脑力，让自己拥有合法留下的理由，胡蜂族的科技也因此得以向前迈进。不过其中不乏一些得意忘形者，他们立刻交出所有掌握的技艺，在没有利用价值之后，马上就遭到处死。于是，其他人明白了，必须在工艺知识的吐露上有所保留，以争取更多的时间。

胡蜂族女人这项奇特但有效的策略让部落规模逐渐扩大，农业的发展臻于完善，不再需要外出狩猎和采集。在学会蜘蛛族男人的织布技艺后，她们开始用织就的布匹制作衣裳，不再使用从前的动物毛皮。她们甚至自行栽种棉花，让手边随时有植物纤维可以取用。一名男子还教导她们从某些花朵或昆虫的血液中萃取色素，为布匹染上色彩。

除了既有的吹箭自卫之外，一位蜘蛛族俘虏还为她们发明了弓箭。他当时想利用线绳将矛尖弹射到远处去，结果发现效果最好的方式是把矛架在一根紧绷的绳子上，并从中慢慢推敲出了弓的造型与槽口的位置。此外，弓箭还有比吹箭准确的优点，因为人眼可以搁在箭轴上进行瞄准。

胡蜂族女子对这个发明大表赞赏，连续好几夜争相献身该男子的床帷，当作报答他的奖励。

胡蜂族女战士后来组成了一支精锐的骑兵团，以沾有毒液的弓箭为武器。为了精进射箭技巧，有些成员甚至切下了右边的乳房。后来，即使是面对拥有坚强防御实力的部落，胡蜂族女战士也能展开攻击，轻而易举夺取可观的战利品以及供传宗接代的异族男人。

为了能再次体验美女投怀送抱的激情夜，发明弓箭的男子费尽思量，想要再次引起注目。有一晚，他正在胡思乱想，随手拨动不同弓箭上的弦，意外发现大小不同的弓弦会发出不同声音。于是他将多把弓箭按尺寸大小依序并排，弹奏出一段旋律。随后，他发觉最简单的方式是将不同弓弦固定在同一把弓上，就此发明了七弦竖琴。此后，该男子再也不用去费心发明别的了，因为随时有女人围绕在他身旁，聆听他的七弦竖琴演奏。后来，该男子成为胡蜂族部落的"永久寄宿生"。他发明了音乐。

鼠族部落

鼠族部落目前拥有一千六百五十六人的浩大声势。所有人正朝着北方前进，凡是在路上遭遇到其他族群，便发动攻击且攻无不克。

族人都还记得鼠族的第一位头目——那名传奇少年。他通过观察老鼠的行为，了解了必须攻击、招降、歼灭异族，才能够繁荣进步的道理。那顶象征权威的鼠皮冠帽在历任头目手中不断传承。

鼠族人最初的作战策略是包围进攻，随着作战经验的累积，他们渐渐发展出其他更复杂的作战技巧，例如对游牧民族进行伏击，直捣敌营正中杀害对方首领，或从后方偷袭。

获胜之后，鼠族人民开始挑拣战利品。首领与表现优异的战士优先挑选貌美、有生育力的女子，接下来才轮到表现平平的战士挑选，最后剩下的老妪与丑女则一律遭到处决。起初，鼠族人会将男性战俘全数杀害，但后来他们渐渐明白，更有利于部落的方式是奴役这群异族男性，使唤他们从事繁重的劳役，例如背负重物、洗刷马匹。强健者甚至还被安排担任与敌军正面冲突的前锋。

鼠族首领每次吞下敌方将领的大脑后，都会将他们的头颅收藏在布袋中，而且喜欢在扎营时将颅骨散落在床榻上，回味一路上的大小战役。

每当鼠族击败异族，他们占为己有的不仅是人民，还包括对方的工艺技术。

鼠族人把不属于部落的人称为"异族人"，并将他们分为四大类："更强的异族人""旗鼓相当的异族人""较弱的异族人"以及"力量不明的异族人"。

鼠族人民还根据作战策略发明了独有语汇。一开始是类似老鼠叫声的窸窣声，接着窸窣声被呼喊声取代，后来为了分配最佳埋伏位置而发展出简短的语汇。语汇数量随着对准确攻击的要求而开始不断增加。不久，凡是掌握最多语汇且能迅速拟定作战策略的人，就会成为部落中位阶较高的战士。当然，女性和奴隶对如此深奥的语言完全一窍不通。

有一天，侦察兵回报发现有一民族避居山洞中，洞口处绘有乌龟图案。洞穴出入口有类似防御堡垒的石墙阻挡，仅在最上方有空隙。

鼠族首领命令手下抓来一只乌龟，向所有战士展示乌龟是如何将头缩入龟甲中来自我保护的。接着，头目从鼠皮帽上取下一根利牙，将它刺入乌龟隐藏四肢的一个洞中。起初，什么也没发生，但等到利牙嵌入肉里，就有深色的黏稠液体从洞口流出。头目将其当成琼浆玉液喝下，鼠族战士高喊着族人的团结口号，女人也欢欣鼓舞地应和着。

次日，日正当中，鼠族人瞄准洞口缝隙，扔出长矛。

龟族人民发现敌人来袭，立刻丢掷石块还击，双方开始出现伤亡。

接下来的两天，战事持续延烧。原先采取闪电攻击的鼠族人民，开始运用消耗战策略。

穴居的龟族人尚有饮用水，但粮食出现短缺。大家开始吞食蝙蝠、蚯蚓、蛇、蜘蛛、蛞蝓，孩子们号啕大哭。饥饿引起的幻觉让龟族人还击的精准度大不如前。他们寻找其他逃生出口未果，只能坐困愁城，如同龟甲中的乌龟。

尽管鼠族已经发动了无数次攻击，但仍遭遇龟族丢掷石块的顽强抵抗，此时天空落下闪电。

闪电命中洞口的石墙，突破了龟族人民的最后一道防线。接下来，鼠族人民不费吹灰之力就击败了这一小群饿坏的龟族人。

鼠族头目吞下对方首领的脑子，然后将他的头颅收藏在布袋中。许多龟族女人因为多天未进食而被视为"不堪用"，惨遭杀害；男人也因顽抗多时而遭到处决。唯一令鼠族人感到惊讶的是洞穴中仍在燃烧的火焰。

鼠族头目要求龟族的一位幸存者透露火的用途，后者在胁迫之下据实以告。此后，鼠族人民开始烹煮熟食，对火焰带来的光线、热度，以及它改变物质的能耐，感到惊叹不已。

就在他们盛大庆祝的时候，天空落下的闪电再次催促他们整装，去征服其他民族。

经过长途跋涉，鼠族人民遇上马族人民，随即发动夜袭。在火炬的加持下，鼠族人成功吓阻马族，让马族原本坚强的防线溃不成军。但是马族部落的多数人及时逃亡了。

此后，鼠族部落拥有了一支骑兵劲旅与手持长矛和火炬的军队。现在要对付藏身地道的鼹鼠族部落，就如同探囊取物般容易。鼠族人从鼹鼠族人民那里学会了挖掘地底矿脉，借此获得铸剑的金属原料。

鼠族人口不断增加，现在已经突破两千大关。但是，另一方面，争权夺利的阶级倾轧也越演越烈，决斗过程益发残暴，最后获选的大首领是全部落中最机智狡猾的男人。

部落内的阶级划分渐趋完备。首领底下设有男爵与公爵，然后是队长与士兵，接着是锻造武器的铁匠、马夫、女人、异族俘虏，最后是被当作奴隶支配的异族女子。

每个阶级都握有比自己低下的阶层的生杀大权，而且拥有同阶级才能理解的专属语言。所以，从说话的方式立刻可以知道对方的阶级是比自己高、与自己平等还是比自己低，随即修正自己的行为举止。任何人以下犯上都将以死论处。

族里女人的地位每况愈下。阶级较高的男子可以同时拥有多名配偶，而且在任何决策过程中，女人都没有置喙的余地。

在鼠族的价值理念中，女人的存在只是为了满足男人的性需求，是生殖繁衍的工具。孩子的教育是学习如何作战，如果表现拙劣，就会被送去清理马厩，让父母蒙羞。

在没有战事的时候，战士练习骑术，外出狩猎。狩猎是教育下一代的必要途径。

随着部落规模的扩大，战士鄙视女人和外人的情况越来越严重。他们只想要能够光宗耀祖的儿子，不要女儿这种"赔钱货"。已经育有一女的家庭将后来出生的女婴给杀掉，这是司空见惯的事情。

后来，鼠族部落在路上掠夺并摧毁了一个专事务农的村落，掌握了农耕的技术。他们原想定居下来，又认为任何防守严密的村落都有可能遭到围攻，于是选择继续浪迹天涯。

鼠族人民恶名昭彰，其他民族宁可投降也不愿和他们作战。这样的消极态度令鼠族人非常失望，进一步激发了他们的好胜心。这些不费吹灰之力的胜利，让鼠族人觉得自己停滞不前，毫无长进，迫使他们积极寻找旗鼓相当的对手。在摧枯拉朽的旅程中，有一天，鼠族人得知来自鹰族部落的战士刚好也在附近肆虐横行。于是他们立刻启程寻找对方的下落，希望来个硬碰硬，但是走遍了这个地区，始终没见到这群神秘的战士。

鼠族人民只好转往西方继续前进，接着又改往南方行进，因为侦察兵回报说，有个高度发展的民族就在南方临海而居。

海豚族部落

海豚族人从最初的一百四十四位增加到了三百七十位。

他们生育的数量不多，但十分重视下一代的教育。他们教导孩子游泳、用兽骨削制鱼钩钓鱼，以及操桨行驶木筏。他们在海豚的指点下，捕食鱼类、贝类、甲壳类海鲜与海藻。

海豚还会自愿载着孩子们到外海戏水，再将他们平安地带回海岸。有些孩子与海豚发展出形影不离的情感，甚至能够用富有变化的尖锐叫声与它们交谈。但是这种天赋在变声期就会消失，因为声带无法再发出尖锐的高音。

海豚族人与蚂蚁族人依旧维系着结盟关系，后者在距离海岸较远的内陆建造了一个圆顶造型凸出地表的地底居所。

海豚族与蚂蚁族组成了一个人数达八百八十人的族群，其运作方式就和大脑一样分成左右半部，生性爱做梦、富有诗人气息的海豚族人主管右半部；务实、善于谋划的蚂蚁族人掌管左半部。

两个部落分别在擅长的领域钻研，再交流彼此掌握到的知识，一方以香菇换取对方的海鲜，另一方以游泳技巧换取织布工艺。

蚂蚁族人还从蚂蚁把幼虫当作梭子的行为中，发展出更成熟的织布技术。

受惠于盟友的发明，海豚族人制作出网眼细密的渔网，并将它撒入海中。

两个民族的结盟关系通过了时间的考验，每天都呈现出具体成果。

在如此平和的生活环境中，双方还发展出目前对生存并无帮助的艺术。海豚族人发明了多声部合唱，用音乐建立起海豚与人类沟通的桥梁。

因为蚂蚁会在巢穴中饲养蚜虫，萃取蚜虫分泌的蜜汁，同时保护它们不受天敌瓢虫的侵害，所以蚂蚁族人也开始尝试饲育。他们先从老鼠和海狸鼠着手，但发现它们的肉质并不合胃口，于是饲养起羚羊与野猪这些需要光线的动物。蚂蚁族人将它们放在室外有青草、果树的地方进行圈养。

接着他们仿效蚂蚁萃取蚜虫蜜汁的做法，挤取牲畜的奶水饮用。他们并未就此停下发展的脚步，在得知养菇场移到室外，香菇就会凋萎后，他们开始尝试栽种其他作物。进行播种之后，他们发现小麦最容易栽植，而且碾碎麦穗就能获得面粉。

蚂蚁族人与海豚族人还发明了简易的共同语言，由六十个以三个不同字母组成的单词所构成，并可添加词尾或前缀来改变意义。这不仅能让双方的沟通更有效率，还可以避免鸡同鸭讲的情形。

他们通过手指学会了数数，一开始只能算到十，后来用计算指节的方式能够数到二十八了。他们在观测星象的过程中，区别出了不会移动的恒星与会移动的行星。

他们还将木棍垂直固定在地表上，让族内智者观测太阳投射的影子，根据影子长短来推算四季的循环。不过他们的第一部历法是观测月相的心血的结晶。有了历法之后，海豚族人能确切地知道什么时候哪些鱼种会洄游至沿海，蚂蚁族人则掌握了栽种与收割麦子的季节。

他们也与一些路过的民族缔结了盟友关系。变色龙族人传授他们伪装的艺术，蜗牛族人教导他们绘画与使用颜料。黄色可以从硫黄中取得，压碎介壳虫则能够获得红色，捣碎勿忘草可以得到蓝色，锰矿则是黑色颜料的来源。

有一天，某些海豚族人乘着木筏，沿着海岸线探险。

航行过程中，他们得知有个名叫鼠族的族群正从北方南下，他们胯下骑着怪物，手持不知名的武器；鼠族已经歼灭了不计其数的民族，根据推算，再过一个月，他们就会抵达这片土地。

蚂蚁族人与海豚族人立刻聚集起来研商对策。在此之前，他们仅经历过小规模的冲突，而且对方都是用石块和木棍就可轻易对付的掠夺者，他们绝对敌不过身经百战的异族，族里也没有任何有效的防御武器。至于向入侵者提出结盟请求，简直想都不用想，因为那些四处游荡的民族曾惊恐地向他们描述，这些鼠族人烧杀掳掠，和他们绝无商量的余地。

集会现场弥漫着一股恐慌的气氛。

当晚，海豚族的一名老人做了一个奇特的梦。

他看见突如其来的异族人要歼灭自己的族人，但族人及时乘上一艘木筏逃过一劫。那木筏呈椭圆形，船身吃水，上头挂着一面迎风招展的大布幔。许多族人就是靠着这个交通工具逃到外海的。

老人在集会上说出梦境，振振有词的模样说服了两个民族携手合作，制作出这艘能够拯救所有人的超级木筏。

船体采用木材制作，并根据老人的描述刨成椭圆形。另外，为了能支撑那面巨大的帆布，他们选择了一根细长的木杆当作桅杆。他们明白，当风帆被风涨满时，船只就能快速顺风行进。

次日夜里，老人又梦见了船舵。每次睡醒后，老人总能提出新的构想，让船只逐渐臻于完美。在他的建议下，大家把土壤运到船上，用来栽种小麦和菇蕈。同时，船上还设置有圈栏，用以饲养羚羊和疣猪，为这趟不知会持续多久的航程提供鲜奶。

有些人认为没有必要如此大费周章，因为只要沿着海岸航行，迟早会找到一个安全的栖身之地。但老人表示，在梦境中，侵略者无所不在，北方、东方、南方都有敌人出没，只有朝面海的西方走，才能够全身而退。

海豚族人与蚂蚁族人夜以继日地打造帆船，每日清晨，他们都焦急地等候老人出现，为大家指点迷津。

然而，年迈的老人却因为心脏衰竭，不幸在睡梦中过世了，一股低气压笼罩着所有人。大家之前都是在老人的指引下按部就班地进行活动的，而且也习惯了他在睡梦中找到每个问题的答案。但现在，所有人都必须靠自己的力量独自面对海洋以及即将到来的鼠族人民。

蚂蚁族的一位中年妇女明白，是她出面的时候了。她站在堆高的木板上告诉所有人，现在最要紧的是遵照老人最后提出的建议：巩固船身，尽可能装载更多的粮食，带着渔网和鱼钩随行，准备足够的淡水以及备用的船帆。起初大家有些犹豫，但后来都决定听从这位妇人。她还提醒大家，老人是个了不起的人物，不能跟处理大多数人的遗体一样，将他当作厨余残渣丢弃。妇人灵光一闪，要求将老人埋葬在蚂蚁族人居所的最深处。

面对这样新奇的构想，大家竟然一致通过。族人用罕见的贝壳覆盖在老人的遗体上，将他抬起，带往蚂蚁族地道的最深处。接着，族人吹响海螺，奏起哀乐。

守候在地底洞穴外的人也吹起海螺应和。就在这时候，部落守卫突然出现，回报刚看见阵仗浩大的侵略者扬起了漫天烟尘。

蚂蚁族人与海豚族人赶紧出动设置的路障，但已经晚了一步。骑着马匹的鼠族战士一手高举火炬，一手使着佩剑，沿路放火焚烧。

此时，蚂蚁族的那位中年妇女绝望地高喊："所有人上船！"在一片混乱之中，数百名族人跳入海中，朝着船的方向游去。在鼠族人意会到对方正在逃离之前，船只就已经张起满帆，往外海方向快速离去。突然，一道闪电从云端落下，风势霎时停止，帆船停滞在海面上。鼠族大军克服对海水的恐惧，立刻登上了停泊在岸边的有桨木筏，决定发动追击。

一支支着火的长枪纷纷落在船上，手无寸铁的海豚族人只能忙着扑灭火势。

天色渐暗，战事持续延烧。这时候，蚂蚁族妇人以不容置疑的坚毅口吻命令大家向船首扔出套索，水中的海豚立刻衔住套索，卖力地将船拖向外海。刚才跟在后头的木筏已经不敢再追上去。

等到确定安全之后，族人才开始处理死者，并清点生还的人数。三十乘以八，船上现在剩下两百四十人。

仍留在陆地上的族人明白了鼠族人处置手下败将的方式：不归顺就是死路一条。大部分人选择从容就义，因为海豚族人和蚂蚁族人过惯了自由自在的生活，不可能听从入侵者的使唤。

鼠族人将长脚屋内的东西掠夺一空，然后放火烧屋。他们原本也想焚毁蚂蚁族人民的圆顶建筑，但土壤就是不肯着火。在这座弃守的荒城深处，老人和他身边的贝壳获得了永远的安息。

84　　　　　　　　　　　　　　　　　百科：殡葬仪式

　　最早的丧葬仪式是伴随智人一起出现的，距今大约有十二万年。在以色列靠近死海的卡夫扎，找到了当时留存下来的墓碑。考古学家还从中挖掘出了人骨与可能是陪葬用的物品。

　　殡葬仪式出现后，随之而来的是人类对来世的想象、天堂与地狱的概念、一生功过的评断，接着就是宗教的诞生。当人类将死者遗体当作垃圾废物处理时，死亡代表了一切的终点。但是，当人类发展出专门料理后事的程序之后，这就意味着信仰的出现，以及一个幻想世界的诞生。

　　　　　　　　　　——埃德蒙·威尔斯，《相对与绝对知识百科全书·Ⅴ》

85　　　　　　　　　　　　　　　　德墨忒尔的成绩报告

　　德墨忒尔重新开灯时，所有人都眯缝着眼，觉得刚从一场惊心动魄的噩梦中醒来。我还不想就此停手，若有所失的情绪让我倍感挫折。从前在牌局中见到其他人摊牌的那一瞬间，我也感受过这种担心害怕的感觉。

　　"一个出色的赌徒即使拿着一手烂牌，也能够出奇制胜。"我之前在天使帝国的客户伊戈如是说。

我目前握在手中的牌就是那两百四十名人类，我几乎可以叫出每个人的名字。赫尔墨斯说得没错，我们终究会放不下自己的人民。至于埃德蒙·威尔斯，他目前的状态跟我没有差别。

最令人担心的是这群人的故事将持续进行下去，却没有我插手的余地，而且他们又是如此孤立无援……没了家园，没了土地，陪伴在他们身旁的只是一艘用木板钉成的帆船，看着风的脸色在汪洋中走走停停。在下一回合开始之前，他们还会遭遇到什么事情？也许这段空窗期就会要了他们的命。不过德墨忒尔已经明白表示了，现在只能让自己的人民听天由命。下一回合的竞赛将在明天展开，所以也只能等到明天了。

当我在别墅里安睡的时候，人间会经过多少日、多少星期、多少个月？

我不安地啃着手指头。座位中爆发了激烈的口角，其他同学正为自己蒙受的战祸、杀戮与背叛算总账。我当然也可以对蒲鲁东发脾气，他先是歼灭了碧翠斯的龟族人民，又让我的人民被迫搭乘临时建造的船只，漂向未知的远方。但我选择和埃德蒙·威尔斯一样，全然无动于衷。现在再去恶言相向有什么用？反正我对这位无政府主义者的说辞了然于心："生命就是一座丛林，只有强者才能胜出。""输的就该死！"三言两语就为个人的恶行恶状开脱了。老师们不是说过了吗？这只是一场竞赛而已。

当我们的棋子在棋局中被对方给吃了，有人会去抗议吗？不过话说回来，我还是很希望能够降临地面，亲自去帮助他们，用我的双手、我的力气和他们一同扬起帆，或者说点儿什么来安抚他们。

我留意着周遭同学的人民。

在南方的另一块大陆上，佛莱迪也建立了一座临海的村落。他的人民以鲸鱼为图腾，懂得制造划桨船，但尺寸不及我的人民逃命用的那艘大船。

哈兀的鹰族人民仍然靠山而居，偶尔会对路过的异族发动攻击。哈兀主战的看法跟蒲鲁东相当接近，只不过前者是发动小规模的突袭和掠夺，后者则是以压路机的姿态过境，一路上什么都不留下。两人都很排斥结盟，所到之处只会留下硝烟与废墟。

哈兀发展出行动迅速的军队，主张智取而不力搏。他们根据搜集到的情报来决定是否行动，只有在拥有百分百的把握下才会发动攻击。

身为宿敌的卢梭与伏尔泰，他们的人民自然也是彼此征战不断。然而，尽管各自的理念天差地别，两个部落相像的程度却叫人惊讶。

农业女神首先宣布被淘汰的名单。在所有的族群当中，总共有十三个部落消失，其中有九个是遭到异族的侵略、奴役与歼灭，两个是惨遭不明传染病肆虐，剩下的两个则是因发生内战而覆亡了。半人马进入教室把这十三名学生带走，现在班上剩下的人数是106-13=93。

接着，德墨忒尔公布优胜同学的名单。

金桂冠：玛丽莲·梦露和她的胡蜂族女人。

"恭喜你，玛丽莲！你带领的女人是大家学习的榜样。你不仅让她们持续在工艺技术上精益求精，而且没忘记给予她们有效的防御武器。此外，她们还开始关心艺术、欣赏音乐，部落中出现了竖琴与木琴等乐器。她们荣获冠军是实至名归的。"

现场响起掌声。这个柔弱的金发女子竟能创造出一个动如脱兔、静如处子的女战士文明，我相当惊讶与佩服。我脑海里回想起她说过的一句话："像我们这样美丽的女人，有义务装出一副傻乎乎的模样，好让男人安心。"总而言之，这场竞赛证明了她深藏不露的能力。

银桂冠：蒲鲁东和他的鼠族人民。他发明了一个合理的社会阶级制度，而且掌握了先进的工艺技术，例如冶炼金属。

"可是，这是他从鼹鼠族那里强取而来的！"莎拉·伯恩哈特不满地表示。

德墨忒尔充耳不闻。

"蒲鲁东的鼠族人民不仅懂得善用骑兵，运用战术也十分出色。另外，他们的人口数目一直在持续增长。"

"但他是以奴役战败民族来增加自己的人数的。"莎拉·伯恩哈特接着说。

台下仍响起了恭贺的掌声，但声势明显不及玛丽莲。有些曾与亚军发生过节的同学则发出喝倒彩的反对声。

铜桂冠：玛丽·居里和她的鬣蜥族人民。

现场有一些意外的骚动。这些鬣蜥族人究竟是谁？从没有人遇到过他们。我们往玻璃球靠拢，拿出安卡放大镜对准北方的一块陆地，那里距离其他人民出没的地方十分遥远。我们发现，那里有个民族正在荒漠中努力建造大规模的城市聚落。

大家对这位鬣蜥女神报以热烈的掌声。

德墨忒尔继续讲评，要莎拉·伯恩哈特留心，因为她那群苟延残喘的马族人民很有可能会让她在下一回合遭到淘汰。

"那该怪谁？！"莎拉·伯恩哈特咕哝道。

女同学芳斯华兹·蒙居索的犬族人民终日无所事事，如果还想继续下去，就必须激发他们的活力，乔治·梅里爱的虎族人民与古斯塔夫·埃菲尔的白蚁族人民也一样。神老师表示，埃菲尔的人民一直原地踏步，完全无法找出独有的进化风格。虽然说他们建筑的手法精湛考究，他们却懒散到了足不出户的地步。

"胆识！"德墨忒尔强调，"单纯的管理是不够的，还必须敢于尝试。蒲鲁东之所以能获得好成绩,关键就在于至少他会毫不迟疑地去冒险。"

"那当然,如果是要毁了一切的话……"莎拉·伯恩哈特反讽道。

"蒲鲁东并不是一位毁灭之神,"德墨忒尔纠正说,"他是一位严厉的神祇,就像严厉的父母一样。各位都知道,父母管教严厉的小孩通常比父母疏于管教的小孩来得有教养。顺从孩子的心意当然比规范他的生活容易多了!我并不反对蒲鲁东的选择,而且战争的确是Y竞赛的要素之一。蒲鲁东全心投入其中,这是他的选择,我尊重他,就跟尊重其他以外交、农耕、科学或艺术等手段来打造文明的同学一样。成果才是最重要的。"

德墨忒尔回到讲台上,在黑板上写下"殡葬"。

"今天我目睹了第一场殡葬仪式,它出现在埃德蒙·威尔斯的部落里。这是一件具有划时代意义的大事。发展出殡葬仪式后,宗教就会跟着兴起,整个社会将会被区分为三大阶级:农民、士兵及教士。"

"那艺术家呢?"玛丽莲问,显然很关心她的竖琴演奏家。

"艺术家毕竟是少数,无法对人类社会产生任何实质的影响,至少在这个进化阶段是如此。麦克·潘森和你都引导人民创造了音乐,但是要知道,如果没有农民的耕作,没有士兵的保护,你们的艺术家也活不了多久。"

德墨忒尔结束评分之后,我发现埃德蒙和我的成绩是班上倒数第二名,殿后的是一个叫作夏尔·马列的同学。他带领的是穴居的蝙蝠族人民,这些人想要模仿蝙蝠飞行,于是用藤蔓在手臂上系上皮革翅膀,结果有许多人从悬崖绝壁跃下,一命呜呼。

"当一个点子行不通的时候,就不要太固执,你却一意孤行。原本八百人的部落,到现在只剩下了五十几个人。别忘了,只要人数未达三十人，就会自动被淘汰。"

夏尔·马列这次算是侥幸过关。

"你打算怎么帮助那群逃亡的族人？"哈兀低声问我。

"祈祷，"我说，"要不然呢？"

哈兀一副不可置信的模样，我知道他在想我是不是在开玩笑。

"祷告？在这里？在这个诸神的国度？"

我撇撇下巴，向他示意外头那座终日云雾缭绕的山峰。

"哦！当然，还有那上头的'他'。麦克，我希望你不要太……迷信了。一个迷信的神……这也太夸张了！"

佛莱迪挽起我的手。

"真巧！我们两个都选择和鲸类做朋友。我选择了鲸鱼，你选择了海豚，但是你造出了大船，我是小船。"

"我别无选择。"

"如果你有任何需要，我的鲸族人民将会很乐意效劳。"

"我当然也愿意为你效劳，只是目前我的海豚族人处境堪忧。"

"何不掉头到我那里靠岸呢？我的鲸鱼会向你的海豚指引方向。你的人民就可以安心疗伤，补充饮水和食粮，顺便学习我们的工艺技术。我的子民发明了鲸脂蜡烛，而且衣服的剪裁也十分出色，你族里的女人一定会很喜欢。"

"你在邀请我参加鲸鱼服装秀？很感谢你的邀请，但是恐怕晚了一步，因为我已经安排他们往遥远的西方航行，朝着日落的方向前进了。"

"你为什么这么做？"

"我希望自己的人民找到一个能够安居乐业的地方——一个避风港，一座小岛——那里有足够的空间让他们从事农耕与畜牧，但不会大到足以引起周遭民族的觊觎。我再也不愿冒着与野蛮入侵者发生冲突而失去一切的风险了。"

哈兀在我耳边嘀咕："甩了埃德蒙·威尔斯！竞赛开始时，他曾经帮助过你，这我同意，但是现在他只会拖累你。他的蚂蚁族人民不擅游泳，不精钓鱼，在小岛上一点儿用处也没有。"

"我们是盟友。"

"或许吧，可是到最后只会有一个人胜出。早点儿自立自强，对你只有好处。"

这口吻像极了他爸。

玛丽莲戴上金桂冠，发表简短的冠军感言，言语间流露出对女性爱惜生命、和谐共处的赞美，强调女人不像男人那样贪恋权力、耽溺暴力。班上某些男同学立刻嗤之以鼻。

"哦！"她表示，"我知道你们心里在想什么，你们一定认为我的胡蜂族女人撑不了多久。但是她们偏偏就像母亲一样和蔼，又懂得治理家园，而且还是一群为了守护家园而不让须眉的女战士。"

现场立刻传来一阵哄堂大笑，但玛丽莲丝毫不为所动。

"我在这里向各位下战帖，如果有人觉得能够和我的女战士们一较高下，我非常欢迎他来挑战！"

莎拉·伯恩哈特与居里夫人高声叫好，男同学则是嘘声连连。为了避免叫嚣演变成性别对立，德墨忒尔立刻拍桌要大家安静。原本守候在外的阿特拉斯以为是神老师在召唤，随即进入教室，在几声佯装辛苦的哼哈声中，将十八号地球给抱走了。

我目不转睛地盯着那颗逐渐远离的星球，一叶在汪洋中飘摇的小船，载着我剩下的族人……

德墨忒尔吩咐大家回座。

"赫尔墨斯曾跟各位谈到了一个关于老鼠的实验。"她说,"那么,在各位离开享用晚餐之前,我也想用一个实验来结束这堂课,对各位的人民的某些行为做出解释……"

86　　　　　　　　　　　　　　　　百科：黑猩猩实验

　　一间空房里有五只黑猩猩,房间中央摆着一架梯子,梯子顶端挂着一串香蕉。

　　首先看到香蕉的猩猩爬上梯子去摘香蕉,但是在它靠近香蕉的时候,天花板立刻对它喷出一道冰冷的水柱,让它跌下梯子。接着,其他猩猩也纷纷爬上梯子去摘香蕉,但每只猩猩都被浇了冷水。最后,五只猩猩都放弃了摘香蕉的念头。

　　实验人员关上水柱开关,并将其中一只湿透的猩猩换成另一只身体干爽的猩猩。干猩猩刚进房里,其他四只黑猩猩就立刻试着说服它别爬梯子,以免被浇冷水。但新来的猩猩不明白同类的用意,认为它们只是要阻挠自己去摘香蕉吃。于是它想尽办法要接近香蕉,而且不惜与其他猩猩斗殴。但一比四的结果是干猩猩惨遭痛殴。

　　接着,房中另一只湿猩猩也被一只干猩猩给取代了。它刚进入房内,头一只干猩猩就冲上前揍了它一顿,因为那只干猩猩以为这是欢迎新伙伴的方式。新来的黑猩猩甚至没时间察觉香蕉的存在,就被打倒在地了。

　　后来,第三、第四、第五只湿猩猩依序被干猩猩给取代了。每回新来的猩猩刚进入房间，就被狂殴一顿。

欢迎新伙伴的手段变本加厉，后来是好几只猩猩一哄而上，仿佛围殴是迎接同类的最佳方式。

到最后，那串香蕉仍挂在梯子上头，房内的五只干猩猩却都已经晕头转向，根本毫无靠近香蕉的念头。现在它们在乎的是紧盯房门，只要有新伙伴进来，就要立刻将它打倒在地。

这项实验的宗旨是研究企业内部的群体行为。

——埃德蒙·威尔斯，《相对与绝对知识百科全书·V》

87 魔术表演

为了今晚这一顿，宽敞的食堂内特地布置了靛青色的花朵。玛塔·哈莉在我对面坐下。她向我微笑，我也报以微笑。我的海豚族人沦落到在海上漂流的下场，这令我非常苦恼。

坐在我身旁的埃德蒙·威尔斯似乎不太挂心自己的蚂蚁族人。他正平静地和乔治·梅里爱交谈，后者表示，铁匠在文明初期的重要性胜过其他职业。

"相信我，"梅里爱说，"铁匠是世上最早出现的魔术师。人们把矿石交给铁匠，在铁匠熟练的技艺与高温的催化下，诞生了自然界找不到的工具。"

"的确。"埃德蒙·威尔斯回答，忆起了《百科》中关于西奈山基尼人铁匠的内容，"村民重视铁匠，甚至到了用铁链将他们软禁在打铁铺里的地步，以免铁匠跳槽到待遇更加优沃的邻村。以前铁匠甚至是歹徒绑票的对象或缔结盟约的礼物。"

隔壁桌的西蒙·西涅莱与玛丽·居里正在讨论她们的人民的衣着时尚。波兰裔的居里夫人表示，她的人民居住在气候严寒的地区，最重视的是缝制出保暖的衣裳。

有些同学则在谈论造桥铺路或保存食物。

房舍的屋顶该铺上茅草还是板岩？应该如何设置滤水系统，让盛接雨水的蓄水池不会滋生细菌？有的同学用盐渍保存肉类，有的则用油渍保存鱼类。用软木塞密封的陶罐可以保存食物，但是必须先懂得制作陶器并掌握软木的用途。胶水、缝衣针、纺织工艺、伤口消炎剂（洋葱、柠檬和盐水），彼此交流心得的内容包罗万象。还有苍蝇和蚊子，应该如何驱赶这些致病的媒介，好阻止大规模的流行病？

乔治·梅里爱表示，他的虎族人民在进行多次试验后，研发出了一种有益作物生长的堆肥，而且带菌量很低，大大减少了中毒风险。

季节女神推着餐车出现。

她们送上五谷杂粮，包括米、粗面粉、大麦、小米、高粱，甚至还有面包。十分合理的餐点安排，因为我们已经进入农耕时期。

面包的味道真好！我先啃着面包酥脆的表皮，然后咀嚼柔软的面包心。除了咸甜并陈的滋味外，我还仔细品味那美妙的发酵余味。

季节女神将盛有牛奶、山羊奶、母羊奶及其他乳品的陶罐放上桌。

生蚝又出现在菜单当中，但今晚我并不想吞食任何生猛的也许还带有意识的动物。一旁的伏尔泰则食指大动，好几打生蚝已经下肚了。他边吃边解释道，从滴落的柠檬汁是否能激发蚝肉反应，就能判断生蚝的新鲜度。

传统肉品也出现在餐桌上，有牛肉、羊肉、羔羊肉和鸡肉。我发现这些肉类的滋味并没有河马肉和长颈鹿肉腥膻。

席间还有用小汤匙品尝的猴脑，大多数人都作呕地别过头去，梅里爱则肯定他的虎族人民会对这道菜情有独钟。

我突然想起德墨忒尔课末提到的黑猩猩实验，十七号地球的人类灭绝也是出于相同的原因。他们忘记了自己为何而存在，只会一味地依循传统，却从不过问传统从何而来。

"你在想什么？"玛丽莲问我。

"没什么……你们昨晚遇见了什么？"

"我们想要往前走，却被大魑魅挡住了去路。"

"今晚和我们一块儿去，"哈兀搭腔，"你该不会想连续两次放我们鸽子吧？"

我没有回答，还没拿定主意。

最后上来的甜点是蛋糕和蜂蜜法式吐司。

"再来一杯香醇的咖啡，这一顿就算是完美了。"梅里爱心满意足地表示。

餐后还有音乐会。半人马、人鱼、琴鸟纷纷来到食堂。除了之前出现过的乐器外，今晚还有一只半人马专门演奏一种弓形乐器，乐音相当轻柔。

乔治·梅里爱表示要露一手，变一个不需要任何道具的魔术，当作餐后余兴节目。玛塔·哈莉自愿担任表演的嘉宾。

"从一到九任选一个数字，不要说出来，然后把这个数字乘以九。"

玛塔·哈莉闭上眼睛表示："好了。"

"接着减去五。"

"减好了。"

"把现在的两位数字相加，让它成为个位数。比如说，假如你的数字是三十五,那就是三加五等于八。如果加完以后还是两位数,那就继续相加,直到得出个位数为止。"

"没问题。"

"很好,将现在的数字对应到一个英文字母上,根据A=1、B=2、C=3的原则,以此类推。现在你的心里想的是一个英文字母。"

"对应好了。"

"选择一个名称以该字母为首的欧洲国家。"

"还要多久?"

"就快结束了。现在留意国名的最后一个字母,将它对应到一种水果上。"

"好了。"

乔治·梅里爱装出一副全神贯注的模样,然后表示:"你想的水果是奇异果。"

玛塔·哈莉惊讶得说不出话来。我思索着其中的窍门,却找不出个所以然,只好请教梅里爱:"你是怎么办到的?"

"坦白说,这个魔术跟这里发生的一切还真有点儿关系,我们以为自己有所选择,但不是那么回事……"

梅里爱对我眨眨眼,又要了一杯咖啡。

莎拉·伯恩哈特到我们这桌坐下。

"我们必须团结起来对抗蒲鲁东,"她低声说,"要不然他迟早会把我们赶尽杀绝。"

"他获得优胜,这就表示神老师认同他的竞赛策略。"哈兀做出手势安抚道。

"掠夺、杀戮、强暴、奴役、恐怖行动,恶势力正逐渐在思想与政府体系中抬头啊!"她说。

"不要评断，适应规则。"我说。

莎拉·伯恩哈特当场发飙："轮得到你来跟我说这些？大家醒一醒啊，蒲鲁东会是最后的赢家，他所坚持的理念将会席卷全世界，难道这就是你们希望的价值观？你们不也目睹了十七号地球的下场？"

所有人都对它的毁灭记忆犹新。

"如果我们袖手旁观，他就会——"

听觉灵敏的蒲鲁东转过头看着我们，语带挖苦地表示："非常欢迎各位来挑战我的鼠族战士。"

莎拉·伯恩哈特不知该如何响应，她明白自己元气大伤的马族人民根本就不堪一击。

"有种就来试试我的娘子军！"玛丽莲·梦露回呛。

"一定，一定，亲爱的，胡蜂的螫针是吓不倒我的……"蒲鲁东对玛丽莲抛出飞吻，挑衅意味十足。

"我可警告你，要是你敢动我那群姐妹的一根寒毛，我可不会像海豚族一样让你为所欲为。"

"很好！"蒲鲁东摩拳擦掌，"这场对决势必精彩，可以期待一下。"

当下我有一种回到了幼儿园的感觉，仿佛在操场上听见一群小鬼互呛道："有种你就试试看。"

"力量不是一切！我的女战士比你的那群大老粗有脑、有勇得多了！"

"那我还真是等不及了呢！"鼠族之神喊话。

"我已经准备好开放下注了。"罗特列克提议。这位蓄着山羊胡的矮小男人跳上餐桌，等着大家下注。

"我们一毛钱也没有。"古斯塔夫·埃菲尔提醒他。

"那就用长袍下注好了，反正它脏得快，而且我也穿坏了好几件。"罗特列克表示。他取出一个小本子，在上头画了两行，一边表示赌玛丽莲获胜，另一边表示押蒲鲁东胜出。

埃德蒙·威尔斯押了一件长袍，赌玛丽莲赢。

"在真实的动物世界里，胡蜂比老鼠有优势。"他向我解释道。

手气一向很背的我宁可当个旁观者。而且我可怜的人民正在海上漂流，前途未卜，我哪有心思去管他们谁会胜出。如果在下一回合中，我无法拯救我的海豚族人，那我就只能化身成半人马或人鱼了。在逐渐迈向顶峰，长了这么多见识之后，到头来竟是变成神话怪物……不行，现在不是娱乐消遣的时候，我必须想办法去帮助我的人民。

"你在担心我们的人民。"埃德蒙·威尔斯表示。

"你不担心吗？"

"当然担心，不过更糟的是，竞赛结束后，鼠族人民发动战争有了正当性。在他们眼中，我们不过是一群四处漂泊、懦弱无能的野蛮人，需要他们强盛的文明来教化。他们甚至已经捏造了故事，说我们和海豚做爱……你没注意到吗？"

"没有，我没注意到……这实在是欺人太甚，他不只残杀我们，还篡改历史来自抬身价。"

我感觉到埃德蒙相当忧心。他取出《百科》，很快地记下了某件事。他似乎想到了什么，我犹豫着该不该打断他。

"我们绝不能让事情演变成这个样子……"我说。

他一边奋笔疾书，一边回答我："太迟了。"

"没有什么事是不能挽救的。"我反驳道。

"我们失败了，只能说运气不好，就是这样。"

"'失败者永远有理由，成功者永远有办法。'这是我爸说的。一定会有法子的。"

"不对，这次例外。"他持续动笔，反复阅读，似乎对所记载内容的严重性感到很悲哀。他起身合上书本，用相当低沉的嗓音表示："也许你说得对，成功的人永远有办法……无论是用什么手段。"

88　　　　　　　　　　　　　　百科：战败者的回忆

历史上从来只有征服者的观点。我们在希腊历史中认识了特洛伊，在罗马历史中了解了迦太基，在西泽的回忆录里认识了高卢。我们对阿兹特克或印加人的认识也是来自西班牙征服者以及强迫原住民改宗的传教士。

就算文献中偶有对战败者特殊才能的赞誉，那也不过是为了歌颂胜利者终究成功灭敌的功绩。

究竟谁有勇气提起"战败者的回忆"？我们总被历史书籍制约，认为文明的消失是达尔文适者生存论的结果。但是只要深究事件原委，就会发现其实经常是粗暴文明毁灭了高等文明。后者唯一的"不适应"在于他们对和平、对赠礼的深信不疑，这样的例子前有特洛伊人（啊！典籍中对奥德修斯"足智多谋"的赞美，说穿了不过是发动夜间屠城的阴险狡诈），后有迦太基人。

最糟的情况不仅是征服者摧毁战败者寄托回忆的历史典籍与物品，而且征服者还诋毁自己的手下败将。希腊人当初捏造传说，说忒修斯成功杀死了岛上专吃处女的牛头怪，以此来巩固他们出兵克里特岛的正当性，最后摧毁了灿烂辉煌的米诺斯文明，这就是一个很好的例子。

当初罗马人也声称迦太基人用活人献祭大神摩洛克，后来证实根本是子虚乌有。

究竟谁有勇气提起消失文明的壮丽辉煌？也许是诸神吧，因为只有他们才明白那些在战火与硝烟中湮灭的文明，曾经是多么璀璨、美丽……

——埃德蒙·威尔斯，《相对与绝对知识百科全书·V》

89 实验期

阿特拉斯神殿位于奥林匹斯城南郊，隐身在一片无花果树林后，距离我们的别墅群相当遥远。

"这实在太疯狂了，他们绝不会让我们这么做的。"

"试试看才知道。"

"但……万一被知道我们曾经……"

"曾经怎样？曾经拜访过阿特拉斯？我们有权在城里自由走动，如果我没记错的话。"

我们继续前进。

这位擎天巨人的宫殿是一栋两层楼的建筑，以大理石原石打造而成，高度应该有十米。

埃德蒙·威尔斯和我从虚掩的窗户溜进去。从内部的陈设来看，巨神对原木与鲜艳的布料情有独钟。

我们两个蹑手蹑脚地穿梭在特大号的椅子和沙发之间。

阿特拉斯的夫人普勒俄涅正在乡村风的厨房里用低沉的嗓音对丈

夫说教："你就是太老实了，所以他们才得寸进尺。"

"可是……"

"如果有一天他们叫你把整个奥林匹斯抬起来，你也答应？"

"可是小涅涅，这不是工作……"

"真的呀，那这算什么？"

"这是惩罚，当初我帮助克洛诺斯对抗宙斯，结果输了，这你也晓得。"

我们两个在客厅中依稀可以看到普勒俄涅两手叉腰，扯高嗓门儿，阿特拉斯则是一脸窘迫。

"惩罚……真是便宜他们了。一直以来，他们把你当成任凭摆布的奴隶使唤，这才是事实。你做牛做马，不求回报，偶尔抱怨一下，他们就提醒你这是惩罚，要你乖乖闭嘴。挺起腰杆，阿特拉斯，去争你应得的权益。"

"可是亲爱的，战败的人是我啊……"

"这都几千年前的事了！懦弱与老实是两码事，阿特拉斯。"

传来亲吻声，我脑海中浮现出两座大山拥吻的画面，啊……巨人也温柔……

趁着两人忘情缠绵、无暇理会噪声的时候，我们成功来到走道上，沿路寻找阿特拉斯存放星球的地点。

我们就像两位拇指仙童，踮起脚尖打开属于三米巨人的大门。其中一扇门后是一间有花园那么大的卧房，其他门大多通往储物间、洗手间，以及家事修缮的工作间。最后，我们开启了一扇门扉，差一点儿当场踩空，原来门后是通往地窖的旋转梯。我们启动安卡的照明功能，沿阶而下。

来到地窖后，我们用安卡点燃巨大的蜡烛。在朦胧的烛光中，我们发现头顶上是一座直接凿在岩壁上的穹顶。这里可没有排列在架上的大瓶香槟,而是数十颗被安置在托台上的圆球。

究竟有多少个世界?我原本以为除了一号地球之外,就只有雏形星球,而且一旦它受损严重,诸神就会抹去一切,创造另一个新的文明。但情况并非如此,神老师们把所有星球都保存下来了。虽然十七号地球被十八号地球取而代之了,但是除了十八号地球,现场还摆放有许多并存的世界,流水号编到了一六一号。

埃德蒙·威尔斯和我一样大吃一惊,两个人都有相同的念头。

难道说,所有能够感知宇宙存在的星球都被存放在这里……

我们把安卡靠近其中一颗星球,启动望远对焦功能。地表浮现出肿瘤般的超现代化大都市,外头罩着硕大无朋的玻璃罩,用来隔绝四周的污染。这是人类未来生活的一种可能性……

旁边的世界则是另一番面貌,很可能是核战争污染大气层的缘故,地表已经无法生活,人们只好建造完全浸在水中的海底城市,来隔绝有毒气体。

不远处的另一颗星球上完全没有海洋,人类居住在位于地底的金字塔形都市里,除了躲避炎热的太阳外,也是为了保有微量的湿气。

我们发现,地窖中的大多数世界都比一号地球来得"成熟",从外观推断,至少已经来到公元三千年了,但这怎么可能呢?

"说不定是前几届学生留下的作业成果。"埃德蒙·威尔斯低声说。

"如果是这样的话,它们肯定不止三千年,因为克洛诺斯会拨快时钟让它们加速发展。"

我们也留意到,某些世界回到了史前时期,地表还残存有神秘的都市遗址。也许和那可怜的十七号地球一样,这些人已经完全遗忘了过去的科技。

气候的形态也是五花八门。有的星球炎热无比，人类必须裸体生活；有的又严寒难当，人们被迫成天待在圆顶冰屋里；还有的星球湿气太重，人类只好将房舍建造在树林顶端。

埃德蒙·威尔斯向我指着一个星球，上头的人类对复制技术习以为常，结果所有人都像是同一个模子刻出来的。他们只选择最好看、最聪明与最具抵抗力的个体为样本，然后消灭其他人类，做法可比一号地球上复制乳牛及玉米的基因工程师。

另外，还有一个只有女人居住的星球，其形态跟蚂蚁社会相似，所有的女性被分为无生殖力及有生殖力两大类别，而且同样指派有一位王后。最令我惊讶的是，这名王后竟然负责产卵。我把画面放大，清楚地看见这个女人的确在肚子上系了一只装卵的袋子，准备在家中自行孵化。

仔细观察后可以发现，这些人类所处的时代既非公元三千年，也非公元五千年，而是已经到达了相当于公元两百万年的高度进化时期。也就是说，人类的未来是由女性主宰的卵生世界，我突然觉得这不无道理……

只有女人存在的世界让我着迷不已，但有件事令我不解：她们全都天生丽质。数个世纪以来以美为诉求的物竞天择，究竟可以带来什么好处？

"我们来这里是为了寻找十八号地球。"埃德蒙·威尔斯提醒我。

我们发现阿特拉斯是根据觉知的程度来安置世界的，程度最低的摆在最后头。我们往地窖深处走去，在那里找到了十八号地球，只见在与它并列的世界中，野蛮民族正以步行、骑马、划船等方式，手持狼牙棒彼此残杀。

我们把球体推到烛光下，以便看个仔细。

在飘摇的船只上，我的人民显得疲乏绝望，眼看帆船就快触礁了，但这群毫无经验的水手丝毫没有察觉。我俩来得正是时候，我及时掏出安卡，降下风暴，将他们吹离危机四伏的暗礁，接着用念力告诉那位取代了老人的蚂蚁族妇人，让他们再次将套索扔入海中。妇人遵照指示发号施令，但大多数族人都不听从，身心俱疲的他们不再相信任何预言了。

该如何让他们重拾希望？我发送第六感，但完全无效。此时，一位胡须男甚至煽动叛变，要联合其他人迫使船只折返。为了震慑人民，我发动了一连串的雷霆霹雳，埃德蒙·威尔斯则准确命中了那名胡须男，成功让想要追随他的族人冷静下来。

我再次体会到，只有让人畏惧的时候，神祇才会受到尊敬。

族人现在全都听命于通灵妇人。我尝试与海豚沟通，指引它们帮助帆船避开凶险的礁石。我发现神与海豚沟通就跟天使与猫那样轻而易举，问题反而出在人类身上，他们缺乏"慧根"。

最后船只成功转向，埃德蒙·威尔斯和我都松了一口气，总算逃过一劫。

我往后退的时候，不慎碰倒了一旁的球体，整颗星球当场碎裂，玻璃碎片散落一地。难道我就这么摧毁了一个世界？

才不是呢……玻璃球只是用来投射星球影像的屏幕而已，里头什么都没有。

埃德蒙·威尔斯立刻熄灭了所有的蜡烛，幸亏他反应迅速，因为地窖的门已经被阿特拉斯打开了。

"亲爱的，有什么不对劲吗？"巨人太太的声音从远处传来。

"没什么，小涅涅，只是我刚才好像听见了什么声音。"阿特拉斯一边说，一边用巨大的火把照亮四周。

我们小心翼翼地藏身在一个隐秘的角落里。

阿特拉斯穿梭在行列中，巡视所有的星球。

"肯定是老鼠……"他的老婆表示。

擎天巨人从我们身旁经过，但并没有发现我们，他拖着沉重的步子离开了。

我们赶紧重新点燃蜡烛，各自站定，尽可能妥善地完成拯救人民的任务。接下来，他们还会有什么遭遇？

90 百科：诺查丹玛斯

米歇尔·德·诺特达姆，又名诺查丹玛斯，一五〇三年出生于普罗旺斯的圣雷米。年少时醉心于数学、炼金术与占星术，但犹太血统令他遭到宗教裁判所的通缉，被迫一生四处躲藏。在蒙彼利埃医学院以优异的成绩取得文凭后，诺查丹玛斯在一五二五年前往欧洲各地行医，对抗肆虐各处的瘟疫。他发展出一套个人的医术理论，与当时普及民间的医术截然不同。

他并不主张放血，而是强调清洁与卫生的重要性。他曾用纸张制作出锥形口罩，用以抵御瘴气。诊疗时，他会在舌下含着玫瑰金锭，预防病患散发的"郁气"。

此外，他还曾发表制作果酱的书，并调配出以檀香和雪松为原料的香水。

一五三七年，诺查丹玛斯被公认为欧洲医术最精湛的大夫。在他致力对抗瘟疫的过程中，他的家人不幸染病，妻子与小孩都死于瘟疫。

在抑郁消沉了一段时间之后，他展开修身养性之旅。在西西里，苏菲派教士启蒙他进入通灵境界，通过大量吞食肉豆蔻籽的方式，让意识无远弗届。在蜡烛的光晕中，或在以类似胡夫金字塔的三脚架所支撑的盛水铜盆前，诺查丹玛斯全神贯注地冥想，洞见人类的未来。

诺查丹玛斯的通灵状态可以持续一整晚。事后，他将过程记载下来，以四行诗的形式写成著名的《百诗集》。

诺查丹玛斯的诗句看似玄奥难解，但有人从中看出他准确预言了拿破仑称帝、独裁者希特勒与佛朗哥的崛起，以及广岛和长崎遭到原子弹轰炸。

占星师尚·迪克松曾根据这些预言诗句，在一九五六年警告约翰·肯尼迪提防被刺杀。

诺查丹玛斯曾预言人类自公元两千年开始，会经历政治与气候的剧烈变化，同时也断言美国和俄罗斯会联手，反制崛起自中东地区的危险势力。

这位预言家还预见了地球会以龙卷风、地震等天灾，来表达对人类破坏生态的愤怒。在一封给法王亨利二世的手书中，诺查丹玛斯表示人类会在公元二二五〇年经历彻头彻尾的转变。他还声称，公元三七九七年，由于温度急剧上升，加上遭受从水星表面剥离的巨大陨石的撞击，地表将会掀起巨大的海啸，淹没整个地球。

不过，这位来自普罗旺斯圣雷米的医生表示，届时人类早已离开地球前往附近星系中的其他行星，创造出新的文明了。

诺查丹玛斯的预言一直涵盖到公元六千年。

后来，欧洲各国王室宫廷争相接待这位预言家，法王亨利三世的母亲凯瑟琳·德·美第奇皇后对他十分佩服。一五六六年，诺查丹玛斯突然感到非常疲惫。他把助理兼友人夏维尼叫到跟前，对他说出了生前最后的预言："明天我就会离开人世。"预言果然成真了。诺查丹玛斯死后，人们将他的遗体垂直安葬在萨隆德普罗旺斯教堂的墙垣中，完全遵照他的遗愿："只为不让任何愚昧的凡夫践踏我的坟冢。"

——埃德蒙·威尔斯，《相对与绝对知识百科全书·V》

91　祥和世界

所有人都累坏了。饱受痛苦折磨之后，前方仍是一望无际的大海，那些没有死于痢疾、坏血病或其他疑难杂症的族人开始不抱任何希望。

他们尝试了新的捕鱼方式，捕获了各式奇怪的鱼类，但有时会不慎食物中毒。

落下的雨水让他们不致渴死，每逢有下雨的征兆，他们就会拿出早已没有粮食的空瓦罐去盛接。

大部分时间里，他们都将虚弱的身子靠在甲板上，一动也不动，双眼无神地望着没有任何陆地浮现的海平线。

那位肥胖的妇人持续诉说着自己的梦境，借此激励大家。她在梦中见到——是的，亲眼见到了一座如世外桃源的岛屿，那里是他们能够安居乐业的祥和之地。

"耐心一点儿，我有信心，我们正朝着岛屿前进。"她不断重复念着，同时也是为了说服自己。

渴望重回陆地的蚂蚁族人发动了第一次叛乱，他们表示宁可成为鼠族的奴隶，也不愿在风雨中飘摇不定，但是叛乱分子很快就被其他人制服了。第二次暴动由万念俱灰的海豚族人所煽动，眼看就要成功了，带头者却突然遭到五雷轰顶而丧命。

这是上天在表态，族人们感觉天外的"那玩意儿"又回来了，似乎在告诉他们继续前进。

接着，海豚出现，带领船只驶离暗礁。海豚族人与蚂蚁族人全都听命于那位被称为"两族女王"的妇人，携手在艰难险阻中同舟共济。船首的海豚也在激励众人的士气。此后，女王的梦境越来越明确，她不断提起那座不会遭到侵略者袭击的祥和之岛。

疲倦、饥饿、疾病仍不断造成人员伤亡。女王下令禁止食用死尸——虽然说这是蛋白质的来源——命令大家把尸体丢入海中。

女王一直重复念着："怀抱信心，梦境与海豚正指引着我们向前的路。"为了让护送的这群人不再忧伤，海豚除了引导船只，还主动帮助人类捕鱼，将捕获的鱼儿扔到船上，希望他们能够挺下去。

"在我们即将抵达的岛屿上，"女王表示，"有硕大的水果、丰富的猎物与清澈的溪流。"

在睡梦中，她学到了通过盘腿而坐与缓和呼吸，就能够达到舒缓身心的效果。于是她下令所有人保持这样的姿势不动，或者在伸展四肢的同时，将意念集中在呼吸吐纳上。由于她贵为女王，没有人敢出面质疑她的用意。海豚送来的渔获让他们饮食健康，新奇的体操运动活络了他们的筋骨，两族人民又重拾了蓬勃的朝气。

尽管仍有人不幸死亡，但幸存的族人身体都比之前健朗，而且大家不会再有想不开的念头了。他们打坐、调息、同声歌唱，海豚也跟着齐声唱和。

帆船持续往西方前进，一直朝着西方不变，他们已经忘却漂流了多少时间。他们避免和同伴提起那场让他们流离失所的屠杀,一心一意往前迈进。他们神情肃穆,鲜少微笑,但意见不合的争吵已不复见。

一直到有一天,当他们已经以认命的态度来看待这场无止境的海上漂流,忙着在鱼皮上绘制星相图时,桅杆上的侦察兵高声喊出他们早已不再指望的消息:"陆地!前方有陆地!"

天空中的海鸥证实了前方确实有陆地。船上响起一片欢呼声,所有人泪流满面,紧紧相拥。在船只接近岸边时,大家纷纷跳入水中,以游泳的方式前往。他们踏上鹅卵石海滩,往不远处的赭色沙丘走去。因为在飘摇的海面上待久了,他们步伐踉跄,对陆地竟有些不适应。

他们食用螃蟹、海藻,在抵达这片新大陆的初夜,在月的清辉下互拥入眠。

第二天早晨醒来后,他们计算族人的数目:四十二名海豚族人与二十二名蚂蚁族人,总人数是六十四人。大伙儿一同出发去探险,沿路花木扶疏,有果实累累的不知名果树,也有潺潺的溪流,这座岛屿远比他们的梦境还要美好。接着,他们来到一片森林里,突然从天而降的不明物体让他们担心岛上埋伏着敌人,但后来发现其实是淘气的猴子在恶作剧,摘下椰子朝他们扔来。碎裂一地的椰子露出洁白的果肉,里头还有椰汁,简直就是天外飞来的礼物。

身心获得平静之后,他们决定把这座岛屿称为"祥和之岛"。

他们寻访岛屿的每一寸土地,并未发现任何人迹。接下来,海豚族人与蚂蚁族人开始携手建造滨海的村落。

女王在一片林中空地上发现了蚂蚁的踪迹,乐见这些小生命跟他们一样成功找到了这座岛屿。她尾随蚂蚁来到一座金字塔造型的巨大蚁窝,她将双手贴在蚁窝壁上,祈求它们能像帮助之前的老人一样帮助自己。

她闭上双眼，各种画面浮现在脑海中，有蚁窝般的巨型金字塔，有和蚂蚁的一样的储粮谷仓，以及与蚂蚁相同的沟通方式。团结一体的蚂蚁精神就是他们在新天地中必须坚持的信念。

六十四名族人开始建造一座九米高的金字塔，在三分之二的高度安置女王用来"接见"族人的厢房。女王持续为舒缓身心的禅坐冥想创造出新的打坐姿态，她还以流窜人体的生命能量为概念，发明了经脉医学，强调必须保持经脉畅通，方能帮助能量循环流通。她以脊椎沿线为根据，确立能量的凝聚点，其一位于性器官上方，其二是肚脐下方，其三与心脏相邻，其四是咽喉处，其五落在眉宇之间，其六位于头颅顶点。

后续的梦境让女王感到非常惊奇。

第六感让她依据蚁后的榜样建立一个政治体系，女王并非领袖，而是"产卵者"，专门负责生育人口；另一位担任灵媒角色的女性，则负责传播新的思想观念。这将是一个意见至上的共和国，就像蚂蚁一样，每个人都可以在集会时自由抒发意见，让其他人来讨论自己的观点。完全没有中央集权，而是崇尚沟通交流的分权体制，因此，每个人都能实际参与，而且没有人是不可取代的。

海豚族人与蚂蚁族人还发明了含义抽象的文字，而不光是使用单纯的象形文字。凡体内循环的能量、渡海时怀抱的希望、女王的梦境，都有专用的词来表示。描述从海豚身上习得的教诲的字眼，同时也有教育下一代的意义。

他们决定在能够给予关怀和养育的前提之下来生育孩子，不过社群的规模仍快速增长。每个人都给予了下一代最多的爱与关怀，新生儿夭折率大大降低。

几个星期之后，他们就忘却了鼠族大军的恐怖攻击，忘却了艰辛的渡海过程，体验到了遗世独立的感觉。

孩子们与海豚同游，调皮地回应它们的叫声。他们还将海豚当作胯下坐骑，并以椰果、椰枣等陆地食物来喂食。在好奇地尝了这些食物后，海豚发出如同笑声的鸣叫，大家跟着模仿，重拾了过去爱笑的习惯。

后来，女王下令，今后蚂蚁是他们的秘密图腾，海豚则是公开图腾；他们的内在是蚂蚁，外在则是海豚。

一不做二不休，我干脆拿出托台上的时钟，将它往前拨，加速人世的时间流逝。

村庄扩张为村镇，然后是有帆船靠岸的港湾大城，那座高大的金字塔依旧屹立在城市中央。第一任女王离开人世，继任的女王同样拥有高瞻远瞩的视野。

团结一心的族人发现了玉米这种新的谷物，并尝试自行栽种。

除了农民与渔夫之外，族人还根据各人解决日常问题的专长，仔细挑选出了一个专门负责管理城市的知识阶层，包括精通经络医学的治疗师、绘制星相图并掌握了天体运行原理的天文学家、教育孩子的教师。无论何种领域，都有男女共同参与，各项任务分派只根据个人能力高低，完全排除其他无关的依据。

他们发现，在一座蚁窝中，有三分之一的蚂蚁成天只顾吃睡或无所事事地闲晃；另外三分之一瞎忙个不停，不是挖掘让谷仓崩塌的地道，就是运送堵塞要道的小枝条；最后的三分之一则负责弥补前者干下的蠢事，真正投入巢穴的发展建设。岛上的居民有样学样，决定不强迫所有人都必须劳动，但是成功鼓舞了大家自发投入安居乐业的建设大计。这种热情的集体参与是他们刚刚发明的概念。

最值得注意的是，这群人拥有一项新的特征：他们已经完全摆脱了恐惧。

百科：亚特兰蒂斯

今日对亚特兰蒂斯传说的了解来自希腊哲人柏拉图发表于公元前三百五十年的作品《对话录》。相关内容主要是参考梭伦的著作，而梭伦表示自己是从埃及祭司那里听来的。

根据柏拉图在《对话录》中的描述，神秘的亚特兰蒂斯岛位于古名赫拉克勒斯之柱的直布罗陀海峡之外，地处大西洋上，与葡萄牙和摩洛哥遥遥相望。柏拉图也提到了岛国的首都亚特兰蒂斯，说它是一座圆形城市，直径相当于一百座体育场相连，大约有二十千米宽。整座城市的格局是一圈一圈向内递进。

柏拉图表示，海神波塞冬与凡人女子克丽朵选择在该岛居住，并先后生下了五对双胞胎，他们成为治理岛国的十位国王，每人负责十分之一的土地。柏拉图曾推算岛屿面积，换算成今日的度量单位，则相当于两百万平方千米，是澳大利亚国土的三分之一。

根据柏拉图的说法，亚特兰蒂斯人比同时期的其他人类高大，是一个非常强大、富有智慧的民族。他们以议会问政为基础，建立了现代化的政治体制，而且掌握着非常先进的工艺技术，尤其是所谓的"vril"。这是一种包覆有皮革的铜棍，末端镶嵌着一块石英，据说亚特兰蒂斯人以它来治疗病患与加速植物生长。

另外，在埃及文献里也可见到关于亚特兰蒂斯岛的内容，非洲的约鲁巴人也曾留下相关记载。所有文献都不约而同地将该岛屿描述为一个世外桃源，一个失落的乐园。

"乐园"（paradise）一词来自波斯语，意为"花园"，也暗指亚特兰蒂斯。中国民间传说也曾提及一座神秘的仙岛，岛上居住着一群拥有仙丹妙药的人民，而这座"长生不老之岛"就位于大海的彼端。

——埃德蒙·威尔斯，《相对与绝对知识百科全书·V》

93　　　　　　　　　　　　　　　　　　　　埃德蒙有麻烦了

埃德蒙·威尔斯和我安心地互看一眼。我们的人民现在安全了，远离了竞赛中的野蛮行径。我们对此相当得意，就像把溺水的孩子及时救起的父母。

我对我们一手打造的民族十分满意。尽管之前蒙受了惨重的伤亡，但现在他们远离了一切危险，个个朝气蓬勃，身体健康，明白以智慧过活的必要性，同时懂得防患于未然。在蒲鲁东的鼠族人民发明抢滩登岛的技术之前，我们的智囊团很可能已经找出了反制他们的方式。

我们把十八号地球推回原位，准备离开。现在应该是黎明时分，一整晚的营救行动让我们失去了对时间的概念。步上楼梯后，我们发现情况不妙，地窖的门被锁上了。我们现在不仅无法脱身回到别墅，还可能被白天前来取球的阿特拉斯发现。

"你用肩膀支撑着我。"埃德蒙·威尔斯沉着地表示。

我将跨坐在我的双肩上的埃德蒙给撑起来，好让他检查门锁的状态。

"钥匙还插在锁孔上。"他说。

我们互换角色。身手较敏捷的我先将长袍从下方的门缝塞到外头，然后跨在埃德蒙的肩上，试着将巨大锁头中的钥匙给推出去。最后钥匙终于从另一边落下，一声不响地掉在长袍上。接着，我们拉回长袍，取得钥匙。

钥匙足足有我们的一只手臂长，而且出奇沉重。一位三米巨人或许可以轻松地扭转它，但对一个仅有一百七十五厘米高的人来说，还真有点儿勉强。我试了好几次，其间埃德蒙不断低声鼓励我。

最后，吱呀一声，锁栓松开了。

"小涅涅，你听见了吗？"阿特拉斯问。

"别担心，应该又是老鼠作怪。"普勒俄涅表示。

我们趁着阿特拉斯步下地窖楼梯之前，赶紧夺门而出，朝着窗户的方向跑去，藏身在窗帘后面。

阿特拉斯此时已经从地窖上来了，咆哮道："地窖有闯入的痕迹，而且有个世界被摧毁了。"

"是老鼠干的？"

"不是，是实习生干的。早知道就该设下捕人陷阱，每一届都会有投机取巧的学生。"

"小心！那里就有一个。"巨人太太大叫道。

震动地板的沉重步伐冲着我们而来。

"快溜！"埃德蒙推了我一把，然后紧跟在我后头。

阿特拉斯和他的太太分别抓起扫帚和锅盖。我们两个四处逃窜，想找到逃生的出口。

"有两个！"普勒俄涅说，"就在那儿，就在那儿，你看到没？"

"把长袍套在头上，快点儿！"我的患难兄弟表示。

我一向听他的，立刻毫不迟疑地照办，而且跟他一样，在双眼位置撕开两个洞。巨人夫妇离我们越来越近。

"现在分头逃跑！"

我在厨房里又跑又跳，留心不被普勒俄涅的锅盖给打中。我发现必须在鼻息的位置也撕开一个洞才行，这布料令我喘不过气来。至于埃德蒙，他一路蛇行奔跑，避开阿特拉斯的追击。接着，他藏身在一个大型家具后头，但阿特拉斯一下就把家具给搬开了。这时，我紧抓住普勒俄涅的背部，巨人太太摆脱不了我，尖声叫道："我被咬了！我被咬了！"

就在普勒俄涅努力想甩开我的同时，我瞥见了一扇敞开的窗户，立刻纵身一跳，成功越过窗框。真是好险！我躲在外头的灌木丛里，等待埃德蒙出现。

我听见屋里的阿特拉斯得意地高喊："被我逮到了，小涅涅，我逮到了一个。"

真该死！埃德蒙·威尔斯被他们抓到了。我犹豫着，该独自逃走，还是折回去营救我的老师？

"把他扔到海里去，让他变成鲸鱼、海豚什么的，随他高兴。"那泼妇提议说。

义气战胜了私心，我返回屋内，看见埃德蒙·威尔斯正在巨人的手中挣扎，这时他看见了我。

"拜托你，赶快走！"他大喊。

就在我想要转移阿特拉斯的注意的时候，埃德蒙从长袍里掏出某样东西，朝着我扔过来，同时恫吓我立刻离开。

"听着，现在该你来完成了！"

是《相对与绝对知识百科全书》，我紧紧拽着它往外跑。

我越过刚才那扇窗，使劲向前冲，沿路蔓生的荆棘划伤了我，身后则传来阿特拉斯摧枯拉朽的破坏声，就近在咫尺。

我拼命往前跑，心想，只要不被逮到，他就不可能认出我来。现在他试图惊醒城里所有人来追捕我。

《百科》紧贴着我怦怦跳的胸口，该我来完成它了，完成埃德蒙·威尔斯的遗愿，这是我最起码能做的事——拯救子民，全身而退，继续《百科》的编纂。

四面八方出现要追捕我的半人马，就连狮鹰也加入了行列。我的双腿仍使劲狂奔，我现在肩负着重责大任，绝不能乖乖束手就擒。

94　　　　　　　　　　　　　　　　百科：百科运动

数世纪以来，汇整一个时代的所有知识一直是许多学者热衷的志业。

人类进行大规模百科全书编纂工作，最早可追溯到公元前三世纪的中国。当时担任秦朝宰相的巨贾吕不韦广召天下三千文人入宫，请他们将各自渊博的知识记载下来。

后来，吕不韦将编纂成果展示在首都的市集上，并在竹简上放置了千两黄金，然后张贴布告表示，只要有人还能对内容进行补述，就可以获得赏金。

公元六二一年，塞维尔的圣伊西多尔开始进行西方第一部现代百科全书《语源学》的编纂工作，收罗了当时以拉丁文、希腊文及希伯来文撰写的所有知识。

一一五三年，塞维尔的约翰采用亚里士多德致函刚征服波斯的亚历山大的虚构书信格式，发表了《秘密中的秘密》(*Secretum*

Secretorum）一书。其中我们可以看到涉及政治和道德的建言，内容涵盖卫生、医学、炼金术、占星学及动植物学。《秘密中的秘密》后来被译成欧洲各国文字，广受各方好评，一直到文艺复兴时期。

一二四五年，巴黎大学教授、圣多马的老师大阿尔贝传承前人志业，推出了一本涵盖动物、植物、哲学与神学等知识的百科全书。

法国作家弗朗索瓦·拉伯雷一五三二年起发表的著作中，对医学、历史及哲学也多有着墨，与传统的百科全书相较更富颠覆性，也更具娱乐色彩。激发求知欲并在欢乐的气氛中主动学习，这一直是拉伯雷理想中的教育方式。

后来，意大利人彼特拉克、达·芬奇以及英国人弗朗西斯·培根，都曾自行编写百科全书。

一七四六年，法国书商勒布雷东得到二十年王室特许权，获准独家出版《百科全书》，并委托狄德罗与达朗贝尔进行编写工作。两人在同时期知名学者与思想家——包括伏尔泰、孟德斯鸠与卢梭在内——的帮助下，汇整了当时几乎所有的科学知识与工艺技术。

同一时期，中国也动员了两千多位文人与两百名缮写师，在陈梦雷的领导下，投入《古今图书集成》的编写工作。全书多达八十万页，共印行六十五套。

——埃德蒙·威尔斯，《相对与绝对知识百科全书·V》

95　　　　　　　　　　　　　　　　　　　凡人：十二岁

好险，我终于安然无恙地回到了别墅。我取下罩在脸上的长袍，所幸埃德蒙·威尔斯及时想出这个法子，成功遮掩了我们的面目。我整个人歪在沙发上。

一股巨大的孤寂感慢慢将我吞噬。记得父亲过世的时候，我也有这样孤立无援的感受，仿佛自我和虚无之间不再存有任何隔阂。

埃德蒙·威尔斯是我在天使帝国的导师，他严格、认真、一丝不苟，带我入门，让我开窍，展开追寻的旅程。

他牺牲自己来拯救我，唯一的遗愿是要我继续他的作品，持续累积各种知识，启蒙未开的民智，臻于更高的觉知境界。

我真的能够胜任吗？要展开编写工作，我必须先凭印象记下之前他口头告诉我的内容。"记下你所知道的。"他说。

数个世纪以来，人类出于将回忆铭记在心的职责，一直致力于知识结晶的传承工作。埃德蒙·威尔斯已经收录了方西斯·拉泽拜的研究成果，而现在让知识传承下去的责任落到了我的肩头。我揪着一颗心计算了一下班上剩下的人数：93-1=92。

今晚不可能立刻展开《百科》的编写工作，倒不如打开电视，了解一下我那群凡人的近况。

我直接转到恩美所在的第一台。她现在十二岁，是一个天赋优异的学生，而且拥有绘画的天分。她在作业簿上描绘了各种五颜六色的可怕怪物，同学和老师都非常喜欢她的作品，不再找"韩国人"的麻烦了。晚上，回到家，恩美依旧靠电玩忘却一切。她不再和母亲提起家族那段颠沛流离的故事，而是自行到图书馆寻找相关书籍，但在日本，这类书籍并不多见，她只能上网查询。

有一天，母亲告诉恩美，外婆生病了。恩美开口询问外婆的住处。

"北海道。"

恩美还要妈妈告诉她外婆的电话，母亲迟疑一会儿后说出了电话号码。

恩美立刻拨了电话。

"我等这通电话等了好久。"话筒彼端传来微弱的声音。

祖孙两人交谈许久，外婆过去经历的所有痛苦、屈辱，现在都有了清晰的轮廓，恩美总算得知了自己想知道的一切。接着，外婆表示自己罹患重病，来日无多，此时恩美的妈妈立刻接过话筒，开口和自己的母亲说话，忘却了母女之间的旧日嫌隙。

父亲回家后发现妻子和女儿心不在焉，便问了个究竟。外婆生病了？那何不遵循日本的传统，将只会张口吃饭的老人弃置在深山，来顾及家族的颜面？父亲说，应该以电影《楢山节考》为榜样……

在第三台，夸西夸西正在参加部落酋长——他的祖父——的葬礼。遗体被安置在一张堆满树枝的桌上，四周围绕着非洲鼓的演奏好手，跟随心跳的韵律拍打着鼓面。

"当鼓声变得激越嘹亮的时候，部落所有人就会进入出神的状态，陪伴死者的灵魂前往森林中的神灵国度。"夸西夸西的爸爸解释道。

一整个早上，夸西夸西都忙着在脸部描绘出席葬礼的油彩假面，并用以鸟类的油脂与蜂蜜调制而成的油膏来梳理发型。他的两个眼圈上分别绘有一道白色油彩，双颊上是红色的线条，头发中缠绕有小木棒。

"鼓手会演奏一整天，"父亲表示，"我们还必须食用圣肉，葬礼才能算是圆满完成了。"

"什么是圣肉？"

"羚羊族人的肉。这些人以羚羊族自称，是北方的一个部族。至于我们，我们以狮子族自居，狮子捕食羚羊是天经地义的事。"

夸西夸西表示很想参加猎捕行动，但父亲认为小孩子并不适合参与这么残暴的狩猎活动。

夸西夸西只能眼睁睁地看着携带网子和长矛的族人离开。

一直到晚上，狩猎的族人才回到部落。他们抬着一个被捆在木棍上的活人。夸西夸西惊讶地发现，这人头上完全没有长角，他的长相跟自己的族人非常相似，除了脸型较长、眼神比较温和之外。"草食性动物的长相。"夸西夸西心想。

可怜的羚羊族人因逃避不及而被活逮了，现在被放在广场中央。鼓手加重了节奏。

"我们要把他吃得一干二净吗？"夸西夸西问。

"当然不是。"父亲回答，"要根据每个人的地位高低来分食，而且我们不是野蛮人，我们不吃屁股、手臂和双腿。"

"那我们吃什么？"

"首先是肝脏，只有死者的后代，也就是你跟爸爸才有资格吃它。接着由其他人分食脑、鼻子、心脏、耳朵、眼睛等神圣的部位。"

夸西夸西显然不太有食欲，但是父亲强调，这个象征性的仪式将有助祖父的灵魂直达天堂。

"夸西夸西，有一天会轮到你当部落酋长，祖灵会助你一臂之力。你只需要前往那棵巨大的猴面包树旁，就能够找到祖灵，因为祖先就被埋葬在大树底下。这些风俗习惯构成了我们民族的精髓，必须将它们传承下去，如此一来，异族的魔法就没办法伤害我们。"

在第二台的画面中，十二岁的戴廷长成了一位肥胖儿。厨艺精湛的母亲总是为他准备以橄榄油烹煮的美食。每次戴廷将不太出色的成绩单拿回家，她就责怪教育体制埋没了儿子的天分。接着，她会端上刚出炉的蛋糕来慰劳戴廷，同时给他好几个啧啧作响的吻。

"妈！让人家安静地吃东西好不好？"戴廷抗议说。

"妈妈就是忍不住嘛！"戴廷的妈妈表示，"谁叫你这么可爱，你总不会不准一个妈妈亲吻自己的儿子吧？"

戴廷静静地吃着点心，任凭自己被那排山倒海般的母爱给淹没。谁能料到伊戈曾多次差点儿被生母给活活打死……

"你应该知道自己的名字是什么意思吧，'戴'代表神祇，'廷'是恐惧的意思。戴廷，神祇的恐惧。"

戴廷自顾自地吃着蛋糕，关于名字的来历，他听妈妈说过不知多少次了。此时电话铃响，戴廷毫无反应，反正永远不是找他的。

母亲起身去接电话，然后一脸惊愕地站在戴廷面前。

"外公被送到医院去了，养老院不愿再收留他，因为他的健康状况持续恶化。看在我们出了这么多钱让外公住养老院的分儿上……我们应该去探视外公。"

在伊拉克利翁综合医院中，戴廷的外公身上插着各式各样的管子，还有连接计算机的传感器。戴廷仔细搜寻可以亲吻的地方，然后将双唇凑在外公一边的脸颊上。外公嘴里咕哝着什么。

"阿公，你说什么？"

老人努力地想表达什么，但口干舌燥让他什么声音也发不出来。护士将一杯水倒进他的嘴里，那动作就像在浇花一样。

"外公真可怜，得了老年痴呆症，他已经不认识我们了。"戴廷的妈妈遗憾地表示，"晚年落得这样的下场真是不幸。"

老人挤出几声嘎吱声，戴廷的爸爸要大家把他扶起来，也许就能听明白他想表达什么了。

全家人七手八脚地围上去，同时留意着不要扯掉任何管线。家人在他身后垫了枕头，老人先吸了一口气，然后费劲地说："让我……死。"

戴廷的妈妈立刻皱起眉头。

"不听话，外公，不听话。我们来看你，而且把小孩给带来了，结果你想对我们说的却是你不想活了。我们一家人是不会丢下你不管的！你要活下去。"

医生走进病房，忙着安抚全家人。他表示老人会感到痛苦，是因为褥疮，目前医院的防褥疮床垫出现了短缺。他还强调，老人的维生器官都很正常，只是支气管有点儿阻塞，护理人员会帮他抽痰。

"这样住院的开销要多少？"

医生摆出一副请大家放心的姿态。"太太，请你放心，养老院转到我们这里的数据完全合乎规定，健康保险将会支付你父亲的医疗费用，他在这里待到一百多岁都不成问题。"

"爸，你听见了吗？我们会好好照顾你的。但是，这里怎么有一股怪味？"

医生掀开被子，戴廷发现外公穿着纸尿裤。看见老人家一副婴儿般的装束，戴廷吓坏了，他立刻吵着要离开。戴廷的妈妈点点头，不忘嘉奖儿子前来目睹这一幕风烛残年的勇气。

我关上电视，这群凡人让我暂时忘却了失去埃德蒙·威尔斯的痛苦。"凡尘俗世，一切如梦幻泡影。"他经常这么提醒我。看见凡人怎么也无法平静接受生命有始有终的真相，我感到很意外。

我躺在床上，合起双眼。我真能坦然面对自己的末日吗？对死后世界一无所知的时候，就这么走了也好。但是，当我们知道继之而来的一切之后，那倒不如歹活着。而且我已经知道如果死在这里，下场就是变成神话动物。届时，我只不过是一个不会死也不能言语的生物，在这座岛上，在宇宙的某个角落里，静静地当个旁观者。我多希望自己能够无知，一头栽进未知里去！就连戴廷的外公都希望死亡是个解脱，或许也是因为他迫不及待想知道死后还会不会有下一步。

我看了一眼课程表和授课老师的名单。

待会儿是谁负责讲课？

该死，是她！

96　　　　　　　　　　　　　　神话：阿弗洛狄忒

她的名字的含义是"来自海洋的泡沫"。根据神话记载，克洛诺斯将父亲乌拉诺斯的阳具割下丢入海中，阿弗洛狄忒就是从乌拉诺斯的精液中化身而来的。在鲜血、精液与海水的混合中，一粒泡沫飞溅而出，西风之神捧着它来到塞浦路斯岛，然后一个完整的女人就在海浪中浮现。时序女神们收容她，并在爱神（厄洛斯）与欲望之神（希摩罗斯）的陪伴下，将她引荐给奥林匹斯诸神。她的美貌与优雅掳获了众男神的心，并令众女神心生忌妒。

阿弗洛狄忒看中了诸神中面貌最丑恶的赫菲斯托斯，成为瘸子铁匠的妻子。赫菲斯托斯为她打造了一条神奇的腰带，无论是谁接近系上这条腰带的人，都会疯狂地爱上他。后来，阿弗洛狄忒生下了三个孩子：厄洛斯、戴伯斯与哈耳摩尼亚。但三者真正的生父并非赫菲斯托斯，而是阿弗洛狄忒与战神阿瑞斯私通的结晶。有一天，太阳神赫利俄斯撞见两人在赫菲斯托斯的床上偷情,遂向锻冶之神揭发了这段奸情。于是,戴绿帽的赫菲斯托斯打造了一张坚固的铜网,将这对不伦的男女抓奸在床,然后通知诸神前来羞辱两人。

被释放的阿瑞斯返回色雷斯,阿弗洛狄忒则前往帕福斯,在大海中重拾童贞。赫菲斯托斯本想离婚,但因深爱水性杨花的妻子,终究无法割舍。之前的报复大计也让赫菲斯托斯深受其害,原来其他神祇目睹了阿弗洛狄忒的裸体后,纷纷春心大动,大献殷勤来引诱铁匠之妻,而且大部分都得手了。

阿弗洛狄忒受到神使赫尔墨斯的诱惑,为他生下一个同时拥有男女性征的男孩赫马佛洛狄忒斯,其名分别取自父母名字的首尾。

除了赫尔墨斯之外,波塞冬、狄俄尼索斯与普里阿普斯都曾是阿弗洛狄忒的入幕之宾。其中拥有巨大阳具的普里阿普斯是被赫拉所设计,赫拉想借此表达自己对阿弗洛狄忒人尽可夫的无法苟同。

阿弗洛狄忒后来爱上了塞浦路斯国王塞尼亚斯,后者在岛上建立了神庙崇拜爱之女神。

雕刻家皮格马利翁疯狂爱上了阿弗洛狄忒,甚至依照她的面貌打造了一尊象牙雕像,放在自己的床榻上。后来,皮格马利翁乞求阿弗洛狄忒现身,爱之女神成功被他打动,附身于雕像上,让雕像拥有生命,创造出少女加拉泰亚。

阿弗洛狄忒的情史从未断过,她曾掳走飞艾东(其名意为"闪耀的"),且不顾飞艾东仍是男孩而和他做爱,并指派他担任自己神庙的守护者。

在阿弗洛狄忒繁不及备载的情人中,还有以俊美闻名的牧羊人、塞浦路斯国王的儿子阿多尼斯。仍旧迷恋爱神的阿瑞斯因此醋劲大发,使唤野猪冲向阿多尼斯,让后者在阿弗洛狄忒面前肚破肠流,满地的鲜血中开出了一朵秋牡丹。

　　香桃木、玫瑰以及苹果与石榴等有籽水果具有多产的含义，因此成为阿弗洛狄忒的象征。在奥林匹斯，阿弗洛狄忒随行的队伍中有仙女、美惠三女神、厄洛斯、时序女神、半人半鱼的特里同与海中仙子。阿弗洛狄忒偏爱的凡间动物包括天鹅、斑鸠，以及繁殖力旺盛的公羊与野兔。

　　崇拜阿弗洛狄忒的神庙以金字塔或圆锥造型为特色，与蚂蚁窝十分相似。埃及人称她为"哈陶儿"，其圣城是靠近曼菲斯的阿弗洛狄忒波里斯。在腓尼基文明中，爱神名叫爱斯塔尔提（事实上，爱斯塔尔提是希腊爱神阿弗洛狄忒的原型）。

　　罗马神话中的爱神称为维纳斯，后来人们也将金星称为维纳斯。

——埃德蒙·威尔斯，《相对与绝对知识百科全书·V》
（改写自方西斯·拉泽拜的作品，前者取材自赫西俄德
于公元前七百年完成的著作《神谱》）

星期五：阿弗洛狄忒授课

　　闹钟铃声将我从春梦中唤醒，我的身体还兴奋地颤抖着。
　　阿弗洛狄忒……
　　她的眼眸、睫毛、香味、玉手、贝齿、嘴唇。
　　阿弗洛狄忒……
　　她的声音、她的笑语、她的呼吸。

阿弗洛狄忒……

她的步履、双腿、肤触，她的酥胸、腰肢、美背。

阿弗洛狄忒……

她的秀发、她的……

我靠坐在枕头上，心仍怦怦跳着。此刻的我就像从前一见美丽女孩就会兴奋不已的少年。我已经坠入令人眩晕的爱河，双颊像着火般热辣。

"爱情是想象战胜智慧的表现。"埃德蒙·威尔斯曾如此表示，真是一语道破。

一想到他，我的春梦立刻了无痕迹。我们还有那么多话没对彼此说，他也还有满腹的知识要教给我。此刻耳畔又传来他的声音："我编写《百科》，是因为我在偶然的邂逅中，从许多人身上获得了丰富的知识。但是，当我想要把这些知识传承下去，期许它们源远流长的时候，我才发现多数人对这份礼物不感兴趣。只有面对准备好去接受的人，奉献才有意义，于是我决定把知识献给所有人。这就好比向大海扔出瓶中信，只愿拾获它的人能懂得去欣赏，就算我无法亲自见到这些人。"

想起埃德蒙，也让我想起了自己的人民。两族人民如今融合为一体，在海岛上安居乐业。他们建造的金字塔是绝佳的传声筒，我可以通过它来和女王沟通。

叩叩叩……

我吓了一跳。

"里面的，起床！"哈兀大喊，"今天有早餐，就连没种去对付大魑魅的胆小鬼也有口福。"

他走进别墅，坐在沙发上，我赶紧盥洗、更衣。尽管哈兀刚才奚落了我一番，但他今天早上的心情似乎特别好。

"坦白说，还好你昨晚没有跟来。"在我们前往食堂的途中，哈兀表示，"我们根本毫无斩获，但是乔治·梅里爱说他有个妙计，可以让我们突破障碍。不管怎样，那只大魑魅不仅不怕安卡，就连箭也奈何它不得。亏我们还制作了一张超大的十字弓，瞄准它的前胸射出一根有电线杆那么粗的木桩，结果它的反应跟被蚊子叮到没两样。今晚你会一起来吧？"

"我不晓得……你知道埃德蒙的事了吗？"

"当然，消息传得很快。听说他打定作弊的主意，闯入了阿特拉斯的住所，继续帮助自己的人民……"

"我跟他一起。"我说。

哈兀点点头，谅解多于惊讶。

我知道哈兀一直有些忌妒我和埃德蒙的师生关系，现在埃德蒙不在了，他相信我会是他一个人的。

食堂内的季节女神忙着为我们分送现挤的温牛奶、面包与西点。餐桌上已经摆着炒蛋、培根和蜂蜜，真是深得我心。

哈兀对我飞了个眼风。"今天是星期五，维纳斯之日，而维纳斯的希腊名字就是阿——弗——洛——狄——忒！"

"那又怎么样？"

"大家都知道你相中爱之女神很久了。你应该低调一点儿，因为已经有很多人在说闲话了。"

"他们都在我背后说了些什么？"

哈兀用粗手指拿起一块吐司，皱着眉头说："这个嘛，有人说你是为了讨好阿弗洛狄忒，才打造出了一个以性灵为诉求的温和民族。"

他婉转表示："我了解你的为人，也知道根本不是这么回事，你是真的天生老实……而且注重精神层面。多少次轮回转世，你始终一派潇洒地相信生命和电影一样，最终总是圆满的结局，坏人受到制裁，好人沉冤昭雪。"

我把脸凑到碗里。"你误会了，阿弗洛狄忒根本就不喜欢老实人。你和你的鹰族人民反而比较有机会获得她的青睐。"

哈兀一脸担忧地看着我。"我的鹰族子民发展得还不够完善。现在的威胁来自蒲鲁东，他拥有壮盛的军容和精良的武器，可以不费吹灰之力就征服整个世界。我现在宁可待在山上，专心打造出一个强大的文明，到时候再跟他一较高下。"

"你怕蒲鲁东。"

"当然怕，他拥有一面倒的优势，我们完全照着他的节奏在走。"

"莎拉·伯恩哈特提议其他人团结起来对抗鼠族。"

"太迟了。"他说，"你的人民几乎算是出局了，其他同学则惶惶不安，生怕自己遭到淘汰。他们早就做好准备了，不是逃亡，就是归顺。至于实力与蒲鲁东旗鼓相当的人民，像是雨果的熊族和玛塔·哈莉的狼族，因为地处偏远，根本是远水救不了近火。"

"还有玛丽莲·梦露和她的娘子军。"

"你觉得有可能吗？她那群女战士的确胆识过人，问题不在她们身上，而是玛丽莲自己，她完全不知战略为何物。有时候，我反而觉得胡蜂族女人比引导她们的女神还在状态，这真的有些夸张。"

认为某些人类的直觉比神更加敏感的看法，我觉得很有意思。我自己也观察到了，在不介入的情况下，有些海豚族人竟然能够构思出连我也想不到的关键发明。

乔治·梅里爱到我们这桌坐下。

"我想我已经找出了对付大魑魅的方法。"他开门见山地表示，一副跃跃欲试的模样。

"我们决定跟它正面冲突的策略完全大错特错，必须懂得去避开问题。"

"请说。"

"先别问我，今晚我想给各位一个惊喜。消灭大魑魅并不是非做不可的事情，只要让它无力攻击就行了。"

上课钟声响起，八点三十分，是前往阿弗洛狄忒神殿的时候了。

爱之女神的住所像极了童话中的城堡，在许多塔楼外的窗台上都有鲜花垂坠。放眼望去，到处都有粉红丝带、金线等各式各样俗丽的装饰，简直就是名副其实的娃娃屋。

此时，艳光照人的阿弗洛狄忒从天而降。她乘着一辆由上百只白鸽与斑鸠拉动的二轮马车，后方日出的红霞映衬出她姣好的身段。她的身旁还有一位紫色小天使陪伴。胖嘟嘟的小天使生着一双蜂鸟翅膀，手里持弓，肩背箭袋，箭袋中全是带有红心箭镞的箭。

"是丘比特，"哈兀说，"他手里的箭可以让任何人疯狂恋爱，真吓人，不是吗？也许这是世上最可怕的武器……"

如果对象是我的话，我想丘比特完全不用费劲射箭，阿弗洛狄忒也用不着系上神奇腰带。

飞翔的马车行列降落在草地上，顿时刮起一阵鸟羽旋风。爱神步下马车，和大家打招呼，然后走向神殿的大门。两扇门扉自动开启，仿佛会认主人似的。

我们走进一座宽阔的圆形大厅，四面挂满了巨幅的红色天鹅绒帷幔。

头顶上有烛枝吊灯照明。

墙上陈列有日本浮世绘与印度《爱经》春宫画，两侧是成行的罗马大理石雕像，都是男女缠绵的姿态。

"欢迎光临我家！"爱神坐在讲台上的书桌前，"我是阿弗洛狄忒、爱之女神、你们的第六位老师，将带领各位迈向觉知'6'的境界。"

她轻摇铃铛叫唤阿特拉斯。阿特拉斯步履蹒跚地扛着十八号地球出现，将它放在阿弗洛狄忒指示的托台上。接着，他突然转身面对我们，表情十分凶狠。我猜他一定是想找出昨晚蒙面落跑的另一位实习生，我赶紧低下头来。

"有什么不对劲吗？"阿弗洛狄忒问道，对阿特拉斯的举止感到讶异。

"昨晚有两位学生擅自闯入我家，对十八号地球动手脚。"

"你确定吗？"

擎天巨人从腰间取出一块撕裂的长袍碎布，是我的长袍！真该死……一定是在某处被钩破的，待会儿我回到别墅一定要把那件破长袍给销毁了。

"阿特拉斯，你放心，"阿弗洛狄忒接过破布，"我们一定会把凶手给揪出来的。"

接着，她摇铃要阿特拉斯退下，并要所有人往十八号地球靠拢。

阿弗洛狄忒掏出一把镶钻的安卡，靠近球体检视上头的人类。

"各位的子民已经懂得殡葬了。是谁最先发明这些仪式的？"

缺席的埃德蒙·威尔斯无法回答，于是所有人都看着我。

"你叫什么名字？"阿弗洛狄忒道，假装不认得我。

"潘森……麦克·潘森。"

她继续讲课。

"如果各位的子民已经懂得殡葬了，那么很快就会出现宗教，然后是人类探索永恒不死之谜的首次尝试。大部分民族已经不再随意弃置尸体，自然会开始想象灵魂出窍，往更高的境界迈进。简而言之，他们创造出了'原始宗教'。我现在先进行一些小小的调整。"

她走近十八号地球，从托台上的一扇活门中取出时钟，将指针往前拨了好几圈。根据转动的圈数来判断，她让我们的世界一下子前进了好几个世纪。所有族群的人口全都加速增长，我很庆幸将自己的人民引导到了正确的方向。

阿弗洛狄忒要大家靠上前去，观摩彼此的成果。

观摩之后，我发现老师说得没错，居里夫人的鬣蜥族已经开始崇拜太阳了；蒲鲁东的鼠族崇拜闪电；玛丽莲的胡蜂族膜拜部落的女王，认为她是神祇在人间的化身；布鲁诺·巴拉尔的隼族顶礼月亮；古斯塔夫·埃菲尔的白蚁族膜拜一尊巨大的女人雕像；克雷蒙·阿德尔的金龟族向乳牛祈祷；莎拉·伯恩哈特的马族则崇拜老树。

另外还有一些让人意想不到的宗教，例如玛塔·哈莉的狼族视大白狼为神祇，认为它是成仙的祖先；乔治·梅里爱的虎族人民信仰他们命名为"热力"的能量；哈兀的鹰族崇拜当地山区的最高峰。至于我的海豚族人，他们信仰一种被称为生命的概念，认为它是一种无所不在的能量，是所有族人乞灵的对象。新任的女王表示自己能与生命能量心灵相通，获得有益于人民的启示。

"对人类而言，宗教是一种与生俱来的需求。"阿弗洛狄忒解释道，"它的主张驱使人民去开疆拓土，它对未知的想象引导人民去探索肉眼看不见的国度。为了能够前往这些国度，人类会给予它们名字，描绘它们的面貌。他们自创了一番宇宙起源的说法，并根据自己对更高境界的揣想，创造了我们……"

我想起埃德蒙·威尔斯在提起奥林匹斯时曾说："我们仿佛置身一个孩子的梦境……或在一本书里。"

我们用安卡观察自己的人民，同时发现，就连没有神祇引导的民族也发明创造了宗教信仰。

阿弗洛狄忒甩动一头金色的长发表示："既然他们虚构出了死后的世界，那现在我们就创造一个'真的'给他们。"

她在黑板上写下"天堂十八"。

爱之女神从抽屉里搬出一套专业化学家才有的配备。她取出一只细颈圆锥瓶，将不同的原料倒入其中搅拌，然后放在本生灯上加热。待有蒸汽从瓶口冒出后，阿弗洛狄忒将瓶子放上搅拌器，刚才的蒸汽慢慢转变为锥形涡流，包覆在瓶身外头。接着，她从一根试管中倒出一个小太阳，将它放在最狭窄的瓶颈处。

当初我们的灵魂脱离肉体时，就是被类似这样的东西给吸引，前去探索一号地球的天堂的。

阿弗洛狄忒双手击掌，美惠三女神乐团随即走进教室，演奏出巴伯的《慢板》。

教室里乐声回响，让人有一种异样的感受。

丘比特忙着将靠近球体的蜡烛熄灭，让室内光线更加昏暗。接着，我们眼前出现一缕幽魂，然后是两个、十来个、数百个、数千个灵魂从十八号地球表面飞升，往天空飘去，在场所有人看得目瞪口呆。这些灵魂最后都钻入通往天堂十八圆锥瓶的管子里去了。

太壮观了！人类渺小的灵魂从世界各地飘升而出，成群结队地，就像在宇宙中迁徙的候鸟。

有的灵魂虽然起飞了，最终却在云层中游移滑翔，这些就是所谓的孤魂。他们不是没有力气，就是没有意愿往光源飞去，宁可徘徊在人世边缘。

玻璃瓶中的天堂渐渐有了组织。最先抵达的三个灵魂自立为天使长，接着遴选出下级天使，一起组成审判法庭来迎接后续抵达的灵魂，裁决他们的善恶。十八号地球从此有了轮回转世的机制，让人类的灵魂逐步变得高尚纯洁。

我想，经过不断的世代交替、轮回转世，我的海豚族人民就能够逐渐臻于完善了。

族里有几个高尚的灵魂选择投胎在家乡的岛上，有的则选择转世成为其他的民族，这完全是根据他们自己的喜好。有些灵魂甚至决定投胎在哈兀或蒲鲁东的阵营里，似乎希望用海豚精神来潜移默化地影响这群好战嗜血的敌人和战士。阿弗洛狄忒持续进行化学实验，在另一个玻璃瓶中创造了"天使帝国"，只有少数天堂十八的灵魂能获准进入其中。爱之女神为我们的人类开创了进入觉知"6"的机会，不久，十八号地球上的凡人就会拥有自己的守护天使。

肉身、灵魂、天堂、天使帝国、投胎转世，这颗星球上的人类周期已经开始运转。

人类的觉知境界能够提升，神祇的任务也就轻松多了。当地的天使能通过"精工细作"的方式，帮助客户迈向更高境界；我们这群神祇则是借由比较"产业化"的手段。天使是一群帮助人类提升觉知程度的先锋。"天堂十八"与"天使帝国十八"，阿弗洛狄忒将两只玻璃瓶放入球体托台的活门中。竞赛的时刻来临了，现场灯光全灭，只剩下一盏照亮十八号地球的聚光灯。同学们有的爬上梯子，有的站在椅子上，以求视线能够与自己人民的高度齐平，这一回合的竞赛已然展开。

我在脚下垫了一张板凳，地处西方的岛屿就在我面前。我按下安卡的"N"钮，启动望远功能：海洋、岛屿，我亲爱的祥和之岛。

我的海豚族人建造出了一座无论高度、宽度都比之前更加雄伟的金字塔建筑，它的外观完全遵守着黄金比例的原则，应该是族人观察大自然所得出的心得。新任女王和过去的一样臃肿肥胖，由于过重，她几乎足不出户。女王身旁围绕着五名专心打坐的年轻男子，我试着理清状况。

我之前从未见过这种情形，厢房中的女王和五位男性建构出了一个"人波发射接收器"，并以禁欲的方式获取能量！

通过这个人肉天线装置，所有族人都能够与女王的能量搭上线，女王则与宇宙相通。

具备全新的"来世"概念之后，他们的文明有了惊人的进展。人口数目达到三十万人，拥有极高的教育程度，而且多数人都很积极活跃，带有强烈的责任感。

我真希望埃德蒙·威尔斯能在现场，和我一起目睹人民进化的成果。

阿弗洛狄忒之前提起了原始宗教，但我的人民的进展早已超前，发展出了各式各样传递信仰的场所。除了一般的学校课程之外，族人还会体验冥想、灵魂出窍与心电感应等超自然活动。在学校中，大家还学会了正确地呼吸吐纳，进行短暂但有效的睡眠，一起学习如何更好地去爱护彼此。

由于对身体构造十分了解，他们会通过按手礼或按压穴位的方式来保养身体。发明文字之后，他们将所有的知识记载在羊皮纸上。他们修建了一座图书馆，作为收藏星相图与岛上动植物相关书籍的地点。另外，他们在科学理论方面也有了长足的进步，同时不忘去关心艺术，在绘画、雕刻、作曲上都颇有造诣。

最令人印象深刻的是他们心平气和的态度。远离战争的威胁让他们不识暴力为何物。孩子们在关爱中成长，从不把玩假的武器玩具，因为海豚有趣多了。

从鱼类而非肉类中摄取的蛋白质，加上适当的医疗照顾，使族人活得比以前更久，就连百岁以上的人瑞都保有健朗的身体。另外，他们的身材十分高大，平均身高为一百九十五厘米，有的人甚至可以长到两百一十厘米。

我就着安卡巡视大街小巷，发现所有的房舍都未安置门锁，所有人专注于分内的工作，将管理城市的决策交由智囊大会负责。

"潘森先生？"

有时候，他们会吩咐几位族人搭乘海豚造型的细长船只，前往从前的旧大陆探险。但大多数大陆居民每每在正式与他们接触之前，就将探险队的成员杀光了，智囊大会后来决定暂缓远征的行动。不过，港口的规模仍不断扩大，造船厂建造出了速度更快的船只。都市规划专家们在忙着构思直通下水道的排水系统，用来处理粪便与……

"麦克·潘森，我在跟你说话！"阿弗洛狄忒站在我面前，"阿特拉斯捡到的这块破布是你的，没错吧？"

我的心跳霎时停止。

"你们偷偷摸摸地溜到擎天巨人家里，是为了让自己的人民取得优势，对吧？我现在终于明白为什么你的人民能够侥幸逃过灭绝的浩劫，而且在短时间内就打造出如此美丽的城市了。学校明文规定，除了上课时间，一律禁止用神力介入人类，麦克·潘森，你违规作弊。"

所有人都盯着我看，现场传来一阵不屑的骚动。

"你竟然作弊，麦克·潘森，你令我非常失望。"

阿弗洛狄忒用安卡仔细观察我的小岛。"跟其他同学比起来，你的人民实在是进展神速，不过很抱歉，我必须让一切回归公平竞争。"

我的心跳开始加速，要罚就罚我好了，不要动我的人民，不要……

阿弗洛狄忒将手中那把镶钻安卡的威力调到最大，原本美丽的饰品现在成了一件令人望而生畏的武器。

拜托,别这样。

她纤细的手指已经按下了那个刺眼的 D 钮。

98　　　　　　　　　　　　　　　百科:伊里奇法则

伊凡·伊里奇,一个出生于犹太家庭,后来定居奥地利的天主教神父。他长期研究儿童行为,并出版了多本相关著作,例如《没有学校的社会》《创造性失业》。这位博学多闻的思想家曾因放弃圣职而被视为异端分子。一九六〇年,伊里奇在墨西哥创办了库埃纳瓦卡数据中心,专门针对工业社会进行批判性分析。他曾在演说中表示:"发动革命无须通过政治。"呼吁人类创造一个以气氛融洽为主要诉求的工作环境。伊里奇认为,用融洽的气氛取代生产效率之后,人类就可以摸索到最适合自己的方式去投入生产。除了著作和演说之外,伊里奇最为人所知的是以他的姓来命名的法则——伊里奇法则。它援引了多位经济学家有关人类生产效益的研究,可以以如下内容表示:"如果持续实行一个行得通的生产模式,到最后该模式将会完全行不通。"在经济领域,一般人认为,只要提高一倍的农耕工作量,小麦的产量就会增加一倍。但是,在实践的过程中,这样的做法的效果是有其限度的。越靠近这个限度,增加工作量所能提高的效益就越有限,而且一旦超过这个临界点,生产效益甚至会开始降低。这个法则不仅适用于企业,同时也适用于个人。一直到二十世纪六十年代,斯达汉诺夫的拥护者仍坚信，要想提高利润，就必须对工人施压；工人承受的压力越大，表现也越杰出。但是，根据伊里奇法则，这样的做法的效果其实是有限度的，只要超过这个限度，徒然给予压力就只会适得其反，甚至得不偿失。

——埃德蒙·威尔斯，《相对与绝对知识百科全书·V》

99　城邦期

海豚城邦

早晨七点，闪电击中火山，引发了小规模的地震。

几分钟之后，岛屿中央的火山有浓烟冒出，引起更剧烈的震动。地面出现裂隙，高楼随之倒塌，剧烈摇晃的大地就像是痉挛了一般。当晃动平息之后，人们以为灾难结束了，开始运送伤者。

此时，远方的海平面突然出现高五十米的巨大海啸。海浪缓缓向海岸逼近，遮盖了日出，同时在它的前方投射出巨大的阴影。任何接近这面碧绿、光滑的水墙的飞鸟，都难逃被吸入然后绞碎的命运。

被地震惊醒的海豚族人齐聚在海滩上，凝望着远方的海啸。他们揉着眼睛，仿佛想从噩梦中醒来。

他们就跟从前目睹鼠族大举挥军而至的先人一样，站在原地不动，对眼前突如其来的灾难感到迷惑。

女王闭上双眼，想要弄清楚一切。过了许久，她突然睁开眼睛，用心电感应向四面八方传递信息："逃命！"

但是族人毫无反应，一动也不动，像是被前方排山倒海的骇异景象给催眠了。

她高喊："赶快上船去，逃命要紧！"

所有人对女王的命令置若罔闻，完全被即将降临的大浩劫震慑住了。他们平和的天性与处世的智慧现在反而成了救命的绊脚石。他们对一切了然于心，决定逆来顺受，所以才会如此沉着，听任命运的处置。

"快逃！"女王重复喊道。

有时候，愤怒反而能给人求生的力量。女王开始嗥叫，声音回荡全城，像是一个吹响的号角。她凄厉的呐喊声响彻云霄，终于把族人们从呆滞中唤醒了。尚未就学的孩子们呼应着女王，发出哀恸逾恒的呼唤声。从小孩到大人，每个人都意识到了这次灾难的规模。

小岛此刻就像是挨了一脚的蚂蚁窝，求生的呼吁在城中快速传递。

族人们在海滩上呼喊、惊叫、哭泣。

终于，原本慌乱的叫唤与举止渐渐有所节制，变得坚定而有效率。所有人开始匆忙收拾家当，赶往港口登船，水手们则忙着升起船帆。大海啸持续稳定地逼近，像慢动作播放一样。

海啸现在距离岛屿还有十千米。

港口的船只争先恐后地出海，不断彼此碰撞。惊慌失措让他们无法冷静思考，只有最沉着、最熟练的船员才得以脱身。

高大的浪头已经遮去了一边的海平线，距离海岸仅有三千米之遥。

地面再度剧烈震动，但这次并不是因为火山，而是暴风雨的响雷引起的。

场面变得更加混乱。

原本手里捧着家当的人立刻扔下一切，逃命要紧。

在一片慌乱中，有的家庭干脆直接跳入海中，以游泳的方式往船只靠近，船上的人七手八脚地将他们拉上甲板。

海啸逼近到两千米外。

岛屿开始摇晃不止，大地崩裂，树木、山峦、岩石与脆弱的人造建筑全数分崩离析，那座象征辉煌文明的金字塔也应声倒塌。

还有一千米。

此刻万籁俱寂，沉郁、令人窒息的宁静。在那片阴霾的天空底下，听不见一丝鸟鸣。

就在这时候，火山爆发了，飞溅而出的橘红色岩浆向岛屿四周流淌。海啸距离岸边只剩一百米。

人类夹在无情的水火中，进退维谷。

不到五十米。

水里的海豚被巨大的浪头抛向天空，摔落在陆地上，奄奄一息。画面像慢动作播放一样，只见那翻江倒海的巨大海啸扑向曾经是世外桃源的祥和之岛。放眼望去，只有几个零星的小白点在水中做无谓的挣扎。模糊的血肉黏在石头上，然后变成粉红色的烂泥。接下来，整座岛屿就像撞上冰山的泰坦尼克号，开始剧烈摇晃，地表的岩石纷纷崩裂，橘红色熔岩从裂隙中涌出，让土地焦黑，让海水冒烟。

岛屿在世界的舞台上谢幕退场，舍弃了在劫难逃的岛民。它慢慢沉没，一下子没入水底，在海面上形成死亡漩涡。

四周归于平静。

就这样，一切都消失了，曾经辉煌一时的文明如今只剩下漂浮于水面的几片残骸。

在一百六十艘尝试逃离海岛的船只中，仅有十二艘成功死里逃生。

曾经安居海豚族首府的三十万人中，仅有三千人幸存下来。

原来的女王下落不明，在十二艘逃生船中，有一船族人选出了新任女王。新女王知道自己任重道远，立刻爬上船首，鼓舞族人的士气。她表示，只要还有一位海豚族人活着，无论他身在何方，海豚族人的价值、回忆、知识与象征符号都将永远和他如影随形。

金龟族城邦

为数两百一十五万的金龟族男女携手打造出了一个先进的文明。他们建立了多座大城市，并在发明陶器后，发展出了各式各样的农业。起初，他们将收割的粮秣存放于谷仓中，但象虫等有害昆虫会在短时间内摧毁存粮，一直到一名族中女子从金龟用牛粪球保护虫卵安稳成长的行为中构思出密封陶罐之后，问题才获得解决。

其他族人将女子的构想发扬光大，先后尝试用风干的鸟兽粪屎及黏土来捏塑陶器，并以相同的材质制作密封盖。

陶器的发明为他们的生活带来了前所未有的便利。在小陶罐和大陶罐相继问世后，他们还制作出了用来盛装牛奶、肉品、谷物及饮用水的陶瓮。后来，他们发明了拉胚转盘，能够迅速捏制出造型完美浑圆的容器，并根据转盘设计，发明了装配独轮手推车与双轮马车的车轮。在该地区的所有民族当中，金龟族人是吃得最好的民族，生育的孩子也是最高大的，这对他们而言不无优势。

金龟族人在河口建立了第一座城市，接着逆流而上，沿途开疆拓土，让可耕地逐步向南方扩张。河流不仅灌溉他们的农地，还带来了肥沃的冲积扇。接着，他们在南面建立了第二座城市，以此作为族人南进的据点，然后又建造了第三座城市。每次外出探险垦殖的时候，他们会携带储存有食粮的陶瓮，沿路充饥，远抵其他民族到不了的地方。探险、村落、城市、拓展农地的策略运用得宜,他们的土地持续向外扩大,人口随之增加,生活条件也获得提升。有一天,他们持续南进的探险终于被一座高山所阻挡,而族人并不会爬山。

因为东西方分别是沙漠与海洋,现在南面又遇上了高山,所以他们决定国土的拓展到此为止。

接下来,他们在不同的城市间修筑联络道路,供运送农产品的马车行驶。在得天独厚的地理环境加持下,金龟族不断繁荣兴盛。另外,由于族内人丁兴旺,他们轻而易举就编制出了一支强大的军队。军队首先歼灭了临近的其他民族,强大的防御势力足以与任何入侵势力抗衡。

有一天早上,一群孩子望见西北方有巨大的船只出没,上头的帆缆索具是他们从未见过的式样。

起初,他们以为是海盗民族发动攻击,但随着对方逼近,他们才发现这些船远比海盗船先进。船上不仅挂着船帆,船身也比他们见过的船只大二十倍,而且造型更加细长。

族人动员三百名士兵组成防线,严阵以待。

但是,当船只靠岸后,他们惊讶地发现,上岸的异族人个个精疲力竭,面黄肌瘦,目光中还残存着劫后余生的惊恐。金龟族人心想,这些人一定经历过许多磨难。

虽然说这些人完全没有敌意,但士兵们仍旧一哄而上,用长矛和盾牌将对方团团围住。他们看起来非常疲惫羸弱,从那些瘦削苍白的双颊可以知道,大多数人已经数日,甚至数星期没有进食了。最让金龟族人感到惊讶的是,他们当中有一名非常肥胖的女性,她双臂的皮肉松弛垂坠,仿佛穿了一件特大号的衣服。

刚上岸,这些异族人就立刻瑟缩着紧挨在一块儿。其中一位用尽力气走向士兵，用一种金龟族没听过的语言说出一个字眼，于是带头的军官向对方提出一个问题："你们是什么人？"

对方拾起一根木棍，在沙滩上先后画出一条鱼、一艘船、一座岛屿，然后是一道海浪。金龟族人终于明白了，因为突如其来的巨浪，这些人被迫逃离了西方的一座岛屿。

没有携带武器的异族人向金龟族人伸出摊开掌心的手，表达和平之意。金龟族女性早已为这群访客准备了食物和毛毯。士兵将他们带往一片林中空地，那里有临时搭建的茅草房。

他们就这样落脚在这个特别规划且受到保护的居所。金龟族人会像参观珍禽异兽般不时前来窥伺。大家兴味盎然地检视这些人的帆船，试图了解这群一无所有的人民怎么能够建造出如此美丽的船只。上头的船帆尤其令人赞叹，那迎风微微颤抖的姿态，就像鸟儿乘风飞翔的双翼。

接下来几天，海豚族人就待在茅草屋里休息、疗伤。他们不发一语，眼里净是哀伤。后来，金龟族领袖下令召见海豚族人代表，希望与他们会面。初次见面的双方彼此打量，多疑的目光中难掩一丝好奇。

经过一番讨论，金龟族人决定，海豚族人可以留下，甚至可以在城里建造属于自己的城区，条件是必须传授自身的工艺技术。

获准建造永久性建筑的海豚族人离开茅草屋，前往首都市郊安家落户。他们在那里搭建了奇特的圆形房屋，墙面涂覆白色灰泥，搭配醒目的湛蓝色门扉。重建家园的感动让他们决定创建一个专门的节日，来纪念这一段离乡背井的逃难过程。

"今后只要逃过一次劫难，"女王宣布，"我们就必须把过程记载下来，让所有人铭记在心，并让后代子孙引以为戒。我们要举行节庆，过程中只享用与该劫难有关的食物。之前在海上漂流的数星期当中，我们的食物是鱼类，因此，在每年的这个纪念逃难的日子里，所有人都只能吃鱼。"

当晚，女王因为鱼刺卡在喉咙里而过世了。

海豚族人的当务之急是物色合适的继任人选。他们测试了许多人的通灵能力，一般而言，女人的表现比男人杰出，最后是一位少女被选中了。她立刻开始食用四人分量的食物，以求迅速增肥，蓄积长期闭关冥想所需的能量。

为了表示对金龟族殷勤招待的感激之意，海豚族人开始传授他们自身的工艺知识，教导他们自己的数字与字母系统、语言、星相图绘制，以及航海和捕鱼的技巧。海豚族人当然无法解释突然降临岛上的浩劫，于是，每当有人问起，他们就回答从前他们生活在乐园里，因为犯下了不知名的错误而被逐出了乐园。

他们还教导仍然以物易物的金龟族人使用贝壳作为计算价值的单位来进行买卖。

他们向对方解释了建造宏伟建筑的用意，表示它们拥有聚集人民、成为城中据点的好处，可以吸引路过的异族人停留，促进贸易交流。

金龟族人仔细聆听，但是对宏伟建筑的用途高度存疑，认为工程浩大，而好处似乎并不明显。

为了取信于对方，海豚族人专门捏造出了一种信仰。

他们坚称，必须将死者葬在金字塔中，才能让他们顺利通往亡者的国度。尽管金龟族人害怕灵魂被困在人间，但还需要更有力的说法才能说服他们大兴土木。不过这并不碍事，海豚族中一位最擅长说故事的男子表示，明天他会向金龟族人讲述一套关于世界起源的故事。当晚，男子发挥天马行空的想象力，即兴构思出了一个宇宙诞生的神话，目的是要驱使金龟族人建立信仰，并进一步建造金字塔。拥有动物面貌的神祇突然浮现脑海，他心想，这样的形象应该会对金龟族人奏效。

金龟族人向男子献上了他们发明的药草饮料索玛。索玛是一种红色浆果，捣碎之后会产生兴奋神经的麻黄碱，可以帮助男子进入恍惚状态，令他拥有更清晰的通灵视野，编造出更精彩的故事内容。金龟族人非常喜欢男子的故事，大家彼此口耳相传，然后用文字将它记载下来。虽然这故事是海豚族人添油加醋的版本，但他们的用意很明确：建造金字塔，让女王进驻其中与族人的神沟通。

金龟族人对这个为他们量身定做的信仰深信不疑，接受了这群过客所提出的要求，此时那位肥胖的少女也已经做好了心理准备。几个月之后，金字塔终于完工，比之前岛上的还要雄伟，而且在三分之二高度的地方同样建造有一间舒适的厢房。海豚族人坚持死者只有通过宏伟建筑才能前往冥间，于是金龟族人将亡故的名流显贵埋葬其中。事后，海豚族人将这些死尸推开，暗地里让女王进入金字塔。

少女知道，在这个崭新的"收发"地点，她能够与族人的神祇对话。但她仍犹豫了好一阵子，才提出那个挥之不去的疑问："你为什么弃我们于不顾？"

提问之后，她似乎接收到了天神的回答，意思大概是："让你们在逆境中学会坚强。"

女王接受了这个答案，但是她盘起莲花座悼念死难同胞的时候，仍难忍伤痛，在一群金龟族人的尸首中暗自啜泣。

"请你，"她呢喃道，"请你不要再如此试炼我们了。"

在委婉指责自己的神祇之后，她了解到虽然那场浩劫让族人吃足了苦头，但当初的情况还可能更糟。幸好海豚族神启发他们建造帆船，及时摆脱压境的鼠族大军，接着召唤海豚引导船只免于触礁，将他们带往一座海角乐园，并大大提升了族人的精神层次。

接下来的几天，通灵的女王与说故事的男子两人合作无间，前者负责接收神祇下达的谕令，后者则负责将谕令向下传递。此外，男子持续修饰有关宇宙起源的神话，在一对创建宇宙的男女出发寻找失乐园的内容中，还添加了一对彼此仇视的孪生神兄弟。他构思出拜月族与拜日族之间的斗争，前者象征的是谎言与假象（月亮只不过是太阳光芒的投射），后者代表的是真理（太阳是一切能量的真实来源）。他还描述了黑暗势力与光明势力、好人与坏人之间的对抗。善恶对立的故事总是让人百听不厌。

海豚族女王将神祇传达的一切铭记在心，不过她将内容告知子民的时候，免不了会添加一己的诠释。后来，由于金字塔内的尸体逐渐释放出令人难以忍受的恶臭，女王便发明了一种仪式，专门掏空死者体内容易腐败的脏器，并以细窄的绷带将遗骸缠紧，把空气隔绝在外。

孪生神兄弟的宇宙起源神话逐渐在金龟族人中传开，后来金龟族人甚至将其视为自己的传说，并在其中添加了各种族里特有的思想与风俗。经过一段时间，金龟族人终于拥有了多元、完备的宗教信仰。说故事的异族男子过世后，金龟族人逐渐将他淡忘了，开始认为自己的信仰始终就是如此。就在他们对神话中的诸位神祇津津乐道的时候，海豚族人却反其道而行，简化自己的信仰，认为宇宙中只存在一位唯一的神。与此同时，首次出现的种族歧视行径也正冲着他们而来。

海豚族孩子会莫名其妙地遭到金龟族孩子痛殴，而海豚族人的店铺引起同业眼红，遭到破坏与洗劫的例子也所在多有。

不过海豚族人仍旧发挥着深远的影响力。除了金字塔的完工与信仰的建立之外，他们还成功游说金龟族人建立了一座港口城市，吸引各地船只中途停靠；以及图书馆，收藏记载成书的知识著作。

在图书馆之后，学校也相继出现。自幼年开始，金龟族儿童就必须上学校学习书写、阅读与算术。另外也有针对成人设置的学术机构，专门教授地理、天文与历史。

最后，海豚族人还说动金龟族人进行海路与陆路的远征探险，背后的动机其实并不单纯，他们希望借此寻找其他九艘逃难船只的下落，因为当初族人们并未依循相同的航行路线。在几次远征后，他们在一片沙漠里发现了海豚族人的踪迹，后者追逐绿洲维生，过了相当长的一段时间。双方相认后，沙漠族人对其他幸存的同胞能够成功在海岸重建属于自己的村落感到不可思议。无论后来彼此的境遇如何，他们都铭记着两个令所有族人难以释怀的灾难，一是躲避鼠族入侵的大逃亡，二是让他们流离失所的大海啸。

金龟族人持续对海豚族人予取予求，他们忌妒海豚族人的博学多闻，从对方身上学到的越多，越觉得海豚族人留了一手。在发现臃肿的灵媒之后，金龟族人也希望了解金字塔的奥秘，同时要求自己族中的教士阶级进入金字塔，来与这位天神沟通。接着，他们要求海豚族人交出最高深的学问，后者欣然接受。后来，金龟族中出现一个不属于任何阶级的博学团体，成员们的重要性渐渐取代了前一代的教士、农民与士兵阶级。为了巩固自己的优势地位，这些知识分子强制推行一个新的概念：君主政体。在其他成员的力挺与海豚族人的支持下，博学团体的领导人自立为王，表示自己是太阳之子。他发明了赋税制度来资助军队，创建了王室粮仓，同时还下令兴修一座雄伟壮观的建筑。

不久，王国内的重要大城就扩展到二十多个。

强盛的国家、稳定的进步、繁荣的文化、普及全国的信仰，金龟族人成功打造出了一个政治与经济并荣的超级强权。

鼠族

在雷电的指引下，鼠族侦察兵在某个下午有了意外的发现：一座女人村，完全只有女子出没。他们在村外窥伺许久，盯着这群优雅的女战士。她们面容姣好，体态强健。有些人正裸身在河中嬉戏，用具有皂化效果的植物为彼此涂抹身体、搓揉长发，笑盈盈地泼水取乐。在一片筑有围篱的场地中，他们看见其他女子骑着马匹，练习骑射与跳跃障碍物。在绕行村落的过程中，鼠族侦察兵终于发现了男人的踪影，他们负责做饭、裁缝、纺织或演奏音乐。

返回族人的据点之后，这些侦察兵的情绪仍十分激动。

身材高大、头戴先人的鼠皮冠帽的首领兴味盎然地聆听着他们的描述。

"应该把这些女人归类在'较弱的异族人'，还是'更强的异族人'？"头目问。

侦察兵不假思索地回答："较弱的异族人。"

此时首领表示，神托梦给他，要他攻打这座女人村。

鼠族战士彼此分派武器，在临近胡蜂女人村的山脊上布下绵长的阵势。

模仿鸟鸣的第一声口令提醒全军就位，第二声口令下达后，全军掷出手中的长矛，只见长矛越过了胡蜂村落的防御高墙。

锐利的矛尖纷纷落下，尖叫、流血，村内的湖泊顿时被染成红色，尸首、发丝与散落的衣物漂浮在水面上。接着是第二波攻势，被长矛击中的胡蜂族人脸上尽是问号。

恢复镇定之后，这群女战士立刻奔往军械库取弓箭。一位蓄有长金发的女子一声令下，所有人纷纷集合在她身后。大家以墙垣为掩护，对偷袭者放箭还击。在全新设计的双曲弓的帮助下，胡蜂族女战士成功击毙数十名敌人。但鼠族大军不甘示弱，准备再次发动攻击。

在新一波的长矛攻击之后，鼠族首领见时机成熟，下达了第三声口令。一些鼠族战士随即抱着撞锤往城门冲刺，但他们的攻势立刻被对方精准的箭法所阻止。其他鼠族战士立刻前来支援，并在盾牌的保护下，成功破门而入。

新的口令响起，上百名鼠族骑兵突然现身，吆喝着发动猛攻，但是一个女战士骑兵纵队早已守候在城门前，双方的骑兵队就在城墙处正面交锋。胡蜂族女战士很快就占了上风，虽然她们的力气不大，但作战的身手十分敏捷，熟练的闪躲技巧加上精湛的马术让她们能够巧妙避开敌人的刀剑与长枪攻击。双方首次交手后，鼠族骑兵立刻知难而退，拔腿就跑。女子骑兵队上前追击，现在反倒是鼠族战士感到恐惧，因为他们完全不敌这群不让须眉的女子。

此时，鼠族首领亲自率领另一支骑兵队，在一座小山丘上就位，随即向前冲刺，奔跑在最前头的骑兵沿路撞倒了不少自己人。女战士们瞄准敌人放箭，双方随即展开二度的正面交锋，这次鼠族战士仍没占到任何便宜。胡蜂族女战士高声吆喝，狠咬对方，扯下对方的头发，并瞄准下腹部猛击。另外，这些女子的腿肚上藏有刀鞘，里头是一把沾有毒液的匕首。鼠族男人事前完全没料到这群悍妇会如此顽强抵抗，一时之间竟然表现失常。他们对女人家足不出户待在洞穴中习以为常，完全没想到这些次等人竟有这般反击的能耐。鼠族首领暗自诅咒自己的侦察兵，怪他们低估了对手的实力。

首领拔出剑来，往女战士的防线冲过去，想将她们砍成碎片。胡蜂族首领放箭还击，伤及他的前额，让他从马背上摔落。

女战士们齐声发出胜利的欢呼，鼠族人则赶紧将首领抱走。

情势完全扭转，鼠族男人一败涂地，甚至还未等到撤退的命令，就已经逃之夭夭。没多久，他们就全数被赶出了胡蜂族城的四周。

胡蜂族人掩埋死者，治疗伤者，然后举办庆典。

在鼠族驻扎的营地里，恼怒的情绪远胜过吃败仗的沮丧。他们迁怒于同样身为女性的族中女子，莫名其妙地将她们痛殴了一顿。

情绪平复之后，鼠族首领显得报仇心切。他认为部下面对区区一个只有女人的城市，却落得节节败退的下场，是因为缺乏胆识与勇气。为了激励作战士气，他发明了"十人抽杀一人"的惩处方式。只要吃了败仗，他就会在每十位士兵中随机处死一人，好让自己的战士明白宁可战死沙场，也不要像个懦夫般死在同袍的手下。惩处结束后，他命令将那些倒霉的士兵的遗体当作废物处理掉。

首领完全是在本能的驱使下，延续了伟大先人以恐怖统治来战胜恐惧的方式。

"只有恐惧才能战胜恐惧，忘却你们对女战士的恐惧，你们应该害怕的只有我。"鼠族首领表示。

鼠族男人经历了许多毫无理由的残酷对待后，的确不再那么畏惧胡蜂族女战士了。另外，为了让士兵重拾自信，首领还派遣他们与其他战力薄弱的民族作战。沦为战俘的异族人并没有被处决，而是像畜生般被牵回营地，当作抵挡女战士利箭的第一线炮灰。

鼠族首领希望能彻底洗刷战败的耻辱，下令木匠制作出和胡蜂族女战士一样的双曲弓，并建立了严明的军阶制度，赋予将官新的福利。

首领后来自立为王，在排场盛大的登基典礼上，他宣布今后要课征税赋，来养活这个现代化的精良军队。

鼠族国王明白与胡蜂族的战事可能会延续多日，于是决定修建一座拥有双重围篱保护的临时城市，作为之后发动突袭的据点。

诡异的是，经过这次惨败，鼠族首领从未像现在一样握有如此大的权力，也从未如此受到尊敬。

国王明确了烈士与英雄的概念，表扬了死于女战士之手的士兵。另外，他还不断篡改战争史实，将敌人妖魔化，成为思想宣传领域的先驱。

在鼠族语言中，"胡蜂"成了辱骂的字眼，族人还以焚烧胡蜂巢穴取乐。

鼠族国王并不心急，因为他想要击败胡蜂族的那次胜利是辉煌灿烂的。在梦里，他见到生着一头长金发的胡蜂族女王跪倒在自己脚下，恳求他饶她一命。

100　　　　　　　　　　　　百科：亚马逊女战士

根据历史学家迪奥多·德·西西里的说法，北非西部曾有女人族定居，她们发动军事突袭，足迹远至埃及与小亚细亚。希腊神话中也记载有一个生活在特尔莫冬河畔（今高加索地区）的女人族亚马逊（a-mazos，意为缺少一边乳房，因为该族女子切下右边乳房方便使弓），她们与男性偶有往来，但关系仅限传宗接代。迪奥多·德·西西里表示，这群女子不知羞耻为何物，对正义的概念也一无所知。她们建构了一个母女相传的社会，出生的男丁全数沦为奴隶。弓与铜箭是她们的攻击武器，另外有半月形短盾作为防御。她们的女王吕西佩对所有民族发动攻击，将势力拓展到泰伊丝河畔。吕西佩对婚姻的藐视与好战的天性令爱神阿弗洛狄忒心生挑衅,她故意让吕西佩的儿子爱上自己的母亲。为了避免乱伦的悲剧,少年跳入泰伊丝河中自尽了。吕西佩为逃避良心的谴责,率领女儿艾菲兹、思蜜恩、希壬、玛丽纳前往黑海畔建立了各自的城邦。吕西佩之后的女王玛佩莎、兰芭朵与希波吕忒成功将王国的影响力拓展至色雷斯与弗里吉亚。有一天,忒修斯将族中一位姐妹安提俄珀掳走,亚马逊女战士遂对希腊发动攻击,大举围攻雅典城。国王忒修斯因退敌无方,只好求助赫拉克勒斯。值得一提的是,赫拉克勒斯的十二桩苦役之一就是对抗亚马逊女战士。

特洛伊战争期间,亚马逊女王潘菲席丽下令族人帮助特洛伊人民对抗希腊入侵。潘菲席丽在与阿喀琉斯决斗时不幸香消玉殒,临终一瞥却让阿喀琉斯爱上了自己的手下败将。

在西米里人与西徐亚人的精锐部队中,我们也可以发现纯女兵的影子。罗马人晚期也曾攻打只有女性居住的城市,如居住在桑岛上的纳涅特人,还有生活在维苏威火山附近的萨莫奈人。

今天在伊朗北部仍存有一些女性人口占绝大多数的村落,她们表示自己是亚马逊女战士的后代。

——埃德蒙·威尔斯,《相对与绝对知识百科全书·V》

101　残酷的幻灭

灯光重新亮起,大家眨着呆滞的双眼,把目光从自己的人民身上移开。

我的双眼固执地望着爱之女神，一把无名火起。我感觉自己就像被同学侮辱了的恩美，唯一差别在于我是被老师侮辱的。

哼，我宁愿自己像儒勒·凡尔纳，在一开始就遭到毒手，宁可自己是被人鱼掳走的方西斯·拉泽拜，或者是被阿特拉斯杀掉的埃德蒙·威尔斯，至少他们不必忍受我所经历的一切。千辛万苦创造出一个至宝，接着将它摧毁，那又是何苦呢？关爱一个民族，到头来只是为了眼睁睁地看着他们灭绝，难道这就是诸神生活中愤世嫉俗的一面？

当初我拯救在海上风雨飘摇的族人，好让他们将我认为最重要的价值传承下去，难道错了吗？引导一小群人民在远离蛮族入侵的环境下安心进化，却成了严重违背生存法则的异端？

我始终猜不到什么比上帝更美好，但我现在知道了什么比魔鬼还糟糕：阿——弗——洛——狄——忒。她承诺了我天堂，最后却给了我地狱；她摧毁了我所建立的一切，最后只说了一声"抱歉"，这简直邪恶到了极点。当下的我憎恨她、咒骂她，我想大声嘘她。如果说爱之女神是这等面貌……那我宁可选择恨之女神。巨大的绝望在我心头蔓延，不过我还是决定振作起来，如果就这样心灰意冷，那就太便宜她了。

首先，尽可能挽救一切，奋战到最后一刻。俗话说："只要活着就有希望。"只要还有一位海豚族人活着，族人的价值、回忆与象征符号就不会消失，至少我是这样告诉通灵女王的。

我必须沉着冷静，以效用为前提不惜一切去拯救他们。他们的下场不该如此，我要用手边掌握的实习生工具为他们争一口气。身为神，身为他们的神，我有义务伸出援手。

我必须沉着冷静。闭上眼，深呼吸，和其他同学交谈，装出一副无关紧要的模样。许多人对玛丽莲·梦露表示祝贺，恭喜她打败了约瑟夫·蒲鲁东。赌赢的同学取走了输家的赌注。现在就连班上最大男人的同学,也开始认同胡蜂族人的理念。至于蒲鲁东,他不发一语,一副怨怒不兴的模样。这是一场公平的竞赛,他甚至很有风度地和玛丽莲握手,表达了赞美之意,看起来相当放松。

概述一下我的人民的情况。他们没有自己的武器,也没有属于自己的城市,到现在都只是其他民族好心收留的"房客"而已。我担心金龟族神祇克雷蒙·阿德尔掌握了海豚族人知道的一切后,就会把他们给撵走,就像扔掉榨干的柠檬。今后,我的海豚族人民必须不断推陈出新,才能获得居留的正当性;他们的身份只是一群人质。我仔细观察后发现,许多民族中都有海豚族人的踪影。他们传授了居里夫人的鬣蜥族许多知识,包括天文学、建造雄伟建筑、坐地神游太空以及医学。在海豚族人的潜移默化之下,鬣蜥族和金龟族人一样,打造出了属于自己的金字塔。我的人民教导了芳斯华兹的犬族人有关象征体系与宇宙的奥秘。罗丹的公牛族人则从他们身上学习到了性解放以及对迷宫的喜好。玛塔·哈莉的狼族人从我的人民身上学会了划船与驾驶造型尖细的快速帆船。佛莱迪·梅耶的鲸鱼族人对幸存的海豚族人照顾有加,双方已经进展到讨论灌溉系统与议会制政府的阶段。在我的人民帮助下,蒙特哥菲尔的狮族人得以发展出文学与艺术。就连哈兀·拉泽拜的鹰族人也沿用了海豚族的字母与算术。

我的子民远比我预料的还要分散,所以要怎么管理一个身在不同土地上的民族?我恐怕只能把精力放在寄居金龟族王国的那群子民身上,他们不仅人数较多,也拥有比较优质的发展环境。

"爱之女神丝毫没有手下留情,你那座美丽的海岛城市一下子就灰飞烟灭了。"玛塔·哈莉在我耳边低语。

我没有吭气。

"我觉得跟你犯的错比起来,阿弗洛狄忒的惩罚有点儿小题大做,她起码可以给你一点儿时间来疏散人民吧！"

谁能想到昨晚我和阿弗洛狄忒共舞的时候，她还在我耳畔呢喃我的人民多么"先进与讨人喜欢"……

我转过头看着她，发现她也在看着我，而且还对我微笑。当初她要我提防我的朋友，但我更应该提防的其实是她。

不过我始终狠不下心来怪罪她。她令我意乱情迷，无论她做什么，我都觉得是出于对我的真心关怀，即使她让我痛苦也是为了我好。难道我成了任凭她使唤的受虐狂？不是这样的，就算是，那也是像登山家一样，永远不肯搭乘直升机，而坚持亲自攀登最高难度的险坡。所有运动员都是欢喜做、甘愿受的受虐种，参加马拉松比赛是活受罪，举哑铃也是自找苦吃，而尝试讨爱之女神的欢心……

"真是个贱货，"莎拉·伯恩哈特低声说，"这样处罚对你太不公平了。"

"她不过是遵守竞赛的规定而已。"我对自己客观中立的回应感到惊讶。

"可不是吗？降下一场大浩劫来摧毁你的王国——"

"如果你不反对的话，我很乐意帮忙。"玛塔·哈莉插话说，"我的狼族人民已经收留了几位海豚族人，假如你还有其他处境堪忧的族人，可以把他们送到我那里去，我会保护他们，给予他们土地。"

上次横渡蓝河的时候，玛塔·哈莉已经救了我一命。每次遭逢困难，她都会适时出现来帮助我。但是，出于某种莫名的原因，她的好心搭救总令我相当不舒服。

阿弗洛狄忒从托台中取出天堂和天使帝国两只玻璃瓶。

天堂瓶中的灵魂冉冉升起，这些小亮点的飘浮姿态像是飞舞的萤火虫，其中有些成功飞抵天使帝国瓶中。

不过，还是有许多灵魂因为放不下对人世的眷恋，被困在地表，成为孤魂野鬼。这些肉眼看不见的亡魂有的成了追讨公道的冤亲债主，有的发出不正确的第六感来误导灵媒，有的则守候在心爱的人身边，迟迟不肯离开。

"必须想办法度化这些可怜的孤魂，"阿弗洛狄忒表示，"他们这样游荡人世是不会快乐的。所有的灵魂都注定要投胎转世，一直到他们进入更高的境界为止，不要忘记这一点。"

所有人都记下：教导自己的教士识别游魂，帮助他们升天。

爱之女神转身面对我，出乎我的意料，她竟然开口夸我了。

"麦克，你表现得非常好，我本来还以为你会……总之，我没料到你会渡过这次的难关，你开始让我对你另眼相看，我真没想到你有这样的能耐……"

她忽冷忽热的反应让我不知所措。

"凡是打不倒你的，必将使你成长。"她接着说。

恩美的母亲也曾说过这句话。过去大家一直以为它出自尼采，其实早在《旧约》中就有记载。

她总不会是希望我对于她荼毒人民来使他们"成长"的行径表示感激吧！

阿弗洛狄忒向我走来。

"真的，你真的表现得非常好，潘森先生。"

开口的同时，她还拉起我的一只手，紧握住我的手，就像一位勉励拳击手的教练，接着她又回到讲台上去。

"荡妇一个。"哈兀嘀咕道，"在她让你吃了这么多的苦头之后，你实在不应该再让她接近你。"

"真是会演！我不禁要问，她的这波魅力攻势究竟有什么用意？"

玛丽莲说。

"肯定是为了测试自己的本领。"佛莱迪·梅耶接着说。

"没错，红魔法的本领。"哈兀表示。

他向我解释道，除了白魔法与黑魔法，还有第三种鲜为人知的魔法：红魔法。这是女人专用的魔法，根植于最原始的性冲动。亚洲人尤其精于此道，像是印度的《爱经》与怛特罗教派、中国道家的房中术，以及日本的婚舞。他们明白，除了下咒与驱魔的魔法之外，女人还能够诱惑男人，让男人完全被荷尔蒙所支配，变得像是用药成瘾般脆弱。

哈兀清楚地指出了我的问题，但这并不足以解决问题。我目不转睛地注视着爱之女神。在结束与每位学生的单独谈话之后，她吩咐所有人往摆设有各式瓶罐的教室一角移动，这时我才松了一口气。

"之前赫尔墨斯与德墨忒尔老师分别跟各位讲述了黑猩猩与老鼠的实验，目的是让大家从动物的反应来了解人类的某些行为，所以现在我就跟各位说一说跳蚤。"

她拿起一只大口瓶，在大家面前进行实验，我赶紧把过程记录在《百科》当中。

102　　　　　　　　　　　　　　百科：自限的跳蚤

几只跳蚤被放置在瓶中，瓶口的位置恰好在跳蚤能够跳出去的高度。接着，我们用一块玻璃板盖住瓶口。

起初，跳起的跳蚤纷纷撞上玻璃板，在尝了几次苦头之后，它们开始调整跳跃的高度，让跃起的最高点刚好掠过玻璃。一个小时之后，瓶中只有一只跳蚤还会撞到玻璃，剩下的跳蚤全数将跳跃的高度降低到了玻璃板下方。

把玻璃板拿开后，跳蚤仍持续限制自己跳跃的高度，仿佛玻璃板还堵着瓶口。

——埃德蒙·威尔斯，《相对与绝对知识百科全书·V》

103　小心头顶

阿弗洛狄忒的脸仍贴着玻璃瓶，仿佛这些自限的跳蚤是她所见过最引人入胜的风景。

"各位从这项实验中得出了什么结论？"她问。

"某些过去的经验会阻碍我们认清事情的真相，从前的创伤会扭曲我们对现实的认知。"拉伯雷说。

"相当不错。这些跳蚤因为害怕撞到玻璃板，所以拒绝再去冒险，但是其实只要勇于尝试，就会发现原来成功近在咫尺。"

阿弗洛狄忒说话的方式让我觉得这句话是冲着我来的。

"这跟黑猩猩的实验有点儿类似。"伏尔泰说。

"不对，黑猩猩连体验创伤的机会都没有，"卢梭反驳道，"跳蚤知道为什么不能再往高处跳，但黑猩猩不知道。"

"无论如何，两个实验的动物都对显而易见的真相视若无睹。"

"其中也有害怕改变习惯的成分在。"圣-埃克苏佩里表示。

"的确。"爱之女神表示赞同。

"而且到后来,这些跳蚤完全不会留意是否有新的出路,它们认为体验过的事物是理所当然的。"莎拉·伯恩哈特提出看法。

"你的观点触及了一个与人类有关的重大问题。"老师表示,"大多数人无法提出属于自己的见解,因此他们只会去重复父母说过的话、老师说过的话,以及他们在晚间新闻上听到的内容,到头来他们以为这就是自己的见解,如果有人持相反意见,他们还会挺身辩驳一番。其实只要主动去观察,主动去思考,就能够认清世界的真貌,而不是被人牵着鼻子走。"

这堂课让我想起了从前和友人们的一番争论。当时我邀请他们来家中做客吃晚餐,席间有一位从事记者工作的朋友表示,法国所有媒体获得的消息都是来自唯一的一家新闻社,而且好巧不巧,这家新闻社背后的金主是政府和石油集团。也就是说,公众接触到的一直是间接来自政府与石油集团的新闻观点,后者不免会留意报道内容,以免开罪供应自己石油的产油国。此话一出,现场其他人立刻指责他批评政府的立场不客观。我试着为他缓颊,但其他人完全不领情。从前那些以自由捍卫者自居的朋友,口径一致地炮轰这位记者,真是令人匪夷所思。

"要怎么做才能让跳蚤突破已经被接受的高度限制?"阿弗洛狄试问。

"教育它们,让它们认识自由,信赖自己的感受。"拉伯雷说。

"那要如何才能达到这种境界呢?"

"让它们变得更聪明。"西蒙·西涅莱回应。

"不对,这跟聪明才智无关。"

"要它们根据自己实际的经验与感受,来建立属于自己的见解。"我说。

阿弗洛狄忒赞同地表示:"完全正确。多方面去尝试、去试验,累积属于自己的体验,不要再依赖从前或别人的经验去理解事物,而是信任自己当下的感受。"

从前,在地球上,当哈兀和我决定探索死亡世界的时候,没有人把我们的想法当作一回事,就连家人也不例外。在他们眼中,死亡与冥界属于宗教的范畴,只有神父和秘教信徒才有资格去思索。他们觉得,一个老百姓把死亡看成值得探索的未知疆域是相当不健康的事,尤其当我提出"世俗信仰"或"个人而非集体的信仰"等我很坚持的概念时。对我而言,信仰与宗教完全是两码事,信仰可以因人而异,但宗教是一个现成的思想,适合那些无法找到提升自我道路的人。我确信法文的"信仰"(spiritualité)一词来自"spirituel",也就是"幽默"。然而在我眼中,大部分的宗教都太过严肃刻苦,完全没有将这层意义保留下来。当然,我后来明白了,这些事只能跟哈兀说,至少他是懂我的。

"要激励人类再次突破跳跃高度的限制,就必须让他们认识自由。要完成这项使命,我们需要的是……"

阿弗洛狄忒的粉笔嘎吱作响,在黑板上写下"贤哲"。

"这就是各位即将面对的新挑战,将贤哲、智者与洞悉奥义之人安插在你们的人民当中,"她建议,"也就是觉知程度到达'6'的那群人。"

"他们肯定会被杀死。"布鲁诺说。

"没错!在你的部落就可能发生。"阿弗洛狄忒突然开口回应,双眼狠狠瞪着布鲁诺·巴拉尔。

"我的部落?请问你对我有什么不满?"

只见爱之女神快步朝布鲁诺同学走去。

"我对你有什么不满？"她用手指指着布鲁诺，"你以为我没看见吗？"

现在我才想到自己还真没有留意过布鲁诺的隼族人民。

"亲爱的巴拉尔先生，我对你还真的很不满。的确，你没有侵略任何人，而且到目前为止也没有引发任何屠杀事件，这我承认……但是还真应该看看你放任自己的人民彼此对待的方式。你倒是说说看，你对女性有什么不满？"

布鲁诺低下头来。

我还真有点儿糊涂，阿弗洛狄忒如此激烈的反应，我觉得在侵略胡蜂族人的蒲鲁东身上比较适用吧……

"你让一些卑劣行径成为风俗习惯，其中最明显的就是……女阴割礼。母亲为自己的女儿动手，割除她们的阴蒂！这就是人类在布鲁诺同学的部落里干的好事。这些女人为什么要这么做？"

"呃……"布鲁诺支支吾吾，"我也不清楚，这是她们自己决定的。她们觉得如果不这么做，就不能成为真正的女人。"

"是谁灌输给她们这样的观念？"

"呃……男人。"

"这是为什么？"

"因为男人不希望她们到处招蜂引蝶。"

"很抱歉，答错了，是因为男人不希望女人享受性高潮，他们忌妒女人的性高潮比自己强烈（这是事实）。这才是真正的答案。我看见你部落中的小女孩在卫生条件恶劣的环境下，在咬牙的痛苦中，接受了影响一辈子的割礼，只因为这是……风俗习惯！"

布鲁诺·巴拉尔半响说不出话来。"错又不在我，是我的人民自己……"

"这话没错,但是你竟然袖手旁观,完全不出面制止。一个梦境、一阵第六感、一记雷电,或许就能够让割礼成为禁忌。如果只是一味地让人民为所欲为,那要你这个神做什么?账还没算完,布鲁诺同学……我发现你的族人还有进行阴户闭锁的风俗,在没有麻醉的情况下缝合女孩的阴户,好让她们在婚前守身如玉……"

女同学纷纷对布鲁诺报以斥责的目光。

"接下来,我还要揭发一个鲜为人知,但更令人发指的行径,布鲁诺同学……如果用一号地球上的医学术语来表示,它就叫作'阴道瘘管'。"

我不清楚这个术语的意思,但教室里一片哗然,我知道情况不妙。

"你晓得这是什么吗?没关系,我这就告诉你。女孩从十二岁起,就被迫许配给有钱的老头儿……那些老不修当然不会采取任何避孕措施,结果这些正值青春期的女孩身体都还没发育成熟,就怀孕了。一般而言,她们腹中的胚胎不会发育完全,但是逐渐成长的胚胎仍会挤压到分隔生殖系统、膀胱与直肠的组织,挤压力道引起的裂隙,就是我们所说的瘘管。结果,尿液和粪便就会不时从阴道中流出。这些年轻女孩必须经常清洗,结果仍无法掩盖恶臭,最后被丈夫撵出家门。她们无家可归后,四处流浪,有人看见就对她们丢掷石块。十二岁的小女孩,布鲁诺同学,才十二岁!"

所有人都看着布鲁诺,他无地自容。

"这又不是我的错,是我的人民。"他大声叫嚷的态度就像爱犬刚咬伤了儿童的狗主人。

这番说法完全无法让爱之女神息怒。

"就是因为如此,你的那群人民才需要神祇指引,约束他们,教育他们,不让他们干下蠢事……再说,女人很容易就会成为被欺负的对象，完全没有自卫的体能优势，到最后只能逆来顺受……更别说在某些村子里，有些母亲因为觉得生女儿不光彩，干脆在孩子出生时亲手将她们淹死。"

此刻，布鲁诺·巴拉尔不发一语。我可以感受到他的怒火，没想到他对阿弗洛狄忒揭露自己族人的恶劣风俗会如此在意。

但此刻，阿弗洛狄忒已开始斥责其他学生。

"其他同学不要五十步笑百步……你们以为老师没看到吗？放任自己的人民倒行逆施的不止布鲁诺一个……我目睹了毫无用处的活人血祭，还有人把亲子乱伦当作教育下一代的方式！我看到了恋童集团和吃人肉的行径，还有人将麻风病患者与残障人士一概隔离在不堪入目的环境之中。我看见第一批被称为巫婆的女性惨遭活活烧死……我看见了首次出现的拷问室，刽子手第一次成为全天候的职业。各位出于胆怯或愚昧而任凭自己的人民胡作非为的一切，我全看在眼里。"阿弗洛狄忒疾言厉色道，"或者各位只是自甘堕落罢了。"

在场有许多同学纷纷低下头来。老师衣袂飘飘地穿梭在座位中，回到讲台上。丘比特飞到她的肩头坐下。接着她深吸一口气，态度趋于和缓。

"那么……我们刚刚说到哪里了？哦！对了，说到贤哲。贤哲的出现刚开始肯定会令小头目和已经建立起来的权力体系感到不安，后者会通过权势、暴力，甚至是恐怖手段来除掉他们。因此，各位的贤哲一开始肯定会受到迫害，但是要从长远来看。首批殉难的贤哲是为了播下种子，虽然说他们很可能永远无法等到开花结果。泰勒斯、阿基米德、乔尔丹诺·布鲁诺、达·芬奇、斯宾诺莎、伊本·路世德等人生前的境遇都不顺遂，但在身后留下了不可磨灭的贡献。这就是各位在下一回合的致胜关键。"

"贤哲"，爱之女神在这个词底下画上一条大横线。

"十八号地球上的灵魂已经懂得上飘了，所以你们必须为自己的人民拟定一个目标、一个方向。现在，我要各位在卷子上写下自己的终极目标。"

阿弗洛狄忒在黑板上写下"终极目标"，同时在一旁加上"乌托邦"。

"在每种政治活动当中，最要紧的就是背后隐藏的企图心。"她又在黑板上添加了"企图心"三个字。

"千万不要被表面的标签欺瞒了。你们可以推行民主，但如果总统的企图心是中饱私囊，那你们得到的就是伪装的专制政体。同样地，你们也可以推行君主政体，但如果国王的企图心是追求人民的福祉，那各位获得的就是一个兼顾社会公平的体制。在政治口号背后，在领袖、君王的身份背后，隐藏着个人的企图心，这是各位要去监督与掌握的。"

在场有些同学不太明了，阿弗洛狄忒进一步解释道："在座各位的心中都有一个人类理想世界的蓝图，每个人心目中的乌托邦都不同。你们创造贤哲的目的，就是要实现这个乌托邦。换句话说，这些贤哲就是神祇企图心的守护者。他们会指导百姓，进谏领袖，让各位的文明往更崇高的目标迈进。但是必须先确立这个目标，我建议各位采用托梦的方式来告知人民。现在请写下你们心目中理想的人类世界，这不光是针对自己的人民而已，而是涵盖整个十八号地球。"

教室里一片鸦雀无声，所有人都专注地思索着。我心目中的理想世界是什么模样？就现阶段而言，我想是全世界的和平安定吧。我期许的是全面性的解除武装，好让人民能将全副精神专注在知识与改善生活，甚至是信仰方面。于是我用醒目的大字在卷子上写下"世界和平"。

阿弗洛狄忒强调："理想中的未来世界可能会随着时间的流逝而有所改变，所以请注明构想的时间，今天是第一个星期五。"

将所有人的卷子收回后，老师回到书桌前坐下表示："现在是公布名次的时候了。"

阿弗洛狄忒似乎陷入了沉思，所有人屏息以待。她逐一打量我们的面貌，同时对照着分数宣布："第一名：克雷蒙·阿德尔和他的金龟族人民。"

大家掌声鼓励，我却觉得相当不服气。如果不是我的人民传授文字、算术与金字塔建筑等方面的知识给他们，阿德尔的人民大概还只是一群粗鄙的乡巴佬吧。

爱之女神理直气壮地为收留我的阿德尔戴上了金桂冠，然后表示："收留海豚族人民的克雷蒙·阿德尔不仅懂得利用结盟策略，而且深谙建造雄伟建筑的好处。十八号地球上现存最令人赞叹的建筑，就是出自阿德尔的文明。虽然建造的工程浩大，而且劳民伤财，但能够在时间与空间的经纬中，体现出金龟族文明的灿烂辉煌。我建议各位多学习克雷蒙·阿德尔。"

老师亲吻了阿德尔的双颊，将他紧紧拥在怀里。

"第二名：玛丽·居里的鬣蜥族人民。他们同样修筑了金字塔，建造出了十分现代化的大城市。另外，他们还发展出了星相学与占卜的学问。唯一美中不足的是，族人仍以活人献祭。不过我相信，亲爱的玛丽，你一定可以创造出贤哲，来改正这种'陋习'，今天的奖励也是期许你能朝着这个方向努力。"

居里夫人接过银桂冠，表示一切都要归功于懂得倾听的优质灵媒，并强调今后会尽一切努力，将鬣蜥族的理念散播出去。

居里夫人和克雷蒙·阿德尔一样，绝口不提某一天出现在海平面的船只为他们带来了让文明大放异彩的所有知识……或许他们两个都巴不得我快点儿被淘汰，这样就不用再觉得亏欠我什么了。

"第三名：约瑟夫·蒲鲁东与他的鼠族人民。"

台下立刻一片骚动。阿弗洛狄忒补充说："其实鼠族人民和胡蜂族人民并列第三。鼠族人民代表的力量是D，为了让前三名平均涵盖三股力量，所以我对鼠族人民略施小惠。"

教室内再度嘘声四起。

阿弗洛狄忒以不耐烦的手势要现场女性占多数的抗议声浪平息下来，接着说："鼠族现在是十八号地球上最壮盛的军事强权，各位必须体认到这一点。在我看来，他们的军队目前无人能敌，而且拥有非常精良的武器。"

现场又响起了喝倒彩的声音，爱之女神这次显然被惹毛了，拍桌要台下安静。

"听着！我和各位一样崇尚爱情，谴责暴力，但逃避现实是于事无补，崇尚和平的民族终究会被强大的军队给歼灭，这是个恃强凌弱的世界。"

我的脑中回响起海豚族人面对鼠族入侵时静静等死的歌声，回响起族人面对海啸时的诵经声。无力反抗的族人只不过是希望带着尊严死去，他们高尚的情操在奥林匹斯诸神的守则中难道一文不值？

"如果人都死了，那要高尚的情操做什么？"阿弗洛狄忒似乎看透了我的心思，"在座有许多人都是'爱之适足以害之'的活教材，十八号地球和其他世界一样，是个彼此较量的场所，是个丛林。假如只有一个神祇，他当然可以贯彻自己选择的体制，但事实并非如此，你们现在的人数还有将近一百位。在谈理想之前，请先实际一点儿。"

"你为什么要摧毁麦克的文明？"玛塔·哈莉的提问令人猝不及防。

"我能体会你的感受,玛塔小姐,"老师冷冰冰地回答,"我也很欣赏你善良的心地。不过光有心是不够的,还必须有智慧的帮助,才能够了解这个世界。我是个曾付出惨痛代价的过来人。"

阿弗洛狄忒说话时,我在她澄澈的眸子里,看到了无数的悲剧、无尽的痛苦和无数次刻骨铭心的背叛。

"麦克不只是作弊,还创造了一个不切实际的世界。在我眼里,那只是一座住着一群被宠坏了的孩子的岛屿……完全和附近的民族断绝往来。他们的确累积了智慧,发展出了信仰,但他们变得'太注重个人'了,现在至少他们能把宝贵的知识散播出去。如果只是为了在白天照明,那何必要灯光呢?唯有在黑暗的困境中,我们才能体会到光明的可贵。这就是为什么他们必须离开岛屿,这就是为什么他们现在必须为生存而奋斗。我对麦克有信心,我相信他知道如何在最绝望的黑暗中,让自己的子民发光发亮。"

我很想告诉她,如果当初她对我的人民网开一面,也许现在他们已经派遣船队去教化其他民族了,这只是时间问题。虽然之前出海的探险船队遭到了异族的攻击,但祥和之岛的人民一定不会就此放弃的。这时,阿弗洛狄忒对我使了一个心照不宣的眼神,似乎想再次让我明白她这么做是为我好,我的心里五味杂陈。

"大家好好表现,要为自己的行为举止负责,同时要遵守竞赛规定。"阿弗洛狄忒表示,"高尚的情操只适合在电影与小说中欣赏,并不适用于现实生活。"

"那么请问,你刚才为什么要指责布鲁诺?"伏尔泰问。

我第一次看到爱之女神露出窘迫的神色。她低下双眼说:"问得好!我收回刚才所说的话,那只是一时情绪失控。布鲁诺同学,你的排名在前二十名当中,你有权照自己的意思去领导人民。我刚刚只是从一个旁观的立场来表达意见而已，你并不一定要去参考。"

布鲁诺立刻面露得意之色。

这一百八十度的态度急转弯，远比我之前经历的一切还要让人意外。总而言之，诸神世界的规则让我越来越摸不着头绪了。我想起路西安·杜沛，也许他说得对，我们落入了一个圈套，原本拥有最纯洁、最高贵灵魂的我们，却必须配合做出一些残酷的行径……我也照做了不少，甚至是过头了。

阿弗洛狄忒继续公布成绩。我跟上次一样排名落后，但不是吊车尾的那个。被淘汰的是画家保罗·高更和他的蝉族人民。他们在收获季的歌声是如此激越嘹亮，却忘了发展出陶器工艺来存放过冬的食粮。面对鼠族大军的入侵，他们完全不堪一击，辉煌的文明与领先时代的艺术成就全数灰飞烟灭。

一只半人马将他带走，这位曾以画笔歌颂阿旺桥与马克萨斯群岛的艺术家完全没有反抗。老师接着公布其他七位名不见经传的同学的成绩，其中多数人的民族都是因为战火、传染病与饥荒而灭绝的。半人马将他们全数带走。

现在的人数：92-8=84。

阿特拉斯手脚利落地将十八号地球扛走了。

所有人向外移动，而我还在观察被困在无盖罐里的跳蚤。那我们呢？阻碍我们的那块玻璃板又是什么？

我望着远处覆雪的山头，相信自己总有一天会知道答案的。

104　　　　　　　　　　　　　　　　　　百科：多贡人

一九四七年，法国人类学家马塞尔·格里奥尔前往马里共和国，调查一个拥有三十多万人口的部落。该部落位于距离莫普提市一百千米的邦贾加拉断崖上，生活在这片崎岖山区的居民自称多贡人。

部落长老聚会讨论之后，多贡人同意把族中奥义传授给格里奥尔，并将部落中看守圣穴的盲眼耆老欧哥迪梅里介绍给他。

在接下来的三十二天中，两人展开对谈。欧哥迪梅里向格里奥尔讲述了族人的宇宙起源传说，并向他展示了一些铭刻在石头上的画作与天体星相图。

根据多贡传说，太初之时的造物主阿玛是一位陶艺家。他取了一把黏土，捏制出太初之卵，将八颗本源种子埋入，产生时空，发芽后建构出现实。接着，阿玛创造出了鱼人诺摩，任命他们为自己的代理人。最先出现的是四名男性诺摩，后来再分派给了他们四名女性诺摩。第一位诺摩主掌天空与暴风雨，并由担任差使的第二位诺摩辅佐。第三位诺摩支配海洋。最后一位诺摩尤鲁古因为没有获得中意的女性，起身反抗造物主，于是阿玛将他逐出了太初之卵。不过，尤鲁古成功扳下了一块卵石碎片，碎片化成了地球。尤鲁古希望可以在地球上找到自己的女人，却发现那里只是一片干燥的不毛之地。于是他又回到太初之卵，用胚胎创造出一位女性伴侣，也就是他未来的妻子——雅西绮。被激怒的阿玛将雅西绮化为火焰，成为太阳。尤鲁古并未就此罢手，硬是抢走了这个太阳，带往地球。他将太阳捏碎，碎片之一化为月亮，而剩下的被埋入地底。尤鲁古希望能借此建构出新的现实，让他拥有属于自己的伴侣。面对尤鲁古的百般挑衅，怒不可遏的阿玛将他变成了一只耳郭狐。

之后爆发了一场诺摩之间的战争，太初之卵被他们击碎，碎片化为宇宙中的天体星辰。而且在交战的过程中产生了一股剧烈的震荡，星宿全被吸入自身形成的旋涡之中。

在欧哥迪梅里讲述的故事与展示的远古石刻画中，最叫人惊讶的是多贡人排列太阳系行星的位置完全正确，包括天王星、海王星这些过去难以观测、直到近代才被发现的行星在内。更令人感到匪夷所思的是，多贡人将造物主阿玛居住的地点设定在天狼星A。而且多贡人的星相图显示，在它旁边还有一颗被欧哥迪梅里称为"全宇宙最重之物"的星星。另外，多贡人的历法以五十年为一个循环，相当于这两颗星彼此环绕的周期。就在不久之前，我们的确发现在天狼星A旁边有一颗绕行的白矮星：天狼星B。它的运转周期为五十年，而且除了黑洞之外，它是目前宇宙中已知密度最大的物质。

——埃德蒙·威尔斯，《相对与绝对知识百科全书·V》

105　最重要的学生

季节女神送上餐点，菜色又有新花样，都是我们的人民刚发明的食物……尤其是奶油、奶酪和香肠。奶油实在美味，我干脆切下一小块，用叉子插着慢慢品尝，品味带着杏仁芬芳的牛乳香气。真的是太可口了！奶酪与香肠也毫不逊色。不过大家的心思似乎不在菜色上，只顾着谈论刚才的竞赛，对无法无天的蒲鲁东竟能蝉联前三名的宝座感到相当不爽。有些同学表示，名次的安排势必要保障一个代表力量D的名额，而蒲鲁东恰好体现了某些人类对支配的需求。其他同学响应道，玛丽莲成功击败了这个心狠手辣的家伙，证明光是手段凶残并不足以战无不胜。

"就目前的情势来看，究竟谁才能彻底击溃鼠族大军呢？"玛塔·哈莉问。

"另外一个更加强大的军队，以蒲鲁东的作战策略为榜样，进行研究、模仿，然后青出于蓝。"哈兀回答。他一边说，一边拉着椅子往我靠过来。

"麦克，埃德蒙·威尔斯的《百科》现在是你在编写，对吧？"

"埃德蒙失踪前将它托付给我了。"

"你是在浪费时间。"

"我会参考它的内容来提升海豚族人的智慧。"

这个答复并不能说服哈兀。"教他们学会武装自己，要不然寄人篱下的他们总是得看主人的脸色。他们现在的处境就像被黑道强索保护费的商家。"

"喂，我可提醒你，哈兀，以收留为条件来勒索我的人民交出知识，这事你也有份。"

"我不希望你被淘汰嘛。"

"谢谢关心，不过我的子民现在还活着。"

哈兀敷衍地点点头。"阿弗洛狄忒对你的惩处让我很不服气，我要是你啊，早就大呼小叫了。"他低声说。

"大呼小叫又能怎样？我作弊，而我也承认了，那就乖乖受罚。"

哈兀递给我一块蜂蜜蛋糕。"在这样一个诡谲不定的世界里，来一块蛋糕至少还算是个踏实的享受。"

半人马乐队出现在食堂里,用乐声陪伴我们用餐。除了非洲鼓、长笛和弓形乐器之外,它们还加进了小喇叭。

阿弗洛狄忒穿梭于各桌之间,和每位学生交头接耳。轮到我的时候,她直接坐在我身旁,哈兀很识相地开溜了。

"我这么做是为你好,"她说,"缺少困难险阻,那就太无趣了。"

我咽了下口水。

"如果不是因为我那么在乎你,"她热切地表示,"我肯定会让你的人民好好待在岛上,遗世独立,远离现实,过着幸福快乐的日子。"

"那我会高兴都来不及。"

"那是你自以为是的想法……到时候你的人民会变得傲慢,对自己掌握的知识和学问得意忘形,完全不把其他民族放在眼里。"

阿弗洛狄忒抓起我的手轻抚着。

"我知道,"她呢喃道,"你的海豚族人民处处受到迫害和剥削,交出知识工艺之后,换来的是拳脚与辱骂,但至少他们是清醒的。"

"一再受到虐待,他们迟早会变成被害妄想症患者。"

"相信我,有一天你会感激我的。"

我一言不发,心想,那一天还早呢。现在,我只能想办法让爱好和平的族人苟活在那些暴力好战的民族之间。

"你想到谜语的答案了吗?"她问。

"比上帝更美好,比魔鬼更糟糕",答案不就是她吗?阿弗洛狄忒,比上帝更美好,比魔鬼更糟糕……她令我意乱情迷,这一点比上帝还美好,而摧毁我族人的手段又比魔鬼还要糟糕。

阿弗洛狄忒的谜题让我想起了一个叫作便利贴的团体游戏。参与的人面对面坐着,在便利贴上写下一个人物的名字,然后贴在对方的额头上。被贴的人不知道自己代表哪个人物，只能边问边猜："我还活着吗？我是男是女？我出名吗？矮小还是高大？是音乐家、画家，还是政治人物？"其他人只能回答是或不是。这个游戏有时其实很残酷，因为它能反映出你在别人眼里是什么德行。自命不凡的人通常会被贴上一些国王或独裁者的名字，成天幻想的人被贴的可能是艺术家的名字，爱找麻烦的家伙则被贴上讨厌鬼的名字。"他们究竟把我看作谁？"发问的人总不免会这样问自己。

我一直很喜欢这个游戏。有一天，我写下了一个人的真实姓名，将便利贴贴在他的头上，结果过程相当劲爆。

也许阿弗洛狄忒遭到了斯芬克斯的设计，"比上帝更美好，比魔鬼更糟糕"，答案离她那么近，她却无法察觉。

"谜语的答案就是你。"

阿弗洛狄忒先是觉得惊讶，接着发出银铃般的笑声。

"你真坏！我会把这个回答当作赞美的，但是很抱歉，答错了！"

她接着说："跟你说，这个答案已经有其他人想过了，来！"

我们两个站了起来，她将我拉进怀里。我沉浸在她诱人的体香中，完全不敢吭声。

"你对我非常重要，你甚至是这里最重要的一位学生。我的直觉一向很准，相信我，我敢肯定你就是'我指望的那位'。"她语带温柔地表示，"别让我失望，去揭开谜底，如果说这可以帮助你撑到最后的话……"

她将双唇贴在我的下巴上，此刻她的舌头就贴在我的皮肤上，我兴奋得全身颤抖。她的手指与我的相扣，呢喃道："你不会后悔的。"

接着，她转身离开，消失在餐桌之间，留下不知所措的我任凭汗水从额头滑落到颈间。

"她究竟想对你怎么样？"玛丽莲不悦地问。

"没事……"

"那就一起来吧，跟我们到黑森林里去。"

冥游伙伴们纷纷到齐，准备再次展开冒险，今晚还有乔治·梅里爱加入我们的行列。

"我有一样法宝，应该可以帮助我们摆脱大魑魅。"他说。

"什么法宝？"

"绝对不要开口要求魔术师透露魔术的奥秘，应该享受魔术带来的惊喜，就像我希望待会儿我们能给大魑魅一个惊喜一样。"

106　　　　　　　　　　　　　　　　百科：魔术

公元前两千七百年的一张古埃及羊皮纸上，记载着人类史上一场精彩的魔术表演。演出者名叫梅伊杜，是胡夫法老宫廷中的朝臣。他先将一只鸭子的头斩断，接着施展戏法接回鸭头，让这只家禽再度活蹦乱跳，赢得了观众的连声赞叹。后来，梅伊杜还将这套魔术大胆应用在一头公牛身上，也成功让公牛复活了。

同期的埃及祭司奉行所谓的宗教魔术，利用隐藏的机关装置，在远处遥控开启神庙的大门。

在西方古代文明中，魔术是随着球、骰子、钱币与杯子的出现而逐渐发展起来的。塔罗牌大秘仪中的第一张主牌魔术师，描绘的就是在市场上表演魔术的卖艺人。

《新约全书》描述了一个叫西蒙的魔术师的故事。西蒙是深受罗马皇帝赏识的魔术师，在与圣伯多禄的一次较量中败阵。为了挽回颜面，西蒙决定祭出压箱底的戏法：空中飞翔，从卡皮托利山跃下。为了证明信仰的力量大过魔术，基督教门徒虔诚地祈祷西蒙摔落地面，结果西蒙真的摔了。之后，圣伯多禄用"西蒙主义"来形容冒充的信徒。

纸牌魔术首次出现在中世纪，之后陆续增添了多种花样。当时从事魔术表演的人经常会被怀疑用巫术蛊惑人心，从而被处以火刑。

一直到一五八四年，巫术与魔术之间的分野才真正确立。当时的英国魔术师雷吉纳·史考特出版了一本揭露各种戏法奥秘的专书，目的是希望苏格兰国王停止处决魔术师。

同一时间，在法国，"趣味物理"的说法取代了"魔术"，魔术师被视为"物理学家"。从此以后，各式利用暗门、布幕与隐藏机关的魔术表演，便在各地的演出场所大放异彩。

继承父业的钟表匠罗贝尔·乌丹是现代魔术的先驱。他专门制作各种复杂精密的自动人偶与机关，在自己首创的"惊奇剧场"中演出。法国政府甚至派遣罗贝尔·乌丹出使非洲，向当地村落中的隐士与巫师证明法兰西的魔法远在他们之上。

数年之后，俄哈斯·果丹推出魔术"被剁成两半的女人"。美国魔术师胡迪尼以擅长逃脱各式囚牢机关，博得"逃脱大王"的美誉，并巡演了世界各地。

——埃德蒙·威尔斯，《相对与绝对知识百科全书·V》

107

一个小时后,我们一行冥游者在酒酣耳热的气氛中悄悄开溜,离开奥林匹斯城,往蓝森林的方向前进,准备攻上岛屿中央的山头。

我们凭着累积的经验,快步走在之前发现的捷径上。

我对路线其实并不陌生,但是因为曾有两晚脱队了,所以仍保有初来乍到的新鲜感,并再次感受到了在未知领域开疆拓土的激动情绪。

玛塔·哈莉负责开路,仔细留意前方的动静,提防有小仙子或半人马将我们逮个正着。佛莱迪与玛丽莲漫不经心地谈着天。我看着他们,心想,蒲鲁东是不可能打败玛丽莲的,因为他没有她适应环境的天赋。玛丽莲精明得就像一只猫,自然也能跟猫一样,从高处摔下时总以脚掌落地。

乔治·梅里爱走在队伍后头,身后拖着一个大布袋,里头装着他所谓的"魔术师法宝"。

和这群伙伴在一起,我觉得很自在。总之,这一路的灵魂冒险算是圆满成功了,因为我已经抵达过天堂了。我经历了升天,认识了新朋友,一场追寻、一个责任、一桩功绩,还有一个梦想等待完成。

我的存在总算有了意义。

哈兀的一只手搭在我的肩上。

"你跟爱之女神还真登对……"

"你在胡扯什么?"

"我们之前在地球上都曾拥有感情生活,"他边说边向佛莱迪与玛丽莲撇嘴,"爱情实在太重要了,没有女人,那算什么生活呢?"

我挣脱哈兀搭在我肩头的手。

"你跟我说这些干什么?"

"我原本以为,抵达天使帝国、抵达埃登岛之后,热情会像炭火一样慢慢熄灭,但结果无论是天使还是诸神,大家的感情生活仍旧多彩多姿,真叫人意外。这有点儿像那些看似雄风不再,但突然宣布自己要离婚或再婚的老头儿。能够恋爱是你的福气。"

"我不知道。"

"你很痛苦?她让你吃足了苦头,但至少你经历了这么一段。我记得有人说过:'在两人世界里,总有一个人感到痛苦,另一个人感到厌倦。'"

"简化过头的说法。"

"不过,真的有很多情侣是这样,而且往往是用情较深的感到痛苦,感到厌倦的提出分手。话说回来……用情较深的那个比较让人羡慕。"

"也就是痛苦的那个。"

"没错,痛苦的那个。"

我再次找回了和这位昔日好友聊天的兴致,或许也是因为埃德蒙·威尔斯不在。

"我记得曾在《百科》中读到一句:痛苦是前进的动力。"他说。

"你的意思是……"

"看看我们引导自己人民的方式。如果我们好言相劝,他们就不当作一回事,一定要尝到苦头,他们才会明白。就算聪明才智足以让他们粗略地参透某些概念,只要没有切肤之痛,他们对于我们传达的信息也会不理不睬。降下苦难仍是天使与诸神教育人类的最佳手段。"

我思忖着。

"我相信，只要深耕意识这一块，我们一样可以让人类进化提升，而不必下重手。"

"啊，麦克，你永远是个不折不扣的乌托邦主义者，也许我喜欢你，就是因为这一点吧。但是，只有小孩子才相信乌托邦的存在……你还是个孩子，麦克。小孩子拒绝痛苦，渴望糖果屋的世界，但是幻想世界和乌托邦都不存在，就和彼得·潘的梦幻岛一样。所谓的彼得·潘症候群，是指一种拒绝离开童年的精神疾病，患者最后都会被送到精神病院去。长大成人才是宇宙演进与灵魂依循的方向，而不是永远当个小孩子。长大成人就是接受世界的世故和丑恶，还有自己的世故和丑恶。看看你的灵魂这一路的经历，每个阶段都让你更像个大人，每一回你都会长大、成熟。这是一段永无休止的高尚历程，无论有什么样的理由，都不应该回头，即使是眷恋温柔与甜蜜也不例外。"

哈兀注视着我，一脸遗憾。"就连你跟阿弗洛狄忒的插曲，你也把它看作一则童话。"

我们正行经一片浓密的林地，我知道蓝河就在后头。

突然，山头有微光闪现。

"阿弗洛狄忒并不爱你。"

"你又知道了？"

"她根本就无法爱任何人，所以才能装出一副什么人都爱的模样。你没看到她那股骚劲吗？一会儿爱抚，一会儿揉肩，还有跳舞的姿态，甚至毫不扭捏地坐在男人的大腿上。只要对方想要更进一步，她就会筑起一面高墙。她开口闭口都是爱情，因为这是她最陌生的情感。细数她的一生，几乎所有的奥林匹斯神，还有数百名凡人，都跟她有过一腿，但事实上她从未爱过任何人。"

哈兀的这番话说进了我的心坎里。她是爱之女神，却无法去爱？

我回想起从前在医学院上课的时候，看见同学们选的主修专业几乎都跟他们自己的毛病有关，当时我觉得相当有趣。有牛皮癣的人选择皮肤科，害羞腼腆的人选择治疗自闭症患者，有便秘宿疾的人成为直肠科大夫，甚至有一位曾经有精神分裂毛病的同学后来成了……精神科医生。仿佛接触到重症病例，他们就能知道如何治愈自己。

"我们每个人都是爱情智障。"我说。

"你至少比阿弗洛狄忒好一点儿，因为你从她身上看到、感受到的一切都是美好、纯洁的，对于她扑杀你的人民，让你差点儿被淘汰出局的行径，你甚至都不忍心苛责。"

"她这么做是因为——"

"是因为她是个婊子，别再帮她说话了！"

一行人继续前进，而朋友的一番话再次让我茫然失措。

"不过，我很认真地在看待你对这个爱情智障的感情……我认为你目前仍在经历一段女人启蒙的过程，过程中的每个难关都会让你有所改变，沮丧、不快乐在所难免。你目前还是一块尚未定型的材料。说到这里，我就想起我爸跟我说过的一个故事。"

一提到父亲方西斯·拉泽拜，哈兀就面露一丝感伤，但他很快接着说道："他说的方式就像在跟我开玩笑。如果我没记错的话，他说：'十六岁的时候，荷尔蒙让我意乱情迷，我梦想拥有一个伟大的爱情故事。我遇到了一个女孩，但是后来她变得很黏人，于是我甩了她，想要寻找和她完全相反的类型。二十岁的时候，我渴望被经验丰富的女人拥入怀中。我遇见了一个人尽可夫的熟女，她让我学会了很多新的床笫花招。不过，她不想就此安定下来，最后勾搭上了我最要好的朋友。于是我又开始寻找跟她完全相反的类型。二十五岁的时候，我只希望跟一个温柔的女孩在一起。我遇见了她，但我们之间根本无话可说，最后只好一拍两散。我又开始寻找完全相反的类型。三十岁的时候，我期盼跟聪明的女人在一起，我遇见了聪明慧黠的她，并将她娶进了门。问题是，她总是爱跟我唱反调，而且非要我认同她的观点不可。三十五岁的时候，我渴望遇见年轻女孩，可以让我根据自己的意思来塑造她。我找到了这个女孩，但是她生性敏感，总爱小题大做。后来，我希望邂逅成熟、安静、拥有丰富精神内涵的女人。我在一个瑜伽俱乐部遇见了她，但她对我纠缠不休，硬是要我放下一切，前往一座印度灵修院终老一生。五十岁的时候，我对自己未来的伴侣只有一个要求……'"

"什么要求？"

"'有一对大奶子！'"哈兀开怀大笑，我则毫无反应。

哈兀继续道："哈！女人启蒙，我跟你说，不可思议、疯狂、凭直觉行事、任性、神秘、傲慢、要男人专情、朝三暮四、慷慨、占有欲强烈，每个女人都是如此，她们既让我们欢喜，也让我们忧愁。和女人接触后，男人被迫去学习认识自己，也就是去改变自己，就像一块逐渐成熟的点金石，经过腐败、蒸发、升华、灼烧等过程，然后脱胎换骨。唯一的风险是单恋一枝花，像陷入蜂蜜中的苍蝇般无法自拔。"

"太迟了，我已经被黏住了。"

"也许阿弗洛狄忒是想教会你一件事：学会放手。她想让你知道，不要去招惹像她一样的女人，这就是她想给你的教训。"

"我放不了手，她已经是我生命的全部了。"

我佝偻着肩，哈兀抓起我的手。"只要你爱自己比爱她还多一些，她就没有办法毁了你。"

"我不相信。"

"这是真的，我刚才忘了引用埃德蒙·威尔斯的话：'爱情是想象战胜智慧的表现。'不幸的是，你的想象力太丰富了，竟虚构出了她不具备的优点，这样下去简直没完没了。"

"是无穷无尽……"我说。

这时候，我心想："我要和她一起达到那无穷无尽的境界，无论要付出多少代价。"

我停下步伐，因为有踏在落叶上的脚步声传来。

有个生物在蕨草丛里穿梭，朝着我走过来。突然，它跟我面面相觑：一张无赖脸、人身、末端带着羊蹄的山羊腿、一对杏眼，鬈发上生有一对小犄角。原来是一只森驼在盯着我看，模样相当淘气。

"你想干吗？"

"你想干吗？"它摇头晃脑地复诵。

我做出要它离开的手势。

"走开！"

"走开？"

这小怪物拽住我的长袍。

"别烦我。"我说。

"别烦我？"

"别烦我？"

"别烦我？"

现在是三只森驼在那里牙牙学舌，不约而同地扯着我的衣服，似乎想带我去看某样东西。我赶紧摆脱它们，哈兀用力挥着柳枝驱赶它们。但是，没走几步，又是一群森驼在恭候我们。

"我觉得它们真逗。"乔治·梅里爱表示。

"不管怎样，它们并不构成威胁。"玛塔·哈莉表示，"如果它们想检举我们，还会等到现在？"

我们继续前进，森驼们跟在后头。四周的空气里弥漫着苔藓和地衣的气味，一阵诡异的湿气渗入我们的肺腑，呼出的气都化成了白烟。

在我行进的每个步伐里，始终有阿弗洛狄忒挥之不去的倩影陪伴着我。

午夜的十二声钟响回荡在山谷里，此刻蓝河又出现在我们眼前。

乔治·梅里爱要大伙儿停下来，表示必须等到曙光初露，他的计谋才会奏效。所有人半信半疑地照办了，坐在一棵盘根错节的大树下等候着。为了打发时间，我要求梅里爱透露"奇异果"数字魔术的秘密，他很爽快地答应了。

"所有数字乘以九之后，把所得的数字相加，还是等于九。"他解释道，"例如，3×9=27，2+7=9；4×9=36，3+6=9；5×9=45，4+5=9；依此类推。所以，无论对方选择的是什么数字，我都事先知道它的乘积相加后会等于九。将它减掉五之后得出四，当我要求对方将数字对应在字母上，那一定就是 d。在所有欧洲国家中，法文名称以 d 开头的只有丹麦（Danemark），而以其结尾字母开头的水果只有奇异果（kiwi）。"

原来就是这么简单。明白了戏法的来龙去脉，还真让人感到失望。

"你以为自己有所选择，其实根本没得选。你顺着看不见的轨道滑行，完全没有偏移的可能。"

"你觉得我们在这里也一样，以为自己有所选择，其实根本不是这么回事？"

"没错！"梅里爱回答，"我们以为自己在参加竞赛，其实不过是在诠释一出写好的戏码。我们的人民的遭遇，难道不曾让你想起某些发生在一号地球上的历史事件吗？"

"亚马逊女战士是神话传说，不是史实。"

"也许她们确实存在，只不过被消灭了。我们无从得知古代战败民族的历史，这也正是奥林匹斯这里所持的观点：歌颂胜利者，遗忘战败者。一号地球上的历史典籍从来只记载战胜的民族，而且许多古代民族根本没有文字，历史传承仅依赖口耳相传，我们获得的文献资料很多来自那些将历史记载成书的民族。因此，我们熟悉中国人、希腊人、埃及人与希伯来人的历史，但对安息人、希泰人或亚马逊女战士的历史一无所知，口传的风俗让他们吃了亏。"

这令我想起《百科》中一段发人深省的描述，关于战败者的回忆……有谁还记得那些被蹂躏践踏的文明？也许诸神是要我们重演一段历史，好让我们切身感受这种痛楚，体验战败者的回忆。

不过，我还是认为一号地球的历史与十八号地球的有所出入。

乔治·梅里爱进一步表示："你难道看不出来金龟族人与埃及人的共同点？"

"不能这样讲，因为是我引导他们去建造金字塔的。至于他们的宗教信仰，是我参考了埃德蒙·威尔斯著作中有关古埃及宗教仪式的记载，这些纯属巧合。"

黑暗中，我隐约看见乔治·梅里爱的嘴角浮现一抹微笑。

"你真这样以为？假使你所谓的'巧合'只不过起因于一项背着我们进行的计划，那会怎么样？就像丹麦和奇异果一样，你以为自己随心所欲，但终究无可避免地依循着某种法则。"

我思忖着他的一番话。我知道，当我以神祇的身份为我的人民拿主意的时候，我完全是发自内心、问心无愧的，丝毫没有受到任何事物的影响，也就是说，我是个完全遵照自由意志的神。如果说我沿用了一号地球上的某些元素，那是因为我只认识、只记得它们的历史。我是有意识地这么做的，也可以说是缺乏想象力的缘故。

再说，帮助一个民族进化，也就只有那几步——建立城邦，侵略作战，发明陶器，建造船只与雄伟建筑。我们的选择其实不多，不是所罗门王神殿的正方体建筑、胡夫法老的金字塔，就是类似巴黎的球体形立体电影院，或罗马人的凯旋门。我试着反驳梅里爱。

"就我所知，历史上并没有类似的鼠族人民存在。"

"当然有。"他不疾不徐地回答，"有个叫亚述的民族就类似鼠族人，他们因为灭亡而被人们淡忘了。这个印欧民族定居在靠近今日土耳其的小亚细亚，他们消灭了所有异族，建立起了强大的军事帝国。为了摆脱这个祸患，包括美索不达米亚人、米底人、斯基泰人、西米里亚人、弗里吉亚人、吕底亚人在内的其他印欧民族，联手消灭了亚述帝国。"

我对这些名称依稀有点儿印象。乔治·梅里爱似乎对那些因为没有文字典籍传世而遭人遗忘的侵略民族的历史非常熟悉。我还是不肯放弃，说道："那卡米耶·克洛岱尔的海胆族人民呢？历史上并没有跟他们相似的民族。"

梅里爱仍然一派沉着冷静的模样。"我的确还没找到，因为要区别这些以动物为图腾的人民并不容易……但是你可以看看建造了金字塔的鬣蜥族人，他们看似偶然定居在海洋彼端的情况，就跟同样建造了金字塔的玛雅人一样。我再强调一次，麦克，我们以为这是一场竞赛，其实是照着既定的剧情在走。"

哈兀并没有开口，但似乎很高兴有人说出了他心中的想法。

一旁靠树而坐的玛塔·哈莉一直留意着我们的谈话，这时终于忍不住开口了。"十八号地球上的陆地分布跟一号地球上的完全不同，"她说，"地理位置的差异会让情势完全改观，有些在一号地球上相邻的民族，到了十八号地球上可能隔着海洋。"

针对这个说法，乔治·梅里爱并没有给出回应，佛莱迪更不可能有答案。不过，佛莱迪表示："这些相似之处不过是我们想象的产物，是它驱使我们在陌生与已知之间不断比较，就像当初我们在红星上一样……"

我们都还记得那段旅程，那时我们以天使的身份在太空中漫游，寻找有生命居住的星球，最后发现了红星。红星由四个民族统治：冬族、秋族、夏族、春族。由于行星自转轨道，每个季节长达五十年。当新的季节来临时，统治全世界的最高权力就落在与该季节相对应的民族手中。最令我们感到惊讶的是，那里到处可以看到一个致力于科学和贸易的族群——相对论者，他们总是遭受到不合理的打压与迫害。他们竭尽所能，希望与群众融合，被其他人所接受，却总是遭到排挤，与社会格格不入。佛莱迪因此推断，每个地方都有所谓的鳟鱼民族（人们一般会将鳟鱼放入净水系统中，因为它们对水中的污染物质十分敏感），他们扮演的角色是侦测可能危及世界的急迫危险。

"如果一切都已经用文字记载下来了，"乔治·梅里爱开口道，"那我真想知道为我们量身定做的整出剧情。"

"我觉得这和过去大受欢迎的电视实境节目很类似。"佛莱迪·梅耶表示，"参加者看似任性而为，但到最后，观众才发现，原来所有的突发状况都是事先安排的。而且，当电视台将节目制作权卖到国外之后，仍旧是那一套制式的参赛者典型：一位暗地里育有一子的可怜金发单亲妈妈、一位傲慢骄纵的富家千金、一位取悦大家的搞笑人物、一个笨蛋、一位大情圣……"

微风送来一阵薰衣草的甜香，枝叶沙沙作响，夜色已不似刚才那般漆黑。

如果真是这样，如果故事真的早就写好了，而且完全照着剧情在走……埃德蒙·威尔斯也曾说过："一切的开始与结束都是一部小说。"

一想到我们就像任人摆布的傀儡玩具，我就非常不舒服。

"历史上并没有我的海豚族人民，我不记得在一号地球上有民族把海豚当作坐骑，并且通过感知肉体的能量场域来进行自我疗愈。"

乔治·梅里爱噘着嘴。"说不定你的海豚族人确实存在，只不过跟有些民族一样被完全消灭了，才逐渐被人遗忘。或者在进化的过程中，他们成了另一个民族。坦白说，如果现在就终止Y竞赛，海豚族人的事迹肯定不会出现在任何史册当中。"

的确，我那毫无起色的排名，肯定不会为我的子民留下任何辉煌的历史篇章。而且在上一回合竞赛结束时，尚不普及的文字描述的仍然仅限于王室之间的战争与联姻，根本没人在乎曾经有一小群劫后余生的难民传授自己科学与艺术。

第二个太阳升起，结束了我们的谈话，迎战怪物的时候到了。大家伸展肢体，活络筋骨，准备面对一场无可避免的肉搏战。一行人再次上路。

我们走的是蓝河瀑布后的捷径，直接来到了黑森林。最前方的玛塔·哈莉示意前方安全无虞，大家随即加紧脚步。

队伍中深感担忧的不止我一个，但是乔治·梅里爱似乎相当有把握。那个布袋里头装的究竟是什么法宝，让他如此信心满满？

远方传来一声嗥叫，所有人停下脚步。巨兽似乎发现有入侵者了，它向我们急急奔来，距离越来越近，一下子就出现在了我们面前。

原来这就是大魑魅的真面目……一副高十米、如恐龙般庞大的身躯上生有三条颈子——没想到之前在我身后追赶的怪物是这副德行——颈子上分别有三种动物的头颅：一只咆哮的猛狮、一只流出恶心口水的山羊、一条张嘴喷出火焰的龙。龙头嘴里的两根犬齿上还挂着一件破烂的长袍，不知属于哪位走避不及的同学。

怪物的身影笼罩着我们。

"喂，你的魔术法宝在哪儿啊？"哈兀问梅里爱。

这位电影特效大师打开布袋，从里头取出一面大镜子。

他非常沉着地走向怪物，把镜子放在它面前。现在是关键性的一刻。只见大魑魅的三颗头对着光亮的镜子左顾右盼，和镜中的自己面面相觑，露出一副不可置信的模样。

面对自己的影像，怪物焦躁不安，浑身颤抖，完全无法将视线移开。

"它不晓得那就是自己，反而被自己吓着了。"玛丽莲低声说。

发着抖的大魑魅先是后退，又试探性地往前，全副精神都放在镜中的自己身上，完全忽视了一旁的我们。

我们小心翼翼、轻手轻脚地加速离开怪物的视线范围。如此轻而易举就全身而退了，真叫人不敢相信，魔术师的能耐果然不容小觑。

在我们赞美梅里爱的同时，他催促大家尽快离开，以免怪物突然醒悟。

我们终于能在畅通无阻的黑森林里继续前进了。我还记得当时被大魑魅追赶的情景，我掉落山谷，来到一个有人迹的地下洞穴，然后是一只红眼白兔救了我……这是个充满魔法的地方，结果一面单纯的镜子破解了一切……

我们抵达黑森林的边缘，来到一座通往高原的坡地。高原上是截然不同的景观，红通通的一片在我们眼前铺展开来。我们的步伐陷在质地相当松软的黏土里。

"蓝之后是黑，黑之后是红。"佛莱迪·梅耶说，"我们正依循点金石的成熟阶段，往光的方向前进。"

原本的森林被一望无际的虞美人花田取而代之，触目所及皆是鲜红一片，偶尔带点儿胭脂色调。太阳就在这时候升起，为自己披上红色的外衣，发出火红的光芒，照亮了蓝紫色的大地。

"停一停！"

"有什么不对劲吗？"所有人看着我。

我的脑海里回响着半人马的鼓声，我觉得自己就要昏厥过去了。

"停一停，我需要休息一会儿……"

这里发生的一切太过荒诞无稽，我实在是吃不消。

"可是大魑魅……"

"它现在正自顾不暇呢。"玛塔·哈莉表示。

冥游伙伴们显得犹豫不决，后来是哈兀出面，大家才同意歇息一会儿。

我离开队伍，背对其他人坐在虞美人花田上，合起双眼。

我必须弄清楚这是怎么一回事。

这一切的进展实在是太快了，我脆弱的灵魂根本无法承受。

我曾是凡人、天使，现在是神。

天神实习生。

我从前以为神祇无所不能，现在才明白他们任重道远。如果我的海豚族人灭绝了，我知道自己肯定无法释怀。他们不是任人摆布的棋子，不是，他们比棋子重要多了，他们是我的灵魂的投射……他们是我千丝万缕的思绪，我始终挂念着部落的每个子民。这有点儿像是一张完整的分形图，就算我们将图片拆散，最后仍能在散落的碎片中看出完整的图像。我神祇的灵魂与所有子民同在，只要还有一个人幸存，我就存在。那万一他们全部消失了呢？如果我看见只剩下一位海豚族人，就像最后一位莫西干人独自面对将族人消灭殆尽的世界……那我会迫不及待自己被淘汰、被暗杀，化身为不能言语也不会死亡的神话生物。到时候，虽然我仍保有灵魂，却只能在森林中闲晃，戏弄新来的实习生，就像戏弄我的小仙子一样。我或许会变成半人马或海怪利维坦，也有可能会变成……大魑魅，被困在一面镜子之前。最糟的也许是我再也没有提升觉知境界的希望了，不再有任何未知的神秘，我能做的只是为我的人民戴孝而已。

过去的点滴像明信片般浮现在我眼前。生活在海滩旁的和平民族，首次和海豚开口说话的老妇，建造逃难的帆船，以及第一位女王即位……

祥和之岛，一座崇尚心灵层面美好的城市……最后被大海啸吞噬了。我心底传来一个声音："我必须这么做，这是为你好，有一天你会明白的。"阿弗洛狄忒……我怎么还能去爱这个女人？我睁开眼睛。

山顶上的伟大天神又是什么？宙斯？伟大的造物主？一个超越神祇的更高境界？也很可能是某样完全出乎我们意料的东西。

让人类了解神祇就跟让猫的胰腺看懂电视上的西部片一样。这个比喻让我会心一笑。

谁是上帝？我目不转睛地盯着山顶。

越靠近谜底反而越令人沮丧。

一道光穿透了山峰上缭绕不散的云雾，仿佛在回答我的问题。

难道是我眼花了？我觉得那道光线呈现出来的是数字8。

那个他为什么把我们带到这里来？要我们上课？难道是要我们成为他的分身，传承他的志业？伟大的天神也许倦了，也许正在垂死边缘。

这样的想法令我背脊发麻。我隐约记得阿弗洛狄忒说过的话："我们有的相信他，有的不信。"还有路西安，他说："你们难道不明白他是要把大家变成刽子手啊？""反正你们的人民迟早会像十七号地球上的人类一样死去，到时候就算你们不是凶手，也是帮凶。"

死去的埃德蒙·威尔斯说过："这里是一个观察与了解的绝佳地点，

所有不同境界全都连接在一起。"

还有我和阿弗洛狄忒的初次邂逅。"你的朋友跟我说你太内向害羞了。"她触摸我，如丝缎般细腻的肤触。她那丰厚的嘴唇、挑逗的眼神。"我有个谜语要考考你……"

这道该死的谜题又在我的脑中打转，就像一只咬啮我五脏六腑的老鼠。

"比上帝更美好，比魔鬼更糟糕。"

"就是你，阿弗洛狄忒，你比上帝更美好，比魔鬼更糟糕。"

我又听见了她如银铃般的笑声。她说："很抱歉，答错了！"

还有狄俄尼索斯："你就是'大家所指望的那位'？"

但愿我知道自己到底是谁。我明白，我不光是麦克·潘森。那我还是什么呢？一个不断茁壮成长的灵魂，发现了自己真正的力量……

我记得在利维坦肚子里的时候，圣-埃克苏佩里曾表示："要有在水族消化系统中的觉悟。"我记得和埃德蒙擅闯阿特拉斯的住所时，发现收藏在地窖中的世界全都跟十八号地球相似，那些笨拙的人类也曾经在各自神祇的带领下，尽力创造一个更美好的世界；那些神祇也有自己的烦恼、自己的风格、自己的道德观、自己的抱负、自己的乌托邦、自己的毛病。

还有那位弑神者。雅典娜说："你们其中的一个杀害了自己的同学，严厉的惩处绝对超过各位的想象。你们其中的一个是个投机取巧者，各位可得提防彼此。"

"而你，麦克……小心你的那群朋友。"阿弗洛狄忒说。

阿弗洛狄忒，又是她。

她的吻、她的脸、她的香水味。

想想别的吧！我之前的客户——伊戈、维纳斯和贾克，三人如今再次投胎为人，仍旧在因果轮回中挣扎，跟从前一无所知的我一样。"人类总是一心想着如何避免不幸，而不是去创造自己的幸福。"还有这段话："人类还没有出现，这些只是介于灵长类与人类之间的过渡生物，他们现在的觉知程度只有3而已，帮助他们臻于4的觉知境界是吾等天神的使命……"

我凝视山头。

我合上眼睛。

我想要放弃，想要睡去，想要结束一切。

没有我，海豚族人仍会继续生存下去；阿弗洛狄忒会找到新的对象来挑逗、折磨；冥游伙伴会找到愿意跟随他们的同学，去揭开最后的谜底。

"醒醒啊，麦克！快醒来啊！"

我突然睁开双眼，眼前的画面令我目瞪口呆。

天空霎时浮现一只眼睛，一只占据了地平线的巨眼。

难道这就是……

鸣谢

Patrick Jean-Baptiste、Jérôme Marchand、Reine Silbert、Françoise Chaffanel、Dominique Charabouska、Stéphane Krausz、Jonathan Werber、Sabine Crossen、Jean-Michel Raoux、Boris Cyrulnik。

创作《神间失格》期间的重要事记

拍摄短片《我们的朋友地球人》，改编自同名剧作。片中采用外星人的观点，以动物纪录片的方式来分析人类的风俗习惯。

为电影长片《女人星》（*La Planète des femmes*）撰写剧本。

做衍生自本系列小说的漫画《夏娃儿女》（*Les Enfants d'Ève*）的编剧。

成立网站 arbredespossibles.free.fr，汇整所有可能发生的未来。

敬请期待《神间失格2》

图书在版编目（CIP）数据

神间失格 /（法）贝纳尔·韦尔贝著；范兆延译
. — 北京：北京联合出版公司，2021.4
ISBN 978-7-5596-4900-3

Ⅰ.①神… Ⅱ.①贝…②范… Ⅲ.①长篇小说—法国—现代 Ⅳ.①I565.45

中国版本图书馆CIP数据核字（2021）第003237号

Bernard Werber《NOUS, LES DIEUX - Cycle des Dieux Tome 1》：© Editions Albin Michel - Paris 2004
本书中文翻译由台湾皇冠文化集团授权使用。

神间失格

作　　者：（法）贝纳尔·韦尔贝　　　译　　者：范兆延
出 品 人：赵红仕　　　　　　　　　出版监制：辛海峰　陈　江
责任编辑：徐　鹏　　　　　　　　　特约编辑：王周林
产品经理：魏　傩　　　　　　　　　版权支持：张　婧

北京联合出版公司出版
（北京市西城区德外大街83号楼9层　100088）
北京联合天畅文化传播公司发行
天津中印联印务有限公司印刷　新华书店经销
字数 289千字　710毫米×1000毫米　1/16　24.5印张
2021年4月第1版　2021年4月第1次印刷
ISBN 978-7-5596-4900-3
定价：58.00元

版权所有，侵权必究
未经许可，不得以任何方式复制或抄袭本书部分或全部内容
如发现图书质量问题，可联系调换。质量投诉电话：010-88843286/64258472-800